DER VULKANTEUFEL

Harald Braem

Der Vulkanteufel

ROMAN

Weitbrecht

Die Deutsche Bibliothek – CIP-Einheitsaufnahme

Braem, Harald:
Der Vulkanteufel: Roman / Harald Braem.
Stuttgart; Wien: Weitbrecht, 1994
ISBN 3-522-71710-4

Die Illustration des Schutzumschlags
besorgte Joachim Lehrer, Tübingen.
Typografie des Umschlags von Milada Krautmann, Stuttgart.
Reproduktion des Umschlags von g. & j. siefert, Ulm.
Satz von KCS GmbH, Buchholz/Hamburg.
Druck und Bindung: Friedrich Pustet, Regensburg.

5 4 3 2 1

Prolog

In jenen Tagen vor langer Zeit, als die Erde jung war und der Geist der Berge noch zu den Menschen sprach, wanderte Tamogante, die wie alle Heilfrauen das zweite Gesicht besaß, mit ihrem Stamm zum heiligen Ort. Nicht zurückschreckend vor schwierigen Wegen, zogen sie unter Gesängen zum Fuß der Weltensäule. Wo sich die Läufe der beiden Wasser schieden, trennte sich auch der Stamm. Die Männer gingen mit den Opfertieren hinauf zum Steinkreis, um jene auszuwählen, die das Blut, die Milch und das Gekröse dem großen Geist überbringen durften. Ihr Denken war Feuer. Die Frauen zogen unter Tamogantes Führung weiter zur Quelle, um die Höhle der Erdmutter mit magischen Bildern und Zeichen zu schmücken. Ihr Denken war Wasser. Als die Männer das Opferfeuer entzündeten, fuhr Wind in den Rauch und blies ihn zu den grollenden Bergen hinüber, stimmte sie freundlich und schenkte der Erde Ruhe. Als die Frauen die Quelle erreichten, ihre Gesichter wuschen und Tamogante eine Handvoll von jenen getrockneten schwarzen Beeren aß, die Tagträume bescheren, fiel Regen aus dem Wind und reinigte den Himmel. In die Höhle kroch Tamogante, legte sich auf den Rücken und betrachtete die Bilder an der Decke. Dabei sang sie leise, denn alle Bilder und Zeichen waren Musik –

hier lag das ganze Wissen der Menschen, der Ahnen und Ahnesahnen, und die Frauen des Stammes folgten ihr und vernahmen es durch Tamogantes Mund.

Nachdem Tamogante verstummt war, lauschte sie lange noch nach in den Wind, in den Regen, in das Innere der Erde hinein, ob von dort Antwort käme, weitere Erinnerung, eine Ergänzung zu ihrem Gesang. Aber ringsum blieb es still, der Wind säuselte nur noch, legte sich schlafen, das Trommeln des Regens ließ nach, das Wasser des Himmels versiegte, die Bewegungen der Erde verebbten zur Ruhe.

Nun spürte Tamogante die Wirkung der schwarzen Beeren. Ihr Körper besaß kein Gewicht mehr, sie fühlte sich aufgehoben und leicht wie eine Feder durch die Unendlichkeit von Zeit und Raum getragen. Nicht nur die bereits gemalten Bilder und Zeichen an der Höhlendecke sah sie, sondern auch eine Vielfalt an Rissen und Spalten, Buckeln und Vertiefungen im Fels, die noch darauf warteten, mit scharfem Obsidian nachgezogen, mit roter Farbe ausgeschmückt zu werden. Vor allem eine Stelle im Zentrum der Decke, von der kraftvolle Energie auszuströmen schien: eine sich aufwickelnde, große Spirale.

Tamogante nahm die schwarze Obsidianklinge und führte sie mit beiden Händen auf jenen Punkt an der Decke zu. Je näher sie ihm kam, desto stärker begann ihr Körper zu zittern. Mit ungeheurer Anstrengung zwang sie sich aus dem Liegen heraus nach oben, bis die Spitze der Klinge endlich den Fels berührte. Es war, als habe sie den Mittelpunkt der Erde erreicht, als fließe brennend heißes Feuer in ihren armen Körper hinein. Aber die kreisförmige Bewegung der Klinge geriet nun von selbst. Der Traumspur im Felsen folgend, schnitt Tamogante Stück für Stück die große Spirale. Dabei konnte jede der Frauen, die schweigend, mit vor Neugier geweiteten Augen, der Entstehung des Werkes beiwohnten, das gleiche wie Tamogante erkennen. Auch sie hatten vom Sud der schwarzen Beeren getrunken, auch sie sahen die Zeichen neben der Bahn der Spirale und verstanden mit einem

Schlag ihren Sinn. Sie unterdrückten ihren Atem und keuchten vor Erregung. Äußerlich steif wie ein Stück totes Holz, in ihrem Innern jedoch angefüllt mit flüssigem Feuer, mit flatterndem, hechelndem Glutatem, zog Tamogante die Bahn der großen Spirale durch Zeit und Raum. Möge sie niemals enden, beteten die Frauen lautlos wispernd, möge sie niemals enden, von ihr hängt nun alles ab, mach langsam, Tamogante, laß dir Zeit, schenk uns und unseren Nachkommen die Zeit, solange du die große Spirale schneidest, schenkst du unserer Welt das Leben ...

Kalter Schweiß brach ihr nun aus, sie konnte das Zittern ihres Körpers kaum noch unter Kontrolle halten, noch weniger aber die furchtbare Last ihres Wissens ertragen. Weit streckte sie die Hände mit der Obsidianklinge aus, um noch in den entferntesten Winkel der Decke hineinzufahren, vielleicht einen Fortgang dort, die unendliche Linie zu finden, das ewige Leben, eine Form, eine Zeit, die niemals endet ...

Aber dann, am letzten Zeichen, einem deutlich im Fels erkennbaren, strahlenden Stern, brach die Linie abrupt ab. Gellend schrie Tamogante auf, sie ließ die Klinge fallen und stürzte, jeglicher Kraft nun beraubt, rücklings zu Boden. Ihr Kopf schlug auf den harten Grund, Blut sickerte aus einem Ohr, und ihr Bewußtsein raste in tiefe Dunkelheit. Noch lauter, von Grausen gepackt, heulten die Frauen auf. Mit beiden Händen rissen sie sich die Haare aus, schlugen mit Knien und Stirnen zu Boden, verbargen ihre Gesichter, schützten mit den Armen die Augen, um das Entsetzliche nicht sehen zu müssen ... Aber das schreckliche Wissen blieb in ihren Köpfen und Seelen. Von nun an nahm das Schicksal unaufhaltsam seinen Lauf ...

1
Grüne Insel

Schemenhaft schleichen Gestalten an bröckligen Terrassenmauern entlang, die ausgetretenen Stufen des alten Weges hinauf in die Berge. Das trockene Rascheln von Bananenblättern überdeckt ihre Schritte. Ein Nachtvogel schreit, es klingt, als weine ein Kind im Schlaf. Warm ist der Atem der Nacht. Riesige Kakteen recken die Arme. Wolken vor der fahlen Scheibe des Mondes, der nur für kurze Augenblicke aus dem Dunkel des Himmels grinst. Oben am Steilhang der Schlucht, aus der launisch der Wind springt, ragt der Stein, der Seelenstein mit dem gravierten Muster. Ein tätowiertes Gesicht, verwittert, aus uralten Zeiten. Menschen davor sitzen im Kreis, doch ohne ein Feuer. Diese Nacht verträgt keinen Lichtschein. Schweigen bei jeder Bewegung. Sie wissen auch so, was zu tun ist. Tastende Hände, ein Messer. Den Stein darf niemand berühren. Kiefernzweige werden zu Stangen geschnitzt. Nacheinander treten die Gestalten an den Rand der Schlucht, schleudern ihre Speere in schwarze Unendlichkeit. Vielleicht treffen sie, wenn es gutgeht, das Unbenennbare ... Jetzt zerrt jemand die Ziege am Strick herbei. In Vorahnung des Kommenden meckert sie schrill auf. Warum heute, warum ausgerechnet in dieser Nacht?

Grobe Hände. Das Messer. Es fährt seitlich in den Hals des

Tieres, vollzieht eine Kurve quer durch die Kehle. Noch bevor das Opfertier in die Knie bricht, wird der Körper herumgeworfen. Eine Schale fängt das warme Blut auf. Nacheinander tauchen alle ihre Hände hinein. Die Gravur im Stein wird bestrichen, das Muster nach langer Zeit wieder aufgefrischt. Gierig trinkt der Stein. Er braucht Blut. Einer der Männer schleift den leblosen Körper der Ziege zum Abhang und stößt ihn in die Schlucht. Mit angehaltenem Atem lauschen seine Begleiter. Nichts, nur nachpolterndes Geröll. Es ist, als hielte der Wind einen Moment lang inne. Dann fährt er aufs neue heulend auf, rüttelt im Haar. Er ist warm, warm wie das Blut. Und ein paar Fetzen Musik trägt er heran, die er unten im Hafen von Tazacorte eingefangen hat, wo eine Schar ausländischer Touristen im »Playamont« zecht. Dann wieder Stille.

»Vamos«, sagt einer der Männer endlich. Seine Stimme klingt rauh, er muß sich freiräuspern. Die anderen nicken. Stumm gehen sie auseinander, und der Wind trocknet den roten Stein...

Der Bibliothekar Frank Richter träumte im Himmel. Etwa 10 000 Meter über dem Atlantik lagerte er – mit geöffnetem Hemdkragen und vom zweiten Becher Cola mit Rum angenehm entkrampft – im Polster des Flugzeugs und ließ mit seltsam leichtfallender Selbstironie sein bisher reichlich verpfuschtes Leben Revue passieren.

Mit knapp 36 Jahren bereits eine gescheiterte Ehe, ein Kind, das er nur selten zu sehen bekam und das ihm daher zunehmend entfremdet wurde, und eine Geliebte, mit der es auch nicht so recht klappte. Jedenfalls stritten sie sich dauernd, selbst über Kleinigkeiten. Was hatte sie ihm nach dem letzten Krach (und der anschließenden halbherzigen Versöhnung) an den Kopf geworfen? »Irgendwie tickt es bei dir nicht richtig. Kein Wunder bei deinem Job. Wenn ich mich jeden

Tag hinter Bücherbergen verkriechen würde wie du, wär' ich auch verhaltensgestört. Du bist reif für die Insel, mein Lieber, und das mein' ich mit vollem Ernst. Besser, wir gehen erst mal ein bißchen auf Abstand, bis du wieder klar im Kopf bist.« Peng. So war Ute.

Dabei lag sie mit dem, was sie von seinem Job hielt, eigentlich gar nicht so falsch. War schon frustrierend, von morgens bis abends in der Hochschulbibliothek zu hocken, für die Kontrolle der Ausleihzeiten zuständig zu sein und für den Ersatz von geklauten Büchern. Verdunstungsquote. Wo doch der Etat sowieso gekürzt worden war und das Damoklesschwert weiterer Kürzungen über einem schwebte. Ständig Anträge, Papierkram. Da blieb wenig Zeit für die interessanten Dinge, frustrierend wenig, zumal insgeheim das Wunschbild eines Universalgenies in ihm schlummerte. Doch wie war's wirklich? Ein paar angefangene Manuskripte, zerfranste, konzeptionslose Computer-Dateien ...

Der einzige Lichtblick: Erich, dessen selbstsicherer Blick ständig den Eindruck vermittelte, als amüsiere er sich. Mit ihm konnte Frank niveauvolle Diskussionen führen. »Das mit der Insel erscheint mir gar nicht so dumm«, hatte Erich gesagt. »Du solltest die Kanaren wählen. Am besten La Palma, die kleine grüne Insel im äußersten Westen. Da ist die Welt noch in Ordnung. Kein Massentourismus, sauberes Meer, schmackhafter Fisch, Wahnsinnslandschaft. Und kulturell gesehen Neuland für Forscherseelen. Hast du mal was über die Guanchen gehört? Weiße Steinzeitmenschen im Atlantik. Haben Pyramiden gebaut und ihre Toten mumifiziert wie die alten Ägypter. Jedenfalls bis die Spanier kamen im Kolumbusjahr 1492. Sehr geheimnisvoll. Auch ihre Felsbilder und die Schrift, die übrigens bis heute nicht entschlüsselt wurde. Und Bananen, Palmen, Vulkane, schöne Mädchen. Ich war zweimal da und kann dir nur zuraten. Ja, La Palma ist gut, la isla bonita. An deiner Stelle würde ich dort mal ausgiebig Urlaub machen.«

Also das billigste Flugticket. »Um die Unterkunft brauchst

du dir keine Sorgen zu machen«, hatte Erich gesagt. Kenne einen Kollegen dort: Jürgen Brinkmann aus Frankfurt. War früher mal Buchhändler und lebt jetzt in El Paso.«

»Als Buchhändler?«

»Nein, mehr freischwebend als Gelegenheitsjournalist, Fremdenführer und Übersetzer. Mit seiner Frau Susanne, die ein bißchen Geld mitgebracht hat und eine kleine Boutique in Los Llanos besitzt. Nette Leute, hilfsbereit und mit der deutschen Kolonie dort bestens bekannt. Wenn du willst, kann ich denen ja mal schreiben und ankündigen, daß ein völlig fertiger Freund von mir kommt.«

»Besten Dank. Wenn ich alles zusammenkratze, hätte ich tatsächlich vier Wochen.«

»Solltest du, solltest du unbedingt«, hatte Erich gebrummt und Frank einen Schlag auf die Schulter versetzt. »Nimm's als Herausforderung, als Abenteuer, als Chance. Eine Insel mit so viel natürlicher vulkanischer Radioaktivität und Jodgehalt in der Luft hat schon so manches verkorkste Leben verändert! Vor allem, wo du ganz gut Spanisch sprichst.«

Und so saß er nun mit leichtem Gepäck im Flieger, kribbelig wie ein kleiner Junge auf Schulausflug, und fühlte plötzlich eine Mischung aus großer Müdigkeit und schöner Aufregung auf sich zukommen. Ein Gefühl im Magen verriet, daß die Maschine zum Anflug ansetzte, noch bevor die entsprechende Durchsage kam. Er beugte sich vor, um am Nachbarn vorbei seitlich aus dem Fenster zu blicken. Da sah er das grenzenlos blaugrau glitzernde Meer (ein Anblick, den er sonst aus unterdrückter Flugangst tunlichst vermied) und darin ganz klein die Insel, die nun beständig größer wurde. Wirklich eine grüne Insel, über und über bewaldet mit ziemlich eindrucksvoll hohen Bergen und ein paar vereinzelten weißen Wolken um die Spitzen herum.

Ute hat recht, dachte er. Jetzt tausche ich die Bücherberge gegen tatsächliche ein. Die Wirklichkeit ist grün, und wer ahnt schon, was da unter der Oberfläche des Urwaldteppichs alles steckt...

Er klinkte die Sicherheitsgurte ein, ließ sich ins Polster zurückfallen und schloß die Augen. Die Landepiste direkt am Rand der Felsküste wollte er nicht sehen. Die waren meist beängstigend kurz und unnötig strapazierend für schwache Nerven.

Was soll das nun wieder bedeuten? fragte sich Henning Schneider verunsichert. Heute morgen war er die schmale, kurvenreiche Straße vom Hafen nach Tazacorte hochgefahren wie immer, um Brote, Fruchtsäfte und ein paar andere Kleinigkeiten zu holen. Da hatte er an der Steinmauer der Bananenplantage die frisch mit weißer Farbe gemalten Worte gelesen: »Extranjeros fuera«, und das hatte ihn sonderbar getroffen. »Fremde raus!«

Henning führte seit fünf Jahren die kleine Ferienpension unten am Hafen, er sprach fließend Spanisch und sah auch fast wie ein Einheimischer aus: braungebrannt, schwarze, nach hinten gekämmte Haare, schmaler, gepflegter Oberlippenbart. Ursprünglich hatte er mal Ethnologie studiert, mit Schwerpunkt Südamerika, war aber nach dem Abbruch seiner Studien auf La Palma hängengeblieben. »Schließlich dienten die Kanaren Kolumbus und den nachfolgenden Konquistadoren als Sprungbrett zur Eroberung der Neuen Welt, und es gibt viele Gemeinsamkeiten zwischen hier, Venezuela und anderen Ländern dort drüben«, pflegte er gelegentlich zu äußern, wobei er mit einer vagen Geste über das Meer nach Westen hin deutete. »Die Kultur der Guanchen, die Sprache, die Samba, die Feste ...«

Im Laufe der Zeit hatte Henning Schneider die Fähigkeit entwickelt, aus der Not eine Tugend zu machen. Die Pension lief recht gut, zumal immer mehr Individualtouristen die Insel für sich entdeckten. Die Zimmer waren billig, leicht desolat, wenn auch sauber – zumindest, seitdem Maria Guadelupe regelmäßig putzte, und genau das reizte Lehrerehepaare und andere abenteuerlich gestimmte Intellektuelle, gerade bei ihm in den Ferien zu wohnen. Werbung brauchte er nicht, sein Name hatte sich herumgesprochen. An manchen Abenden entwickelten sich sogar recht aufregende Gespräche über Gott und die Welt in seinem zum Aufenthaltsraum umgerüsteten Wohnzimmer.

»Extranjeros fuera ... Verstehst du, was das bedeuten soll?« fragte er am Markt den alten, blinden Juan, der zwar nie etwas sah, aber dennoch alles wußte. »Fremde raus. Sind damit die Touristen gemeint? Stammt das von einer neuen kanarischen Separatistenbewegung? Irgendwie unlogisch, das dann auf spanisch zu schreiben. Deutsch wäre viel angebrachter gewesen, dann würden's die Urlauber wenigstens lesen können. Oder soll sich die Botschaft an Spanier richten? Sind ja auf gewisse Weise, wenn man's richtig bedenkt, auch fremde Besatzer hier auf der Insel. Oder sind wir Zugezogenen gemeint, weil wir angeblich den Einheimischen das Geschäft aus der Hand nehmen, oder was? Sag mir, Juan, wie du die Sache verstehst.«

Der alte Juan sog weiter an seinem zerfransten Zigarettenstummel und zuckte die Achseln. »Chicos«, brummte er gleichmütig, »irgendwelche Jungs, die sich wichtig machen wollen.«

»Aber verdammt provozierend, findest du nicht?« bohrte Henning weiter. »Und wenn es doch ernst gemeint ist und mehr dahinterstecken sollte?«

»Loco, totaler Blödsinn«, grunzte der alte Juan mit heiserer Stimme. Er hustete sich erst mal ausgiebig frei und spuckte auf die abgetretenen Fliesen der Plaza. »Alles Blödsinn, hombre. Willst du nicht doch ein Los von mir kaufen?«

»Na gut, gib schon her, vielleicht komm' ich so doch noch mal zu einem neuen Auto. Die alte Karre macht es sowieso nicht mehr lange«, sagte Henning und beschloß, die irritierende Wandparole einfach zu vergessen.

Nachher, als er am Hafen vorbeifuhr und dort einen frischen Schwung erstaunlich weißer, vor Sonnenöl glänzender

Neuankömmlinge auf den Metallstühlen vorm »Kon-Tiki« herumlümmeln sah, mußte er aber erneut an den separatistischen Slogan denken. Bueno, ein ziemlicher Haufen diesmal. Die Haut wie schmelzender Camembert, aber die Taschen voll Geld. Ist es nicht genau das, was wir hier brauchen, was soll daran schlecht sein? Extranjeros fuera... So ein Quatsch! Sind doch eine Goldader, diese Touristen, und jeder von uns, vom Kind bis zum Opa, versucht nach besten Kräften davon zu schürfen.

Er winkte aus dem offenen Seitenfenster heraus einer Frau mit zwei Fischeimern zu, und die grinste anzüglich zurück.

Der Leutnant von Santa Cruz stieß eine Kaskade von Flüchen und Verwünschungen aus, als er die Meldung hörte. »Was soll das heißen: Schon wieder ein Ausländer verunglückt?« schrie er. »Können die denn nicht zu Hause sterben? Kommen hierher, trauen sich bei uns die tollsten Bergtouren zu und fallen dann einfach in eine Schlucht. Und was euch und die Bergwacht, diese verdammte ICONA, betrifft, könnt ihr nicht besser aufpassen, daß so was in Zukunft nicht mehr passiert?« Sein Gesicht war blutrot angelaufen, und seine Stimme wurde immer lauter. »Wir sind eine perfekte Urlaubsinsel, ein Paradies, verdammt noch mal! Wißt ihr, was das für uns alle bedeutet, wenn im ›El Día‹ bald schon wieder eine solche Meldung auf der ersten Seite steht, womöglich reißerisch mit irgendwelchen phantastischen Mutmaßungen ausgeschmückt wie das letzte Mal? Caramba, die warten doch nur darauf, uns in die Suppe zu spucken!«

Die beiden Gendarmen standen schwitzend in der Tür, senkten verlegen die Blicke und hofften, daß der Zorn ihres Vorgesetzten endlich verrauchen würde. »Es war ein Österreicher, der schon lange auf der Insel wohnte. Besitzt ein Haus in Celtas. Kein Millonario, aber wohlhabend. Netter Kerl, wie die Nachbarn von ihm sagen.«

»Davon kann ich mir auch nichts kaufen. Also weiter!« Der Leutnant sprang hinter seinem Schreibtisch auf, ging ein paar energische Schritte durchs Zimmer und blieb schließlich vorm Fenster stehen, um mit einem Finger die Lamellen des Sonnenvorhangs auseinanderzubiegen und hinab auf die Straße zu spähen. Es war Siesta, unten bewegte sich nichts. Gähnende Mittagshitze, und die Häuser warfen nur kurze Schatten.

»Nun ja«, setzte der zweite Gendarm den Bericht seines Kameraden fort, »also, er hat wohl einen Ausflug zur Caldera gemacht. Oben am Parkplatz stand sein Wagen. Die ICONA hat uns per Sprechfunk verständigt, weil er die Nacht über dort parkte. Der Mann muß auf eigene Faust über den verbotenen Weg abgestiegen sein. Dort ist er dann abgestürzt, vermutlich in der Abenddämmerung. Mehr wissen wir im Augenblick noch nicht. Der Mann ist erst heute morgen gefunden worden.«

»Dann sucht gefälligst weiter und klärt die Sache.«

Stille. Die beiden Gendarmen warteten.

Ohne seinen Blick von der Straße zu lösen, sprach der Leutnant nach einer Weile, die ihnen wie eine Ewigkeit vorkam: »Bueno, nehmen wir's so, wie es nun mal ist. Sauber und gründlich ermitteln, wenn ich bitten darf, meine Herren. Und kein Wort gegenüber der Presse. Es war schließlich bloß ein Unfall.«

»Sí, Señor«, antworteten die Gendarmen wie aus einem Mund und verließen mit der Andeutung eines Salutierens das Büro.

»Sie sind Herr Brinkmann?«

»Der bin ich. Herzlich willkommen auf der Insel des ewigen Frühlings!« rief Jürgen zur Begrüßung vorm Flughafen, wo er wie verabredet gewartet hatte. Lässig lehnte er an seinem Allrad-Suzuki, ein großer Mann, fast schon ein Hüne, mit jugendlich verschmitztem Gesicht, in dem nur einige Falten etwas von seinem wahren Alter verrieten. Konnte aber auch das Resultat überhöhten Alkohol- und Tabakkonsums sein. Jedenfalls strahlte er offen und sympathisch unter seinem weißen Panamahut hervor.

»Frühling ist wohl leicht untertrieben«, sagte Frank Richter, »mir kommt es eher wie Hochsommer vor. Jedenfalls brennt die Sonne recht kräftig.«

»Alles Gewöhnungssache. Allerdings weht heute kein Wind, da kommt es einem wärmer vor, als es wohl ist. Wie geht es in Deutschland?«

So kann nur einer reden, der schon lange hier wohnt, dachte Frank Richter. Was soll man auf so eine Floskel erwidern? »Ach ja, schöne Grüße von Erich soll ich bestellen. Am liebsten wäre er mitgekommen, so hat er geschwärmt«, sagte er, während Jürgen sein Gepäck auf den Rücksitz hievte.

»Der gute Erich.« Jürgen lachte. Er schwang sich mit einem eleganten Sprung hinters Steuer und fügte mit gewinnendem Lächeln hinzu: »Wir Bücherwürmer müssen eben zusammenhalten.«

Geschickt steuerte er den Wagen durchs Gewühl des Flughafenparkplatzes und hieb krachend die Gänge rein, als sie eine breite, kürzlich erst ausgebaute Straße parallel zur Küste erreichten. Der Fahrtwind tat gut, überhaupt das Fahren im offenen Jeep. Rechts und links Palmen und Sträucher mit betörend roten, gelben und brennend violetten Blüten. Der Himmel war so wolkenlos klar, das Licht so grell, daß Frank Richter die Augen zusammenkneifen und blinzeln mußte. Das Meer, die Häuser, die Vulkanberge ... so hatte er sich die Insel in seinen kühnsten Träumen nicht vorgestellt.

Unterwegs plauderte sein Begleiter pausenlos: »Ja, Susanne und ich haben Erich einen Brief geschrieben. Ist wohl nicht mehr rechtzeitig angekommen. Die Post ist oft zwei, drei Wochen oder länger unterwegs, reine Glückssache, wenn was ankommt. Aber macht nichts, jetzt sind Sie ja da. Also, wie gesagt, wir hatten Ihrem Kollegen Erich eigentlich abgesagt.

Unser kleines, bescheidenes Haus ist nämlich voll bis oben hin, sogar der ausgebaute Schuppen im Garten. Susanne findet das auch traurig, zumal Sie Bibliothekar sind wie Erich, aber was soll man machen? Ist alles kein Beinbruch, wir finden schon eine passende Unterkunft für Sie. Vier Wochen, schöne Zeit, aber viel zu kurz für die Insel, jedenfalls besser als gar nichts. Also, da gibt es drüben auf der anderen Seite der Insel, im Westen, wo auch wir leben, eine kleine Pension. Direkt am Hafen von Tazacorte. Ein Freund von uns, Henning Schneider, ebenfalls Deutscher, führt sie. Mal sehen, ob sich da was arrangieren läßt. Jedenfalls meinten Susanne und ich: Wir können den Mann doch nicht am Flughafen stehenlassen, so oder so holen wir ihn erst mal ab. Sie wären ja sonst völlig verloren in dieser Wildnis. Sprechen Sie Spanisch?«

»Etwas«, sagte Frank Richter. Er hielt sich krampfhaft am Türrahmen fest, denn sie rasten nun holpernd eine mit Schlaglöchern übersäte Straße entlang, die sich in unzähligen Kurven höher und höher in die Berge schraubte. »Es ist wahnsinnig nett von Ihnen, sich so um mich zu bemühen. Eine Hafenpension... Eigentlich ist mir jede Unterkunft recht. Am liebsten allerdings – wenn ich mal frei spinnen darf – wäre mir ein winzig kleines Haus in den Bergen, weitab von allem, wo ich Gelegenheit bekomme, endlich mal richtig Ruhe zu finden. Sie verstehen, was ich meine?«

»Aber claro«, lachte Jürgen verständnisvoll, »kleines Haus in den Bergen? Auch gut. Kontemplation, Selbstfindung... Ja, da habe ich, glaube ich, eine Lösung. Achtung, jetzt wird es feucht.«

Sie hatten inzwischen den höchsten Punkt der grünen Bergkette erreicht und fuhren nun in einen Tunnel. Von einer Sekunde zur anderen wurde es dunkel und kalt. Im Licht der Scheinwerferkegel sah man Wasser von der gewölbten Tunneldecke tropfen und spürte die sprühende Nässe unangenehm auf der Haut.

»Das ist die Wetterscheide«, schrie Jürgen gegen das Dröhnen des Motors an, »drüben liegt die ärmere, die ländliche

Seite der Insel, wir sagen: der freie Westen.« Er kommentierte auch weiterhin die Umgebung, als sie nach einer erstaunlich langen Tunnelstrecke erneut in die Sonne fuhren.

Los Llanos de Aridane. Die kleine Provinzstadt wirkte geschäftig und typisch spanisch: staubig und scheinbar ständig im Umbau, weiße, herausgeputzte Häuser neben schäbigen Baracken, eine Bar neben der anderen und davor die obligatorischen Gruppen kaffeetrinkender Männer.

Dieser Eindruck änderte sich aber schlagartig, als sie kurz hinter dem Vorort Argual abbogen und einer Straße folgten, die sich vorbei an Bananenplantagen in halsbrecherischen Serpentinen zur Schlucht hinabwand. Es verschlug einem wirklich den Atem. Nach jeder Kurve öffnete sich ein neuer, ungeahnter Einblick in die gewaltige Schlucht, und das bizarre Relief der Berge ringsum wuchs mit seinen kantigen Rücken in den Himmel hinein.

»Das ist der Barranco de las Angustias, die Schlucht der Todesängste«, sagte Jürgen. »Der Name paßt, finden Sie nicht? Es ist der größte Barranco auf La Palma und quasi der einzige Zugang in die Caldera de Taburiente. Wissen Sie, was das ist? Ein riesiger Kraterkessel im Innern der Insel, zehn Kilometer Durchmesser, Urwald und Nationalpark. Da haben sich damals, als die Spanier kamen, die letzten Guanchen hineingeflüchtet und waren faktisch unangreifbar. Die Schlucht muß, als es noch keine Straße gab, wesentlich schlimmer gewesen sein. Kein Wunder, daß die Spanier hier Todesängste verspürt haben.«

Er riß das Steuer herum, um einem plötzlich auftauchenden streunenden Hund auszuweichen. Die Kurven waren eng und unübersichtlich. »Da«, sagte er und deutete mit dem Daumen auf eine ausgebrochene Stelle im Straßengeländer, »an dieser Stelle ist neulich ein Österreicher geradeaus gefahren.«

Frank Richter riskierte einen flüchtigen Blick die steile Böschung hinab und schauderte. Auf halber Höhe des Hangs lag noch immer das Autowrack.

Jürgen plauderte munter weiter, als seien solche Vorkommnisse die selbstverständlichste Sache der Welt. »Die Einheimischen fahren manchmal absichtlich durchs Geländer. Ist neben Gift die verbreitetste Art, Selbstmord zu machen. Und hinterher sieht's immer wie ein Unfall aus. Haben 'ne komische Art, die Eingeborenen hier, 'ne seltsame Einstellung zum Tod und zum Leben wohl auch. He, beunruhigt Sie mein Gerede? Schwache Nerven?«

Frank Richter schüttelte den Kopf. »Was für Gift denn?« fragte er matt.

»Nemacur. Pflanzenschutzmittel, ziemlich hochkarätig. Das spritzen sie wie bekloppt in die Bananenplantagen. Alles Monokultur. Das Zeugs gibt's frei im Handel. Überhaupt stehen hier Sachen in den Läden rum, da faßt man sich bloß noch an den Kopf. Was woanders längst verboten ist, kann auf La Palma jedes Schulkind einkaufen.«

Sie hatten nun die tiefste Stelle der Schlucht erreicht. Linkerhand lag abseits und völlig unerwartet eine schmucke, weißbraun gesprenkelte Kirche. Sie überquerten den eigentlichen Wasserlauf der Schlucht, ein geröllhaltiges, ausgetrocknetes Flußbett, und stießen nach der Brücke auf eine Weggabelung. Links ging es zum Meer, zum Hafen von Tazacorte, rechts begann die Straße erneut atemberaubend anzusteigen. In der Mitte aber, dicht neben der Kirche ragte ein Schild auf mit der lakonischen Aufschrift »Angustias« – die Todesängste.

»Die Fahrerei durch die Schlucht hält die meisten Ausländer davon ab, jenseits des Time zu siedeln«, setzte Jürgen seinen Bericht fort, »die werden alle lieber im Aridanetal seßhaft, so um El Paso, Las Manchas und Celtas herum, wenn nicht gleich an der Ostseite. Ist bequemer. Dabei gibt es oben« – er deutete vage die Steilwand hinauf – »genügend Land und preiswerte Häuser. Aber so richtig wird da oben wohl nie etwas laufen. Der Barranco stellt so etwas wie eine magische Grenze dar. Er schreckt die meisten Leute ab.«

Frank Richter, bereits die ersten Anzeichen eines leichten

Sonnenbrandes auf seiner Stirn spürend, empfand den Fahrtwind nun durchaus als angenehm.

»Hey, Victor!« brüllte Jürgen und winkte einem Radfahrer zu, der unter kolossalen Anstrengungen bergauf strampelte. Der hob flüchtig den Kopf und winkte zurück.

»Auch ein Europaflüchtling«, sagte Jürgen. »Belgier, glaube ich. Zuckerkrank ist der. Muß sich jeden Tag eine Spritze verpassen. Aber trainiert eisern: täglich bis zum Time hoch, oben bis zur Bananenpackerei in La Punta und dann zurück.«

Frank Richter vernahm Hundegekläff und drehte den Kopf zurück. Da sah er den Belgier kräftig in die Pedalen steigen und zwischendurch nach hinten gezielte Fußtritte austeilen, denn zwei häßlich dünne, braune Hunde waren aus dem Nichts aufgetaucht und verfolgten ihn.

»Das sind seine speziellen Freunde, die kommen immer an dieser Stelle, scheinen auf ihn zu warten. Canarios, scheußliche Köter. Von denen sollen die Inseln übrigens ihren Namen haben. Als die Spanier kamen, hat es hier von den Viechern nur so gewimmelt... Verdammter Mist, was ist denn das?« Jürgen stieg so heftig auf die Bremse, daß die Reifen kreischten und sie beide nach vorn flogen.

Vor ihnen auf der Straße lag ein regloser Körper, offenbar eine tote Ziege. Der Kadaver sah furchtbar entstellt aus. Der Hals war durchschnitten, der Kopf mit den Hörnern unnatürlich zur Seite verrenkt. Das Tier lag, die Beine nach oben, auf dem Rücken. Sein Bauch war aufgequollen, und ein Schwarm eklig summender, blauschwarzer Fliegen umschwirrte den zerschundenen Körper. Weit aufgerissene gelbe Augen starrten Frank Richter an, der vor Ekel würgen mußte.

Sie stiegen aus. Eine Gruppe von Einheimischen stand um die Ziege herum, einige sonnengebräunte Männer in dreckiger Kleidung, ein paar ältere Frauen und Kinder. Ein kleiner Junge in Jeans und viel zu großem, zerrissenem Hemd traktierte den Kadaver mit Fußtritten, bis jemand das Kind wegzog. Ein Mann fluchte und brüllte und versuchte, so das Stimmengewirr ringsum zu übertönen.

»Caramba«, verstand Frank Richter, »und ich sage euch: Don Vincente hat die Fiesta ausgerufen und den genauen Zeitpunkt bestimmt. Es ist alles klar, die Fiesta findet statt!«

Eine Frau kreischte schrill auf und schlug ihre Hände über dem Kopf zusammen, danach bekreuzigte sie sich mehrfach. »Madre mía«, jammerte sie, immer wieder: »Madre mía, madre mía!«

Ein anderer Mann lachte dröhnend: »Sí, sí, die Fiesta, die Fiesta des Teufels, und der Teufel hat eine Ziege geschickt... Es wird eine große, eine gute Fiesta, das sage ich euch. Wenn nicht, dann soll mich ruhig der Teufel holen!«

Wieder kreischte die Frau, und einige der Umstehenden stimmten in ihren Jammergesang ein. Der Ausdruck ihrer Gesichter wirkte fanatisch, wenn nicht gar irr.

»Was ist hier los, was soll das alles bedeuten?« fragte Frank Richter.

Jürgen Brinkmann zuckte die Achseln. »Ach, es geht wieder mal um irgendeine Fiesta, wahrscheinlich um das Teufelsfest von Tijarafe.«

»Und warum veranstalten die Leute so ein Theater darum?«

»Die Leute sind ein bißchen aufgeregt«, sagte Jürgen Brinkmann. »Das Teufelsfest ist eine große Fiesta, ein ganz besonderes Fest. Das bringt sie aus dem Häuschen.«

»Und was soll die Sache mit der Ziege bedeuten?«

Jürgen zuckte erneut mit den Schultern. »Was weiß ich, irgendein Mummenschanz, keine Ahnung... Die Eingeborenen spinnen halt ein bißchen, daran muß man sich hier gewöhnen.«

»Hat jemand die Ziege angefahren?«

»Sieht nicht so aus. Eher, als ob sie jemand von dem Berg da oben runtergeworfen hätte.«

»Aber der Hals ist doch durchgeschnitten.«

»Eben. Ich sagte ja: Die spinnen, die Palmeros. Haben manchmal komische Sitten. Aber eigentlich sind sie ganz harmlos.«

»Na, ich weiß nicht«, murmelte Frank Richter und

scheuchte mit hektischer Handbewegung ein paar besonders aufdringliche Fliegen aus seinem Gesicht.

Inzwischen hatte einer der Männer die tote Ziege an den Hinterläufen geschnappt und zur Böschung geschleift.

»Kommen Sie, lassen Sie uns weiterfahren«, sagte Jürgen Brinkmann, »die Straße ist wieder frei.«

Mit einem nachdenklichen Seitenblick auf die noch immer durcheinanderbrüllenden Leute kletterte Frank Richter zurück in den Jeep.

Nach der letzten Kurve, am höchsten Punkt der Strecke, gab es ein Lokal mit einem Parkplatz davor.

»Das ist der El Time, ein berühmter Aussichtspunkt, ein Mirador«, erklärte Jürgen mit strahlendem Lächeln, als habe er den Vorfall von eben bereits wieder vergessen. »Sollen wir anhalten und einen Blick riskieren? Haut einen einfach um, dieser Anblick. Ein Kaffee wäre jetzt auch nicht schlecht. Und Xavier, der Wirt, kann uns bestimmt wegen Ihrem Haus weiterhelfen.«

Frank und Jürgen waren die einzigen Gäste, als sie die halbdunkle Bar betraten. Frank bestellte sich einen »Cortado«, eine winzige Tasse starken Kaffees, mit Kondensmilch gesüßt. Jürgen trank seinen Kaffee schwarz und nippte einen Cognac dazu.

»Also, ich weiß nicht«, nahm Frank Richter seinen unterbrochenen Gedankengang wieder auf. »Das mit der Ziege eben war wirklich kein schöner Anblick. Ich begreife auch nicht, was das Tier mit der Fiesta zu tun haben soll.«

Jürgen Brinkmann nickte. »Ich hab's bereits angedeutet: An so was müssen Sie sich hier gewöhnen. Die Kanarischen Inseln gehören zwar offiziell zu Spanien, also zu Europa, aber im Grunde befinden wir uns hier in einer ganz anderen Welt, einer Welt mit eigenen, für uns Europäer manchmal unverständlichen Gesetzen. Ehrlich gesagt, in letzter Zeit sind hier auf der Insel ein paar merkwürdige Dinge passiert. In einer Woche sind gleich zwei Männer, ein Deutscher und ein Österreicher, unter mysteriösen Umständen beim Wandern umgekommen, lagen einfach tot im Gebirge. Angeblich Herzversagen, der ›El Día‹ erwähnte allerdings einen möglichen Ritualmord, weil der Deutsche inmitten eines Steinkreises lag. Aber das sollte Sie nicht beunruhigen.«

Frank Richter hörte verwirrt zu. Immer noch verfolgten ihn die Augen der Ziege. »Die Leute machten gar nicht den Eindruck, sich auf das Fest zu freuen, im Gegenteil: Mir kam es vor, als hätten einige von ihnen, besonders die Frauen, regelrecht Angst davor. Kann das sein?«

»Durchaus richtig«, sagte Jürgen Brinkmann. »Das Teufelsfest ist was ganz und gar Merkwürdiges. Wenn es stattfindet und Sie noch da sind, sollten Sie unbedingt hingehen, so was bekommt man nicht alle Tage geboten. Ich habe es selbst noch nicht erlebt, aber eine Menge darüber gehört. Bei Gelegenheit erzähl' ich Ihnen mal was davon. Noch einen Cortado?«

Frank Richter lehnte dankend ab. Der starre Blick aus den gelben Augen der Ziege ging ihm nicht aus dem Sinn, sowenig wie das seltsame Getue der Leute, besonders der Frau, die so heftig gejammert und sich bekreuzigt hatte. Ein häßlicher, dunkler Fleck war auf sein schönes Inselbild gefallen.

»Xavier«, sagte Jürgen zu dem Wirt, der in schläfriger Gemütlichkeit Gläser spülte. »Du weißt doch, das Haus weiter oben, das den Leuten aus Venezuela gehört, kann man das mieten?«

»Frag Jorge«, gab Xavier wortkarg zurück.

Jürgen nickte. »Jorge«, sagte er zu Frank, »ist der Wirt von der anderen Bar, unten an der Straße neben der Kirche.«

»Machen Sie sich bitte nicht solche Mühe mit mir«, sagte Frank Richter, »ich habe Ihre kostbare Zeit bereits lange genug in Anspruch genommen. Vielleicht tut es ja auch etwas am Hafen.«

»Wir Bücherwürmer müssen zusammenhalten.« Jürgen zwinkerte zum zweiten Mal an diesem Tag vertraulich. »Außerdem sagt man mir nach, ich sei ein sturer Hund. Was ich einmal begonnen habe, möchte ich auch zu Ende bringen.

Großes Guanchenehrenwort: Sie schlafen heute nacht noch im eigenen Haus!«

Auch gut, also wieder in die Rappelkiste und ein gutes Stück des Weges zurück. Von der Straße aus war die Bar kaum zu erkennen: ein einzelnstehendes Gehöft mit Kaninchenställen unter den Palmwedeln des Patio. Hühner liefen frei herum und scharrten im roten Staub. Die schmale Holztür stand einen Spaltbreit offen. Jürgen zwängte seinen massigen Körper hindurch und verschwand im Halbdunkel. Als Frank folgte, sah er zunächst einmal nichts. Aber angenehm kühl war es hier. Dann begannen sich Einzelheiten aus dem Zwielicht herauszuschälen, ein Tresen mit leeren Flaschen darauf, ein paar Regale im Hintergrund, die meisten davon gähnend leer. Nur weiter unten lagen griffbereit Konserven, Büchsenmilch und Sardinen, Kisten mit etwas Dunklem darin, Avocados, Gurken und Honigmelonen.

Jürgen klopfte mit einem Pesostück auf den Tresen und rief in das Dunkel der Hinterzimmer hinein, wo mit voller Lautstärke ein Fernsehgerät lief. Spanische Werbung, viel Blechmusik, sehr schrill, extrem hart und dazu Stimmen, die rasend schnell sprachen. Jürgen steckte sich eine von diesen furchtbar im Hals kratzenden Zigaretten an, hielt Frank Richter die zerbeulte Schachtel hin und lehnte sich wartend über den Tresen. Frank Richter rauchte aus Gesellschaft mit.

Als sie schon nicht mehr damit rechneten, kam aus dem Hintergrund doch noch jemand herangeschlurft: ein Wesen, das man im ersten Moment durchaus für einen überlebensgroßen Schellfisch halten konnte. Dem Mädchen quollen die Augen so sehr aus dem Vollmondgesicht, daß Frank Richter Angst bekam, sie würden jeden Moment auf den Tresen kollern.

»Buenos días, Carmen«, brüllte Jürgen, »qué tal?«

»Bien y tú? Buenos días, hombre!« brüllte der Schellfisch zurück.

Es handelte sich um die Tochter von Jorge, eine liebenswerte Person, wie sich herausstellen sollte. Jürgen bestellte erstmal einen Cortado und einen Café solo mit Cognac. Gerade als er zu einer längeren Rede ansetzen wollte, kam von außen eine weitere Gestalt durch die Tür geschlüpft. Wieder brüllte Carmen eine lautstarke Begrüßung, und der Neuankömmling ratterte im Tempo einer mit zehn Fingern bearbeiteten Schreibmaschine zurück. Jürgen kannte ihn auch. Er schien wahrhaftig jeden auf der Insel zu kennen. »Chano, Mensch, altes Schlitzohr, fein, dich mal wieder zu treffen, hombre!«

Sie hieben sich gegenseitig intensiv auf die Schultern, als wollten sie durch diese Geste das Kraftfeld ihrer alten Freundschaft wieder aufladen.

Chano war ein Einheimischer, ein dunkler, drahtiger Junge mit schwarzem Wuschelkopf und Oberlippenbart, der ihm etwas Mongolisches ins Gesicht schrieb. Oder eher wirkte er wie ein Amazonasindianer, ein Kopfjäger oder Karaibe. Hatten so etwa die Ureinwohner, die Guanchen, ausgesehen? Nicht unsympathisch, wenn auch ein Quentchen gefährlich. Seine Bewegungen waren katzenhaft flink, ebenso seine Augen. Der flackernde Blick eines ungezähmten Tieres. Und jetzt merkte Frank, woran ihn der Junge erinnerte. Nein, nicht an eine Katze – eher waren es die Hunde, jene schlanken, hochbeinigen Viecher, die einen mit einem Blick ansahen, der nicht verriet, was sie in der nächsten Sekunde tun würden – angreifen oder weglaufen. Chano besaß den Kopf und den Körperbau eines Hundes. Aber das war nur ein flüchtiger Eindruck. Als Frank Richter kurz weg- und danach erneut hinblickte, sah er einen lachenden, lebhaften Jungen am Tresen, der ebenfalls Café mit Cognac trank und das gleiche Teufelskraut rauchte wie dieser wortgewaltige Brinkmann. Spanisch sprach er und überraschenderweise einigermaßen Deutsch. Ein Typ, den man sich auf jeden Fall merken sollte. Vorerst ging es aber um das Haus in den Bergen. »Chano, du weißt schon, dieses casa antigua arriba, das alte Haus oben, wo der Señor in Venezuela lebt. Oder war das Kuba?«

»Sí, sí, Venezuela.« Chano wußte sofort Bescheid.

»Meinst du, das ist zu mieten?«

»Sí, sí, claro«, sagte Chano wieder. Er erweckte den Anschein, als habe er nur darauf gewartet, eingreifen und den Fall abwickeln zu dürfen. Nach längerem Palaver mit der glubschäugigen Carmen stellte sich heraus, daß sich ihre Familie im Besitz des Schlüssels befand. Hin und wieder gab man ihn her.

»Mil Pesetas, tausend Peseten die Woche, ist das bueno?«

Es war gut, erstaunlich billig war das, mindestens soviel kostete ein Hotelzimmer pro Nacht. Aber vorher wollte Frank Richter die ominöse Bruchbude erstmal sehen. Jürgen nickte, und Chano, der auch gerade nichts Besseres zu tun hatte, schloß sich ihnen an.

Zu dritt fuhren sie einen staubigen Feldweg hoch. Frank Richter saß hinten beim Gepäck und der Eingeborene als Fährtensucher vorn auf dem Beifahrersitz. Die Gegend wirkte unbewohnt. Ein paar zerfallene Häuser, Mandelbäume und verwilderte Terrassen und zerbröckelnde Trockenmauern, über denen lautlos Falken kreisten, sonst nichts. Frank Richter atmete auf. Das war die passende Umgebung für ihn.

Als sie das kleine Haus erreichten, er den Schlüssel im Schloß drehen durfte und die knarrende Tür aufstieß, wußte er, daß er angekommen war. »Gut«, sagte er, »absolut das Richtige für einen vom Wohlstand geschädigten Geist.«

Im Innern des Hauses roch es nach harzigem Kiefernholz. Die dicken Natursteinmauern und die Holzdecke machten es kühl. Ein paar Geckos flüchteten träge ins Gebälk. Ein gutes Haus, ein sehr gutes sogar. Und der Blick vom Fenster aus reichte über Feigengesträuch und wiegende Palmen hinunter zum Meer, das sich sanft gewellt und unbeschreibbar blau unter einen noch blaueren Himmel schmiegte.

Drüben liegt Amerika, dachte Frank Richter. Die Neue Welt mit ihren Problemen, und hinter mir irgendwo die Alte Welt. Und ich sitze in einem Haus, dessen Geschichte unter den Dachschindeln schläft.

»Das mit der Bezahlung hat Zeit, das machen wir später«, meinte Jürgen beim Abschied. »Wenn es Ihnen hier oben zu einsam werden sollte, können Sie auch runter nach Tazacorte kommen, in Henning Schneiders Pension.«

»Das mach' ich bestimmt irgendwann einmal, schon allein deswegen, weil ich Sie unbedingt zum Essen einladen will, als Dankeschön für Ihre Mühe«, sagte Frank Richter.

»Topp, die Einladung gilt. Ich bringe meine Frau mit. Sagen wir Freitag abend um acht, Treffpunkt ›Playamont‹? Das hübsche Lokal mit den Palmen, direkt gegenüber von Hennings Pension. Sie wissen ja inzwischen ungefähr, wo das ist.«

»Kein Problem«, bestätigte Frank Richter, »ich werde das schon finden. Ich freu' mich.«

Jürgen schlug sich mit theatralischer Geste an die Stirn. »Ach, ich habe ja völlig vergessen, daß Sie zu Fuß unterwegs sind und jetzt in dieser Einsiedelei hausen. Völlig unmöglich auf La Palma, ohne Leihwagen sind Sie hier aufgeschmissen und lernen die Insel nie kennen. Wenn Sie einen wollen, Chano besorgt Ihnen einen, zum günstigsten Preis, versteht sich. Sie finden ihn meistens unten bei Carmen in Jorges Bar.«

»Besten Dank für den Hinweis«, rief Frank Richter, »ich glaube schon, daß ich auf das Angebot zurückkommen werde.«

Und Chano winkte beim Abfahren vom Suzuki aus, als wären sie die besten Bekannten.

So langsam läuft's, dachte Frank, der sich mit einem Mal seltsam überanstrengt und müde fühlte. Fängt an, mir zu gefallen. Ich brauche unbedingt Ruhe in meinem Kopf, klar Schiff für neue Gedanken, Sendepause mit Zeitzeichen grüne Insel, Wind und Rascheln der Palmwedel. Und dann mal sehen, was kommt. Seit seiner Ankunft auf der Insel hatte er nicht einmal an Ute denken müssen. Ein verdammt gutes Zeichen für den Anfang.

Schon wieder so eine unerwartet unanständig unregelmäßige Zacke! Wie vorige Woche schon einmal. Eigentlich nichts Besonderes, nur ein winziger Ausschlag des Stiftes, eine geringfügige seismographische Anomalie auf der Schreibwalze des Erdbebenschreibers, viel zu wenig, um als signifikant zu gelten. Aber gerade weil Victor Depauw ein solcher Pedant war, störten ihn die kleinen, kaum wahrnehmbaren Veränderungen besonders. Die großen sozialen, politischen, gesellschaftsbedingten Ereignisse konnte er mühelos ignorieren und so tun, als gäbe es keine zwischenmenschlichen Streitereien, Wahlen, Verkehrsunfälle. Aber die ganz kleinen, die jeden normalen Menschen völlig kaltließen – die machten ihn regelrecht fertig. Wenn zum Beispiel die Putzhilfe dagewesen war und trotz strengster Ermahnung barbarisch nachlässig gehaust hatte.

Die Bleistifte hatten stets rechts oben auf seinem Schreibtisch zu liegen, jedenfalls die schwarzen. Der rote hingegen mußte griffbereit links davon der besonderen Gelegenheiten harren, für die er schließlich angeschafft worden war. Und warum, zum Kuckuck, war die weiß-gelbe Art-Déco-Vase jedesmal nach dem Staubwischen ein paar Millimeter vom Mittelpunkt des Bücherregals verrückt? Das mußte doch wirklich nicht sein, solche Eingriffe in die innere Ordnung seiner Wohnung störten erheblich die Harmonie und besaßen die schädliche Kraft der Irritation, wenn nicht gar Destruktion, die ihm den halben Nachmittag vergällen konnte.

Andererseits besaß gerade diese eine winzige Zacke auf der Schreibwalze des Seismographen unbestreitbar eine gewisse Qualität. Das Innere der Erde ist eben völlig chaotisch und unberechenbar, sagte sich Monsieur Depauw. Und genau deshalb gab es ihn und seine äußerst feinfühligen Apparaturen. Tag und Nacht überprüften sie mit akribischer Genauigkeit die Bewegungen der Erdkruste. Schlimm wäre es, wenn der Schreiber immerfort das gleiche Muster auf die Walzen zeichnen würde. So aber zeigte er an, wie genau und zuverlässig sein Instrumentarium arbeitete, ohne die geringsten

Anzeichen von Verschleiß. Man konnte sich auf den Apparat verlassen. Ganz im Gegensatz zu Menschen. Victor Depauw sprach zwar selten darüber, aber dann hielt er mit seiner Meinung nicht hinter dem Berg: Für ihn waren Maschinen weitaus perfekter als Lebewesen.

Aus dem Grund pflegte er auch täglich sein Rennrad. Manche, die ihn kannten, lächelten darüber und hielten sein Privatrennen zum »Time« hoch und zurück für eine Marotte. Schließlich hatte der Ingenieur sich in seiner Jugend des öfteren an Straßenrennen in Belgien beteiligt und sogar vom gelben Trikot bei der Tour de France geträumt. Aber für Victor Depauw besaß die tägliche strapaziöse Bergtour noch eine andere Dimension. Wegen seiner Diabetes fühlte er sich körperlich unvollkommen, und mit dem Training versuchte er, seinem Körper eine gewisse Präzision aufzuzwingen, etwa so, wie er stets auch zu exakt den gleichen Zeiten aß, immer im gleichen Lokal und am gleichen Tisch.

O ja, er kannte dieses Gefühl der automatischen Körperreaktionen am Berg, diese ab einem gewissen Punkt sich ausdehnende Zeitlosigkeit, und er liebte es, an den Rand der Leistungsfähigkeit zu gelangen. Er kannte jede Kurve, jeden Steigungswinkel, sogar einzelne Feigenbäume, Kakteen, selbst einzelne Steine am Straßenrand, die ihm allesamt als Markierungs- und Meßpunkte dienten. So gesehen, war die Welt wirklich ein einziges großes Uhrwerk, und er fungierte als Sekundenzeiger darin.

Nur diese Hunde, diese elenden Köter, die so asymmetrisch und unkontrolliert aus dem Buschwerk sprangen, um nach seinen Beinen zu schnappen! Merde, sie bildeten einen scheußlichen Störfaktor bei seiner Arbeit. Er hätte sie erschießen, erschlagen, vergiften mögen. Warum, zum Kuckuck, konnten Hunde nicht so leise, sanftmütig und sensibel wie Katzen sein?

»Mies, mies, Minouche!« rief er lockend, um seinen Gedanken in der realen Außenwelt bestätigt zu sehen. Tatsächlich öffnete der rote, samthaarige Perserkater sofort die

Augen, streckte sich und erhob sich buckelnd von seinem Lieblingsplatz auf dem Sofa.

»Komm her, mein philosophischer, allwissender Tiger, es ist Frühstückszeit, exakt acht Uhr dreißig, Herrchen hat dir was Feines zurechtgemacht«, sagte Monsieur Depauw und klapperte mit dem Napf am Boden. Es war undenkbar für ihn, ohne den gemütlichen Veteranenkater einen Tag zu beginnen. Und weil eine gewisse Zeremonie niemals von Schaden sein konnte, prostete er dem verschlafen blinzelnden, behaglich schnurrenden Tier mit der Teetasse zu.

»Aber das gehört doch gerade zu unseren journalistischen Aufgaben, daß wir die Öffentlichkeit mit Informationen über das, was passiert, versorgen. Innerhalb kurzer Zeit kommen zwei Ausländer unter mysteriösen Umständen hier ums Leben. Darüber müssen wir berichten, ob wir wollen oder nicht!«

Während der Leutnant langsam sein Bierglas leerte, überlegte er, wie er den jungen Reporter, der seinen Beruf offensichtlich sehr ernst nahm, von seinem Vorhaben abbringen konnte. »Aber denken Sie doch bitte auch einmal an die Konsequenzen eines solchen Artikels«, sagte er. »Wir sind eine ausgesprochene Urlaubsinsel, nach Gran Canaria, Teneriffa und Lanzarote und vielleicht noch La Gomera die Urlaubsinsel überhaupt, ein Geheimtip, ein Paradies unter blauem Himmel. Und da wollen Sie mit solchem Geschreibsel dunkle Wolken aufkommen lassen? Die Dimension, hombre, Sie müssen mal an die Tragweite denken! Im Paradies gibt es saubere Strände, wenige Taschendiebe und schmackhaftes Essen. Der Fisch kommt aus einem unverseuchten Meer fangfrisch auf den Tisch, es gibt Duschen in allen Hotelzimmern und für die Touristen genügend Trinkwasser, das wir extra mit einer neuen, kostspieligen Filteranlage in jedes Zahnputzglas leiten. Habe ich recht? Also. Im Paradies stirbt man einfach nicht, das wäre völliger Stilbruch. Und da wollen Sie mit Ihren Horrorberichten reinplatzen und den Leuten die Stimmung verderben? Also ehrlich gesagt, ich verstehe Sie nicht, amigo!«

»Aber der ungeklärte Tod der beiden Männer, der Kreis aus Steinen um das eine Opfer. Klingt ein wenig nach Voodoo und Macumba, finden Sie nicht? Außerdem soll der Hals des anderen seltsame Würgemale aufgewiesen haben ...«

»Woher wissen Sie das?« fuhr der Leutnant dazwischen. Rote Flecken im Gesicht zeigten die ersten Anzeichen eines beginnenden Zornesausbruchs an. Er besann sich aber rasch und stellte geschickt die Weichen für eine andere Strategie. »Also, ich will Ihnen reinen Wein einschenken, amigo. Und wenn ich von der Provinzregierung dafür gesteinigt werde: nichts als die volle Wahrheit. Von mir aus können Sie die ruhig schreiben.«

Aufgeregt nestelte der junge Reporter an seinem Notizblock herum und verlor dabei seinen Kugelschreiber. Er mußte vom Barhocker absteigen, sich bücken und unten zwischen den benutzten Papierservietten, Zigarettenkippen und anderem Abfall danach suchen. Diese Zeitspanne gab seinem Gesprächspartner Gelegenheit, eine vertraulich-listige Miene aufzusetzen.

»Also, wenn Sie es genau wissen wollen: In beiden Fällen handelt es sich ohne jeden Zweifel um Herzversagen, wie der Polizeiarzt versichert. Der eine hat sich beim Wandern übernommen, der andere auch und ist daher in äußerst schwierigem, übrigens behördlich gesperrtem Gelände abgestürzt. Es waren keine Würgemale am Hals, sondern Kratzspuren vom Fall übers Geröll. Der Steinkreis war schon vorher da, er stammt von Hirten, die da immer Rast machen. Der Junge, der den Alemán gefunden hat, wollte sich wichtig tun, außerdem ist er blöd, nicht ganz richtig im Kopf. Also, wo Sie auch hinschauen, nirgends ist auch nur die Andeutung eines Geheimnisses zu finden. Alles normal, völlig tranquilo. Unfälle kommen bekanntlich ständig und überall vor. Denken Sie nur an den Einsturz des Supermarktes neulich an der französischen Mittelmeerküste: sechs Tote, das sind wahre Tragödien, ein Elend von großer Tragweite. Aber bei uns? Tut mir leid, keine besonderen Vorkommnisse. Und glauben Sie mir, ich würde Ihnen nie etwas verschweigen, weil Sie mein Freund sind und auch mein Kontakt zu Ihrem Vorgänger stets der allerbeste war. An Ihrer Stelle würde ich ein paar nette Schlußbemerkungen zu der Angelegenheit verfassen und mich auf die Sache mit der Pyramide an der Ostküste stürzen, von der die Ausländer meinen, sie sei aus der Guanchenzeit und von besonderer Bedeutung für die Weltgeschichte.«

»Da bin ich schon seit Wochen dran und recherchiere wie ein Bekloppter«, gab der junge Reporter zermürbt auf. »Wissen Sie eigentlich, wie wenig Zeilenhonorar ich für meine Arbeit bekomme?«

»Ach ja, die Welt ist schlecht«, stöhnte der Leutnant teilnahmsvoll. »Wenn es uns beide, Sie und mich, nicht gäbe, wären wir alle verloren ...« Insgeheim aber nahm er sich vor, die beiden Gendarmen gehörig zurechtzustauchen. Immer diese elende Schwätzerei bei Rotwein und Bier. Das mit dem Steinkreis und den Würgemalen hätte auf keinen Fall rauskommen dürfen! Er würde sie eine Weile in die Hauptstadt versetzen, damit sie dort am Hafen auf die Autos der Touristen ein Auge warfen und keine Fotoapparate mehr wegkamen. Oder noch besser: Sie könnten diese albernen Wandparolen der Separatisten, die jetzt überall aufgetaucht waren, mit weißer Farbe übertünchen. Caramba, was für ein elender Job, und das bei dieser Hitze!

Ein klarer, frischer Morgen nach warmer Nacht. Frank Richter öffnete die Tür, die Holzläden, schob das Fenster hoch und ließ Licht herein. Als er sich umsah und das Mobiliar betrachtete, mußte er lachen. In einem Winkel lag sein Schlafsack, daneben die beiden Reisetaschen, in einer anderen Ecke stand auf wackligem Holztisch der Kocher mit Topf und Gasflasche. Wirklich komfortabel, was wollte er mehr?

Er streckte sich ausgiebig und ging nach draußen, um Wasser zu schöpfen. Chano hatte ihm den Wassertank gezeigt und auch einen Eimer nebst Seil aufgetrieben. Das Wasser war gut, es schmeckte bergfrisch. Gut gelaunt brühte Frank Pulverkaffee in einem Zahnputzbecher auf und aß eine Rolle Kekse dazu. Er saß auf der Terrasse und ließ die Beine über die Mauer baumeln. In den Zweigen des Feigenbaums zwitscherten kleine, unscheinbar graue Vögel. Und dann die Eidechsen ... Überall raschelte es. Wenn man still saß, sich wenig bewegte, konnte man sie beobachten, wie sie sich neugierig heranpirschten und die winzigen Reptilköpfe hoben. Es gab grau gesprenkelte und solche, die etwas größer waren und blaue Kehlsäcke besaßen. Richtige Miniaturdrachen.

Sein träge zum Meer hinuntergleitender Blick fiel auf eine Gruppe merkwürdiger Bäume. Er stand auf und ging näher hin. Ihre Stämme waren von unzähligen knorrigen Luftwurzeln umrankt, und die Kronen wirkten wie trutzige Stachelhauben. Dragos waren das, Drachenbäume, wie sie nur hier auf den Kanaren vorkamen, das hatte er im Reiseführer gelesen, der auch Abbildungen dieser Bäume zeigte. Eigentlich sollten es ja riesige Liliengewächse der Urzeit sein, etwas Übergroßes, Ausgestorbenes wie einst die gigantischen Schachtelhalmwälder. In Wirklichkeit wirkten sie noch eigenwilliger. Frank Richter bedauerte wieder einmal, daß er so wenig vom Fotografieren verstand. Mit seinem billigen Apparat würden die Bilder nichts werden. Also die bessere Kamera einsetzen, die eigenen Augen.

Er bewegte sich noch ein paar Schritte vor und bemerkte jetzt, daß die fünf Bäume wohlgeordnet im Kreis standen. Wie ein Hexenring, dachte er. Und wie es bei Assoziationen ist – einmal aufgetaucht, lassen sie einen nicht mehr los. Als er in die Mitte des Kreises trat, glaubte er einen deutlichen Temperaturunterschied zu spüren. Kühl war es, wie erfroren wirkten die spitzen Äste und schuppigen Blätter, die bewegungslos waren, als wären sie versteinert.

Er setzte sich hin und steckte sich eine Zigarette an, betrachtete die Umgebung. Ein Reiter kam den Pfad herunter, hell blinkten die Hufeisen am Stein. Vor ihm auf dem Sattel, der aus einem einfachen Fellfetzen bestand, hockte ein etwa dreijähriges Kind. Beide, der Mann und das Kind, starrten in Gedanken versunken auf den Weg, nahmen keine Notiz von ihm, vielleicht sahen sie ihn auch gar nicht unter den Bäumen. Dann waren sie vorbei. Kurz danach verlor sich auch das Klappern der Hufe.

Wenig später Glöckchenklingen, Gemecker und Trappeln von Ziegen. Eine ganze Herde, 15, 20 Tiere unterschiedlicher Hautfärbung von samtbraun bis schwarz-weiß gefleckt, kam den Weg hoch mit kecken Seitwärtssprüngen und spielerischem Hörnergestoße, so nebenbei wurden auch ein paar Blätter gezupft. Ein alter Mann mit breitem Sonnenhut, einer Decke als Umhang und langem Holzstecken bog um die Ecke. »Kirr«, schrie er. Schrille, spitze Schreie, die wie »hiiaa, heii, ho, tssi, tsiii« klangen. Ihm folgte eine Frau in zerlumpten Kleidern. Sie trug ein Polster auf dem Kopf und darauf einen mächtigen Flechtkorb mit gelbgrünen Kaktusfrüchten. Mit der rechten Hand stützte sie den Korb, ihr Körper bewegte sich so, daß die Last im Gleichgewicht blieb. Ihr Gesicht lag im Schatten. Frank konnte nur ahnen, wie alt sie war. Vielleicht 60 Jahre oder mehr.

Frank wollte aufstehen und merkte, daß seine Beine eingeschlafen waren. Ameisenkribbeln bis zu den Knien. Er fluchte. Wie spät war es wohl? Er hatte vergessen, seine Armbanduhr aufzuziehen, sie war stehengeblieben. Mit taubem Gefühl in den Füßen humpelte er aus dem Schatten der Drachenbäume. Der Klimawechsel machte ihm zu schaffen. Er beschloß, nach unten zum Dorf zu laufen. Nach einem anständigen zweiten Frühstück würde er sich bestimmt besser fühlen.

Vom Haus aus führte im rechten Winkel zum Weg eine schmale Trittspur hinunter. Bestimmt eine Abkürzung. Zwischen Kakteen ging es über Felsstufen den Hang hinab. Hin und wieder ein aus groben Bruchsteinen gemauertes Haus mit zerfallenem Dach, daneben Palmen, allerlei wucherndes Gestrüpp und wilde Geranien. Eine Idylle. Ebenso das Dorf mit der kleinen Kirche, die Poststation, ein paar Bars zwischen den Terrassen einer ausgedehnten Bananenplantage.

Im Halbdunkel ihrer obskuren Bar begrüßte ihn Carmen mit überschwenglichem Wortschwall und echter Herzlichkeit. Es stellte sich heraus, daß Frank das meiste von dem, was sie sagte, verstand. Ohne nachzudenken, redete er einfach drauflos. Er freute sich, seine Sprachkenntnisse endlich mal praktisch einsetzen zu können. Ja, der Chano würde ein Auto besorgen, plapperte Carmen, das sei überhaupt kein Problem. Einen Seat Panda, am besten mit Allrad, den könne man hier schon gebrauchen. Sie würde ihm gleich Bescheid sagen. Frank Richter solle ruhig erstmal unten an der Plaza bei Louis was essen, daneben sei ja der große Laden, wo er alles, was er brauche, bekomme, sogar neue Gasflaschen, Sombreros, Kerzen, Dosenöffner und andere nützliche Dinge. Dahin würde Chano mit dem Auto dann kommen, no problema, alles tranquilo, hombre.

Mit dem Gefühl eines Mannes, dem jegliche Zeit dieser Welt gehört, erkundete Frank Richter das Dorf, die Plaza, Louis' Bar, das kunterbunte Angebot im beschriebenen Laden. Schließlich, als er seiner Meinung nach die Ausrüstung für mindestens eine Woche zusammenhatte und mit einer gefüllten Pappkiste auf der Steinbank neben dem Dorfbrunnen saß, erschien Chano mit dem Leihwagen.

Nicht nur, daß er vollgetankt und den Papierkram bei der Autovermietung bereits erledigt hatte – er bot sich nach dem dritten Café mit Cognac zudem noch als wegkundiger Führer an: »Ich kann dir alles zeigen, was dich interessiert, hombre«, sagte er fröhlich grinsend. »Jürgen hat mir erzählt, du wärst ein Gelehrter mit vielen Büchern.«

Frank Richter winkte ab.

»Doch, doch, ich meine es ernst«, beharrte Chano auf seinem Angebot, »wenn du sehen willst, wie La Palma wirklich ist, dann darfst du es nicht machen wie die anderen Touristen. Die kommen für zwei, drei Wochen, liegen dauernd am Strand, essen und trinken und machen viele Fotos. Wenn sie wegfahren, winken sie, geben Trinkgeld und sagen: Eine schöne Insel war das, ein guter Urlaub. Aber gesehen haben sie eigentlich nichts.«

Frank Richter musterte seinen Begleiter aufmerksam. Der Bursche schien wirklich ein guter Geist zu sein, er kam wie gerufen. Ja, genau das war es, was er sich vom Aufenthalt auf der Insel versprach: kein normales Sightseeing, sondern wenn möglich einen ausgiebigen Blick hinter die Kulissen. Ob der Kerl hellsehen konnte?

»Danke«, sagte er, »ich komme bestimmt darauf zurück. Wo finde ich dich am besten, bei Carmen?«

»Meistens ja, wenn nicht, dann unten in Argual in der Bar ›Tanausu‹ bei meinen Freunden, jenseits der Schlucht der Todesängste.«

Whow, wie das klingt, dachte Frank Richter später, als er zu seinem Haus in den Bergen hinauffuhr, »jenseits der Schlucht der Todesängste« ... wie eine Reise zur Unterwelt. Und der Name Chano klang ja auch ein bißchen wie Charon, der Unterweltbote, der in der griechischen Mythologie bekanntlich die Seelen der Verstorbenen über den Styx zum Hades, dem Reich des Todes, übersetzte. Oder wie »Cano«, was auf spanisch »Hund« bedeutet und mit der Herkunft des Namens »Kanaren« in Zusammenhang stehen soll ... Frank spann weiter: Entfernt sah Chano ja auch einem Hund ähnlich, und galten nicht Hunde in der antiken Welt stets als Boten, Hüter und Wächter der Jenseitswelt – Pluto, Cerberus, der schakalköpfige Anubis im alten Ägypten?

Er lachte auf. Quatsch, diese Spielerei mit Assoziationsketten. Er war doch kein esoterischer Kabbalist, der an die geheime Wirkung von Buchstaben, Zahlen und magischen Lauten glaubte. Und die Aussage eines neuzeitlichen Philosophen und Erkenntnistheoretikers etwas umwandelnd, sprach er den Satz vor sich hin: »Eine Insel ist eine Insel, zumal sie grün ist.« Aber Ute, die saß irgendwo weitab im Gestern der Alten Welt.

Der Schweizer Architekt und Immobilienmakler J. S., der sowohl von Fremden als auch Geschäftspartnern nur mit diesem Kürzel benannt wurde, besichtigte die herrlich mit einem dichten Wald aus Drachenbäumen überwucherte Schlucht von Buraca. Seit jemand seinen Sennhund vergiftet und in den Swimmingpool geworfen hatte, war J. S. vorsichtig geworden. Er trug jetzt immer in der Umhängetasche verborgen seinen Revolver bei sich.

Am Eingang zur Schlucht ließ er den Landrover stehen und machte sich weiter zu Fuß an den Abstieg. Man hätte auch keinen Meter weiter fahren können, denn was nun folgte, war ein äußerst steiler, recht schmaler und durch etliche Felsvorsprünge schwer passierbarer Pfad. J. S. ging den mühevollen Weg keineswegs aus Spaß, er war geschäftlich hier. An einer der vielen Biegungen, die einen weiten Blick auf das grandiose Panorama der Schlucht zwischen den Felshängen bis hinab zum Meer ermöglichte, setzte er sich, um zu verschnaufen.

Das war sie also, die Schlucht von Buraca. Eigentlich Brachland, aber ein höchst interessantes Projekt. Wenn man den Pfad breiter ausbauen und ein paar Felskanten wegsprengen würde, ergäbe das eine durchaus passable Fahrpiste, die auch für Pkws geeignet wäre. Unten in der Schlucht wäre dann mehr Platz, vielleicht für Garagen oder auch für zwei oder drei kleinere Häuser. Die Hauptattraktion würde natürlich eine Stelle sein, die zu einer geräumigen Plattform hin auslief. Da sollte die Bungalowsiedlung stehen, etwa zwanzig Gebäude, die sich in Terrassenbauweise an die Felswände schmiegten. Modernster Komfort, Solaranlagen auf den Dächern und uneingeschränkter Seeblick.

J. S. stellte sich ein Zentrum für Managerseminare vor. Einige Leute würden hier ständig Urlaub machen, andere nur gelegentlich zu Schulungszwecken kommen, verbunden mit Survivaltraining unter medizinischer Anleitung. Dazu konnten Schwimmen, Tauchen, Segeln gehören (wenn sich eine steile Steintreppe zur Küste hinab in den Felsen schlagen ließe), ebenso Meditieren in Höhlen und Tagesausflüge im Steinzeitlook. Natur pur und unverfälscht in wohlproportionierter Dosierung für Zivilisationsmüde, die sich nebenbei einen gewissen Luxus leisten konnten. Ein geniales Projekt, aber mit einigen Haken, wie meistens bei solchen gewinnbringenden Ideen.

Der Geschäftsmann J. S. liebte es, gerade an solchen Sachen herumzubasteln, die anfangs als aussichtslos galten. Da bestanden zunächst die üblichen Einwände von seiten der Gemeinde, der Bezirksregierung und einiger Verbände wegen des Naturschutzes. Blödsinnige Argumente, die sich vor allem um die Dragos drehten, die einige Leute für schützenswerte Naturdenkmäler der Vorzeit hielten. Sentimentalitäten vor allem der »Grünen«, die sich neuerdings auch auf den Kanaren störend bemerkbar machten. Klammerten sich an jeden blühenden Stengel, als hinge von ihm das Seelenheil der gesamten Menschheit ab. Vor allem galt der Protest den sogenannten »harten« Landschaftseingriffen. Dabei bestand der Felsen, wie er durch einen befreundeten Gutachter hatte feststellen lassen, vorwiegend aus leicht bröckliger Masse, in der Fachsprache »Picon«, der sich leicht wegsprengen ließ. Man brauchte ja nicht alles mit Dynamit wegzublasen, nur gerade soviel, wie für die Straße notwendig war. Die Abraumhalden konnte man ruhig liegenlassen, sie würden in ein paar Jahren von selbst mit Unkraut überwuchert.

Nächster Haken: die Höhlen, die dabei gesprengt würden, zumindest ein paar von ihnen. Angeblich Guanchenhöhlen einer uralten, vorspanischen Siedlung. So ein Gesülze! Tatsächlich hatte sich bis zum Tag der Projektvorstellung niemand darum gekümmert, nicht einmal die Archäologen von der Universität La Laguna aus Teneriffa. Wie J. S. aus gewöhnlich gut unterrichteter Quelle wußte, besaßen die weder Personal noch Geld, um die Höhlen zu untersuchen. Außerdem existierten auf der Insel mehrere tausend Höhlen, und Keramikscherben der Ureinwohner lagen bekanntlich an vielen Plätzen herum. Es gab so viele von ihnen, daß die Chicos sie bereits sammelten und an die Touristen verkauften. Er war sicher, daß sich für diesen speziellen Punkt ein Dreh finden ließ, um alle Seiten zufriedenzustellen. Zum Beispiel ein lukratives Sponsoring für die Universität, damit man andernorts richtig forschen konnte.

Das Projekt würde Arbeitsplätze schaffen und noch mehr Geld auf die Insel bringen. Mit diesem Versprechen ließen sich Gemeindeverwaltung und Bezirksregierung bestimmt ködern. Alles eine Frage von dezenten Geschenken an die richtigen Leute, von cleveren Anwälten und eindrucksvoll klingenden Zugeständnissen, die, werbewirksam aufgemotzt, dem Vorhaben einen sozialen, ökologischen und vor allem ökonomischen Anstrich verleihen würden. Zum Schluß würden er und seine Firma noch als Wohltäter dastehen, als Leute mit Initiative und Weitsicht.

Ärgerlich war nur, daß Don Vincente so viel Aufhebens um seine Wasserrechte machte. Das war das einzige wirklich ernst zu nehmende Problem, denn Wasserversorgung mußte nun einmal sein. Das Abwasser ließ sich ohne Schwierigkeiten irgendwo ins Meer leiten, aber woher das Trinkwasser nehmen? Don Vincente gehörten einfach zu viele Quellen. Klar, man konnte oberirdische Leitungen legen, soviel man wollte, doch wenn Don Vincente den Hahn nicht aufdrehte, blieb Buraca eine Seifenblase, eine Fata Morgana. Der störrische Hund verlangte horrende Summen, hatte durch seine Gefolgsleute wohl frühzeitig Wind von der Sache bekommen und spielte seinen Vorteil hemmungslos aus. Seit Monaten pokerten sie nun schon, mehr bluffend als ernsthaft verhandelnd. Don Vincente erwies sich zusehends als Feind Nr. 1, auf dessen Zusage oder Ablehnung sich alles konzentrierte.

Knackte J. S. seinen Widerstand, dann lag die Schlucht sturmreif vor seinen Baggern und Planierraupen ... Ob der Tod seines Hundes auf Don Vincentes Konto ging? Als Warnung, daß er in der Wasserangelegenheit keinen Spaß verstehen würde? Immerhin hatte der Hund ja im Swimmingpool geschwommen, der Hinweis auf Wasser war überdeutlich.

Ächzend machte J. S. sich auf den Rückweg. Als er nach schweißtreibendem Marsch oben am Landrover ankam, gewahrte er sofort die Bescherung: Alle vier Reifen waren durchstochen und platt. Intakt war nur der Reservereifen, aber der allein nützte wenig.

Das »Playamont« durfte bereits architektonisch eine ausgesprochene Attraktion genannt werden. Ganz im alten kanarischen Landhausstil errichtet, paßte es sich mit seinen weiß und sandbraun gesprenkelten Mauern und Wänden gut in die Landschaft ein. Tief duckte es sich zwischen Kakteen und Palmen, brennend roten Bougainvilleen, Mispelbäumen und einem Glutrausch aus blühenden Blumen. Es lag in Sichtweite zum Meer, auf dem gerade die Sonne aufsetzte, um eindrucksvoll zu ertrinken, und wurde im Rücken von einer imposant aufsteigenden Felswand geschützt. Schräg gegenüber begannen die Häuser der kleinen Hafensiedlung, von denen Henning Schneiders Pension einer der ersten und neueren Bauten war. Dort war auch die erst etwa zu einem Viertel vollendete Strandpromenade, mehr Baustelle als prächtiger Blickfang. Aber das Panorama wurde eindrucksvoll vom steil aufragenden Bergrücken El Time begrenzt.

Frank Richter brauchte eine Zeitlang, um den unerwartet reizvollen Anblick in sich aufzunehmen. Dann wandte er sich dem Restaurant zu, aus dem lautstark spanische Musik schallte, vermischt mit Stimmen, Gelächter, Gläsergeklirr. Natürlich saßen die Gäste im Freien, eigentlich bestand das ganze Lokal zur Hauptsache aus einem überdachten Innenhof und einer ausladenden, runden Theke, vor der jede Menge fröhlicher Urlauber standen. Auch die Tische im Hof waren bis auf den letzten Platz besetzt. Von einem Tisch aus winkte ihm Jürgen Brinkmann zu. Als Frank dort ankam, wurde er mit einigen Leuten bekannt gemacht.

Zunächst Susanne, Jürgens Frau, die mit der Boutique in Los Llanos. Sie sah fast wie eine Einheimische aus: bronzefarbene Haut und das schwarze Haar auf spanische Art an den Schläfen glatt nach hinten gekämmt, was ihr ausgesprochen gut stand und sie rassiger machte. Früher in Frankfurt hatte sie bestimmt auch leicht exotisch gewirkt, hier aber fiel sie nicht mehr aus der Reihe, benahm sich wie eine waschechte Insulanerin. Offenbar war ihr Anpassungsprozeß nahtlos vonstatten gegangen. Frank Richter roch eine starke Brise würzigen Parfums, als er ihr, sich über den Tisch beugend, näher kam. Alles an dieser Frau verriet Geschmack und Wohlstand, Jürgen mußte ein beneidenswerter Mann sein, und er machte keinen Hehl daraus.

»Das ist mein Freund Frank, der Bücherwurm aus der Wildnis«, wurde er von Jürgen der nächsten Dame in der Runde vorgestellt, einer stämmigen Blondine aus Dortmund.

Dann waren da noch Donna, kräusellockig, ein bißchen überdreht, mit unverkennbar amerikanischem Slang, jüdische Studentin aus Freiburg mit US-Paß und Globetrottermentalität und ihr Freund Bob, dessen Profession Solaranlagen waren. »Sonne gibt es genug. Leider auch zu viele rückständige Leute, die ihr Geld in Elektrosachen verpulvern«, sagte er. »Fossiles Denken, mal sehen, ob sich das ändern läßt.«

»Wir brauchen weder das eine noch das andere. Bei uns funktioniert alles natürlich«, mischte sich ein bärbeißiger Endvierziger ins Gespräch, der sich als Hannes Wieland vorstellte. Er war ein Uraltfreund von den Brinkmanns und betrieb seit geraumer Zeit bei Garafia, im Norden der Insel, eine dynamisch-biologisch ausgerichtete Obstbaumplantage. Seine Apfelbäckchen glühten mindestens ebenso gesund wie bei Marita, seiner Frau, die sporadisch im Observatorium auf dem Roque de los Muchachos – zu deutsch »Berg der Freunde«, dem höchsten Gebirgsgipfel der Insel – arbeitete. Äußerst stabil wirkte sie, eine Frau, die mit beiden Füßen auf der Erde stand und die landwirtschaftlichen Experimente ihres Mannes mehr liebevoll lächelnd als ideologisch gefestigt kommentierte.

Frank Richter erkundigte sich nach Abwechslungsmöglichkeiten und löste damit eine Flut wohlgemeinter Ratschläge aus.

»Ich finde, das beste auf La Palma ist das Wetter. Kaum bist du hier, fühlst du dich schon gesund. Prost, Leute!« setzte sich Jürgens dröhnende Stimme durch. Er füllte aus dem riesigen Weinkrug nach. Und das alles vor dem Essen, dachte Frank, der bereits die Wirkung des Alkohols in sich aufsteigen fühlte. Der Geräuschpegel im Lokal stieg kontinuierlich an.

»Wir können gleich was bestellen«, sagte Susanne, »eigentlich ist es ja noch viel zu früh, in Spanien beginnt niemand vor zehn Uhr abends zu speisen.«

»Ja, die Kanarischen Inseln heißen nicht umsonst ›die Inseln des ewigen Frühlings‹«, sagte Jürgen. »Schon die alten Griechen, allen voran Plato, bezeichneten sie als ›die Inseln der ewigen Jugend‹. Homer hat sie in seiner Odyssee als die Elysischen Gefilde beschrieben. In alten spanischen Chroniken ist auch von einer Art Jungbrunnen die Rede, den es hier einst gegeben haben soll. Kein Wunder, bei dem ausgeglichenen Klima, im Sommer nie zu heiß und im Winter mild, immer gleichmäßig und angenehm. Gar kein Vergleich zu dem Wetter, das in letzter Zeit überall auf der Welt verrückt spielt.«

»Ja, der ewige Regen in Deutschland, schrecklich, die vielen Katastrophen, Überschwemmungen, überall Unwetter«, stimmte Donna zu.

Aber Jürgen wollte auf etwas ganz anderes hinaus: »Unser Hannes ist das beste lebende Beispiel dafür, wie es einem ergeht, wenn man hier in diesen gesegneten Breiten leben darf. Und ich merk's ja auch. Früher hab' ich ganz schön getrunken.«

»... und heute säuft er wie ein Loch, ohne daß es seine Leber ankratzt«, ergänzte Hannes Wieland respektlos.

»Ist überhaupt nicht wahr«, protestierte Jürgen. »Du hättest mich mal früher erleben sollen. Dagegen bin ich heute beinahe abstinent. Und wißt ihr, woran das liegt? Ganz einfach, das Inselwetter macht mich high. Ich bin schon gut drauf, wenn ich morgens in El Paso aufwache und aus dem Fenster blicke.«

Seine Frau Susanne lachte unbändig, aber Jürgen ließ sich davon nicht stören. »Herz- und Kreislaufkranke habe ich getroffen, Leute mit schwerem Rheuma, Gicht, Arthrose und so, denen ging es nach kurzer Zeit schon wie dem lieben Gott in Frankreich. Aufgeblüht sind die ...«

»Mal ganz im Ernst«, mischte sich Hannes Wieland ein, weil das Gespräch nun eindeutig in Richtung Gesundheit lief, und das war – neben Agrartechnik – seine Domäne. »Die Leute werden unheimlich alt hier, weil sie sich richtig ausgewogen ernähren. Die Einheimischen meine ich. Da liegen doch immer in den Bars die Todesanzeigen rum, schon mal gesehen? Oder manchmal kleben sie an Hauswänden. Habt ihr mal drauf geachtet, wie alt die Menschen geworden sind? Unheimlich, sage ich euch, 80, 90 ist gar nichts. Besonders oben an der Nordwestküste, in Garafia und Umgebung. Hinter dem Time fängt es an, in der Gegend um Tijarafe herum, da werden die Leute oft über 100.«

»Und woran liegt das?«

»Sage ich doch: an der Ernährung. Gute, ausgewogene Mischkost, viel Ballaststoffe. Und dann haben die Leute natürlich auch keinen Streß. Da oben hausen ja viele noch wie in der Steinzeit. Rauchen nicht, trinken nicht, fahren kein Auto. Ich habe mir die Totenzettel genau angesehen: 100 ist gar nichts, sage ich euch.«

Endlich, endlich, dachte Frank Richter erleichtert, als sie die Bestellung aufgaben, der Mensch lebt schließlich nicht von Wein allein. Er verspürte Hunger, und sein Appetit wurde von verlockend aus der Küche quellenden Düften verzehnfacht.

Während der Bestellung traf Henning Schneider ein, der lauthals begrüßt wurde. Jürgen stellte Frank den Neuankömmling mit großer Geste als »Ethnologen und Hotelier« vor, was dieser mit einem entwaffnenden Lächeln beiseite schob. Sein Gesicht strahlte wache Intelligenz aus, besonders seine Augen. Er setzte sich auf einen freien Platz direkt neben Frank Richter.

Nach dem Essen – einer wahren Orgie an delikatem Fisch, Meeresschnecken, Gemüse, in Meerwasser gekochten Kartoffeln, Salat und anschließender Süßspeise aus Mandelbrei mit Honig – entwickelte sich ein lebhaftes Gespräch zwischen den beiden.

»Jetzt beginnt die Zeit der Fiestas«, begann Henning Schneider. »Überall auf der Insel, in jedem Dorf, feiern sie so eine Art Erntedankfest für die zahlreichen Schutzpatrone. Manche dieser Feste sind sehr prunkvoll, mit Umzügen, Tanzgruppen, phantasievoll verkleideten Wagen und so weiter. Natürlich hat stets die Kirche dabei ihre Finger im Spiel. Gerade im spanischen Raum hat sie es ja hervorragend verstanden, die alten heidnischen Rituale und Feste in ihrem Sinne umzufunktionieren und dadurch das Volk an sich zu binden. Das klappt meist auch vorzüglich, nur da oben in der Gegend von Tijarafe hat sie es nicht restlos geschafft. Das ist reine Guanchengegend, da lebt noch viel vom alten, vorchristlichen Brauchtum, und die ländliche Bevölkerung ist stur und läßt sich ihre tradierten Gewohnheiten nicht so leicht nehmen. Wenn Sie Zeit und Lust haben, dort mal die Fiesta zu besuchen, werden Sie staunen.«

»Kann man bei der heutigen Bevölkerung eigentlich noch von Guanchen sprechen? Da dürften doch im Laufe der Jahrhunderte erhebliche Vermischungen stattgefunden haben.«

»Stimmt schon, aber in den Bergen des Nordwestens hat sich noch viel Ursprüngliches gehalten.«

»Wie . . . leben da noch immer Wilde in den Höhlen?« fragte Donna ungläubig dazwischen.

»Nein, nein«, lachte Henning Schneider, »das nicht gerade.

Ich meinte mehr Brauchtum und Aberglauben. Obgleich es nicht einmal so abwegig ist, anzunehmen, daß noch immer ein paar ... Aber um auf die Fiesta von Tijarafe zurückzukommen ...«

»Die muß man einfach miterleben! Richtig schön gruselig ist es, wenn der Teufel erscheint ...«, fiel ihm Susanne Brinkmann ins Wort.

»Das stimmt. Kann einen, wenn man völlig unvorbereitet hinkommt, ganz schön erschrecken, das ist wahr.«

»Erzählen Sie bitte, Sie machen mich neugierig«, bat Frank Richter leicht trunken.

»Wenn Sie darauf bestehen ... Also, es fängt an, wie Fiestas immer beginnen: Gegen Abend strömen auf den Straßen und Plätzen die Menschen zusammen. Allerdings will keine rechte Ausgelassenheit aufkommen. Nein, es herrscht eher eine angespannte, gereizte Stimmung. So, als erwarteten die Menschen etwas, das eigentlich gar nicht so besonders angenehm ist. Junge Mädchen, die Chicas, flanieren in Grüppchen auf der Straße und kichern überdreht, die Jungs bewegen sich so, wie sie es aus den Western gelernt haben: betont lässig vor den Bars und an die Mauern gelehnt. Allesamt kleine Djangos. Und die neugierigen Alten drücken sich tiefer als sonst in den Schatten. Man sieht sie kaum, so tarnen sie sich.«

»Klingt seltsam, um was geht es denn?«

»Abwarten, es kommt noch besser«, sagte Henning Schneider. Erstmal schlürfte er genüßlich den Schaum von seinem Bierkrug, griff sich Brot und pickte mit der Gabel ein paar restliche Muscheln. Es wurde deutlich, daß er gern erzählte und die Pausen dazwischen geschickt für den Spannungsaufbau zu nutzen verstand. »Ich möchte Sie keineswegs langweilen ...«

»Wie kommen Sie denn bloß auf so was?« wurden mehrere Stimmen laut, »bitte weiter, erzählen Sie weiter!«

»Na ja, auf dem großen Platz vor der Kirche spielt die Musik, Salza und Samba, und die Leute tanzen wie verrückt in dichtem Gedränge.«

»Das ist genau das richtige für mich, Salza und Samba«, unterbrach die Dortmunderin, »ich tanze für mein Leben gern.«

»Irgendwann in der Nacht kommt dann Unruhe in den Straßen von Tijarafe auf. Großes Drängeln und Toben. Es ist die Stunde der Puppen. Riesengroß, über drei Meter hoch, erscheinen der König und die Königin in kostbaren Gewändern, und um sie herum tanzen kleine, häßliche Zwerge mit Schwellköpfen aus Pappmaché. Die Puppen tanzen im Sambaschritt zum Kirchplatz hoch und mischen sich unters Volk.«

Frank Richter hatte davon gelesen und erinnerte sich, in einem Buch ein Foto davon gesehen zu haben, ohne den Zusammenhang zu verstehen. Ihn interessierte die Sache mächtig. »Sind das wirkliche Zwerge, ich meine, Liliputaner?« fragte er.

»Nein, normal große Menschen. Aber in ihrer Verkleidung besonders durch die riesigen Köpfe und im Vergleich zu König und Königin wirken sie plump, häßlich und winzig. Ich kann Ihnen bei Gelegenheit mal erklären, was es mit diesen Figuren auf sich hat... Aber da gibt es noch etwas anderes, was wesentlich wichtiger ist: die Fiesta von Tijarafe heißt nämlich Teufelsfest, genauer: El Diablo volcánico, der Vulkanteufel, wir befinden uns schließlich auf einer Insel, die ausschließlich aus Vulkanen besteht.« Er stocherte noch zwei weitere restliche Muscheln aus dem Salat und spülte kräftig mit Bier nach. »Die Band spielt, wie gesagt, immer noch Samba. Zwischendurch sagen sie zum Anheizen der Massen ständig Botschaften durch das Mikro, wie: ›Gleich kommt der Teufel, keiner weiß, aus welcher Richtung er diesmal auftauchen wird, von links oder rechts, oder steigt er vielleicht von den Bergen herab?‹ und dergleichen. Das macht die Leute an, bei jeder Durchsage johlen und kreischen sie, und die Aufregung wächst ständig. Ein Hexenkessel. Und völlig überraschend kommt er dann wirklich.«

»Wer, der Teufel?«

»Ja, er taucht plötzlich aus dem Nichts auf, el Diablo, und

springt zwischen die erschrockenen Menschen, die schreiend auseinanderlaufen. Er sieht schrecklich aus, schwarz und groß wie zwei ausgewachsene Männer übereinander. Seine Augen glühen, drohend schwenkt er seinen gewaltigen Dreizack, und was das Schlimmste ist – er ist von Feuer umgeben. Es stinkt, zischt, knistert, heult, kracht und knallt. Wo er auftaucht, sprühen Funken, und er zieht einen brennenden Kometenschweif hinter sich her.«

»Das klingt ja irre. Ist das nicht gefährlich, ich meine, wenn er tatsächlich brennt?«

»Kann man wohl sagen. Es gibt immer Verletzte, Feuerwehr und Rotes Kreuz haben in dieser Nacht reichlich zu tun. Die Menschen flüchten, und der Teufel setzt ihnen nach. Ein paar junge Männer versuchen, ihren Mut unter Beweis zu stellen, indem sie sich an ihn heranmachen – in Sambaschritten, versteht sich, denn die Musik spielt pausenlos weiter. Sie versetzen ihm dann schon mal einen Faustschlag oder versuchen, ihm ein Bein zu stellen oder ihn umzustoßen. Die meisten von ihnen verbrennen sich fürchterlich die Haare und Finger dabei. Wenn nichts Schlimmeres passiert, denn in seiner Wut schleudert der Vulkanteufel glühende Feuerräder in die Menge.«

»Da geh' ich lieber nicht hin. Ich bin doch nicht verrückt oder lebensmüde!« rief die Frau aus Dortmund. »Für mich hört sich das schlimmer als Stierkampf an.«

»Kann man wohl sagen, zumal der Umhang des Teufels über und über mit Feuerwerkskörpern behängt ist, die immer wieder von Helfern in Brand gesetzt werden, denn brennen, heulen, zischen und explodieren muß es bei diesem Spektakel, je lauter, desto besser.«

Henning Schneider wurde vom Kellner unterbrochen, der einen frischen Krug Wein an den Tisch brachte und ungefragt auch ein Bier, das Henning dankbar entgegennahm. Nach einem langen Schluck nahm er den Faden wieder auf: »Außerdem darf der Diablo volcánico in jener außergewöhnlichen Nacht ungestraft tun, wozu er Lust hat, wobei das

Erschrecken, Jagen und Bewerfen der Leute mit Feuerwerkskörpern noch das harmloseste Vergnügen ist. Es gab schon Zeiten, da soll der Teufel in Tijarafe Häuser angesteckt und Flächenbrände ausgelöst haben. Kann aber auch sein, daß die Leute übertreiben und ihm alles mögliche, was so außer der Reihe passiert, in die Schuhe schieben.«

Franks Gedanken waren beim Zuhören abgeschweift, was sowohl am Wein lag als auch an den fantastischen Bildern des geschilderten Szenarios. Vage fühlte er sich an ein Gemälde von Hieronymus Bosch erinnert. Meine Güte, er fing an, betrunken zu werden. Oder war's gar ein Sonnenstich? Jedenfalls schwitzte er plötzlich so sehr, daß sein Hemd am Körper klebte. Der Atem kam ihm dampfend vor wie in einer Winternacht in St. Petersburg. Der größte Teil des Lokals inklusive seiner nächsten Tischnachbarn befand sich bereits in dichtem Nebel, und die Geräusche klangen plötzlich verzerrt. Und in diesem Zustand sollte er noch in der Nacht durch die Schlucht der Todesängste fahren? Unmöglich!

Er starrte blicklos vor sich hin, merkte kaum, daß Jürgen einen Witz nach dem anderen vom Stapel ließ, und war dankbar, als Susanne Brinkmann endlich zum Aufbruch drängte. Lärmend löste sich die Gesellschaft auf. Frank Richter schaffte es gerade noch mit Mühe und Not, einen Teil der Rechnung zahlen zu dürfen. Schließlich hatte er Jürgen und Susanne ja eingeladen. Aber sein Spanisch geriet plötzlich zum Lallen. Es war der Gutmütigkeit des Kellners zu verdanken, daß er einige Peseten beisteuern konnte. Manche Nächte haben es eben in sich . . .

Als er am Auto ankam, nahm ihm Henning Schneider energisch den Schlüssel ab. »So, jetzt reicht's«, sagte er. »Machen Sie bloß keinen Unfug, Mann. Los, wir gehen rüber in meine Pension, ich mache uns einen starken Kaffee. Wenn Sie wollen, können Sie auch da schlafen, es gibt eine freie Hängematte auf der Terrasse. Bueno?«

»Entschuldigen Sie bitte meine Grobheit eben«, sagte Henning Schneider, als er mit einem dampfenden Topf Kaffee und zwei Henkeltassen auf die Terrasse zurückkam. »Einen Moment lang hatte ich nämlich den Eindruck, Sie wollten tatsächlich losfahren. Wäre nach meiner Einschätzung glatter Selbstmord gewesen ... Besser?«

Frank Richter nickte. Der kühle Nachtwind tat gut und mehr noch die Ruhe hier. Dankbar schlürfte er das heiße, schwarze Gebräu. Nur undeutlich hatte er die kleine Pension wahrgenommen, die Eingangshalle mit der Wohnzimmer-Atmosphäre, ein paar Möbel und Bilder. Jetzt lag er entspannt im Liegestuhl und bestaunte den Sternenhimmel. Es war wolkenlos klar, unglaublich nah blinkten die Lichter der Milchstraße, und die Sichel des Mondes thronte wie ein Stierhorn über dem dunklen Massiv des El Time. Die anderen Gäste im Haus schliefen wohl bereits, auch vom Hafen her drang kein Geräusch mehr heran. Frank war natürlich noch immer betrunken, fühlte sich aber restlos ausgeglichen und zufrieden.

Henning Schneider hatte sich einen Korbstuhl herangezogen und stopfte seine Pfeife. Nach dem Anzünden stieß er eine Rauchwolke aus, in der Vanillegeruch mitschwang.

»Es gefällt Ihnen, hier zu leben?« fragte Frank.

Henning nickte mit ernstem Gesicht. »Ja, es läßt sich aushalten. Jedenfalls könnte ich es mir nirgends besser vorstellen.« Er schwieg einen Moment und sagte dann mit besonderer Betonung, als wolle er sich selbst etwas bestätigen: »Ich bin Witwer, habe keine Kinder, keine Verpflichtung, wenn Sie verstehen, was ich meine. Meine Familie ist das hier – die Pension, die Gäste. Nette Leute in der Regel. Zum Beispiel dieser Dr. Bartneck. Ist Geologe und Felsbildforscher, untersucht die Insel und wohnt schon ein paar Wochen hier. Interessanter Typ, sollten Sie kennenlernen.« Er verstummte erneut, um nachdenklich an seiner Pfeife zu ziehen.

»Was Sie da vorhin erzählt haben«, sagte Frank Richter

nach einer Weile, »fand ich sehr spannend, ich meine die Sache mit dem Teufel. Wann findet die Fiesta statt?«

»In knapp drei Wochen, soweit ich weiß. Der Zeitpunkt wird immer ganz überraschend festgelegt, nach dunklen, undurchschaubaren Ritualen, die wohl auch den Zweck haben, die Spannung zu steigern. Das Teufelsfest würde ich mir an Ihrer Stelle auf keinen Fall entgehen lassen. Vor allem auch, weil es das einzige wirklich interessante wilde, heidnische Fest ist, das es auf der Insel gibt.«

»Und die Kirche?« fragte Frank Richter. »Läßt die das Unwesen zu, ich meine, akzeptiert sie den Teufel?«

Henning Schneider lachte trocken auf. »Die Kirche hat den Teufel doch schon immer akzeptiert«, antwortete er grinsend. »Mehr noch, sie hat ihn ja selbst erfunden. Wir haben hier ein schönes, klassisches Beispiel vor Augen: Für die Kirche ist der Teufel das Sinnbild für das Böse, die Ausgeburt der Hölle, und so sollen ihn die Leute auch erleben, um von Zeit zu Zeit mal wieder eine gehörige Portion Angst zu verspüren.« Er füllte Kaffee nach und rührte gründlich den Zucker um. »Klar, daß die Sache an sich wesentlich älter ist. Den Vulkanteufel soll es schon gegeben haben, bevor die Spanier mit ihren Missionaren kamen. Schließlich leben wir auf einer Vulkaninsel, vergessen Sie das nicht. Die Kirche hat das alte Brauchtum nur deswegen sanktioniert, weil sie es nicht unterbinden konnte. Und dann ist die Figur des Teufels ja auch verdammt notwendig. Er erfüllt eine wichtige Funktion: ohne Teufel keine Heiligen, ohne Böses auch nichts Gutes. Jeder, der sich dem Vulkanteufel in den Weg stellt, wird ein bißchen zum Erzengel Michael, zum Drachentöter San Miguel, der ja auch als Schutzpatron der Insel gilt. Wußten Sie, daß sie mit vollem Namen ›San Miguel de la Palma‹ heißt?«

»Nein. Sie sind Ethnologe gewesen, hat mir Jürgen Brinkmann erzählt. Arbeiten Sie nebenher noch immer auf diesem Gebiet?«

»Nur ein wenig, es läßt einen halt nicht los«, murmelte Henning. Er machte eine abwertende Handbewegung, fuhr dann aber seiner eigenen Gestik widersprechend fort: »Es ist der Mythos, der mich interessiert, der Archetypus, der hinter der Figur des Teufels und seines Bezwingers steckt. Ein weltweites Phänomen. Überall gibt es in Mythologie und Geschichte Drachentöter, Erzengel Michaels, Miguels. Nehmen Sie zum Beispiel den germanischen Siegfried oder die vielen Michaels, Mont St. Michels in Frankreich, England, Spanien, die Michaeliskirchen in Deutschland. Stets wurde der christliche Glaube auf alte heidnische Sagen gestülpt, wurden Kapellen, Kirchen und Dome über uralten Kultplätzen der Vorfahren errichtet. Der Diablo volcánico ist eine weitere Variante davon.«

Frank Richter nippte am Kaffee. Er fühlte sich inzwischen wieder so fit, daß er sich eine von diesen schrecklichen einheimischen Zigaretten anstecken konnte. Sie schmeckte allerdings derart kratzig im Hals, daß er sie gleich wieder angeekelt ausdrückte.

»Übrigens ist die Rolle des Vulkanteufels in unserem Fall nicht ganz ungefährlich«, setzte Henning Schneider seine Gedankengänge fort. »Ist ja klar, daß es sich um keinen Geist handelt, sondern daß unter der Maskerade ein lebendiger Mensch steckt. Hin und wieder kommt es vor, daß sich der arme Teufel selbst an seinen höllischen Utensilien verbrennt. Da steht der Fellumhang plötzlich in Flammen, und dann kommt es darauf an, daß seine Helfer schnell genug zur Stelle sind, um das Feuer zu löschen. Vor zwei, drei Jahren erst ist ein Diablo volcánico bei lebendigem Leibe verbrannt, nebst zwei seiner Assistenten. Soweit ich weiß, war das nicht der einzige Vorfall dieser Art.«

»Meine Güte, daß man das zuläßt! Gibt es keine ausreichenden Sicherheitsvorkehrungen?«

»Pah! Wo denken Sie hin – wir sind auf La Palma, da herrscht mitunter noch finsteres Mittelalter.«

Frank Richter schüttelte sich bei der Vorstellung, jemanden bei lebendigem Leibe verbrennen zu sehen. Und das Ganze zudem noch auf einem Volksfest als Gaudi. »Wie schrecklich. Wie geschah denn der Unfall?«

»Unfall?« Henning Schneider klang seltsam scharf aus dem Dunkel. »Nix Unfall. Wenn Sie mich fragen, dann war das einwandfrei Mord.« Wie zur Bestätigung seiner Worte klopfte er energisch die Pfeife aus.

Dr. Bartneck stand ungefähr an derselben Stelle in der Schlucht von Buraca, an der J. S. vor kurzem seine Vision vom Feriencenter für Manager auf die Landschaft projiziert hatte. Bartneck nahm die Umgebung völlig anders wahr. Der Fußpfad hinab bestand aus erstarrtem Lavagestein, das unter den Einflüssen von Sonne, Temperaturschwankungen und zahllosen Regenstürzen so ausgewaschen war, daß es nunmehr eine Art natürlicher Treppe bildete. Trotz der Abrundungen und häufigen Mulden war sie von bezwingender Zweckmäßigkeit, der Fachmann erkannte sofort die menschlichen Eingriffe. Da war nachgeholfen worden, deutlich gehauene Stufen, wahrscheinlich uralt. Also war der Weg schon vor langer Zeit benutzt worden. Wo führte er hin?

Der Geologe war 45 Jahre alt, einigermaßen drahtig, hatte aber noch nie in seinem Leben Sport gemacht, was er mit Zeitmangel erklärte. Neugierig, wie er nun einmal war, interessierte er sich für die geologische Beschaffenheit der Insel, heute speziell für diese Schlucht, von der gemunkelt wurde, jemand plane, dort ein Ferienzentrum zu bauen. Er hielt seine rechte Hand über die Augen und peilte systematisch die Landschaft an. So orientierte er sich stets, Zentimeter für Zentimeter die Welt in Planquadrate einteilend, als seien seine Pupillen Ferngläser, die man bloß einjustieren brauchte, um wirklich ganz weit und vor allem genau zu sehen. Nach der Detailanalyse dann der Gesamtblick, um die Summe der Einzelheiten zu einem einzigen Bild zu verschmelzen. Ein Schwarm Alpendohlen trieb in Spiralen, irgendwelchen Aufwinden folgend, über der Schlucht. Rechts und links überwachsene Hänge vulkanischen Ursprungs. Sanfter Faltenwurf, mehrere Millionen Jahre alt. Wie die Dragos, die Drachenbäume, die noch immer an den gleichen Stellen wuchsen. Zwar keine Wälder mehr, aber offene Gehölze, mancherorts dichte, grüne Inseln bildend. Wegen des drastisch gesunkenen Grundwasserspiegels war die Landschaft verkarstet. Kakteen und Buschheide. Unten in der Schlucht mehr dunkelgrüner Bewuchs. Bestimmt eine Quelle, die genug Feuchtigkeit abgab, um größere Bäume wachsen zu lassen. Was sonst noch? Zwei Häuser, an den weit entfernten Hügeln als winzig kleine Flecken erkennbar. Getrockneter Ziegenkot auf dem Weg. Ein Fetzen verblichener Stoff, der sich in einem Dornenstrauch verfangen hatte. Eidechsengeraschel ringsum. Hin und wieder ein Windhauch. Fern die See wie eine blaue Perle zwischen den Schalen der Berge. Atlantik und Himmel gingen ineinander über. Die Luft flirrte.

Bartneck war froh, daß er die Schirmmütze aufhatte. Um sich vor Sonnenbrand zu schützen, trug er ein Halstuch und das Khakihemd mit zwei Knöpfen geschlossen über der Haut. Eine lange, weiche Lederhose, die ihm zwar ständig belustigte Blicke einbrachte, hatte ihm gerade in felsigem, dornenüberwachsenem Gelände schon oft nützliche Dienste geleistet. Anstelle von schweren Bergschuhen trug er leichte Segeltuchtreter mit Bastsohle. Die hielten nicht lange, boten jedoch beim Klettern besten Bewegungsspielraum für die Füße. Um die Schulter eine Hängetasche aus Leinen, darin ein kleiner Hammer, eine Plastiktüte, Taschenlampe, Bleistift, Kreide und Kugelschreiber, etwas Papier, Kompaß und Höhenmesser, die »mapa militar« – die von der spanischen Armee herausgegebene offizielle topographische Karte im Maßstab 1 : 50 000 –, eine Feldflasche Wasser, etwas Brot, etwas Geld. Das Wichtigste an seiner Ausrüstung war der Stock, ein kräftiger Mandelbaumtrieb, den er von einem Einheimischen geschenkt bekommen hatte. Damit stützte er sich auf abschüssiger Strecke und konnte sich nachher, wenn es wieder aufwärts ging und seine Kräfte nachzulassen drohten, wundervoll hochziehen.

Er gab sich einen Ruck und setzte den Abstieg fort. Der Weg führte nach einer scharfen Kurve am Rand eines Bergrückens entlang in den Schatten. Schlagartig wurde es kühl. Bartneck fröstelte und ging unwillkürlich schneller. Im Hang befanden sich mehrere kleine, als Ziegenställe genutzte, verlassene Höhlen, die er inspizierte. Es roch muffig und entfernt nach Urin. Er stocherte lustlos im Boden herum, merkte, daß der vorwiegend aus getrocknetem Dung bestand, und verließ leicht angewidert die Stallungen. In der Biegung unten zur Schlucht war es still. Bartneck erschrak heftig, als plötzlich ein Rabe aufschrie, dessen Krächzen durch vielfaches Echo verstärkt wurde.

Er blieb stehen, rückte die Schirmmütze mehr in den Nacken und wischte mit dem Handrücken den Schweiß von der Stirn. Angestrengt horchte er in die Stille hinein. Da vernahm er leises Plätschern. Die Quelle befand sich in einem mit Steinen gefaßten Brunnen, der stellenweise mit Erdmörtel verklebt war und einen Deckel aus mürbem, halb zerfallenem Holz besaß. Er beugte sich vor und trank vom frischen, glasklaren Wasser. Als er sich wieder aufrichtete, sah er, daß er vor einem sogenannten »Caboco«, einem gerundeten Talschluß, stand. Schlingpflanzen überwucherten die Felswand, wo früher einmal ein imposant hoher Wasserfall gewesen sein mußte. Noch jetzt ließen sich die Spuren des Wassers als dunkle Verfärbungen im Stein erkennen.

An mehreren Stellen der Schlucht gab es Höhlen, halboffene vulkanische Gasblasen, die Bartneck ohne Mühe betreten konnte. Durch den Lichteinfall konnte er sich sogar ohne Taschenlampe orientieren. Allerdings mußte er stellenweise, wo sich die Decke als sehr niedrig erwies, gebückt laufen. Von einer der Öffnungen aus sah er weitere Höhlen am jenseitigen Hang. Da sie im Schatten lagen, gähnten sie wie dunkle Riesenmäuler aus dem Dickicht.

Bartneck setzte sich in den Staub, aß das mitgeführte

trockene Brot und zeichnete eine Landschaftsskizze. Dann begab er sich auf den mühsamen Weg zur anderen Seite, wo sich am Fels gerade noch fußbreite Trittspuren ausmachen ließen. Nach einigen Fehlversuchen fand er die größte der von fern erspähten Höhlen. Sie war geräumig, wies einige Seitenkammern auf und bot herrlichen Ausblick über die Schlucht. Mit dem Stock scharrte er im lockeren Erdwerk des Eingangsbereichs und förderte dabei mehrere Scherben zutage. Sie bestanden aus grobgebranntem braunen Ton und zerbröselten rasch zwischen den Fingern. Ob das Guanchen-Keramik war? Er hielt sie prüfend vors Auge, drehte sie hin und her, konnte aber keinerlei Muster oder Verzierung erkennen. Er suchte weiter den Boden ab, fand jedoch außer zwei weiteren Scherben nichts Bemerkenswertes mehr.

Gut abgekühlt verließ Bartneck die Höhle und machte sich auf die Suche nach dem Zugang zu einer anderen Höhle, die sich weiter oben im Hang befinden mußte. Als er den Eingang endlich gefunden hatte, war er erschöpft, und die Höhle schien ihm zunächst nicht der Mühe wert. Da lagen zwar weitere Scherben herum, aber die große Höhle hatte ihm wesentlich besser gefallen. Jedoch kam er auf diese Weise einem Bereich blanker Felswand nahe, deren Beschaffenheit seine Aufmerksamkeit erregte. Da befanden sich Zeichen, zweifellos Gravuren im Stein. Der Patina nach zu urteilen, mußten sie uralt sein. Jählings erwachte das Jagdfieber in ihm. Mit zitternden Händen holte er die Kreide aus seiner Hängetasche und begann, sorgfältig die Linien im Stein nachzuzeichnen, wobei es darauf ankam, nur die künstlichen Gravuren zu berücksichtigen, nicht aber die natürlichen Risse.

Etwa eine Stunde lang arbeitete er so, und nachdem er das erste Felsbild rekonstruiert hatte, stellte sich heraus, daß sich daneben noch weitere befanden. Die gesamte glatte Fläche des Felsens schien tätowiert zu sein, mit komplexen Motiven, die sich aus der Nähe außerordentlich schwer deuten ließen. Da war ein Gesicht oder etwas wie ein großes, in sich verschlungenes Tier, dort ein Labyrinth, eine Spirale, eine weit ausufernde Figuration, die wie ein stilisierter Adler mit gespreizten Schwingen wirkte. Zugleich konnten die Bilder aber auch etwas ganz anderes sein, bereits ein Schritt nach links oder rechts eröffnete dem Betrachter völlig andere Motive und Assoziationen.

Dr. Bartneck erklomm eine felsnasenartige Kante, um von dort einen besseren Überblick zu gewinnen. Längere Zeit saß er da und betrachtete sein Werk, das genaugenommen die Arbeit irgendwelcher Ureinwohner war, vielleicht eine Botschaft – wer konnte das wissen? Aber so tief er die Kreidezeichnungen auch auf sich wirken ließ, diese seltsamen Bilder ergaben keinen Sinn, sie fügten sich an keiner Stelle erkennbar zusammen. Vorsichtshalber fertigte er auch von ihnen eine Skizze an.

Da sich keine weiteren Besonderheiten am Fels ausmachen ließen, gab er die Suche nach einer Weile auf, stieg unter Zuhilfenahme seines Stockes den Hang hinunter und kletterte weiter in die Schlucht hinein. Eine Trittspur führte über chaotisch herumliegende Felstrümmer vom eigentlichen Tal weg. Diesen Pfad wählte er intuitiv und wurde reichlich belohnt, als er in der schattierten Oberfläche großer Gesteinsbrocken plötzlich weitere Gravuren erkannte. Sie mit Kreide auszumalen wäre zu aufwendig gewesen, daher begnügte er sich damit, sie so genau wie möglich abzuskizzieren. Von Fels zu Fels schritt er durch das mit Gestrüpp überwucherte Steingewirr. An mancher Stelle kletterte er probeweise hoch, kam aber immer wieder auf die Trittspur zurück. Schließlich folgte er ihr über natürliche Terrassenstufen bis zu einem Hügel hinauf, an dem sie zwischen Ginstersträuchern scharf nach rechts abknickte. Schwindelerregend steil stürzte der Hang in die Schlucht, unwillkürlich tasteten Bartnecks Hände auf der Suche nach Halt an der Felswand entlang. Ein paar Schritte noch, dann stand er vor dem Eingang einer weiteren Höhle. Merkwürdig, daß vor ihr eine mit Steinen verankerte Stange lehnte, an der ein weißer Fetzen Stoff im Wind flatterte. Daneben lagen eine rostige Machete und ein zerbeulter Kochtopf auf einem Stapel Holz.

Vorsichtig beugte er sich vor und lugte in das Innere der Höhle. Als sich seine Augen an das Halbdunkel gewöhnt hatten, erblickte er dort allerlei Gerümpel, unter anderem einen Schlafplatz aus Stroh, Blättern und Fellen, eine Kiste, die offenbar als Tisch diente, eine Anhäufung leerer Flaschen und Dosen und in einer altarähnlichen Nische den Schädel eines Pferdes oder Maultiers, auf dem heruntergebrannte Kerzen klebten. Seltsamerweise hatte Bartneck die ganze Zeit über das unbehagliche Gefühl, nicht allein an diesem Ort zu sein. Er beendete seine Inspektion und wollte sich gerade auf den Rückweg machen, als sich im hintersten Winkel der Höhle etwas bewegte. Die Gestalt eines alten, verwahrlosten Mannes löste sich aus der Dunkelheit. Er trug die zerschlissene Uniform der Fremdenlegion. Seine Augen waren unnatürlich weit aufgerissen, der Blick wirkte irr.

Da drehte sie Bartneck auf dem Absatz um und stolperte hastig über den Trittpfad zurück in die Schlucht. Eine ganze Weile noch fühlte er sich verfolgt, schweißnaß, wie von tausend Furien gehetzt, hastete er durch die Wildnis. Als er oben bei seinem Auto ankam, zitterten ihm noch immer die Knie.

Die Sache mit dem verbrannten Teufel ließ ihn einfach nicht mehr los. Er mußte an den Tag seiner Ankunft denken, als die Ziege mit durchschnittener Kehle auf der Straße lag, die merkwürdigen Berichte über das Fest und an Henning Schneiders dunkle Andeutungen. Frank Richter verriegelte das Haus und kletterte in seinen Leih-Seat. Der hatte dummerweise nicht im Schatten gestanden und war jetzt innen stickig heiß. Frank kurbelte alle Scheiben runter und fuhr langsam los.

Die Fahrt durch den Barranco, unaufhörlich abwärts und dann die Serpentinen an der Felswand wieder hoch, kam ihm erheblich länger vor als sonst. Konnte es sein, daß die Zeit sich mit den Falten der Lavahänge ausdehnte? Er nahm auch mehr Einzelheiten wahr. Die Rauchschwaden zum Beispiel, die an einer bestimmten Stelle beißend aus der Schlucht aufstiegen. Nach der nächsten Biegung sah er im Rückspiegel, daß es ein Müllplatz war. Die kippten den Dreck einfach einen Hang hinunter und steckten ihn an. Und dann die vielen versteckten Fincas in den Bananenplantagen, weiße Kastenhäuser mit den obligatorischen Wassertanks auf dem Dach. Endlose löchrige Mauern mit zerfransten Blattwedeln dahinter. Manchmal ragten die abgestützten Bananenstauden bis auf die Straße. Dunkellila Scheinblüten hingen daran. Sahen aus wie Jugendstillampen.

Als er das Dorf Argual erreichte, erkannte er gleich den kleinen Platz wieder, auf den ihn Jürgen Brinkmann im Vorbeifahren aufmerksam gemacht hatte. Niedrige Häuser im Halbrund, dazwischen eine Bar mit Blechschild über der Tür: »Tanausu«. Drüben eine weiße Steinbank mit bunt gekachelter Rückwand, Domino spielende Opas im Schatten eines riesigen indischen Lorbeerbaumes. An der Wand neben ihnen das gewaltige Gemälde eines Panzers, auf dessen Geschützrohr eine Friedenstaube saß. Sie trug in Sprühschrift die Worte: »Te quiero vida mía!« Frank übersetzte: »Ich liebe dich, mein Leben!«

Er stellte den Wagen ab und trat durch die Pendeltür in die Bar, wo es dunkel und angenehm kühl war. Ein paar Männer in fleckigen Hemden und zerlöcherten Hosen hockten gelangweilt am Tresen. Der Fernseher lief, irgendwo flimmerte hier immer ein Fernsehgerät. Der Junge am Zapfhahn fixierte mit träumerischen Blicken den Bildschirm, wo ein Western in amerikanischem Originalton zu sehen war. Ein paar flüchtige Blicke streiften Frank. Dann löste sich eine Gestalt aus der Ecke, wo der Geldspielautomat blinkte und metallen ratterte, und kam auf ihn zu. Es war Chano, der ihn lautstark begrüßte.

»Buenos días, qué tal?« Händeschütteln und Schultergeklopfe. Frank bestellte sich ein großes Glas Milchkaffee und für Chano den üblichen Kaffee mit Cognac.

»Wir haben doch neulich darüber geredet, erinnerst du

dich? Ich meine, du hattest angeboten, mir ein bißchen die Gegend zu zeigen. Gegen Bezahlung versteht sich.«

»Sí, sí.«

»Also, ich könnte mir das gut vorstellen. Aber nicht bloß Landschaft und irgendwelche Sehenswürdigkeiten, sondern auch Menschen.«

Chano legte den Kopf schief und blickte ihn fragend aus seinen Hundeaugen an.

»Ich meine, mich interessieren die Leute hier, was sie so machen, was sie essen, warum sie so alt werden.«

Chanos Gesicht nahm einen ernsten, ungläubigen Ausdruck an.

»Verstehst du, um was es mir geht?«

»No, Señor.«

»Ich erkläre es dir . . . Also, man fährt als Tourist durch die Gegend und sieht eine ganze Menge. Natürlich auch Menschen, man redet hin und wieder ein Wort mit ihnen. So dies und das, blabla. Aber das reicht mir nicht, verstehst du? Ich will richtig mit ihnen sprechen, erfahren, wie sie so sind und was sie denken. Ich suche Kontakt. Hast du Lust, mir dabei zu helfen?«

»Sí, sí, claro«, sagte Chano, »fahren und mit den Leuten sprechen. Leichte Arbeit.«

»Wieviel nimmst du am Tag?«

»Dinero no es ningún problema para mí«, antwortete Chano, grinste breit und hieb Frank wieder unvermittelt auf die Schulter.

»Aber du mußt doch wissen . . .«

»Ningún problema, ningún problema«, wiederholte Chano, »dinero mañana. Ich habe Zeit, mucho tiempo. Wir können fahren und mit den Leuten sprechen, alles okay, hombre.«

»Noch einen Kaffee mit Cognac?«

»Sí, sí, claro.« Chano grinste breit über das ganze Gesicht. Er steckte sich eine neue Zigarette an. Pausenlos paffte er dieses stinkende Teufelskraut.

Frank Richter sah sich in der kahlen, freudlosen Kneipe

um. Das einzige Schmuckstück war ein aus Ziegelsteinen gemauerter Kamin hinter der Theke, neben dem ein Ölbild im Goldrahmen hing. Schauerlich grellbunte Farben, irgendwelche Bergrücken, ein bewaldetes Tal und im Mittelpunkt ein ungewöhnlich steil aufragender Felszahn.

Chano mußte seinen Blick mitbekommen haben. »Idafe«, sagte er, »Roque Idafe.«

Frank verstand nicht.

Da fing Chano an, mit den Händen in der Luft herumzufuchteln. »Idafe«, wiederholte er. »Der heilige Berg von La Palma. Er liegt im großen Krater, in der Caldera de Taburiente.«

Frank nickte und rührte in seinem Glas. Ja, er hatte irgend etwas darüber gelesen. Das war halt so ein Berg wie die Zugspitze in Deutschland oder der Brocken. Er verstand die Aufregung nicht. Merkwürdig unruhig war der Einheimische geworden. Er war vom Hocker geglitten und lief mehrmals quer durchs Lokal, besprach ein paar Nebensächlichkeiten mit dem Jungen hinter der Theke und den Männern davor. Sie alle sahen aus, als warteten sie auf das Eintreten eines Ereignisses. Aber es geschah nichts. Der Fernseher lief, der Zapfhahn tropfte ununterbrochen, und ab und zu fuhr draußen ein Auto vorbei.

Nachdem Chano zum dritten Mal seine Runde gedreht hatte, kam er zum Tresen zurück und blickte Frank auffordernd an. »Vamos, fangen wir an?«

»Gut«, sagte Frank, rutschte ebenfalls von seinem Barhocker und bezahlte hastig.

Chano war schon durch die Pendeltür entwischt, er stand wartend draußen. »Ich habe mir schon gedacht, daß du mit anderen Leuten als denen da drin reden willst.«

Frank Richter nickte etwas verwirrt.

»Bueno, also wohin?«

»Nach Tijarafe«, sagte Frank auf gut Glück. »Da ist doch demnächst die große Fiesta mit dem Teufel. Ich suche vor allem alte Frauen und Männer, die etwas über den Vulkanteufel wissen.«

Chano verzog das Gesicht, als hätte er plötzlich Zahnschmerzen bekommen. »El Diablo?«

»Ja, den Diablo volcánico, ich möchte fragen, wie das Fest entstanden ist, wie es früher war und vielleicht auch etwas über den schrecklichen Unfall vor ein paar Jahren.« Er betonte das Wort »Unfall« besonders, beeindruckte Chano aber keineswegs damit.

»Sí, sí, claro«, sagte der nur und wiegte den Kopf, als sei Frank Richters Anliegen die selbstverständlichste Sache der Welt. Er hatte nicht einmal mit der Wimper gezuckt.

»Es war doch ein Unfall, oder etwa nicht?« hakte Frank nach, als sie im Auto saßen und in Richtung Barranco fuhren.

»Das weiß ich nicht. Niemand weiß das genau«, antwortete Chano zu seiner Überraschung.

»Aber die Polizei . . .«

»Die Polizei weiß am allerwenigsten davon. Wie immer.«

Frank pfiff durch die Zähne, und der Mann auf dem Nebensitz grinste mit hochgezogener Lippe wie ein Hund, der die Spur eines Kaninchens gefunden hat. So begann ihre Zusammenarbeit.

Später erfuhr Dr. Bartneck von Einheimischen die Wahrheit über den Legionär. Seine Geschichte war düster und führte weit in die Vergangenheit zurück. Angeblich war er der einzige Sohn eines Plantagenarbeiters in der Nähe von Las Tricias. Er fristete ein hartes, entbehrungsreiches Leben damals, eine freudlose Kindheit, zumal der Vater nach dem Tod der Mutter hemmungslos dem Alkohol verfiel und zu Gewaltausbrüchen neigte. Trotz des Elends blieb er im Haus und versorgte den Alten, so gut es ging. Statt einer Schulausbildung lernte er Hunger und Prügel kennen.

Eines Tages verliebte er sich in ein Mädchen vom Dorf. Sie trafen sich heimlich in gestohlenen Stunden. Ihr Entschluß reifte, gemeinsam wegzugehen und woanders ihr Glück zu suchen, vielleicht in Los Llanos, in der Hauptstadt Santa Cruz oder noch weiter weg, auf einer der übrigen Inseln. In letzter Minute erfuhr der Vater von diesem Plan, und da er wieder einmal stark betrunken war, entwickelte sich ein heftiger Streit, der schließlich dazu führte, daß der Alte den Jungen auf brutale Weise zusammenschlug. Doch diesmal wehrte sich der Sohn. Er, der sonst stets das Opfer gewesen war, ein eher stiller, schüchterner Junge, entwickelte sich nun zum Täter. Er nahm die Axt von der Wand und spaltete seinem Vater den Schädel.

Die Tat geriet nicht zum Befreiungsschlag, im Gegenteil, mit ihr begann sein Martyrium erst richtig. Die Ermittlungsbehörden erkannten auf Mord, und solche Blutschuld wurde in der Franco-Zeit noch mit der Todesstrafe gesühnt. Der einzige Ausweg, der sich anbot, war die Fremdenlegion. Also verließ der Junge die Insel und kämpfte zunächst in Marokko, danach noch in weiteren Ländern Nordafrikas. Nach Einschätzung verschiedener Leute, die ihn noch als Kind gekannt hatten, muß das schrecklich für ihn gewesen sein, völlig gegen seine Natur, denn er war eigentlich ein Typ, der keiner Fliege etwas zuleide tun konnte. Doch wer kennt schon die Fremdenlegion, wer kann sich nur annähernd den grausamen Alltag dort vorstellen? Er schlachtete Menschen ab, die er nicht kannte, und dachte bei jeder Tat an den weit aufklaffenden Schädel seines Vaters, das viele Blut an der Wand ihrer Hütte und die Axt in seinen Händen. Er trug die Schuld auf dem Rücken, und sie begleitete ihn bis in die Träume hinein.

Irgendwann wurde er nach mehreren Verwundungen entlassen und kehrte zur Insel zurück. Aber er mied die Menschen, sprach kaum noch mit ihnen und versteckte sich in der Wildnis. In der Schlucht von Buraca fand er eine passende Höhle und richtete sich dort häuslich ein. Als einziges Symbol seiner Anwesenheit diente die weiße Fahne, die er vor dem Eingang hißte. Mit diesem international verständlichen Zeichen der Kapitulation ergab er sich seinem weiteren Schicksal. Einmal soll er zu jemandem, den er von früher her kannte, einem alten Mann im Dorf, gesagt haben: »Ich habe unter so vielen Fahnen gekämpft, daß ich nur noch die weiße vertragen kann.«

Manchmal kam er aus der Wildnis herüber ins Leben. Am Rand der Fiestas konnte man ihn abseits im Dunkeln stehen sehen, schweigend in seiner zerschlissenen Uniform, und mit vor Sehnsucht brennenden Augen. Er tauschte auch gewisse Dinge ein, doch er sprach nie ein Wort dabei, kam wie ein Schatten und verschwand rasch wieder im Ungewissen. Man kannte seine Eigenart und ließ ihn in Ruhe. Selbst die Guardia Civil, die mehrmals in die Schlucht von Buraca ausgerückt war, um dort seßhaft gewordene Hippies zu vertreiben und ihren spärlichen Drogenhandel zu unterbinden, machte einen Bogen um seine Höhle. »Der stört nicht, tut keinem etwas zuleide«, sagten die Gendarmen, »der sitzt bloß mit glasigem Blick herum und summt sein dummes Lied vor sich hin.« Sie meinten den brummenden Singsang, den er stets auf den Lippen hatte, unverständliche Laute, die im Refrain stets mit den Worten endeten »hm, hm, hm . . . la legión«. »Das ist kein Mörder«, sagten die Einheimischen zu Dr. Bartneck, »nur eine arme, verlorene Seele. Gott sei ihm gnädig.«

Um die Mittagszeit nutzten viele, besonders ältere Leute, den kühlen, schattigen Platz vor der Kirche in Tijarafe für ihre Siesta. Auf den gekachelten Steinbänken trafen sie sich zum Plausch. Unzählige Spatzen tschilpten in den immergrünen Zweigen der indischen Lorbeerbäume. Zwei abgemagerte, hochbeinige braune Hunde schnüffelten die Plaza nach Freßbarem ab, eine Katze lag eingerollt auf der Mauer und beobachtete träge ihre Bewegungen.

Mit Chano als Wortführer und Übersetzer gelang es bald, ein paar der Leute in Gespräche zu verwickeln. Sie waren stolz, daß sich ein Fremder, ein Gringo, für ihr Dorf, ihre große Fiesta interessierte. Ja, der Diablo volcánico war eine besondere Attraktion, es würde gewiß auch diesmal ein wunderschönes Fest werden. Am Tag vorher sollte Lucha Canaria stattfinden, der berühmte kanarische Ringkampf, mehrere Vereine aus anderen Gemeinden hatten schon zugesagt.

Ein alter Mann, der früher offenbar selber als aktiver Ringer bei solchen Veranstaltungen teilgenommen hatte, meinte in diesem Zusammenhang: »Ein Sport ist das, Mann, ein Sport wie kein zweiter.«

Frank Richter tat so, als kenne er sich bestens aus. »Aber die Lucha, der Ringkampf, ist doch relativ harmlos. Wirkt ein bißchen wie Judo auf mich. Es wird fair gekämpft.«

Der alte Mann lachte auf. »Fair ja, das ist richtig. Aber harmlos? Das sieht bloß so aus, mein Junge, das sieht nur so aus. Da kann es nette Verletzungen geben, Knochenbrüche, Sehnenzerrungen. Ich kenne da einen Jungen aus La Punta, der hat sich das Rückgrat gebrochen dabei.«

»Aber der Diablo ...«

»Ist auch nur ein Sport. Wie Stierkampf oder Autorennen. Ja, das ist ein guter Vergleich: Autorennen. Kommen da nicht auch dauernd Unfälle vor, wenn man nicht aufpaßt? Richtiger Sport ist eben gefährlich, was für ganze Kerle. Denk nur an den Stierkampf ...«

»Stierkampf ist etwas fürs Festland«, mischte sich sein Banknachbar ein. »Hier züchten wir keine Stiere, bei uns gibt es die Lucha Canaria und den Diablo.«

»Und hier auf der Plaza soll das stattfinden?« fragte Frank scheinheilig. Er deutete mit der Hand auf den Platz. »Kann man sich gar nicht vorstellen ...«

»Oh, es ist ein großes Fest«, rief ein dritter Mann, der schon von Anfang an mit vorgebeugtem Oberkörper auf der Bank gesessen und zugehört hatte. »Das schönste und größte auf der Insel. Sie müssen unbedingt kommen und den Diablo sehen, Sie werden staunen!«

Frank Richter verteilte eine Runde Zigaretten und wagte einen Vorstoß: »Ich habe gehört, daß es vor ein paar Jahren zu einem tragischen Unfall kam. Ein junger Mann soll dabei ums Leben gekommen sein.«

Auf der zweiten Steinbank saßen vier schwarz gekleidete alte Frauen. Eine von ihnen legte ihr Strickzeug beiseite und begann sich am Gespräch zu beteiligen, wobei sie ihre Worte durch mehrfaches Bekreuzigen unterstrich: »Schrecklich, ja schrecklich, daß so was passieren mußte. So ein anständiger junger Mann. Ich habe ihn gut gekannt, ich kenne seine Familie, seine Mutter ... Ja, es ist furchtbar, wenn man auf diese Weise seinen Jungen verliert. Vor zwei, nein, warten Sie mal, vor drei Jahren war das, da gab es einen Autounfall drüben an der Kurve nach Puntagorda.«

»War das mit dem Diablo denn ein Unfall?« fragte Frank.

»Ein Unfall? Ja, natürlich, ein schrecklicher Unfall war das. Ich habe es ja selber nicht gesehen ... meine Schwester war gerade ... aber mir haben es viele erzählt, die dabei waren. Schrecklich, schrecklich, so ein anständiger junger Mann!«

Ihre Nachbarin keifte lautstark dazwischen. Die Worte entwichen ihrem zahnlosen Mund so purzelnd und schnell, daß Frank weniger als die Hälfte von ihnen verstand. »Was hat sie gesagt?« fragte er Chano. Der grinste belustigt.

»Ungefähr das«, flüsterte er Frank zu. »Man soll den Teufel nicht versuchen. Aber sie hören ja nicht auf eine alte Frau. In meiner Jugend war das noch schlimmer ... Schlimme Dinge sind da vorgekommen. Aber meine Eltern haben mich Gott sei Dank nie hingelassen ... Ein Teufel, und dann direkt neben der Kirche!« Er unterdrückte ein Lachen.

»In La Punta ist so etwas nicht möglich«, zeterte die alte Frau weiter. »Obwohl viele von da zur Fiesta nach Tijarafe kommen. Sehr, sehr leichtsinnig sind die jungen Leute hier. Sie fordern das Schicksal heraus!«

»War es ein Unfall, Señora?« Und als die Alte darauf nicht reagierte, zu Chano gewandt: »Frag sie, ob es ein Unfall war.«

Der setzte an, fand aber kein Gehör, denn die alte Frau fuhr unbeirrt fort: »Ein Unfall? Nein, die Strafe Gottes war es!

Gott hat schon immer den Teufel besiegt, egal, in welcher Gestalt er auftaucht. Niemand darf ungestraft seinen Zorn herausfordern!«

Und die dritte auf der Bank, eine uralte Person mit wettergegerbtem, zerfurchtem Gesicht, die ständig mit dem Kopf nickte und einen leicht verwirrten Eindruck machte, stimmte ihr lebhaft gestikulierend zu: ». . . ›vacaguare‹ hat er gesagt, ›ich möchte sterben‹, hihi . . . Ja, das ist immer das gleiche Lied: Die einen wollen nicht sterben, möchten noch ein bißchen am Leben bleiben, und die anderen sterben einfach . . . Kennst du das, mein Junge? Wenn schon die Delphine vor Liebe vergehen, hihi, wehe uns Armen, was machen wir, die mit noch weicherem Herzen versehen . . . Ja, ja, vielleicht hat er vergiftete Milch getrunken, das Söhnchen, hihi, wie früher die Alten. Ja, in die Höhle, in die Höhle . . . Wer erst mal genug hat, der geht freiwillig in die Höhle, in die Höhle . . . Ach, es sterben ja dauernd welche, hihi . . . Habe immer viel zu tun, welch ein Jammer. Aber was soll's, das Leben geht weiter . . .«

Einer der Männer tippte sich unmißverständlich an die Stirn, und Chano raunte: »Das ist unser Klageweib. Sie ist nicht ganz richtig im Kopf.«

Der Mann, der den Vogel gezeigt hatte, stand auf, kam auf Frank zu und zog ihn beiseite. »Sie müssen nicht auf das hören, was sie sagt, es hat nichts zu bedeuten. Woher kommen Sie eigentlich, Señor? Aus Deutschland? Ein wunderbares Land. Machen Sie Urlaub hier?«

Frank Richter nickte, tauschte ein paar Artigkeiten aus, kam aber nach einer Weile hartnäckig auf seine Frage zurück: »Was glauben Sie, war es ein Unfall?«

Der Mann trat einen Schritt zurück und machte große Augen. »Was fragen Sie? Natürlich war es ein Unfall, was sonst? Ich war selber nicht dabei, aber ich habe davon gehört. Es war Gesprächsstoff für Tage und Wochen auf der Insel . . . Aberglauben? Ich bitte Sie, Spanien ist ein europäisches Land, wir leben hier nicht im Mittelalter. Gibt es bei Ihnen etwa keine Autounfälle?«

»Doch, leider mehr als genug.«

»Eben. Und fährt deshalb bei Ihnen keiner mehr auf der Straße? Na, sehen Sie!«

Frank war perplex über diese Logik. Noch bevor er etwas erwidern konnte, fuhr der Mann gesprächig fort:

»Diablo volcánico zu sein, einmal El Diablo, das ist eine außerordentliche Ehre, verstehen Sie? Das gilt mehr als ein Torero im Stierkampf oder ein Ringkämpfer bei der Lucha. Es ist eine Auszeichnung, nach der sich die meisten Männer hier drängen. Fragen Sie Don Bernardo! Wenn ich noch jung wäre und mit meinen Beinen noch tanzen könnte und die Wahl fiele auf mich ... ich würde es sofort tun, keinen Moment lang würde ich zögern ...«

»Wieso Wahl? Ich denke, es ist freiwillig?«

»Wahl oder freiwillig, ist doch egal. Ich würde es auch tun, wenn sie keinen fänden und einer bestimmt würde. Diese Ehre, begreifen Sie nicht? Aber das wird nie eintreten, es finden sich immer genug.«

Etwas an seinen Formulierungen hatte Frank Richter aufhorchen lassen, und so forschte er unnachgiebig weiter: »Wer ist ›sie‹? Wer bestimmt eigentlich den Diablo?«

»Habe ich das gesagt, daß er bestimmt wird, hombre? Nein, das habe ich nicht gesagt. Ich meinte nur, wenn die Wahl auf mich fiele ...«

»Also doch eine Wahl, eine Auswahl.«

»Nein, Sie verdrehen mir die Worte im Mund, Sie verstehen mich falsch.« Er war nervös geworden, verhaspelte sich. Offensichtlich begann ihm das Gespräch unangenehm zu werden. »Vielleicht ist es so, daß keiner von euch Ausländern uns hier auf der Insel richtig verstehen kann.« Abrupt machte er kehrt, wandte sich wieder der Bank zu, brummte etwas zu den anderen dort, schüttelte den Kopf und schlurfte weiter.

Frank Richter fühlte sich mit einem Mal einer Wand von Ablehnung gegenüber, als sei er zu weit gegangen und hätte mit seiner Neugier etwas berührt, das lieber unangetastet bleiben sollte. Was war das nur, was ging hier vor? »War es nun ein Unfall oder nicht?« fragte er zaghaft, mehr zu sich selbst gewandt.

Einer der alten Männer auf der Bank, die eben noch so freundlich und aufgeschlossen gewirkt hatten, blickte ihn mit kalten Augen an. »Wenn die Polizei sagt, es war ein Unfall, dann war es auch einer, junger Mann«, sagte er und spuckte während des Sprechens aus. »Warum sollte die Polizei sich irren?« Nach dieser Bemerkung wandte er sich ab und würdigte den Fremden keines Blickes mehr.

Eine unglaubliche Pietätlosigkeit war das, mehr noch: Gotteslästerung, eine riesige Sauerei! Der Gendarm Pepe Gonzales schüttelte ungläubig den Kopf, als er die Bescherung sah, und auch der Leutnant war zunächst sprachlos. Die Kirche bot ein Bild der Verwüstung: Auf dem Altar herabgebrannte Kerzen, alles mit Unrat und Dreck besudelt, und dann das viele Blut! Jemand hatte den Gekreuzigten von der Wand gerissen und verkehrt herum vor dem Altar aufgestellt. Das Schlimmste aber war der Kreis aus Steinen, leeren Bierdosen, angekokelten Kiefernzweigen, in dessen Mitte ein frisch geschlachtetes Kaninchen lag.

Der Priester, der die Polizei benachrichtigt hatte, lief aufgescheucht, mit wehender Soutane, durchs Kirchenschiff. Immer wieder schlug er die Hände über dem Kopf zusammen, richtete stumme Klagen gen Himmel. Es war ihm deutlich anzumerken, daß er sich verzweifelt um einen Rest von Fassung bemühte. Als er das dritte Mal bei den Polizisten vorbeikam, blieb er stehen, ergriff mit beiden Händen Pepe Gonzales' Uniform und rüttelte ihn an der Schulter.

»Was soll das bedeuten?« schrie er, »sag mir, wer das getan hat. Und vor allem, warum?«

Pepe Gonzales war von der Handgreiflichkeit des Priesters so überrascht, daß er kein Wort hervorbringen konnte. Seine Augen quollen wie stets, wenn er sich von einer Situation überfordert fühlte, aus dem Kopf, während sein Mund weit offenstand.

»Aber das wissen wir doch auch nicht, Ehrwürden«, ließ sich der Leutnant vernehmen. »Wir sind gleich nach Ihrem Anruf losgefahren. Wann haben Sie denn die Sache entdeckt?«

Der Priester ließ mit einem tiefen Seufzer Pepe Gonzales los und drehte sich um. »Vor einer Stunde etwa. Ich kam nur, um etwas vorzubereiten. So aus einem Gefühl heraus bin ich hierhergefahren und habe aufgeschlossen. Normalerweise wäre ich erst am Sonntag kurz vor der Messe gekommen...«

»Die Kirchentür war also verschlossen?«

»Das ja«, lamentierte der Priester, »aber ich habe gleich das eingeschlagene Fenster bemerkt. Die Kerle müssen in der Nacht eingestiegen sein. Wißt ihr, daß das eine unglaubliche Schandtat ist? Ich sage, was ich sehe und denke: Hier wurde eine Schwarze Messe gefeiert!«

»Kaum zu glauben, daß es so etwas gibt«, brummte Pepe Gonzales und nahm die Mütze ab, um sich am Kopf kratzen zu können. Er hatte im Verlauf seiner langen Dienstzeit ja schon manches gesehen, madre mía, und ein paar Dinge davon waren wirklich übel gewesen, aber noch nie hatte er von einer Schwarzen Messe gehört.

Der Leutnant ging derweil zum eingeschlagenen Fenster, dessen Flügel sperrangelweit offenstanden, und streckte den Kopf hinaus. Unten lag ein großer Stein, es war leicht, von dort aus ins Innere der Kirche zu steigen. Er blickte aufs Dorf hinab, das sich malerisch über die grünen Hänge bis hinunter zur Teilklippe erstreckte. Schmucke Häuser, ein paar ansehnliche Fincas zwischen Bananen- und Avocadoplantagen, dahinter wellte und kräuselte sich endlos das Meer. Ein friedliches Bild. Nur gut, daß es in Puntagorda passiert ist, dachte er, und nicht in Tijarafe, sonst würde noch jemand auf die Idee kommen, den Vorfall mit der Fiesta und dem Diablo in Verbindung zu bringen.

Nun gut, Puntagorda lag nicht weit weg von Tijarafe, und

in dem Ort war es nie ganz geheuer. Feierten die nicht auch so ein seltsames Fest? Die Beerdigung der Makrele ... So ein Quatsch, überhaupt nicht zu vergleichen mit einem leibhaftigen Teufel aus dem Vulkan! Aber wie, um alles in der Welt, waren die Chicos bloß auf den Gedanken gekommen, hier eine Schwarze Messe zu feiern?

»Und was passiert nun?« fragte der Priester mit vor Erregung zitternder Stimme.

Der Leutnant überlegte. »Gar nichts«, sagte er nach einer Weile. »Pepe und ich, wir räumen die Schweinerei hier auf, machen alles sauber, das verspreche ich, und wenn es bis heute abend dauert. Sorgen Sie bitte dafür, daß wir Wasser bekommen und uns keiner bei dieser Arbeit sieht. Glauben Sie mir, es ist besser, niemand erfährt etwas von dem Vorfall und alles bleibt unter uns. Sind die Zeiten nicht so schon aufregend genug?«

»Das kann man wohl sagen«, antwortete der Geistliche. Er brachte noch ein paar schwache Klagen und Einwände vor, stimmte aber schließlich dem Vorschlag des Leutnants zu. Vielleicht war es tatsächlich besser, die Sache nicht an die große Glocke zu hängen. Das alles war ja bereits peinlich genug.

Was nun? Sie standen in der Bar »Lucha« in Tijarafe und tranken eiskaltes Bier. Frank Richter betrachtete die vergilbten Fotos an der Wand. Sie stellten allesamt Ringkämpfer dar, Einzelaufnahmen und Zehnermannschaften in Positur. Der Alte hinter der Theke stocherte gelangweilt zwischen seinen Zahnstümpfen herum. Es war warm. Der Ventilator an der Decke lief viel zu langsam, um für spürbare Erfrischung zu sorgen. Zwei, drei Gestalten hockten im Hausschatten vor der Tür. Eine rot getigerte Katze strich träge vorbei. Tijarafe war um die späte Nachmittagsstunde herum nahezu menschenleer. Ein vergessenes Kaff abseits der Welt.

Chano hatte ihm gut geholfen. Er stellte sich geschickt an, wenn es galt, mit den Leuten ins Gespräch zu kommen. Aber was hatten sie bisher herausgefunden? Die Aussagen waren verwirrend widersprüchlich. Frank Richter kam sein Vorhaben plötzlich reichlich sinnlos vor.

Als ob Chano Gedanken lesen könnte, faßte er Franks mutlose Stimmung in der Frage zusammen: »Was willst du eigentlich mit dem Gerede? Ist doch alles nur dummes Zeug.«

»Hm«, antwortete Frank und orderte, um Zeit zu gewinnen, zwei neue Flaschen aus dem Kühlschrank. »Verstehst du, die Sache mit dem Vulkanteufel ... Es gibt da etwas, ich weiß noch nicht genau was, aber ich komme bestimmt noch drauf. Ich will die Wahrheit erfahren, wie es sich wirklich abgespielt hat mit dem ... na, sagen wir ruhig, mit dem Unfall. Alle reden um den heißen Brei herum. Das spüre ich deutlich. Es kommt mir vor, als wüßten sie allesamt mehr, als sie zugeben.«

Chano blinzelte ihn mit verschlagenem Gesichtsausdruck an. »Du bist doch ein Schnüffler, du arbeitest für die Polizei.«

Frank Richter winkte ab. »Quatsch, ich habe dir doch gesagt, warum ich das mache. Ich vermute eine Geschichte, eine heiße Story, vielleicht schreibe ich auch ein Buch darüber.«

Chano nickte. »Sí«, sagte er, »eine Geschichte für Leute, die Bücher lesen.«

»Nein, nicht irgendeine Geschichte. Wenn es geht: die Wahrheit.«

»Die Wahrheit? Uii, das ist aber schwer!«

Mißtrauisch blinzelte Frank Richter seinen Partner an. Machte sich der Eingeborene über ihn lustig? »Hör mal, mir sind da zwei Dinge aufgefallen, vielleicht weißt du mehr darüber. Also zuerst mal: Einer der alten Männer sagte plötzlich: Fragen Sie Don Bernardo. Was meinte er wohl damit?«

»Don Bernardo? Oh, das ist ein kluger Mann, ein Gelehrter, ein Eremit. Er lebt unten im Süden der Insel in einem kleinen Haus nahe von Las Indias. Weißt du, wo das ist? Bei

Fuencaliente, dicht am Vulkan von San Antonio. Wenn der mal ausbricht, spuckt er ihm direkt auf das Dach.«

»Und der weiß etwas über den Vulkanteufel?«

»Sí, sí, Don Bernardo weiß alles, ein kluger, wichtiger Mann. Du solltest ihn kennenlernen. Wenn du willst, führe ich dich hin.«

»Hm«, brummte Frank, den Vorschlag überdenkend. Ja, warum eigentlich nicht? Die Idee hatte durchaus etwas für sich.

»Und das zweite?« fragte Chano.

»Welches zweite?«

»Du hast doch gesagt, zwei Dinge seien dir aufgefallen. Das erste war Don Bernardo. Und das zweite?«

»Ach ja ...« Es kam Frank Richter plötzlich dumm vor, so etwas mit jemandem zu bereden, den er gerade erst ein paar Tage kannte. Noch dazu mit einem, der so exotisch wirkte, überhaupt nicht wie ein Spanier, er hätte ebensogut aus dem Amazonasgebiet stammen können. »Ja, also ... dieses ›vacaguare‹, ich habe mir das Wort genau gemerkt ... ›Ich möchte sterben‹ ... Das war kein Spanisch, nicht wahr?«

»Nein.«

»Was dann? Hat die Alte, dieses Klageweib, die nicht ganz richtig im Kopf sein soll ... Ich meine, sie war ja eigentlich ganz nett, aber ... hat sie Unsinn geredet?«

Chano grinste verlegen. »Nein, nicht ganz, es war die alte Sprache.«

»Wie? Die Sprache der Ureinwohner, der Guanchen?«

»Sí, sí, die Sprache des alten Volkes.«

Frank Richter war perplex. »Was denn, ich dachte, die Kanarischen Inseln sind vor gut 500 Jahren von den Spaniern erobert worden. Seitdem gibt es doch keine Guanchen mehr?«

Sein Begleiter zuckte anstelle einer Antwort lediglich mit den Schultern.

»Altes Volk, alte Sprache ... Ich verstehe überhaupt nichts mehr«, sagte Frank Richter. »Du kannst mir doch nicht weismachen, daß uns da heute mittag eine Verrückte über den Weg gelaufen ist, die eine Sprache beherrscht, die seit 500 Jahren vergessen ist!«

Chano zuckte erneut die Schultern und stierte ungerührt auf sein Bier. Als er wieder hochsah, entlockte er seiner Zigarette eine gewaltige Qualmwolke. Er hielt den Mund zum O geformt und ließ den Rauch stoßweise zwischen den Lippen hervorquellen. Es sah aus, als ahme er einen tätigen Vulkanschlot nach. Frank blickte fasziniert hin. Als das letzte Wölkchen entwichen war und Chano wieder sprechen konnte, sagte er:

»Nicht die ganze Sprache, nur ein paar Worte.«

»Und der junge Mann, der Diablo, der damals verbrannte, soll es auch gerufen haben: ›vacaguare‹.«

»Das waren die letzten Worte von Tanausu, dem Mencey.«

»Wer ist denn das schon wieder?« fragte Frank Richter leicht irritiert.

Völlig unvermittelt brach es aus Chano heraus. Er lachte, verschluckte sich dabei, spuckte aus, prustete mit hochrotem Kopf. Er lachte, daß er sich an der Theke festhalten mußte, sein ganzer Körper bebte vor Lachen. »Tanausu!« brüllte er, stieß die geheimnisvollen Silben zischend und blubbernd aus. »Tanausu!«

»Sí, sí, Tanausu«, stimmte nun auch der zahnstummelige Alte hinter dem Tresen ein und lachte mit, als sei es ein köstlicher Scherz. Sie konnten sich kaum beruhigen vor Lachen.

Frank Richter blickte von einem zum anderen. Waren die beiden verrückt geworden? Machten sie sich auf seine Kosten lustig? Er verstand den Heiterkeitsausbruch nicht.

»No, no, hombre«, keuchte Chano schließlich, als er sich von seinem Anfall erholt hatte, »ich lache nicht über dich. Aber es ist zu komisch. Auch wenn ich es dir erkläre, wirst du es nicht begreifen. Es ist ... es ist eine furchtbar traurige Geschichte. Man kann über sie weinen oder vor Traurigkeit lachen.«

Frank Richter schüttelte den Kopf. Heute spürte er das Bier

stärker als sonst, oder lag es an Chanos verrücktem Benehmen, daß er sich wie betrunken fühlte?

Chano wurde mit einem Schlag ernst. »Tanausu war der letzte freie Mencey auf der Insel, ein großer König und mutiger Held. Aber laß dir auch davon lieber von Don Bernardo berichten, der kann das viel besser als ich. Fragen Sie Don Bernardo.«

Er machte Anstalten, in erneute Lachsalven auszubrechen, und Frank Richter gab es auf, mit ihm heute noch etwas Vernünftiges zu besprechen. Eine seltsame Art hatten die Einheimischen hier. Vielleicht lag das am Wetter. Eine Insel, auf der man wirklich nur Ferien machen konnte, keine Spur von Logik, wie man's von zu Hause her gewohnt war. Na ja, auf jeden Fall gab er Chano erstmal Geld für den Tag. Ein regelrechtes Spielchen entwickelte sich, mit entrüsteter Ablehnung und Hin- und Herschieben des Geldes über den Tresen. Schließlich siegte die Vernunft, und der unberechenbare Krauskopf verstaute die Scheine in seiner Hosentasche.

Aber unmittelbar danach mußte er unbedingt noch einen ausgeben. Frank Richter willigte seufzend ein. Der Tag heute war sowieso schon gelaufen. Die normalen Touristen, die sich nicht von irgendwelchem Teufelsspuk verhexen ließen, saßen nun bestimmt schon in irgendwelchen Fischrestaurants am Strand und schlemmten, während sie hingebungsvoll den Sonnenuntergang am Hafen betrachteten. Er mußte an Ute in Deutschland denken, die Fisch in jeglicher Form verabscheute. Für sie wäre La Palma ein Ort des Grauens – Fische und Teufel, Staub und Hitze, die reinste Tortur.

Apropos Essen: Nun, wo er daran dachte, verspürte er einen wahren Heißhunger auf die opulenten Speisen des »Playamont«. Er drängte zum Aufbruch, lud den anderen ein, doch Chano lehnte dankend ab. Er mache sich nichts aus »Touristenmenüs«, und außerdem habe er, wie er vorgab, noch eine wichtige Verabredung.

Also fuhr Frank Richter nach lautstarkem Abschied allein los. Unterwegs im Barranco mußte er an den eigentümlichen

Verlauf der Unterhaltungen mit den alten Leuten in Tijarafe denken. Ein seltsamer Nachmittag war das gewesen.

Wie jeden Mittwoch verabschiedete sich Marita Wieland mit einer herzlichen Umarmung von ihrem Mann Hannes, bevor sie zum Roque de los Muchachos hochfuhr. Auf dem Rücksitz ihres kleinen Wagens lag neben einem Korb die schwarze Aktentasche mit den Unterlagen, die oben im Observatorium gebraucht wurden – allerlei Daten über Sonnenstände, Satellitenbahnen und die Sternenbilder des Nachthimmels, die sie die Woche über in ihrem Rechner bearbeitet hatte. Disketten, die von Dr. Westerford und den anderen Mitgliedern der Weltallstation (wie Marita beinahe zärtlich den Beobachtungsposten auf der kahlen Plattform des Roque nannte) ausgewertet wurden. Marita wurde nur als freie Mitarbeiterin des Teams gezählt, gehörte aber schon seit längerem dazu und galt auf gewisse Weise als unentbehrlich.

Sie war stolz, sich diese Position errungen und mit zähem Ehrgeiz ausgebaut zu haben. Es machte sie unabhängig von der Arbeit ihres Mannes, dessen Einkünfte aus der Obstbaumplantage keineswegs soviel abwarfen, wie sie sich zu Beginn ihres Unternehmens auf La Palma ausgerechnet hatten. Sie kamen gerade so über die Runden damit. Aber stolz war sie auch darauf, die Solaranlage auf dem Dach ihres Hauses durchgesetzt zu haben. Immerhin wurden ihr Rechner damit gespeist und einige weitere nützliche Errungenschaften, die das einfache, harte Dasein in Garafia erleichterten.

Sie steuerte den Wagen die schmale Betonpiste zum Ort hinab, passierte das wie ausgestorben wirkende Dorf und fuhr dann die holprige Sandstraße am Meer entlang in Richtung Süden. Eigentlich war die Strecke furchtbar, eine Zumutung für die Stoßdämpfer des Wagens und nicht annähernd zu vergleichen mit der neuen, frisch ausgebauten Straße oben, aber sie liebte es, während der Fahrt ständig das Meer zu ihrer Rechten zu haben, während links von ihr die Lavahänge der Berge eindrucksvoll dem blauen Himmel zustrebten. Das einsame Fahren hier verlangte lediglich mechanische Konzentration, so daß man die Gedanken schweifen lassen konnte. Marita war eine Tagträumerin. Manchmal hielt sie an einem besonders schönen Fleck einfach an, stellte den Motor ab und betrachtete ausgiebig die Landschaft.

Wie schön sich die kleine, steilkantige Insel vor der Küste mit ihren weißen Gischtzonen aus dem Blau des Meeres abhob. Alpendohlen und Falken kreisten über den kahlen, rotbraunen Hängen davor. Und dann in der Ferne der scharfe, dunkle Riß in der Landschaft, wo die Schlucht von Buraca zum Meer hin auslief.

Sie kam jedesmal bis dicht an den Rand des Barrancos, dann knickte die Piste nach Osten ab. In vielen Serpentinen wand sie sich durch den Kiefernwald, kreuzte die neue Straße und schraubte sich mit reichlicher Steigung weiter in Richtung Roque de los Muchachos. Vorher jedoch passierte sie die zerfallenen Häuser einer verlassenen Finca, deren Besitzer niemand mehr kannte. Es hieß, sie seien bereits vor vielen Jahrzehnten nach Venezuela ausgewandert, um in der Hauptstadt Caracas ein leichteres Leben zu finden. Die löchrigen Ziegel der Häuser waren mit blühendem Dachwurz überwuchert, Kakteenwildnis breitete sich über den ehemaligen Feldterrassen aus, die Natur eroberte sich ihr Anrecht zurück.

Wie jeden Mittwoch hielt Marita hier an, holte den Korb vom Rücksitz, stieg aus dem Wagen und ging auf das Hauptgebäude zu. Aus herausgebröckeltem Putz der Hauswand sah derbe Bruchsteinwand hervor, die Tür, aufgebrochen, hing schräg in den Angeln und gab einen Blick ins dunkle Innere des Gebäudes frei. Doch das interessierte Marita nicht sonderlich, sie ging an der Tür vorbei und setzte sich auf den Rand der ausgetrockneten Zisterne. Sie wartete.

Ein wildes Kaninchen wagte sich aus seinem Versteck in den Kakteen und lief quer über die Piste. Der Wind blies vom

Meer hoch und ließ trockenen Staub aufwirbeln. Eine Kugel aus verdörrten Dornzweigen trieb tanzend vorbei. Dann ließ ein knackendes Geräusch in ihrem Rücken die Wartende auffahren. Sie wandte sich um, und da stand im Schatten mehrerer wuchtiger Drachenbäume ein Mann undefinierbaren Alters. Er trug eine löchrige Legionärsuniform, die unverzichtbare Schirmmütze mit Nackenschutz gegen die brennende Sonne. Unbeweglich, sie aus kalten Augen anstarrend, stand er da. Er machte keinerlei Anstalten, auf sie zuzukommen.

»Hola«, rief Marita und grüßte mit einem Winken. Da er noch immer regungslos im Baumschatten stand, entschloß sie sich, ihm entgegenzugehen. Sie lächelte und drückte scheu seine Hand. Dann packte sie den Korb aus.

»Hier«, sagte sie, »ich habe dir etwas zum Anziehen mitgebracht, ein Hemd und ein T-Shirt. Auch ein paar Dinge zum Essen und eine Flasche Wein. Es ist guter, wir haben ihn selbst gekeltert.«

Der Legionär betrachtete eingehend die dargebotenen Geschenke, schüttelte dann aber stumm den Kopf.

»Nun zier dich nicht so«, sagte Marita, »ich weiß doch, wie gut du die Sachen gebrauchen kannst. Nimm schon, ist gut so.« Und mit einer energischen Geste drückte sie ihm das Hemd in die Hand.

Der Legionär sprach nicht, sein Gesicht, das er nun von ihr weg zum Meer hin wandte, drückte keinerlei Regung aus. Aber Marita wußte auch so, daß er sich unbändig freute. Er konnte es nur nicht zugeben. So war das stets. Deshalb drehte sie sich einfach um und ging zu ihrem Wagen zurück. Als sie den Motor startete und an ihm vorbeifuhr, stand er noch immer regungslos im Schatten der Dragos, nur seine Augen starrten hinter ihr her.

Nach einer Weile holpriger Fahrt führte die Piste in dichten Kiefernwald und süß aromatisch duftenden Schatten hinein. Dieses Teaholz riecht wirklich einmalig, dachte sie, ich kann mir kein besseres Parfum vorstellen auf dieser Welt. Natürlich wußte Hannes nichts von ihrem Abstecher. Es wäre auch sinnlos, es ihm zu erklären – er würde es nicht begreifen.

Es ergab sich rein zufällig, daß Jürgen Brinkmann, seine Frau Susanne und Dr. Bartneck zeitgleich im »Playamont« eintrafen, und so beschloß man, zusammen an einem Tisch Platz zu nehmen. Da es für Hauptgerichte noch zu früh war, wie der Kellner beteuerte, bestellten sie eine riesige Platte Lapas, gekochte Meeresschnecken in Knoblauchsoße mit Brot, und bis auf Susanne, die Wein bevorzugte, große Bierkrüge.

Nach und nach füllte sich das Lokal mit Gästen, vor allem deutschen Urlaubern, die inzwischen das »Playamont« für sich entdeckt hatten und den herrlichen Sonnenuntergang an der Hafenmole genießen wollten. Vom Atlantik her strich eine angenehm frische Brise, fing sich in den Bougainvilleen, den Hibiskussträuchern, ließ die Palmwedel über ihren Köpfen rascheln.

Jürgen hob seinen Bierkrug. »Auf den Passat«, sagte er und prostete den anderen zu.

Es war unausweichlich, daß Dr. Bartneck, nach seinen Erlebnissen und dem Fortgang seiner Studien befragt, von der Schlucht von Buraca und dem Zusammentreffen mit dem Legionär erzählte. Von diesem Mann und der besagten Höhle hatten die beiden Brinkmanns noch nie etwas gehört, was aber kein Wunder war, denn sie hatten Buraca noch nie besucht. Der Geologe genoß es daher, ihnen echte Neuigkeiten berichten zu können.

Jürgen bemerkte als erster das Eintreffen von Frank Richter. »Hallo!« rief er laut, stand vom Stuhl auf und schwenkte beide Arme. »Hier ist noch ein Platz frei. Kommen Sie und essen Sie mit uns, Sie sehen erschöpft und hungrig aus.«

»Ist auch kein Wunder bei dem Wetter«, stöhnte Frank und holte sich einen Stuhl heran, »obwohl es heute abend, wo ein bißchen Wind weht, deutlich angenehmer ist.«

»Ja, ja, der Passat«, sagte Jürgen und zitierte einen Vers, den er neulich irgendwo aufgeschnappt hatte, »er quirlt das Meer auf und verleiht der Seele Flügel.«

Noch während Jürgen ihm Dr. Bartneck vorstellte, wurden sie vom herbeigeeilten Kellner unterbrochen. Es durfte endlich bestellt werden, und das taten sie reichlich: Fisch, Fleischspieße in scharfer Soße, in Meerwasser gekochte Pellkartoffeln, Salat und andere Köstlichkeiten. Susanne Brinkmann sprach dabei mindestens ebenso schnell spanisch wie der Kellner. Es klang, als würden sie sich gegenseitig ein Gedicht aufsagen, als sie die einzelnen Positionen mehrmals wiederholten.

»Kennen Sie einen gewissen Don Bernardo?« fragte Frank Richter. Klar, Jürgen kannte ihn. »Ein hochgebildeter Mann, ein Einheimischer, der lange Zeit Lehrer in Puntagorda war. Jetzt hat er sich in den Süden der Insel zurückgezogen, haust versteckt wie ein Einsiedler in einer kleinen Hütte bei Fuencaliente. Haben Sie ihn getroffen?«

»Noch nicht«, antwortete Frank Richter, »aber ich brenne darauf, ihn kennenzulernen. Chano hat sich angeboten, mich zu ihm zu führen.«

»Beste Adresse« sagte Jürgen, »der weiß alles. Ist ein Vergnügen, sich mit ihm zu unterhalten.«

»Ich möchte einfach mehr über die Historie der Insel erfahren, Genaueres über die Ureinwohner, ihre Kultur und Bräuche . . .«

»Wahrscheinlich hat Sie Henning Schneider mit seinen Geschichten angesteckt, der interessiert sich ja auch ungeheuer für solche Sachen«, sagte Jürgen, der sich in Vorfreude auf das Essen bereits die Hände rieb. »Wenn Sie übrigens Bücher zu dieser Thematik suchen, so kann ich Ihnen die Casa Cultura in Los Llanos nur wärmstens empfehlen. Mercedes arbeitet da, Alvarez, glaube ich, mit Nachnamen. Ein sehr aufgewecktes Mädchen aus dem Ort, das einen gut berät. Es gibt Bücher in deutscher und in spanischer Sprache.«

»Guter Tip, danke«, sagte Frank, der sich im selben

Moment bei dem Gedanken ertappte, daß ihn die »wirklichen Berge« von La Palma doch wieder zu den »Bücherbergen« der Bibliotheken zurückzuführen schienen.

Nach dem Essen animierte Jürgen Dr. Bartneck zu einem kleinen Vortrag über Geologie und Felsbildkunde, was Frank sehr interessierte. Kein Wunder, der Mann verstand es zu erzählen. Er war ein Feldforscher aus Leidenschaft, gern in der freien Natur und neugierig auf alles, was ihm ungewöhnlich schien. In besonderem Maße hatte er sich der Petroglyphen der Ureinwohner angenommen, jener seltsamen, noch immer nicht entschlüsselten Bildzeichen und Felsgravuren der Guanchen, die er nun an verschiedenen abgelegenen Stellen der Insel aufsuchte und dokumentierte.

»Weiß man denn wenigstens, was sie bedeuten sollen?« fragte Frank. Bartneck schüttelte den Kopf. »Leider noch nicht, die Wissenschaft steht bei diesem Problem noch ganz am Anfang. Es können schmückende Bilder sein, Besitzmarken oder Stammeszeichen, alles mögliche, auch Schrift oder geheime Botschaften, die noch einer Entschlüsselung harren. Können Sie verstehen, wie aufregend diese Arbeit für mich ist? Die Kanarischen Inseln sind für die meisten Forscher absolutes Neuland, man hat sich um die Zeichen hier wenig gekümmert, vielleicht deshalb, weil die Inseln so weitab von Europa liegen, oder die Entdeckungen wurden einfach nicht ernst genug genommen. Jedenfalls existieren bisher keine Bücher darüber.«

»Und ein solches wollen Sie nun verfassen?« fragte Frank Richter.

Bartneck lachte auf. »Ach, das dürfte wohl eine Lebensaufgabe sein. Es gibt so viele ergiebige Höhlen, allein auf La Palma, und die meisten von ihnen muß man erst mühsam in der Wildnis suchen. Keine leichte Sache, wo doch inzwischen alles überwuchert ist.«

»Und auf den anderen Inseln?«

»Da gibt es auch etliche Fundstätten, vor allem auf Gran Canaria und Fuerteventura. Die meisten Inschriften finden sich auf der kleinen Insel El Hierro, wo ich im vorigen Jahr war. Dort haben die Ureinwohner regelrechte Schriftzeilen in die glatten Lavaplatten gekratzt. Die merkwürdigsten Zeichen aber befinden sich hier auf La Palma. Wenn Sie Lust haben, kann ich Ihnen ja mal welche zeigen ... wenn Sie zum Beispiel mit mir in die Schlucht von Buraca gehen.« Frank nahm dieses Angebot dankbar an.

Zu den kleinen, erlesenen Kostbarkeiten, die sich Victor Depauw aufgrund seines Erbschaftsvermögens leisten konnte, gehörte ohne Zweifel der Zeitungsausschnittsdienst. Einmal im Monat bekam er aus Brüssel und London Kopien von sorgfältig zu bestimmten Themenkreisen zusammengestellten Artikeln, die er genauestens studierte und danach in entsprechenden Aktenordnern abheftete. Wenn eine solche, von ihm jedesmal bereits fiebrig erwartete Sendung eintraf, verzichtete er bedenkenlos ein, zwei Tage lang auf sein Fahrradtraining, schloß sich zu intensivem Studium in seinem Arbeitszimmer ein und verließ das Haus erst wieder, nachdem er auch die letzte Zeile der kleinsten Notiz registriert und ausgewertet hatte.

Heute war wieder ein solcher Tag, der Briefträger hatte das heiß erwartete Päckchen abgegeben und Monsieur Depauw in intensives Brüten versetzt. Nach der ersten Durchsicht, bei der er die Meldungen auf seinen Schreibtisch je nach Brisanz zu unterschiedlich hohen Stapeln ordnete, führte er sich einige besonders interessante Berichte noch einmal genauer zu Gemüte. Da vermeldete die »Times« in großer Aufmachung recht Spektakuläres unter der Balkenüberschrift:

KÄLTEWELLE WÄRE IN EUROPA KAUM DENKBAR – METEOROLOGEN MACHEN AMERIKANERN HOFFNUNG: TEMPERATUREN STEIGEN – WIE EXTREMWERTE IN DEN USA ENTSTEHEN.

Millionen Amerikaner ächzten im Mittleren Westen und

an der Ostküste unter einer Rekord-Kälteperiode mitten im Sommer, die in den Höhenlagen sogar für reichlichen Schneefall sorgte. Bereits mehr als 30 Menschen sollen dort dem überraschend eingetretenen Temperatursturz zum Opfer gefallen sein. »Der Grund für die extreme Kälte liegt in der Geographie Amerikas und einigen weiteren, unglücklich zusammenfallenden klimatischen Schwankungen«, erklärte C. Kelly, Meteorologe aus dem Team von »Wettermän« Kachelmann. Nach den heftigen Schneefällen und eisigen Winden erwarten die Meteorologen allerdings für die kommenden Tage wieder einen allmählichen Anstieg der Temperaturen. Der Wendepunkt soll am Wochenende oder Anfang kommender Woche erreicht sein, so daß die Amerikaner doch noch mit einem – wenn auch reichlich unterkühlten – Sommer rechnen können.

Die Wetterberichte der vergangenen Woche haben die Europäer schon beim Zuhören erschaudern lassen: Temperaturen bis zu minus 10 Grad, Schneefälle und Glatteis führten in einigen Gebieten der USA zu totalem Verkehrschaos. »Solche Kälteeinbrüche mitten im Sommer sind allerdings nichts Ungewöhnliches für Amerika«, erklärte C. Kelly.

Wenn sich aufgrund gewisser zyklischer Schwankungen Kaltluft vom Nordpol in Richtung Amerika aufmacht, hat sie leichtes Spiel und kann sehr weit in Richtung Süden vordringen – zum Teil sogar bis an die Grenzen des Sonnenstaats Florida. Kein einziges Hindernis stellt sich der arktischen Luft in den Weg, keine Berge, die die Kälte aufhalten könnten. Sowohl die Rocky Mountains als auch die Kordilleren im Westen verlaufen von Nord nach Süd. »So kommt die Kaltfront zu uns runter«, erläutert Kelly. Außerdem strömt die Luft über Alaska und Kanada, also lediglich über den Kontinent, und kann sich über keinem Meer aufwärmen.

In Europa sind solche Temperaturen kaum vorstellbar. Kaltluft, die vom Pol gen Süden strömt, verliert über dem relativ warmen Atlantik und der Nordsee ihre eisige Temperatur. Außerdem stellen sich der Kaltluft die Berge in den Weg

– die Alpen verlaufen von West nach Ost. Da haben extrem eisige Winde keine Chance, in südliche Breiten vorzudringen. Einzige Ausnahme: Wenn die Luft aus Rußland kommt, fließt sie ausschließlich über Festland und läßt Europa frieren. In der Westwindzone sind diese Nordostwinde jedoch selten.

Den Amerikanern bringt die arktische Luft gleich zweifach Kälte. »Wenn's so richtig kalt ist, weht der Wind die letzte Wärme von der Haut«, sagt C. Kelly. Durch den sogenannten »Windchill-Effekt« fühlt sich die Haut noch kälter an. Der Meteorologe rechnet vor: »Bei minus 10 Grad, die derzeit in Teilen des Mittleren Westens und des Nordostens gemessen werden, und einer Windgeschwindigkeit von bis zu 120 Stundenkilometern ergibt sich eine Temperatur von minus 32 Grad.«

Ungläubig las Victor Depauw den Artikel ein zweites Mal. Dann sprang er auf und brüllte durchs Zimmer: »So ein Mist! Einen solchen Schwachsinn hab' ich noch nie gehört! Das ist ja der Gipfel an Idiotie, man sollte die ›Times‹ wegen Leserverdummung verklagen!«

Sein Zornesausbruch war so heftig und unvermittelt erfolgt, daß sein Kater vom Sofa hochschreckte. Victor Depauw war viel zu erregt, um zu registrieren, daß Minouche die Flucht ins Nebenzimmer ergriff. »Wenn das im Winter passieren würde, könnte es noch angehen, obwohl die Temperaturen dann nicht minus 10, sondern minus 40 Grad oder mehr betragen würden. Aber mitten im Sommer ... Ist dieser C. Kelly schwachsinnig, oder will er den Leuten Sand in die Augen streuen?«

Er konnte sich an vergleichbare Meldungen aus dem Dezember und Januar erinnern. Merkten denn die Menschen nicht, daß dieser C. Kelly fast den gleichen Wortlaut zur Erklärung eines Phänomens benutzte, das diesmal mitten in der wärmsten Zeit des Jahres eingetreten war? Und was besagte die Erklärung wirklich? Leere Worthülsen, pseudowissenschaftliches Gewäsch, so ein Unfug!

Mit einem Rotstift für besondere Gelegenheiten markierte

er bestimmte Zahlen und Passagen und heftete danach den Artikel an die Wand. Seine Hände zitterten vor Erregung. Sich mühsam zur Ruhe zwingend, wandte er sich dem nächsten Zeitungsbericht zu, der im Vergleich zum vorigen relativ normal und glaubwürdig klang:

Indonesien bebte heftig. Bei einem starken Erdbeben in Ost-Indonesien sind mindestens 400 Menschen getötet und mehr als 4000 verletzt worden. Das Beben hatte nach Messungen des Meteorologischen Instituts in Jakarta die Stärke von 7,2 auf der nach oben offenen Richterskala und erschütterte vor allem die abgelegenen Molukken-Inseln rund 2500 Kilometer nordöstlich von Jakarta. Messungen eines amerikanischen Instituts ergaben sogar einen Wert von 7,6.

Am stärksten wirkten sich die Schäden ersten Berichten der Behörden zufolge im Norden der »Gewürzinsel« Halmahera aus. Dort stürzten in mehreren Orten zahlreiche Häuser ein oder wurden schwer beschädigt. Von hier wurden auch die meisten Todesopfer gemeldet. Die Menschen seien in Panik auf die Straße gelaufen. Die Zahl der Obdachlosen sei zunächst nicht zu beziffern, erklärten die Behörden auf der kleinen Nachbarinsel Ternate. Über die Mutmaßung, daß das Beben in Zusammenhang mit einem kürzlich in der Nähe erfolgten Vulkanausbruch stehe, kann bislang nur spekuliert werden.

Victor Depauw brummte. Zumindest dieser Meldung mochte er eine gewisse Glaubwürdigkeit beimessen. Sie reihte sich in den Reigen der Katastrophennachrichten ein, die mit schöner Regelmäßigkeit aus allen Teilen der Erde eintrafen. Wie das Erdbeben von Los Angeles neulich, die verheerenden Waldbrände in Portugal, die Überschwemmungen in Frankreich, Italien, Deutschland und Spanien, die zahlreiche Todesopfer gefordert hatten. Die Erde, das Klima spielte verrückt, und doch ließen sich, wenn man den Dingen nur ausreichend auf den Grund ging, durchaus vernünftige Erklärungen dafür finden. Es gab eine Ordnung im Chaos, man mußte sie nur suchen. Was ihn jedoch aufregte, ja in Rage brachte, waren solche Meldungen wie in dem Artikel über das amerikanische Unwetter. Da traten überaus ungewöhnliche Schwankungen auf, ein Winter mitten im Sommer, ein Jahrhundertereignis, und die sogenannten Fachleute spielten die Sache herunter, als ginge alles mit rechten Dingen zu. Für wie blöd wurde die Menschheit gehalten?

Monsieur Depauw ging in die Küche, um sich einen Früchtetee zu machen. Dort traf er auf seinen verängstigten Kater, der mit scheuem Gemauze auf Sicherheitsabstand blieb. Depauw beugte sich vor und gab sich reichlich Mühe, das Tier mit sanfter Stimme und Schmeicheleien wieder zu versöhnen. »Kein Grund zur Panik«, sagte er, »tut mir leid, daß ich vorhin so laut war. Eigentlich ist ja nicht viel passiert... außer daß die Menschen verrückt geworden sind, vor allem die Meteorologen.«

Der große Platz in Los Llanos de Aridane, dort, wo sich um die Kirche Postamt und Polizei, das Rathaus, ein Reisebüro, zwei Bankfilialen, Läden, kleinere Boutiquen und vor allem mehrere Straßencafés scharen, war mehr als sonst mit Menschen gefüllt. Vor allem mit neu eingetroffenen Touristen, die durch ihre erschreckend blasse Hautfarbe auffielen. »Dauerregen im August – Deutschland friert«, las Frank Richter im Vorbeigehen auf der Titelseite der »Bild«-Zeitung, die zuoberst am Ständer des Zeitschriftenladens hing. Ihm kam das alles sehr weit weg und unwirklich vor. In Los Llanos schien die Sonne, der Himmel leuchtete wolkenlos blau, und aus einem der Cafépavillons schallten animierende Sambaklänge. Bemerkenswert, wie rasch man sich an den Rhythmus der Insel gewöhnte.

Frank Richter wich der Menge aus, verzichtete auf den Milchkaffee zwischendurch und bog rasch in eine Seitenstraße ein. Nach wenigen Metern fand er an einem schmucken kleinen Haus mit hölzernen Balkonen das gesuchte Schild »Casa Cultura«. Er schlüpfte durch die Tür und befand sich augenblicklich in gewohnter Umgebung: überall Bücher, Regale, bis an die Decke gefüllt, davor lesende, in Druckwerken blätternde Menschen. Eine Treppe führte zum zweiten Stockwerk hinauf, und auch hier bot sich das gleiche Bild. Leicht verwirrt von der unerwarteten Vielfalt des Angebots, wie ein Gourmet an verführerischem Büfett erlesene Häppchen kostend, zog er spielerisch den einen oder anderen Band aus dem Regal, studierte Umschläge, schob die Bücher wieder zurück. Merkwürdige Publikationen gab es hier. Werke mit malerisch klingenden Titeln, akribisch aufgereiht all das, was man in Los Llanos für lesenswert hielt. Er versuchte, das System der Anordnung zu erkennen, gab aber nach einer Weile auf, weil seine Spanischkenntnisse nicht ausreichten. Solchermaßen sich von Regal zu Regal durch den Raum vortastend, stieß er plötzlich mit dem Rücken eines Mädchens zusammen. Erschrocken fuhr sie herum. Ihre Augen waren rehbraun und besaßen einen Glanz, der Frank Richter völlig aus dem Konzept brachte. Ihre langen, schwarz über die Schultern fließenden Haare, ihre schlanke, wohlproportionierte Figur ... Sie war eine Gazelle, kein Zweifel, eine grazile Gazelle, die einen Stapel Bücher im Arm trug.

»Verzeihung«, murmelte Frank Richter, völlig im Bann ihrer Augen, »entschuldigen Sie bitte, ich war so in Gedanken, ich wollte Sie nicht ...«

»De nada, es ist doch gar nichts passiert.« Das Mädchen lachte so entwaffnend, daß er erst recht in Verwirrung geriet. Diese Augen, dachte er immerzu, diese wunderschönen Augen ...

»Kann ich Ihnen irgendwie helfen?«

»Also, ich weiß nicht«, stotterte Frank, »das heißt: natürlich, doch ja ... Ich suche eine gewisse Mercedes Alvarez.«

»Das bin ich«, antwortete das Mädchen.

Wenn sie bloß nicht so verdammt hübsch gewesen wäre! Frank Richter kam es vor, als würde er sie bereits seit einer

Ewigkeit anstarren. Er nahm sich zusammen. »Ein Bekannter von mir aus La Palma sagte; Sie könnten mich vielleicht beraten.«

»Ich kann es ja mal versuchen«, sagte das Mädchen lächelnd. Wie um ihre Bereitschaft zu demonstrieren, legte sie den mitgeschleppten Bücherstapel einfach irgendwo ab. »Interessieren Sie sich für besondere Bücher?«

»Ja«, antwortete er matt, »für die Chronik der Insel, am besten etwas, was die vorspanische Zeit behandelt, die Ureinwohner, wenn es so ein Buch gibt.«

»Ein paar Bücher schon, einige in spanischer, andere in deutscher Sprache. Kommen Sie, ich zeige Ihnen unsere Guanchen-Abteilung.«

»Sie haben natürlich gleich gemerkt, daß ich aus Deutschland komme?« fragte er, ihr folgend.

»Eigentlich ja«, antwortete sie nach einem schnellen, prüfenden Seitenblick. »Obwohl Sie wirklich gut Spanisch sprechen.«

»Danke für das Kompliment.« Er räusperte sich und suchte nach weiterem Gesprächsstoff, aber seine Gedanken waren noch immer ganz woanders, auf der Gazellenfährte. »Wir sind übrigens Kollegen«, sagte er, »ich bin von Beruf Bibliothekar. An einer Hochschule. Jetzt bin ich im Urlaub hier.«

Mercedes Alvarez' wunderschöne Augen kontaktierten erneut die seinen. »Gefällt es Ihnen bei uns?«

»Gefallen ist gar kein Ausdruck. Am liebsten würde ich für immer hierbleiben.« Mein Gott, er fing an, Unsinn zu reden. Aber wenn schon – was hinderte ihn eigentlich daran, einfach das zu sagen, was er dachte!

Sie hatten einen Winkel des Raums erreicht, und das Mädchen deutete auf zwei oder drei Reihen bunter Buchrücken. »Das sind sie. Natürlich gibt es noch mehr, seltene, alte Werke, aber so viel Geld haben wir nicht, um alles zu erwerben.«

»Hm, dann geht es Ihnen auch nicht anders als uns. Können Sie etwas Bestimmtes empfehlen?«

Mercedes überlegte. Sie legte dabei den Finger an ihren Mund. Diese Geste schien ihre Lippen zu streicheln. Sie war atemberaubend schön. »Ich nehme an, daß es für Sie leichter ist, ein Buch in deutscher Sprache zu lesen. Vielleicht das hier, nein, nehmen Sie lieber dieses. Es erzählt die Geschichte der Guanchen nach, ihre Legenden und Märchen.«

»Ich kann sie ja allesamt studieren, eines nach dem anderen«, sagte Frank Richter. »Also gut, dann fange ich mit diesem hier an.«

»Bueno.« Sie lächelte. »Dann nehmen Sie es und kommen bald wieder. Wie ist Ihr Name? Ich muß eine Leihkarte anlegen.«

»Frank Richter«, sagte er. Ihm fiel ein, daß er für alle Fälle stets eine Visitenkarte bei sich trug. Er nestelte sie aus seiner Hemdtasche und überreichte sie, als wäre es kein Stück Papier, sondern ein Blumenstrauß.

Mercedes nahm das »Geschenk« lächelnd entgegen. »Hasta luego«, sagte sie zum Abschied, »bis bald.«

Wie betäubt verließ er mit dem Buch unter dem Arm die »Casa Cultura«. Draußen schlugen ihm stickig heiße Luft und Lärm von der Plaza entgegen. Zwecklos, hier einen ruhigen Platz zum Lesen zu suchen. Am besten würde es sein, zurück in die Einsamkeit der Berge zu fahren. Doch schon jetzt war ihm klar: Er nahm nicht nur ein Buch mit, sondern auch das Lächeln von Mercedes.

... Ganz früher, am Beginn aller Zeit, gab es außerordentlich seltsame Tiere. Zu einem Drittel waren sie Fisch, zu einem Drittel Landtier und zu einem Drittel Vogel. Die Stammeltern hatten sie aus einer Laune heraus geschaffen und nannten sie Drachen. Diese Tiere konnten im Wasser leben, über Land kriechen und, wenn sie wollten, auch fliegen. Es gab nicht viele davon, auf jeder Insel lebte nur eines. Sie waren weder männlich noch weiblich, vermehrten sich also auch nicht und waren aus diesem Grunde natürlich unsterblich. Dicht an den Kratern, hoch oben in den Roques, besaßen sie ihre Nester, wo sie schliefen. Da sie unsterblich waren, brauchten sie auch nicht zu fressen; die Wärme der Sonne allein war ihre Nahrung, und wenn dies nicht reichte, so flogen sie in den Krater und fischten sich glühende Lava. Oft aber brauchten sie auch Abkühlung; dann schwammen sie weit ins Meer hinaus und tauchten bis zu den tiefsten Stellen hinab.

Wie aber sahen die Inseln zu jener Zeit aus? Es waren karge, zerklüftete Felsen, viele von ihnen bedeckte Lava, und sie suchten noch ihre endgültige Form. Die Erde war jung, sie atmete, hob und senkte sich, brach auseinander und formte sich neu. Auch waren die Vulkane viel heißer als heute. Viele spien Feuer und bliesen Rauchsäulen weit in den Himmel hinein.

In dieser Wildnis, die ständig anders aussah, weil sie von Tag zu Tag sich vernichtete und neu zusammensetzte, hausten die Drachen als alleinige Herrscher und Besitzer der Inseln. Sie dachten nicht nach und mußten sich wenig sorgen, denn die Zeit war günstig für sie, und sie waren ein Teil der Zeit. Sie saßen einfach da und träumten, mehr brauchten sie nicht zu tun. Wenn sie Hunger verspürten, flogen sie hoch, wenn sie Durst bekamen, tauchten sie unter, und wenn sie müde wurden, blieben sie zum Ausruhen auf dem Grund des Meeres.

Da dies alles sehr einfach und wenig abwechslungsreich schien, schufen die Stammeltern die ersten Menschen, Tiere und Pflanzen. Die kamen nun, füllten die Inseln mit buntem Leben und begannen, sich überall auszubreiten. Das war möglich geworden, weil viele Vulkane inzwischen erloschen waren und die Lava langsam zu fruchtbarer Erde wurde. Nur zu den Kratern, die noch Rauch sandten und Feuer spien, wagte sich niemand. So geschah es, daß die trägen Drachen in ihren Nestern lange nicht merkten, daß sie nicht mehr allein waren. Als sie es gewahr wurden, flogen sie staunend auf und betrachteten das Gewimmel unter sich, das kaum rasten und ruhen wollte.

Einige von ihnen landeten auf der Erde, um sich die Menschen und Tiere von nahem anzusehen. Die Drachen waren jedoch sehr groß, wirkten plump und sahen sonderbar aus – zu einem Drittel Fisch, zu einem Drittel Landtier und zu einem Drittel Vogel –, so daß niemand in ihrer Nähe bleiben wollte. Die Menschen fürchteten sich, die Tiere flohen, und selbst die Pflanzen verdorrten, wenn sie der heiße Atem eines Drachen traf.

Da flogen die Drachen zu ihren Nestern zurück und wollten von den Inseln nichts mehr wissen. Aber wo sollten sie hin? Zwei von ihnen, Azara und Atzlaza, erhoben sich endlich und stiegen hoch in den Himmel, um weiter zu fliegen als jemals zuvor. Sie verschwanden in der Ferne, und niemand hat sie je wieder gesehen.

Zwei andere, Gorgas und Gondro, glitten ins Wasser und schwammen weit in die See hinaus, um sich tiefe Gründe zum Ausruhen zu suchen. Fremde Seefahrer begegneten ihnen zuweilen und wußten davon zu berichten.

So blieben noch drei Drachen; die aber mochten sich nicht von ihren Inseln trennen. Da beschloß Atla, männliches Geschlecht anzunehmen, und Azla weibliches, denn sie wollten Nachkommen haben wie die Menschen und Tiere. Auf alle Inseln flogen sie und vereinigten sich in Liebe; auf den Berggipfeln bauten sie Nester, legten Eier hinein und brüteten sie aus. Da es aber so viele Inseln gab und noch mehr Berggipfel darauf, konnten sie nicht überall gleichzeitig ihre Nachkommenschaft bewachen. Raben, Krähen und Falken fielen über die Nester her und plünderten sie aus, und Atla und Azla hetzten herum, um die frechen Vögel zu vertreiben.

So kam es, daß sie bald erschöpft waren und ebenfalls in den Tiefen des Meeres Zuflucht suchten wie Gorgas und Gondro zuvor, niemals kehrten sie von dort zurück. Ihre Nachkommen aber, die wenigen, die das gierige Nachstellen der Vögel überlebt hatten, mußten sich ganz klein machen, damit sie von den Räubern übersehen wurden. Sie sind die Ahnen der kleinen Drachen, die heute überall auf den Inseln leben. Auf Schritt und Tritt findet man sie: fischartig geschuppt, mit Fischschwänzen, Fischmäulern und vier Beinen, mit denen sie schnell über die Erde laufen können, denn noch immer suchen die Vögel nach ihnen und betrachten sie als wohlschmeckende Beute. Nur fliegen können die kleinen Drachen nicht mehr.

Als nun Atla und Azla verschwunden waren, gab es noch einen einzigen Drachen auf den Inseln: Azranda, den schönsten von allen. Flammend rot wie ein Strauch blühender Bougainvilleen war er und dunkelblau wie wolkenloser Himmel, mit leuchtend grünen Schuppen in seinem Panzer. Er fühlte sich unglücklich und einsam. Wehmütig flog er dahin und sah, daß auf Hierro und den anderen Inseln keine Bleibe mehr für ihn war. Da weinte Azranda, schüttelte sich schluchzend in der Luft und verlor Schuppe um Schuppe aus seinem Panzer. Als er völlig nackt und wehrlos war, flog er zum Teide und stürzte sich kopfüber in den glühenden Krater, um in der großen Hitze zu zerschmelzen.

Die schönen grünen Schuppen aber, die aus seinem Panzer zur Erde gefallen waren, senkten sich in den Boden und schlugen dort Wurzeln. Überall, wo dies geschehen war, keimte im Jahr darauf ein kleiner Baum. Das sind die Drachenbäume; sie wachsen auf allen Inseln, hauptsächlich jedoch auf Hierra, La Palma und Gomera, wo Azranda die meisten Schuppen verloren hat.

Unendlich langsam wuchsen die Bäumchen. Als die ersten die Größe von Opuntien hatten, waren die Menschen, die sie noch als Keimlinge kannten, schon Greise. Hundert Jahre vergingen, schließlich tausend – da waren die Drachenbäume erst richtig groß. Gewaltige Stämme besitzen sie und dichte Kronen wie die Schuppenpanzer von Drachen. Das Holz ihrer Stämme ist so hart und fest, daß die Menschen Boote daraus bauten, die niemals zerbrachen und niemals sanken. Viele Boote bauten sie und waren dankbar für Azrandas Geschenk. Wo Azrandas Schuppen jedoch dichter gefallen waren und die Drachenbäume daher im Hain zusammenstehen, da trafen sich die Menschen in Andacht, und die Menceys hielten dort ihre Versammlungen ab und saßen zu Gericht.

Es gibt auch Drachenbäume, die stehen im dichten Kreis, so daß außen Sonne und innen Schatten ist. Diese Drachenbaumringe galten als heilig. Weise Leute, die sich hier niederließen, um nachzudenken, spürten die Macht eines solchen Ortes, und manche von ihnen behaupteten gar, daß die Drachenbäume zu ihnen sprächen. Als nämlich die Schuppen aus dem Drachenpanzer zur Erde glitten, da hat der Wind sie berührt und ihnen Botschaften aus der alten Zeit mitgegeben. Wer also richtig hinhört und der Sprache von damals lauscht, der kann noch heute verstehen, was die Drachenbäume erzählen ...

... Zur Zeit, als die Spanier sich anschickten, die Insel La Palma, die damals noch Benahoare hieß, zu erobern, lebten dort zwölf eingeborene Guanchenstämme, die von zwölf Königen regiert wurden. In ihrer Sprache hieß der König »Mencey«. Der Mencey im Aridanetal hieß Mayantigo, im Südwesten herrschten Echedy und Echentive, im Süden rund um den Teneguia Ayucuahe, in den östlichen Distrikten Jarigua, Gareagua, Bentacayce und Atabara, im Norden Bediesta, Temiaba und in der Caldera de Taburiente, die früher Aceró hieß, der gefürchtete Tanausu.

Man könnte nun annehmen, daß dieser Tanausu, der über das größte Gebiet herrschte und zudem ein überaus mutiger Mann von ungewöhnlichen Körperkräften war, zugleich das meiste auf der Insel zu sagen hatte. Aber dem war nicht so.

Atogmatoma, der im Gebiet des heutigen Tijarafe lebte, wurde allgemein als der mächtigste König anerkannt. Er war ruhig und weise, galt als vorausschauender Mensch und hatte mehrere alte Frauen, Harimaguadas, als Beraterinnen, die über das zweite Gesicht verfügten.

Tanausu dagegen lebte zurückgezogen im Krater und

genoß das Privileg, mit dem Idafe, dem heiligen Seelenstein, der mit seiner Spitze den Himmel hielt, Zwiesprache zu halten. Was er von ihm erfuhr, stand nicht immer im Einklang mit den Ansichten, die Atogmatoma vertrat. Nur widerstrebend fügte sich der heißblütige Tanausu den Anordnungen des obersten Königs. Die Guanchen sagten: In Wirklichkeit gibt es zwei große Menceys auf der Insel – einer, der ruhig sitzt und lange und gründlich nach hinten späht (damit war Atogmatoma gemeint) und einer, der vorwärts stürmt wie ein wildes Tier (und sie meinten Tanausu damit, der die Leidenschaft in Person war).

Der Stamm von Aceró, genauer, der Großvater von Tanausu, war es auch, der bisher jeden Versuch der Spanier, auf der Insel Fuß zu fassen, blutig zurückgeschlagen hatte, zuletzt den Angriff von Guillén Peraza, dem Sohn des Gouverneurs von Gomera, Hernán Peraza, der auf Gomera von einem aufständischen Guanchenprinzen erstochen worden war.

Guillén Peraza war in der Bucht von Tazacorte mit zweihundert Soldaten gelandet und war sofort, dem Flußlauf folgend, in Richtung Aceró vorgestoßen. Nach kurzer Zeit schon hatten sie die Tücken der für sie fremden, abweisenden Umgebung kennengelernt und dem riesigen Barranco seinen Namen gegeben, den er noch heute trägt: Barranco de las Angustias, die »Schlucht der Todesängste«.

Und die Schlucht trug ihren Namen zu Recht. Rechts und links des Flußbettes, das steinig und äußerst schwer passierbar war, reckten sich steile, weit in den Himmel hineinragende Felswände empor. Die Soldaten kamen nur mühsam voran und hatten zudem unter der brütenden Hitze zu leiden, die sich im Barranco staute und das Vorwärtskommen in der Schlucht nahezu unmöglich machte.

Es war still, erschreckend still ringsum, kaum daß ein Vogel pfiff, und selbst die Zikaden hielten inne in ihrem ohrenbetäubenden Konzert, als die Männer in klirrenden Rüstungen und mit schweren Waffen beladen stumpfsinnig voranstapften.

Immer wieder hielt Guillén Peraza an, um die Felswände zu beobachten. Bewegte sich da oben nicht eine Gestalt, sprang dort nicht etwas aus dem Schatten heraus? Peraza kniff die Augen eng zusammen, hielt die Hand schirmend darüber, um besser sehen zu können. Doch nichts ließ sich erkennen. Die flimmernde Hitze hatte ihn genarrt.

Gegen Mittag wurde es unerträglich. Die Soldaten stöhnten, schleppten sich mühsam voran und begannen, sich nach einem schattigen Platz zum Rasten umzusehen. Da fing aus heiterem Himmel der Spuk an.

Ein Donnern und Krachen ließ sie zusammenschrecken, und als sie die Köpfe hoben, sahen sie eine Lawine aus Steinen und Sand auf sich zurasen. Wie aufgeschreckte Kaninchen stoben sie auseinander, stießen Schreie aus, aber für einige kam jede Warnung zu spät. Geröll, mit größeren Felsbrocken durchsetzt, kam zu Tal und begrub einige der Männer.

Die wahren Todesängste aber standen den Eroberern noch bevor. Kaum waren sie ein Stück weitergekommen, da brachen drei weitere Soldaten zusammen, und als man sie aufhob, sah man, daß ihre Schläfen von kleinen, scharfkantigen Steinen zertrümmert worden waren. Diesmal konnte es keine Lawine gewesen sein, denn man hatte kein Geräusch gehört. Lautlos waren die Geschosse herangeflogen und hatten ihr Ziel gefunden.

Guillén Peraza ließ nach allen Seiten hin sichern und schickte einen kleinen Vortrupp voraus. Aber diese Taktik nützte wenig. Kaum waren die Späher um die nächste Biegung verschwunden, schwirrten schon wieder Wurfsteine und diesmal auch zwei hölzerne Lanzen mit messerscharfen Obsidianspitzen heran, die direkt neben Peraza zwei Männern die Brust durchbohrten.

Verwirrung brach unter den Spaniern aus, denn noch immer war nirgends ein Feind zu erkennen. Als sich das Heer wieder einigermaßen gesammelt hatte und weitermarschieren wollte, gellten aus der Schlucht vor ihnen markerschütternde Schreie.

Peraza bekreuzigte sich hastig und drängte seine Leute zur Eile. Als sie die Biegung erreichten, sahen sie dort mehrere leblose Körper liegen. Keiner der Kundschafter hatte überlebt. Einigen war der Schädel zerschmettert, anderen steckten hölzerne Lanzen tief in der Brust.

Jetzt merkte Peraza, daß es unmöglich war, auf diese Weise weiter vorzudringen. Er wollte nicht noch mehr Leute an einen unsichtbaren Gegner verlieren, daher gab er das Kommando zum Rückzug.

Kaum waren sie aber einige Meter durch den Flußlauf zurückgestolpert, da kamen erneut von mehreren Stellen Lawinen herab. Zugleich mit dem Donnern der Steine erklang ein gemeinsamer Schrei aus vielen hundert Kehlen.

Von den Vorsprüngen der Felsen kamen sie herab, aus dem Faltenschatten der Berge lösten sie sich: wilde Gestalten, wild wie die Insel, die sie gebar. Die Guanchen griffen an. Zugleich ging ein Hagel aus Steinen und hölzernen Wurflanzen auf die Spanier hernieder. Von allen Seiten drangen die Aceró-Krieger vor, von den Flanken der Schlucht, von hinten und vorn, wo sie Barrieren aus Gestrüpp und gefällten Bäumen errichtet hatten und so den Soldaten den Rückweg abschnitten.

Die Soldaten wehrten sich aus Leibeskräften gegen den Ansturm. Plötzlich aber wurde es schlagartig dunkel. Es war, als würde von einer Sekunde zur anderen die Sonne verlöschen. Damit hatte Peraza nun nicht gerechnet, daß die Sonne so schnell über die Felswände wandern und den Barranco in Finsternis tauchen würde.

Zum Feuermachen und Fackelentzünden war es bereits zu spät. Wütend griffen die Eingeborenen an, und einer der Eroberer nach dem anderen fiel, alle zweihundert Mann, die letzten im Handgemenge und zuallerletzt Guillén Peraza, den ein Keulenschlag traf.

Mit dem endgültigen Verlöschen des Lichts zerbrach auch der Traum für ihn, einmal als großer, berühmter Konquistador in die Geschichte einzugehen.

Ja, so war es gewesen, die Männer des Vulkankraters hatten gesiegt und für die Insel noch einen Aufschub erfochten. Einen kurzen allerdings nur, wie sich herausstellen sollte.

Kurze Zeit später sandten die Spanier erneut Schiffe nach La Palma. Diesmal wurde das gut ausgerüstete Heer von Alonso Fernández de Lugo angeführt, einem erfahrenen Kriegsmann, der vieler Listen und Raffinessen kundig war. In der Bucht von Tazacorte gingen sie vor Anker und sandten Ruderboote hinüber zu jenem schmalen Küstenstreifen, zu dessen Rechten das fruchtbare Aridanetal beginnt. Links davon aber öffnet sich der Barranco de las Angustias, die Schlucht der Todesängste, die ihrem Namen alle Ehre gemacht hatte.

Natürlich blieb ihre Ankunft nicht unbemerkt. Aber die Eingeborenen reagierten unterschiedlich darauf.

Atogmatoma, der große Mencey von Tijarafe, ließ die weisen Frauen zu sich kommen und bat sie um ihren Rat. Die Harimaguadas zogen sich zum Tamogante, dem heiligen Versammlungsplatz im Barranco der großen Höhlen (der seinen Namen einer weisen Heilfrau aus alter Zeit verdankt), zurück und beratschlagten. Schließlich erschienen sie wieder beim König, und Anagufira, die älteste von ihnen, sprach: »Klugheit zeichnet sich dadurch aus, daß sie es nicht nötig hat, für die Wahrheit Blut zu vergießen.«

Mit dieser Aussage war Atogmatoma sehr einverstanden, denn sie entsprach seiner Lebensauffassung. »Gut«, entschied er, »mögen die Fremden kommen, so werden wir mit ihnen verhandeln, um herauszufinden, was sie vorhaben und auf unserer Insel wollen.«

Tanausu war unterdessen ohne Begleitung zum Idafe hinaufgestiegen und hatte auf der Plattform mit dem großen Geist des Steines gesprochen.

»Was sollen wir tun?« fragte er. »Schon wieder bedrängen uns die Fremden und geben ihren Plan nicht auf, uns die Heimat zu stehlen. Schon mehr als einmal haben wir sie zurückgeschlagen, aber immer kommen sie wieder. Jetzt will Atogmatoma friedlich mit ihnen sprechen, doch ich glaube nicht daran, daß sich die Fremden darauf einlassen. Sie sind nicht ehrlich, sie greifen schnell zu den Waffen und wollen, was sie nicht im Handel bekommen, sich mit Gewalt nehmen. Ihr Denken kennt kein Neben-, sondern nur ein Übereinander. Was sollen wir tun?«

Da antwortete der Idafe: »Ich will nicht, daß die Fremden zu mir kommen. Verhindere, daß dies geschieht! Sie sprechen eine andere Sprache, und selbst wenn sie verstünden, was ich ihnen zu sagen habe, so würden sie nicht begreifen, denn ihr Verstand ist in Nebel gehüllt. Sie werden in mir nur einen Stein sehen, ein seelenloses Etwas bloß, und nicht an mich glauben. Wie soll ich also hinfort die Insel und mein Volk, das mir lieb ist, beschützen, wenn keiner mehr kommt, um mit mir Zwiesprache zu halten? Wie soll ich zukünftig reden und Warnungen geben, wenn keiner mehr da ist, der zuhört?«

»Aber wir sind doch da«, sagte Tanausu, »dein Volk von Aceró, die Leute der Insel, wir sprechen mit deiner Zunge.«

»Wie lange noch?« antwortete der Idafe, der in Wirklichkeit ein sprechender Gott war, düster. »Wie lange noch?« Und hüllte sich hernach in Schweigen.

Tanausu aber hatte jedes Wort mit dem Herzen aufgenommen und trug es hinunter zu seinem Stamm. Der Schmerz in der brechenden Stimme des Idafe brannte in seiner Seele wie Feuer. »Wir müssen die fremden Eindringlinge zurückjagen und verhindern, daß sie die Insel erobern«, sagte er. »So sprach der heilige Idafe zu mir, und ich, Tanausu, werde gehorchen.«

Da nahmen seine Männer die Waffen auf und stiegen in die Berge, um zu erspähen, ob die Fremden herankamen.

Alonso Fernández de Lugo indes ging anders als seine Vorgänger vor. Er hatte eine eingeborene Dolmetscherin dabei, Gasmira de Palmense, die vor Jahren schon in Gefangenschaft geraten war und nun völlig unter dem Einfluß der Spanier stand. Die sandte er mit Geschenken zu den Menceys im

Westen, zu Mayantigo im Aridanetal, zu Echedey in Tihuya und Echentive von Tamanca und auch zu Agucuahe, dessen Volk am Fuße des Vulkans Teneguia lebte.

Allerlei wohlklingende Versprechungen wurden den Menceys gemacht, und so gelang es, diese dazu zu bringen, keinen Widerstand zu leisten. Fernández de Lugo hatte allerdings keineswegs vor, seine Versprechungen auch einzuhalten. Ihm ging es vor allem darum, Zeit zu gewinnen und Zwietracht unter den Stämmen zu säen.

Als er mit seinen Leuten ungehindert um die Südspitze der Insel gezogen war und weiter nach Osten vorstoßen wollte, stellte sich ihm der Prinz von Tigalate entgegen. De Lugo griff sofort an und tötete viele Guanchen. Die Überlebenden flüchteten in die Berge hinauf, wo sie sich noch eine Weile verstecken und dem Zugriff der Spanier entziehen konnten. Aber de Lugo gönnte seinen Leuten keine Atempause. Weiter nach Norden stießen sie vor, überrumpelten die friedlichen Stämme dort und machten viele Gefangene.

Noch immer zögerte Atogmatoma, die Kriegswaffen gegen die Eroberer aufzunehmen. Auf Verhandlungen setzte er und hatte auch scheinbar erste Erfolge damit. Atogmatoma war kein Gegner für den verschlagenen de Lugo. Der Konquistador wußte genau, daß sein Hauptfeind in der Caldera de Taburiente, dem gewaltigen Kraterkessel, saß und erbitterten Widerstand leisten würde.

Und mit dieser Einschätzung hatte er recht: Tanausu zog seine Krieger zusammen und wartete auf das Nahen des Feindes.

Der erste Versuch de Lugos, in die Schlucht der Todesängste einzudringen, scheiterte in einem Hagel aus Wurflanzen und Steinen. Daraufhin dachte sich de Lugo eine List aus. Er schickte einen Verwandten Tanausus, der bereits getauft war und im Umkreis der Spanier lebte, in die Schlucht, um den Guanchenkönig zu überzeugen, daß er gut behandelt würde und auf seinem angestammten Boden bleiben dürfte, wenn er sich nur dazu entschließen könnte, die Waffen niederzulegen.

Tanausu antwortete ihm, daß er bereit sei, mit de Lugo zu reden, wenn dieser alle Christen aus seinem Hoheitsgebiet entfernen würde. Der Spanier ging darauf ein, und Tanausu machte sich auf, um an einem neutralen Ort mit dem Fremden zu verhandeln.

Noch auf dem Weg nach Tazacorte, mitten im Barranco de las Angustias, eilte ihm Ugranfir, ein anderer Verwandter des Königs, entgegen, um ihn zu warnen. »Geh nicht nach draußen ins offene Gelände, verlaß die Schlucht nicht, die dich schützt«, sagte Ugranfir, »eine dunkle Ahnung sagt mir, daß dies dein sicherer Untergang wäre. Die Fremden tragen keinerlei Friedenszeichen zur Schau, im Gegenteil: bis an die Zähne bewaffnet sind sie. Viele haben eiserne Rohre dabei, die Feuer speien können und tödliche Kugeln senden. Und was ihren Anführer anbetrifft, so habe ich ihm kurz ins Antlitz gesehen. Ich sage dir, es ist kein gutes Gesicht, die Falschheit nistet darin, er spricht mit gespaltener Zunge. Kehre um, Tanausu, und glaube den Worten des fremden Eroberers nicht.«

»Ich habe ihm mein Wort gegeben zu verhandeln«, antwortete Tanausu stur. »Außerdem sind hundert Leute bei mir, die gut bewaffnet sind und sich nicht fürchten, notfalls zu kämpfen.«

Weiter drang Ugranfir auf den Mencey ein, aber Tanausu blieb seinem Vorsatz treu und zog weiter den Barranco hinab, dem Ort der Verhandlung entgegen.

Als Ugranfir merkte, daß all sein Warnen vergeblich war, seufzte er schwer und sprach: »Du bist ebenso störrisch, wie du mutig und voll Leidenschaft bist. Was du dir einmal im Kopf zurechtgelegt hast, sitzt dort wie ein Felsstein; kein Mensch vermag ihn mehr zu verrücken. Wenn du also unbedingt in dein Unglück ziehen willst, so gehe ich mit, und wenn es darauf ankommt, werde ich die Keule für dich schwingen, um dein Leben zu beschützen, und ein letztes Mal zusammen mit dir den Kriegsschrei der Raben ausstoßen.«

Tanausu erreichte den vereinbarten Ort und sah dort de

Lugo mit einer Schar Soldaten sitzen, die den Anschein erweckten, als seien sie lediglich da, um ihren Anführer zu schützen und der Verhandlung einen würdigen Rahmen zu verleihen. In Wahrheit aber lagen mehrere hundert Soldaten im Umkreis bereit, die warteten nur auf ein Zeichen, und als de Lugo es gab, eröffneten sie ohne Warnung das Feuer auf die Guanchen und stürmten aus ihren Verstecken hervor.

Viele Krieger brachen, von eisernen Kugeln tödlich getroffen, zusammen. Dann entbrannte ein erbarmungsloser Kampf, der auf beiden Seiten viele Tote und Verletzte forderte. Auch Ugranfir, der mit seinem Körper den Mencey schützte, wurde vom Stahl eines Degens durchbohrt.

»So viel ist also vom Wort eines Christen zu halten!« schrie Tanausu, als er bemerkte, daß die Schlacht ihrem Ende zuging. Er sah sich von Soldaten umringt, wurde von einem Dutzend Fäusten zu Boden gerissen und gefesselt. Gleich den wenigen anderen Überlebenden des Blutbades wurde er in Ketten gelegt und aufs Schiff geführt. Alonso de Lugo aber stand auf und wandte sich ab, als sei nichts geschehen. Er zeigte keinerlei Skrupel, für die Erreichung seiner Ziele war ihm jedes Mittel recht.

An Bord des Schiffes stand Tanausu, der stolze Guanchen-Mencey, an den Mastbaum gefesselt und sah die Küste von La Palma langsam kleiner werden und schließlich verschwinden. Nach Spanien sollte er gebracht werden, eine besondere Fracht und wertvolle Beute für den fremden König im fernen Madrid.

Tanausu aber zog den Tod dem elenden Schicksal eines Sklaven vor. »Vacaguare!« rief er, was in seiner Sprache soviel bedeutete wie: »Ich möchte sterben!«

Keinen Tropfen Wasser und keinen Bissen Essen nahm er danach mehr an. Als das Schiff in Spanien anlegte, mußte man seinen Leichnam von Bord tragen.

So starb ein Mann, der für die Freiheit seiner Heimat gekämpft und dem Wort eines Fremden geglaubt hatte, der vorgab, einer besseren Religion anzugehören.

Schon wieder dieses ominöse »vacaguare«, dachte Frank Richter.

Er saß auf der Veranda, im Schatten des Dachs aus geflochtenen Palmwedeln, hatte die Füße auf die Mauer gelegt und betrachtete das Meer. Ein Fischerboot zog unendlich langsam vorüber. Zeit schien auf der Insel wirklich keinerlei Bedeutung zu besitzen. Träge bewegten sich auch die Geckos an der Hauswand, klebten dort, als würden sie schlafen, und wenn sie einmal in Bewegung kamen, sah es wie Zeitlupe aus. Unten, wo die Straße sein mußte, röhrte ein Auto vorbei.

Nach Aussage des verrückten Klageweibes in Tijarafe sollte auch der verunglückte Diablo volcánico »vacaguare« gerufen haben. Wenn man es recht überlegte, kam damit neben Unfall und Mord noch eine dritte Variante ins Spiel: Selbstmord. Aber warum? Warum würde jemand dafür einen so ausgefallenen Weg wählen? Ein Gläschen Bananenspritzgift brachte doch einen viel einfacheren Tod. Oder man konnte in der Kurve über der Schlucht geradeaus fahren... Aber der Vulkanteufel als Selbstmörder? Das würde ja bedeuten, daß er regelrecht eine große, gesellschaftliche Bühne suchte, um seinen Freitod stilvoll zu zelebrieren.

Hm, sinnierte Frank weiter, das hatte es auch schon gegeben: öffentliche Selbstverstümmelung als künstlerische Aktion, Harakiri als Kunstwerk! Natürlich gab es auch Leute, die sich mit Benzin übergossen und mitten in der Stadt ansteckten, um gegen das Unrecht der Welt zu protestieren. Letztendlich passierten viele Selbstmorde mit diesem Symbolcharakter. Wenn da zum Beispiel einer auf dem Fenstersims eines Hochhauses steht, um zu springen, und genau weiß, daß er unten auf der Straße sein Publikum hat... Nehmen wir einmal an, da hat einer lange auf diese eine, besondere Nacht gewartet, um den Vulkanteufel zu spielen und zugleich die Chance zu nutzen, vor aller Augen Selbstmord zu machen. Ein religiöser Fanatiker vielleicht... Aber wo blieb da die Botschaft?

Ein Rabe flog mit schwerem Flügelschlag dicht über das

Haus. Erstaunlich, daß es auf La Palma noch solche Tiere gab. Es war still ringsum. Selbst die Zikaden schwiegen. Wenn sich erst die Ohren an diese ungewohnte Ruhe gewöhnt hatten, konnte man unglaublich weit hören.

Unsinn, entschied Frank Richter für sich, es war ein Unfall, ein stinknormaler Unfall, wie er überall und ständig passieren kann. Berufsrisiko wie beim Torero oder bei einem Rennfahrer. Wer würde beispielsweise einen wagemutigen Bergsteiger oder eine Teilnehmerin am Riesenslalom für Selbstmörder halten? Dann wäre auf gewisse Weise sogar jeder Raucher ein potentieller Selbstmörder. Allerdings ... es gab keine Zigarettensorte, die »vacaguare« hieß ... Ach Blödsinn, seine Gedanken fingen an, sich im Kreis zu drehen. Er stand auf, ging ins Haus und machte sich einen Kaffee. Das Buch mit den Guanchen-Sagen besaß viele Kapitel, er hatte sich vorgenommen, es heute noch auszulesen. Wäre immerhin ein guter Anlaß, morgen wieder nach Los Llanos zu fahren und Mercedes Alvarez zu treffen.

Den heißen, dampfenden Zahnputzbecher zwischen zwei Fingern balancierend, schlurfte er wieder auf die Terrasse.

»Ich möchte sterben«, hatte er gerufen. Und dabei die alte Sprache benutzt ...

... Die Menschen auf den Inseln wurden sehr alt, oftmals hundert Jahre und mehr, und erfreuten sich bester Gesundheit dabei, was wohl vor allem am milden Klima liegt, weshalb die Kanaren auch im Altertum »die Inseln der Glückseligen« genannt wurden. Wenn aber einem alten Menschen das Leben zu lang wurde, so daß er endlich beschloß, aus freien Stücken zu scheiden, so sagte er »vacaguare«, was in der Sprache der Ureinwohner bedeutete »ich möchte sterben«. Dann ging er hinauf in die Berge. Die Angehörigen gaben ihm einen Topf mit vergifteter Milch mit. Das Gift in der Milch gewannen sie aus dem Saft bestimmter Pflanzen, so wie sie auch die

Kunst des Einbalsamierens und Mumifizierens ihrer sozial hochgestellten Toten vorzüglich verstanden. Wenn der alte Mensch dann in der Bergwildnis angekommen war, suchte er sich eine kleine Höhle, wovon es auf den Inseln zahllose gibt. Dort setzte er sich hin, dachte noch einmal über sein langes Leben nach und trank schluckweise die vergiftete Milch. Danach starb er ganz ruhig, als würde er in den Schlaf hinübergleiten. Nach ein paar Tagen kamen die Angehörigen nach und mauerten den Eingang zur Höhle mit großen Steinen zu. So kommt es, daß noch in unseren Tagen solche Höhlen mit verstorbenen Guanchen gefunden werden.

Der Hafen von Tazacorte wird gegen die See von einer langgezogenen Mole geschützt, die wie das Werk von Titanen aussieht: Hunderte gewaltiger Betonquader, klobig geformt und wie Fremdkörper vor der anmutigen Küste wirkend, liegen als Wellenbrecher ins Wasser gekippt, optisch viel zu groß, in ihrer Funktion aber durchaus wirkungsvoll. Die Mole selbst ist ein weites Stück lang begehbar; in ihrem Schatten öffnen am späten Nachmittag, wenn die Fischer mit ihren Kuttern und Booten zurückkehren, Händler ihre einfachen Holzbuden, um Erfrischungen anzubieten, Süßigkeiten und Eis für die Kinder, und hier warten auch die Familien der Fischer auf den eintreffenden Fang. Sofort nach dem Anlegen werden die Fische entladen und von den Angehörigen der Männer in Kisten und Eimer umgepackt. Hin und wieder gesellen sich auch Touristen dazu, um den Vorgang mit ihren Fotoapparaten und Videokameras festzuhalten. Aber sie befinden sich in der Minderheit, im Hafen bleiben die Einheimischen meistens unter sich. Dort, wo das Wasser ganz seicht und warm wird, tummeln sie sich in einer kleinen Bucht, Kinder, Heranwachsende, alte Leute zu harmlosen Badefreuden. Die Canarios lieben das Meer, aber sie fürchten auch seine wilde Unberechenbarkeit. Niemand käme auf die Idee, bei bewegtem

Seegang im Meer schwimmen zu gehen wie die Fremden. Wenn die Mädchen und Jungen dennoch einmal wagemutig zum Wellenhüpfen losstürmen, bekreuzigen sie sich zuvor.

Henning Schneider fuhr gelegentlich zur Hafenmole, um sich Fisch für ein besonders gutes Essen auszusuchen oder für bestimmte Gäste, die das Privileg genossen, in seiner Küche selbst kochen zu dürfen. Er kannte die meisten Fischer, auch ihre Familien, man nickte sich zu, rief im Vorübergehen eine Bemerkung über die Schulter oder blieb auch schon mal zu einem längeren Schwatz miteinander stehen. Heute plauderte er mit Manolo, einem Mann mit unklaren Arbeits- und Lebensverhältnissen, von dem es hieß, er spiele seit längerer Zeit ernsthaft mit dem Gedanken, nach Venezuela auszuwandern, der jedoch nicht die geringsten Anstalten unternahm, seinen Traum in die Tat umzusetzen. Wie stets schimpfte Manolo über das Wetter.

»Es ist viel zu heiß für die Jahreszeit«, sagte er, »mucho calor. Das mag für die da gerade richtig sein« – er deutete auf ein Touristen-Ehepaar mit Kind, das am Hafenbecken fleißig Fotos machte –, »aber für mich ist das auf Dauer nichts. Es brennt einem schier das letzte bißchen Hirn aus dem Schädel.«

»Du übertreibst mal wieder maßlos«, erwiderte Henning Schneider.

Sie stritten noch eine Zeitlang über das Wetter, dann wechselte Manolo das Thema und begann, über das Voranschreiten der Appartmentbauten am Strand von Puerto Naos zu erzählen – sein Lieblingsthema, über das er sich endlos auslassen konnte. Henning Schneider hörte geduldig zu, gelegentlich Zwischenfragen stellend, um die Zeit bis zum Eintreffen der Fischerboote zu überbrücken.

»Und dann die Schlucht von Buraca ...« Manolo verzog sein Gesicht zu einem Verschwörergrinsen. »Da will doch dieser Schweizer Spekulant glatt den halben Felsen wegsprengen, um eine Straße durchzubauen. Ein neues Ferienzentrum soll das werden für Millionäre.«

Henning Schneider winkte ab. »Aber das weiß ich doch

längst. Die Leute reden seit geraumer Zeit über nichts anderes mehr.«

»Ha, aber es wird nicht klappen, was der Mann da vorhat«, sagte Manolo. »Don Vincente gibt ihm kein Wasser. Ohne Trinkwasser kann er die Sache glatt vergessen... Aber der Schweizer ist ein gerissener Hund; er verhandelt inzwischen mit Don Martinez.«

Was das Schlitzohr Manolo nicht alles wußte! Henning Schneider tat völlig uninteressiert. »Ach, das glaube ich nicht. Wie soll das denn funktionieren? Don Martinez besitzt doch keine Rechte da, seine Quellen liegen ganz woanders. Nein, nein, alles bloß Gerede.«

»Warum sollte das nicht gehen?« beharrte Manolo auf seiner Meinung. »Er baut eben Leitungen bis dorthin, das verteuert das Projekt zwar erheblich, aber dem Schweizer scheint das die Sache wert zu sein. Wenn erst mal die vielen Millionäre kommen, ist reichlich Geld da!«

Henning Schneider schüttelte zweifelnd den Kopf. Er blickte zur Betonmole hinüber, an deren Auffahrtrampe ein Junge den Motor seines Geländemopeds nervtötend aufheulen ließ. »Wenn du mich fragst«, sagte er, »ich glaube nicht daran, daß das in Buraca jemals klappt und reiche Leute in die Schlucht kommen. Denk doch nur mal an die Bauruine von Puerto Naos! Ein riesiges Luxushotel sollte das werden mit Meerschwimmbad, Golfplätzen und allen Schikanen. Und was ist passiert? Mittendrin ging das Geld aus, weil die Regierung sich plötzlich für den planmäßigen Ausbau von Lanzarote entschied. Seitdem steht die Ruine da und verschandelt die Landschaft.«

»Sí, sí«, stimmte Manolo eilig zu, »und dann kam die große Springflut voriges Jahr und riß ein Teil von ihr weg. Nix Schwimmbad und Golfplatz. Es stellte sich heraus, daß sie viel zu dicht ans Meer gebaut hatten, und die Klippen da sind nicht sicher...« Er nestelte eine zerdrückte Zigarettenpackung aus seinem Hemd und steckte sich eine an. Nach den ersten Zügen, die ihm den Rauch in die Augen trieben, setzte er noch eins drauf. »Das hätte jeder von uns hier, der die Gegend kennt, gleich sagen können. Aber die Fremden wissen ja alles besser. Haben ihre Pläne im Kopf und kümmern sich einen Dreck um die einfachen Leute. Bauen einfach drauflos ohne Sinn und Verstand, wie es ihnen gerade einfällt, und denken nicht dran, daß die Insel stärker ist als all ihre Technik. Irgendwann wird das Meer wütend, schickt eine Sturmflut und bestraft die Idioten.«

Henning Schneider wandte sich überrascht seinem Gesprächspartner zu. »Du sprichst wie einer von diesen radikalen Ökologen. Bist du jetzt plötzlich zu den ›Grünen‹ übergeschwenkt?«

Manolo hustete und spuckte in hohem Bogen den Auswurf aus. »Nein«, sagte er heiser, »aber ich bin Canario.«

Der Junge mit dem Geländemoped spielte noch immer Rodeo mit seiner Maschine, fuhr im Stand an, ließ das Vorderrad aufbäumen und veranstaltete einen Heidenlärm.

»Ich denke nicht, daß die Sache mit Buraca etwas wird«, nahm Henning Schneider den Gesprächsfaden erneut auf. »Selbst wenn der Schweizer jetzt mit Don Martinez über Wasserrechte verhandelt. Was sagt übrigens Don Vincente zu dieser Entwicklung?«

Manolo lachte lauthals und ließ dabei bläulichen Rauch seinem Mund entweichen. »Der? Ist natürlich stinksauer und sieht das Geschäft seines Lebens den Bach runtergehen. Es soll deswegen schon Streit zwischen ihm und den Männern von Don Martinez gegeben haben. Wenn's ernst wird, bedeutet das Krieg.«

Henning Schneider beobachtete unterdessen das merkwürdige Verhalten des Jungen auf der Mole. Mehrmals hatte er auf der Rampe enge Kurven mit seinem Moped gedreht. Nun stand er in Richtung Meer und gab Gas. Die Maschine heulte auf und raste über die Betonpiste los. Wieder mal so eine alberne Mutprobe, dachte Henning Schneider, doch dann wurde ihm plötzlich klar, daß der Junge Ernst machte. Das war kein leichtsinniger Scherz mehr ...

Wahrscheinlich war er, Henning Schneider, der einzige Augenzeuge in diesem Moment, der sah, wie sich der Vorfall auf der Mole wirklich abspielte: Der Junge raste mit ungeheurer Geschwindigkeit den schmalen Betonstreifen entlang, schien, statt zu bremsen, unvermindert Gas zu geben und hielt direkt auf den vorspringenden Eckpunkt am Ende der Mole zu. All das geschah in Bruchteilen von Sekunden: Henning Schneider sah die Maschine aufprallen und mit einem häßlichen Laut über die Kante stürzen. Neben ihr flog der Fahrer wie eine Gliederpuppe in weitem Bogen durch die Luft, schwebte gut zehn, fünfzehn Meter durch die Luft und klatschte dann auf die Betonquader unten am Wasser.

Ein entsetzlicher Gedanke durchzuckte Henning Schneider, der wie gelähmt dastand und den Blick vom Geschehen nicht abwenden konnte, ein Gefühl wie körperlicher Schmerz in seinem Kopf, ein Ruck, der durch alle Glieder und Adern ging und einen dumpfen Druck im Magen hinterließ. Ihm wurde schlagartig klar, daß der Junge bei diesem Aufprall und der Sturzhöhe unmöglich überlebt haben konnte. Aber warum, warum nur hatte er diese Wahnsinnstat begangen?

Jetzt hatten es auch Manolo und die anderen Leute im Hafen mitbekommen, Frauen kreischten auf, ein paar Männer rannten zur Unfallstelle.

Henning Schneider wandte sich rasch ab. Mit schalem Geschmack im Mund und zitternden Knien ging er los. Mit dieser Sache wollte er auf keinen Fall etwas zu tun haben. Zeuge hin oder her, was konnte das dem armen Jungen da unten auf den Betonquadern noch helfen? Er ging aus dem Hafen und hatte nur noch ein Ziel: so schnell wie möglich zu seiner Pension zu kommen. Unterwegs an der Strandpromenade mußte er stehenbleiben und sich am Geländer festhalten. Sein Denken kreiste ruhelos, das Blut raste in seinen Adern. Mit verschleiertem Blick starrte er auf den Badebetrieb hinab. Grellbunte Sonnenschirme sprossen aus dem schwarzen Lavasand des Strandes wie fremdartige Pilze hervor. Ein paar weiße

Menschen, die ihre unbekleidete Haut dem Sonnenbiß darboten, tummelten sich in der aufgequirlten Brandung. Der Wind kam vom Meer und trug ihre unwirklichen, in einzelne Laute zerhackten Stimmen heran. Ein Boot mit gelben Segeln glitt als harte Kontur durch das gleißende Licht. Alles war friedlich, konnte es eine schönere Urlaubsstimmung geben? Henning Schneider stieß sich mit beiden Armen von der Brüstung ab und stakste mit weichen Knien in Richtung »Playamont« weiter.

Er war erleichtert, in der kühlen Halle seiner Pension als erstes Bartneck anzutreffen.

»Das war alles andere als ein Unfall, ich habe es genau gesehen«, sagte er anstelle einer Begrüßung. Er ließ sich in einen der Korbstühle fallen. Auf die überraschte Nachfrage hin begann er, den Vorfall detailgenau zu schildern.

Bartneck schüttelte immer wieder den Kopf. »Und Sie sind sicher, daß sich alles genau so abgespielt hat, wie Sie es erzählen?« fragte er.

»Genau so. War purer Zufall, daß ich in diesem Moment auf die Mole geguckt habe. Pfui Deubel, so ein scheußlicher Anblick!« Es schüttelte ihn, wenn er daran dachte.

»Also wieder ein Selbstmord«, sagte Bartneck leise, »wie neulich das mit dem Jungen aus Puntagorda, der mit seinem Wagen durch die Leitplanken der Schlucht brach ... Seltsam, ich muß in diesem Zusammenhang gerade an Frank Richter denken.«

»Wieso denn das?«

»Ein komischer Zufall«, antwortete Bartneck, »wir haben uns gestern erst über den Vulkanteufel von Tijarafe unterhalten, über die Tatsache, daß dort vor ein paar Jahren ein junger Mann im Kostüm des Teufels auf der Fiesta verbrannt ist ... Herr Richter glaubt nicht an einen Unfall. Er hat alte Leute im Ort interviewt, ihm kommt der Vorfall äußerst mysteriös vor.«

»Ich glaube, ich brauche jetzt erstmal einen Rum oder Cognac«, brummte Henning Schneider. »Trinken Sie einen mit?«

»Herzlichen Dank«, winkte Bartneck ab, »nicht um diese Zeit, am Abend vielleicht. Ich muß noch ein paar Notizen und Zeichnungen von Felsbildern überprüfen, da brauche ich einen klaren Kopf.«

»Aber das können Sie doch auch später noch erledigen. Kommen Sie, Doktor, trinken Sie einen mit und leisten Sie mir ein wenig Gesellschaft, ich habe es bitter nötig. Wer weiß, was uns morgen erwartet ... So jung und gesund wie heute kommen wir vielleicht nie wieder zusammen ...«

Aufseufzend willigte Bartneck ein. Es war seinem Wirt deutlich anzumerken, daß er gerade jetzt einen Vertrauten dringend nötig hatte. Außerdem hatte er ja recht, die Notizen konnten ruhig etwas warten.

... Das Abenteuer, das unter dem Namen »Die zwölf Tapferen« bekannt ist, darf im Bericht über die Eroberung auf keinen Fall übergangen werden. Alonso de Lugo blieb in Azaña und wollte nicht, daß seine Truppen in die von der Epidemie befallenen Täler von Teneriffa vordrängen. Zwölf Offiziere jedoch unternahmen einen Beutezug, kamen nach Ygueste, drangen nach Taganana vor, wo sie sechs Hirten gefangennahmen und reiche Viehbeute machten. Auf dem Rückweg nach Azaña wurden sie von 200 Einheimischen unter der Führung von Beneharo umzingelt. Dieser beobachtete erstaunt die zwölf tapferen Soldaten, die sich von der großen Überzahl ihrer Feinde nicht einschüchtern ließen.

Sie ordneten sich kampfgerecht an, und einer von ihnen, Rodrigo Barrios, rief den Guanchen zu: »Ihr Barbaren, ergebt euch, wir haben schon ausgerechnet, wie viele eurer Köpfe unter unseren Schwertern fallen müssen!« Beneharo bewunderte diese Kühnheit und riet seinen Soldaten, diesen wildentschlossenen Kämpfern den Weg freizugeben. Aber ein anderer der zwölf Spanier, Juan de Llarena, veranlaßte, daß sich die Spanier mit gezücktem Schwert auf die Guanchen stürzten, nachdem sie Armbrustschüsse auf sie abgegeben hatten, wodurch einige verletzt wurden. Daraufhin flohen die übrigen Einheimischen eilig in die Berge. Der großherzige Beneharo, von den Seinen verlassen, bedrängt und auch verletzt, stürzte sich von einer Anhöhe, um den Siegern nicht in die Hände zu fallen. So kam es, daß die zwölf Soldaten, die Viera y Calvijo »die zwölf Noblen unserer Eroberung« nennt, siegreich ins Lager von Santa Cruz zurückkehrten, nachdem sie eine der größten Heldentaten vollbracht hatten, die in den Annalen der Eroberung der Kanarischen Inseln zu finden ist.

... Als die Welt noch jung war, lebte ein weises Stammelternpaar, Orahan, der Vater, und Moneiba, die Mutter. Der Sitz von Orahan war Ataman, der Himmel, und der von Moneiba die Tiefe des Meeres. Nun treffen sich beide ja oft, an jener Nahtlinie nämlich, wo das Blau des Himmels und das Blau des Meeres ineinander verschmelzen, und daraus entsteht alles Leben im Wasser. Manchmal aber steigt auch Moneiba empor, um Orahan in seinem Wohnsitz zu besuchen – dann wird der Himmel feucht, und es kann sogar regnen. Aus diesem Zustand heraus, unter Mithilfe von Sonne und Wind, entstehen die Tiere, die fliegen können.

Als sich Orahan und Moneiba einmal auf der Erde nahekamen, da schufen sie die Menschen, die sie Guanchen nannten, und alles Getier, das zur Nahrung gereicht, und versehentlich solches sogar, das nicht dazu dient, denn Orahan und Moneiba sind äußerst verspielt und erfindungsreich.

Die Zusammenkunft von Vater und Mutter schafft einen glücklichen Zustand, den man Abora nennt. Abora ist eine Kraft, die überall zu spüren ist, die segensreich wirkt und daher auch als das Höchste, als Gott, bezeichnet wird. Immer wenn sich Orahan und Moneiba in Liebe verbinden, ist Abora da. Darum muß man auch beide verehren, denn nur wenn es beiden gutgeht, entsteht Abora und kann den Menschen wohlgesonnen und nützlich sein.

Orahans Reich ist Ataman, der Himmel, der grenzenlos ist, und Moneiba gehört das Meer, das unergründliche, tiefe. Die Inseln darin aber sind Wohnsitz der Guanchen, der Menschen, die zu Abora beten.

Nun hat Abora – das gute Prinzip – noch einen mächtigen Gegenspieler, der wird Guayote genannt und ist ein böser Dämon, der im Krater des mächtigen Vulkans Teide eingeschlossen ist und jedes Vergehen der Menschen durch wilde Ausbrüche bestraft. Der Teide ist eine glühende Hölle, kein lebendiges Wesen hält seine furchtbare Hitze aus. Der Guayote darin aber fühlt sich wohl und kommt nur manchmal, ganz selten, heraus, dann aber wird es schlimm für die Menschen.

Er beobachtet sie ständig und bewertet ihr Handeln. Um seinen maßlosen Zorn zu besänftigen, müssen die Guanchen ihm Opfer bringen, die sie auf kreisförmige Altarsteine zu Füßen des Teide legen. Die Priester nehmen die Opfergaben – Milch und Butter zumeist, manchmal aber auch geweihte Tiere mit besonders hervorstechenden Merkmalen – und bringen sie zum Teide hinauf, um sie Guayote anzubieten. Nimmt er sie an, so können die Menschen unbesorgt und in Frieden leben, verweigert er sie, so steht sein unbeherrschtes Wüten bevor. Dann wird er Feuer und glühende Lava senden und weite Teile der Inseln unter seinem Zornschleim begraben. Schlimm auch ist sein Atem, der Rauch und Ascheregen, mit dem er die fruchtbaren Felder bedeckt und das Leben erstickt.

Neben den Priestern gibt es noch heilige Jungfrauen, die Harimaguadas, die in abgelegenen Berghöhlen wohnen, dort Abora anbeten und sich in geistigen Dingen unterrichten. Tamogantes heißen ihre Versammlungen und Almogaren ihre Tempel. Die Harimaguadas leben in Einklang mit der Natur und müssen sich eine Zeitlang aller geschlechtlichen Genüsse enthalten, bis sie ganz und gar verstanden haben, was das wirkliche Wesen Aboras bedeutet und in welch geheimnisvoller Verkleidung es auftreten kann. Erst danach dürfen die Harimaguadas zu ihren Stämmen zurück und heiraten dort zumeist die Edelsten ihres Volkes, Adlige und Menceys, denen sie als »weise Frauen« gleichgestellt sind. Im Alter erhalten die »weisen Frauen« immer mehr Ansehen und Macht und sind den Menceys übergeordnet, denn sie verfügen ja über das geheime Wissen, und manche von ihnen können sogar in die Zukunft sehen. Bei Streitigkeiten zwischen Adligen und bei allen Entscheidungen von Belang behalten die weisen Frauen das letzte Wort. Ihre Stimme ist von Abora gefärbt, und nur Abora weiß genau, was Recht und was Unrecht ist.

An manchen Stellen der Inseln haben sich die Stammeltern Orahan und Moneiba zusätzliche Wohnsitze geschaffen, die sie aufsuchen, wenn ihnen danach ist. Es sind dies besonders geformte Felsen, die von den Guanchen »Seelensteine« genannt werden. Auf La Palma ist es der Roque Idafe, auf Gran Canaria der Berg Bentaiga, der Seelensitz von Hierro heißt auch Bentaiga, obgleich es eigentlich sogar zwei Felsspitzen sind. Der heilige Ort, an dem beide Mächte – das Männliche und das Weibliche – sich treffen, wird Tacuitunta genannt. In seiner Nähe liegt die Höhle Abstenehita.

Wenn es an Wasser mangelt, so versammeln sich hier die Menschen von Hierro, kommen von weit her mit ihren Herden und verweilen drei Tage und drei Nächte zwischen den Seelensteinen, um die Stammeltern um Regen anzuflehen. Der Regen der Mutter Moneiba bringt ja die Fruchtbarkeit zur Erde und läßt das nahrungsspendende Grün wieder wachsen. Speise und Trank muß man den Seelensteinen opfern und warten, daß Ataman dazu ein Zeichen gibt.

Eines Tages nun, in einer lang anhaltenden Trockenperiode, blieb dieses Zeichen aus, und das Volk von Hierro war verzweifelt, daß sich ihnen Abora nicht zeigen wollte. Da ging ein heiliger Mann in die Höhle Abstenehita, warf sich dort auf den Boden und flehte inbrünstig die Stammeltern an.

»Orahan«, rief er, »warum sendest du deinen Söhnen kein

Zeichen, siehst du denn nicht, daß wir dürsten und Hunger bevorsteht? Moneiba, warum schickst du deinen Töchtern nicht den Regen herab, auf den wir so lange warten? Seid ihr so fern, habt ihr vergessen, daß hier die Guanchen, eure Kinder, leben?«

Lange währte sein klagendes Flehen, bis er von einem Geräusch aus dem dunklen Innern der Höhle aufschrak. Das grunzende Geräusch kam näher, und der Mann sah ein rotbraunes, zottig behaartes Schwein. Dies war der Bote der Ahnen, der Hirguan, der als Vermittler zu den Guanchen kam.

Der Mann packte das Schwein, nahm es unter seinen Fellmantel, den Tamarco, und trug es hinaus ins Freie. Das ganze Volk ging mit, als der Mann das mächtige Schwein, das sich nicht wehrte und still ergeben in seinen Armen lag, hinauf zu den Seelensteinen trug. Dort wurde es unter Gesängen geopfert, und als das Blut zu strömen begann, verwandelte es sich in Wasser. Das Schwein selbst aber, der Hirguan, wurde zu einer Wolke, die aufstieg und kräftig abzuregnen begann.

So erlöste Abora das Land von der Dürre. Als Zeichen des Dankes aber kerbten die Menschen eine große Spirale in den Stein, denn dies ist das geheime Zeichen der Moneiba. Man findet es überall dort, wo eine Quelle dem Boden entspringt. Die Spirale hilft der Urmutter, zur Erde zu finden, und macht sie froh, denn überall dort, wo sie ein solches Zeichen findet, weiß sie, daß die Menschen mit Achtung und Ehrfurcht an sie denken.

Es gibt aber noch andere Möglichkeiten, den Regen herbeizulocken. So wandern in langen Trockenzeiten die Harimaguadas mit dem Volk zum Ufer des Meeres, um dort die Mutter zu rufen und die See mit Ruten zu peitschen.

Und wieder an anderen Orten ist es üblich, um Regen zu tanzen. Diese Zeremonie findet auf heiligen Bergen statt. Man zieht einen magischen Kreis um den Tanzplatz und markiert ihn im Rund mit kleineren Steinen. Ein sauberer Kreis ist wichtig, damit die Tamogantes gelingen können. Ein junges Lämmlein wird herangeholt, das zuvor vom Muttertier getrennt wurde und nun angstvoll zu blöken beginnt. Sein Blöken soll das Mitgefühl der freundlichen Urmutter wecken, die mit ihrem Regenmantel herbeikommt, um zu helfen.

Manchmal dauert es aber lange, bis Moneiba den Weg zu den Menschen findet, dann schlummert sie in den Tiefen des Meeres und hört nicht, was auf der Welt vor sich geht. Derweil tanzen die geweihten Mädchen, die Harimaguadas, den Tanz des Regenrufes, indem sie sich innerhalb des magischen Kreises bewegen und mit den Füßen einer unsichtbaren Spirale folgen.

Man kann von den Harimaguadas halten, was man will, und über ihr Treiben lachen – die Guanchen taten es nicht. Im Gegenteil: Bei ihnen wurden die Frauen hochgeachtet und mit Ehrerbietung behandelt. Begegnete ein Mann einer Frau, so senkte er den Kopf, denn er wußte, daß ein weibliches Wesen mehr von den im geheimen wirkenden Kreisläufen in der Natur versteht, als ein Mann sich jemals erträumen kann. Im besonderen Maße galt das für eine, die Harimaguada gewesen war und in der stillen Einsamkeit der Bergwelt gelebt hatte, denn hier sind Orahan und Moneiba sich nahe, hier zeigen sie sich in ihren vielfältigen Formen, und wo es besonders schön ist, kommen sie in Liebe zusammen, um Abora zu schaffen. Und jede, die einmal Abora gesehen hat, trägt einen Abglanz davon in den Augen zu den Menschen hinunter.

»Hallo, Frau Kollegin«, begrüßte Frank Richter die schöne Mercedes in der »Casa Cultura«.

Sie nahm lächelnd das Buch zurück. »Sie sind wirklich ein schneller Leser. Sie müssen das Buch ja verschlungen haben.«

»War auch äußerst interessant. Haben Sie noch mehr solcher Schätze hier verborgen?«

Sie gingen gemeinsam in das zweite Stockwerk hinauf, um beim entsprechenden Regal nachzusehen. Weil die Bücher unten standen, mußten sie in die Hocke gehen. Sie waren so dicht zusammen, daß sich ihre Knie fast berührten. Er betrachtete ihr Profil. Mit ernstem, konzentriertem Blick begann sie, einen Titel nach dem anderen zu prüfen. Ihr Haar roch gut, sie benutzte, wie er feststellte, ein herbes, frisches Parfum.

»Fast alles, was über die Kultur der Guanchen erschienen ist, stammt von neuzeitlichen Autoren«, sagte sie, »es gibt nur ganz wenige Dokumente aus der Epoche der Eroberung durch die Spanier. Die Ureinwohner selbst kannten weder eine Schrift in unserem Sinne noch irgendwelche schriftlichen Zeugnisse. Das wenige, was man weiß, stützt sich auf mündliche Überlieferungen.«

»Ist mir schon klar«, sagte Frank, »und Berichte darüber sind bestimmt von der persönlichen Meinung des jeweiligen Verfassers stark subjektiv gefärbt?«

Sie nickte.

»Macht nichts«, sagte er, »ich werde versuchen, möglichst viele verschiedene Bücher zu lesen, sie zu vergleichen und daraus allmählich ein Bild zu gewinnen.«

»Versuchen Sie es mal mit diesem hier«, sagte sie und reichte ihm ein recht dickes, altes Werk, dessen Schutzumschlag reichlich vergilbt und abgegriffen wirkte. »Es enthält Berichte über die Bräuche und Gewohnheiten unserer Vorfahren.«

»Dann identifizieren Sie sich also mit ihnen?«

»Ich bin keine Spanierin, ich bin eine Canaria«, antwortete Mercedes Alvarez. Ihre Stimme klang selbstbewußt, und ihre Körperhaltung unterstrich diesen Eindruck noch. »Natürlich gibt es keine reine Guanchenrasse mehr, wir sind alle Mischlinge hier«, erklärte sie. »Aber unsere Vorfahren waren ein großes, stolzes Volk. Wir können von ihnen eine Menge lernen.«

»Das müssen Sie mir mal genauer erklären«, ergriff Frank die sich bietende Gelegenheit beim Schopf. »Sagen wir, bei einem Kaffee? Wann hätten Sie Zeit?«

Sie drehte den Kopf und blickte ihn prüfend an. »Ein Fachgespräch unter Kollegen?« meinte sie mit einem Zwinkern im Auge.

»Natürlich, was sonst, ein reines Fachgespräch unter Kollegen«, gab er zurück. Sie mußten beide lachen.

»Gut, heute mittag, so um eins? Da habe ich Pause.«

»Ich werde pünktlich dasein«, sagte Frank Richter.

Den Gedanken, daß ein so hübsches Mädchen bereits vergeben sein konnte, ließ er gar nicht erst in sich aufkommen. Aufgeregt und mit klopfendem Herzen verließ er die »Casa Cultura«.

... Auf der Insel La Palma, die korrekt und vollständig ausgeschrieben San Miguel de la Palma heißt, erhebt sich aus dem riesigen, bewaldeten Kraterkessel der Caldera de Taburiente ein einzelner mächtiger Monolith. Diese weithin sichtbare Felsspitze wird Roque Idafe genannt, der heilige Felsen Idafe. Dazu gibt es folgende Geschichte:

Die Guanchen glaubten, daß einige besondere Steine von Geistern beseelt seien. Die »Seelensteine« galten als Wohnsitz der Stammeltern Orahan und Moneiba, auf ihnen trafen sie sich, um Abora zu schaffen, die göttlich wirkende Kraft, aus der aller Segen für Mensch, Tier und Pflanze seinen Ursprung hat.

Der Idafe indes hatte, im Unterschied zu gewöhnlichen »Seelensteinen«, noch eine andere Bedeutung. Er war die Himmelssäule, der die Aufgabe zukam, Ataman, den Himmel, zu stützen. Die Guanchen lebten nämlich, ähnlich wie wir es von den Kelten her kennen, in der ständigen Furcht, eines Tages könnte ihnen der Himmel auf den Kopf fallen. Also mußte man den Idafe im Auge behalten, ihn schützen und ihn mit Opfergaben wohlwollend stimmen. Wie das Ritual im Detail verlief, darüber gibt es genaue Berichte.

Aus allen Tieren, die zur Nahrung dienten, trennte man die

Eingeweide heraus und verwahrte sie in besonderen tönernen Gefäßen. War genug davon zusammen, so gingen zwei ausgewählte Männer zum Idafe und stellten die Gefäße an die Opferstelle davor. Der erste Mann, der die Eingeweide getragen hatte, sang: »I – wida i – gwan a – Idafe«, was bedeutete: »Er wird umfallen, der Idafe.« Und der andere Mann antwortete darauf, ebenfalls singend: »Ce – gwerte i – gwan taro.« In der Übersetzung heißt das ungefähr: »Gib ihm etwas von dem, was du trägst, und er wird nicht umfallen.« Darauf fragte wieder der erste Mann besorgt: »Wird er es annehmen, wird er es nehmen?« Und die Antwort lautete: »Füttere ihn, gib ihm reichlich zu essen.«

Sodann leerten sie die Gefäße aus und bestrichen mit den Eingeweiden den Felsen. Schließlich gingen sie, ohne sich umzusehen, denn sie wußten, daß sich der Idafe in verwandelter Form der dargereichten Nahrung bedienen würde. Raben, Krähen und Geier würden kommen, die allesamt Abora waren, Geschöpfe, die Orahans und Moneibas Liebe in den Lüften geschaffen hatte, und sich an der Opfergabe gütlich tun. Es war aber wichtig, sich nicht umzudrehen, wenn man ging, denn es konnte ja sein, daß die Vögel gerade erst in der Luft entstanden, und diese Verwandlung zu sehen war ausschließlich den Harimaguadas, den heiligen Jungfrauen, vorbehalten.

Eine Ausnahme gab es von dieser Regel: Der Mencey der Caldera, dessen Reich in der Guanchensprache Aceró hieß, durfte zu bestimmten Anlässen allein und ohne Gefolge den Idafe besteigen. Auf einer Plattform saß er dann und wartete auf das Erscheinen des Geistes aus dem Felsen. Dieser Geist war der eigentliche Idafe, und der Mencey mußte die Augen abwenden, wenn er erschien.

Es war ja auch nicht wichtig, seinen Körper zu sehen. Wesentlich allein war seine Stimme, die Antwort gab, wenn man sie fragte. Der Mencey unterhielt sich mit ihr und versuchte, auf diese Weise herauszufinden, was der Wille der Urahnen war. Wenn er dann zurückkam zum Stamm, sagte er: »Der Idafe hat mit mir gesprochen. Er hat dies und jenes gesagt...«

Es soll auch vorgekommen sein, daß die Fragen, die der Mencey stellte, sehr schwierig waren und von außerordentlich großer Bedeutung für das Schicksal des Stammes. Dann mußte er lange auf dem Felsen ausharren, mehrere Tage und Nächte ohne Nahrung und Schlaf, um dem Idafe ehrerbietig zu lauschen. Und die Unterhaltung mit ihm war nicht immer leicht, denn die Fragen mußten richtig gestellt werden. Nur dann gab der Idafe auch richtige Antwort. Wenn es ihm zuviel wurde oder er die Fragestellung als ungenau und lästig empfand, dann verschwand er einfach und löste sich in einer Rauchwolke auf.

Auch der günstige Zeitpunkt für einen Besuch auf der Plattform war von Belang, aber wir wissen nicht, wie solche Tage und Zeiten errechnet wurden. Vielleicht gab es irgendwelche Zeichen, die dem Mencey erschienen und ihm einen Hinweis gaben, daß der einzig mögliche Augenblick für ein Gespräch nahe war.

Aber der Idafe konnte den Menschen auch noch in anderer Wesenheit erscheinen, als Iruene nämlich, in der Gestalt eines dämonischen, struppigen Hundes. Dann erschreckte er Wanderer durch sein plötzliches Auftauchen, machte sich manchmal aber auch als Fährtensucher und Bote dienlich. Über solche gespenstischen Hunde existieren auf der Insel allerlei Legenden und Märchen. Wieviel Wahrheitsgehalt an ihnen ist, läßt sich schwer überprüfen, doch darf angenommen werden, daß all diese Märchen auf Grundgedanken zurückgehen, die einmal auf La Palma weit verbreitet waren...

Frank war richtig nervös, als er eine halbe Stunde zu früh vor der »Casa Cultura« auf die hübsche Bibliothekarin wartete. »Mercedes« – mehrere Male sprach er ihren exotischen Namen vor sich hin, so als suchte er hinter jeder einzelnen

Silbe ein Geheimnis zu entdecken. Mehrmals strich er sich die Handflächen an der Hose ab. Furchtbare Vorstellung, ihr eine feuchte Hand zu geben. Sollte er ihr Blumen schenken? Unsinn, er ärgerte sich über seine Unsicherheit. Er würde mit einer Kollegin einen Kaffee trinken und dabei sicher interessante Informationen über den Fall erhalten, der ihn zunehmend fesselte.

Da kam sie ja, auch sie etwas zu früh.

Von den Stufen der »Casa Cultura« winkte sie ihm zu und deutete auf das Café schräg gegenüber. Er schlenderte hinüber und traf sie vor dem Eingang.

»Hola, Frank«, grüßte sie ihn freundlich. »Ich darf Sie doch Frank nennen?«

Er nickte dankbar. Die Begegnung war weniger kompliziert, als er in seiner Aufregung befürchtet hatte. Mercedes wirkte entspannt, was ihm half, seine Befangenheit loszuwerden.

Sie wartete gar nicht erst auf den Kellner, sondern rief eine Bestellung in den dunklen Raum, bevor sie sich an einen kleinen Tisch unter dem schattigen Vordach setzte. Der Kellner brachte umgehend Kaffee, Wasser und für jeden einen Bocadillo heraus.

»Ich freue mich über Sie als neuen Kunden meiner Bibliothek ganz besonders«, eröffnete Mercedes das Gespräch. »Wissen Sie, die meisten Touristen leihen, wenn sie überhaupt kommen, triviale Romane, sogenannte ›leichte Kost‹, die sie am Strand lesen, kurz bevor die Sonne sie endgültig sticht. Daß jemand sich ernsthaft mit der Geschichte dieser Insel, mit ihren ursprünglichen Bewohnern, Mythen und Bräuchen beschäftigt, kommt leider kaum vor.«

»Dabei ist sie wirklich sehr spannend«, war Franks wenig originelle, aber durchaus ernst gemeinte Entgegnung. Er versuchte mühsam, seine Freude über das Lob zu verbergen. »Nach dem, was ich bereits erfahren habe, sind uralte Traditionen immer noch sehr lebendig und im Denken der Menschen präsent. Teilweise erscheinen sie mir sogar etwas unheimlich. Wissen Sie, als ich ankam, habe ich auf offener Straße eine fürchterlich zugerichtete Ziege gesehen, die wohl geopfert worden war. Das war für mich ein richtiger Kulturschock. Kaum war ich aus dem Flugzeug ausgestiegen, als sich vor mir ein Abgrund atavistischer, blutiger Rituale auftat. Na ja, ich übertreibe vielleicht etwas. Aber was ich mittlerweile über die traditionellen Feste erfahren habe, ist wohl auch eher gruselig. Bei diesem Teufelsfest scheint man ja sogar vor Menschenopfern nicht zurückzuschrecken.«

Mercedes nickte. »Der Unfall vor drei Jahren? Den habe ich hautnah miterlebt.«

»Wie, du hast es gesehen?« Frank war so überrascht, daß er unbemerkt zum Du übergegangen war.

Mercedes lächelte flüchtig. »Ja, damals war ich gerade nach abgeschlossenem Studium wieder zurück auf die Insel gekommen. Soll ich dir schildern, wie es war?«

Da war es, ihr Du. Franks Herz tat einen leichten Sprung, so glücklich war er darüber. Doch dann nahm ihn Mercedes' Schilderung völlig gefangen.

»Es ist ein Spiel, ein grauenhaftes Spiel mit der Angst. Man muß nur mal beobachten, wie die Leute immer wieder auf den Vulkanteufel zutanzen, obwohl er Feuerwerkskörper wirft und sie Verbrennungen riskieren. Richtig herausfordernd tun sie das. Es gehört zu den Regeln des Spiels, wie auch der Diablo seine Macht einsetzt. Zum Schluß fliegen seine Hörner brennend weg, und zuletzt explodiert sogar noch sein Kopf. Ist zwar nur ein Pappschädel, aber damals hat es den armen Kerl erwischt. Jedenfalls brach er in einer Feuersäule zusammen. Wenn du mich fragst: Es war mehr als ein Unfall. Es war eine öffentliche Hinrichtung.«

»Eine Hinrichtung?« Frank hatte sich doch wohl verhört. »Das ist bloß eine Spekulation?« fragte er unsicher.

»Natürlich.«

»Aber warum ausgerechnet damals? Wenn es wirklich eine Hinrichtung war, warum konnte es dann so ungehindert in aller Öffentlichkeit passieren? Das klingt ja richtig nach Lynchjustiz.«

Mercedes dachte einen Moment nach, bevor sie zögernd antwortete. »Wenn es öfter vorkäme, wäre das Fest wohl längst verboten worden. Außerdem ist es nicht nur einmal passiert. Es sollen schon früher Leute dabei umgekommen sein. Ich weiß aber nicht, ob das stimmt.«

Frank war nachdenklich geworden. »Komisch«, sagte er, »ich habe einige alte Leute in Tijarafe befragt, aber sie wollten nicht darüber sprechen. Sie wurden richtig böse. Ich möchte wissen, was dahintersteckt.«

Mercedes lächelte Frank rätselhaft an und sagte dann: »Das wirst du schon herausfinden. Ich habe genug interessante Literatur für dich. Ich werde dir jederzeit gerne helfen.« Damit stand sie auf, beugte sich zu dem verdutzten Frank hinab und verabschiedete sich mit der Andeutung eines Wangenkusses, bevor sie zurück zur Bibliothek ging.

Frank atmete tief durch. Er hatte in Mercedes eine Verbündete gefunden, wenn nicht noch mehr . . .

Das Gipfelplateau des knapp 2400 Meter hohen Roque de los Muchachos gleicht einer Mondlandschaft. Kahl und verwittert ragen nackte Felsen aus der mit Dornbusch überwachsenen Hochebene auf. Jedes nur denkbare Wetter herrscht hier, kalte Schneestürme im Winter, brütende Eidechsensommer. Windböen sorgen ständig für ein rasches Wechselspiel von zerfransenden Nebelbänken und gleißendem Sonnenlicht, in dem die Felsen wie blankes Silber glänzen. Die Unwirklichkeit des Ortes wird noch durch mehrere, unterschiedlich große und geformte Metallkuppelbauten unterstrichen, die zusammen mit einem flachen, langgestreckten Gebäude, verschiedenen Containern, vier Hubschrauberlandeplätzen und einem Gewirr völlig neuer, aber so gut wie nie benutzter Asphaltstraßen den Observatoriumskomplex bilden.

Marita arbeitete im sogenannten Sonnenturm, der wie ein dünner, metallener Pilz ein wenig abseits der übrigen Sternwartenkuppeln lag und ausschließlich zur Beobachtung der Sonnenflecken diente. Genaugenommen traf sie sich dort nur jeden Mittwoch mit Dr. Westerford und Dr. Bolsing zur Lagebesprechung, um ihre Berechnungen und Disketten abzugeben und neue Aufträge entgegenzunehmen. Aus diesen drei Personen und einer technischen Hilfskraft bestand die Belegschaft im Turm, während drüben in den Kuppeln, deren Teleskope auf den Nachthimmel ausgerichtet waren, die Belegschaft weitaus größer war. Dennoch lag das Plateau jedesmal, wenn sie ihren Wagen auf dem Parkplatz abstellte, wie ausgestorben da, was wohl damit zu erklären war, daß die Leute sich grundsätzlich lieber in den Gebäuden als draußen im launischen Wind aufhielten.

Marita griff nach der schwarzen Aktentasche auf dem Rücksitz und machte sich auf den Weg zum Sonnenturm. Dabei mußte sie wie stets ein gutes Stück über die Felsen zurücklegen. Unterwegs stob ein Schwarm Alpendohlen auf. Ihre Anwesenheit beunruhigte die Tiere aber nicht nachhaltig, so daß sie sich nach kurzem tanzenden Aufflattern sofort wieder niederließen. Bis auf die Windgeräusche war es ruhig hier oben. Seit man das ganze Gelände großräumig eingezäunt und mit elektronischen Sicherheitsanlagen ausgerüstet hatte, kamen auch keine einheimischen Hirten mit ihren Herden mehr hier entlang. Eigentlich schade, seitdem gab es auch keine Abwechslung mehr und keine in den Sturm gebrüllten Gespräche.

Marita passierte den Felsbuckel, den sie seiner Form wegen »Pferderücken« nannte, und stieg den schmalen Pfad aus Betonstufen hoch, der zum Sonnenturm führte. Vor hier aus konnte man bei klarem Wetter weit über die Nordhälfte der Insel blicken, die Felsen, den grünen Urwaldgürtel, ins Blau des Meeres, das sich in unbestimmbarer Ferne mit dem des Himmels mischte. Ein erhabener, gewaltiger Anblick, der den einzelnen Menschen winzig und bedeutungslos werden ließ.

Am Turm angelangt, öffnete sie die Metalltür und stieg die Wendeltreppe zum Zimmer hoch, wo bereits Dr. Westerford und Dr. Bolsing auf sie warteten. Sie setzte sich zu ihnen an den Besprechungstisch und packte ihre Aktentasche aus.

»Sie kommen mehr als eine Stunde zu spät«, sagte Dr. Westerford, der gern jede Gelegenheit nutzte, um den Vorgesetzten herauszustellen, mit einem Blick auf die Uhr. Er war der ältere der beiden Forscher, galt als pedantisch und manchmal auch zynisch, war aber trotzdem kein unliebenswürdiger Kerl, wenn man seine Marotten kannte und nicht weiter auf sie einging.

»Ich hatte eine Panne«, antwortete Marita. Sie schob ihm die Disketten zu.

»Hoffentlich nichts Größeres, wir haben uns beide schon Sorgen gemacht und ausgemalt, wie Sie irgendwo in der Wildnis mit Motorschaden liegen und verzweifelt nach Hilfe rufen.«

»Sie sollten sich mal ernsthaft überlegen, ob Sie sich nicht ein Autotelefon zulegen«, ergänzte Dr. Bolsing.

»Nein danke«, parierte Marita lachend, »das paßt bestimmt nicht zu meiner alten Klapperkiste. Außerdem könnten Sie mich dann dauernd unterwegs kontrollieren. Kaum auszudenken.«

»Ich habe mir eins angeschafft«, sagte Dr. Bolsing. »Wir Spacelab-Leute brauchen so was, und es ist mitunter ganz praktisch, besonders hier auf der Insel, wo es oft meilenweit keine Ortschaften gibt und noch weniger Tankstellen.«

»Das nächste Mal, wenn ich was am Wagen habe, werde ich trommeln«, sagte Marita. »Noch was an mir auszusetzen, oder können wir anfangen?«

Ihre Besprechung ergab kaum etwas wirklich Neues. Manchmal glaubte sie, die beiden ließen sie nur hierherkommen, damit sie sich mit ihr unterhalten konnten und Marita etwas Abwechslung in ihren langweiligen Alltag brachte. Stimmte ja auch – mitunter gestaltete sich ihre Arbeit äußerst monoton, aber das war nun mal nicht zu ändern. Wissenschaftliche Arbeit bestand eben nur zu einem Prozent aus spannender Erkenntnis und zu neunundneunzig Anteilen aus langweiliger Routine.

»Ach«, sagte Dr. Westerford, »könnten Sie nicht eben selbst am Computer die Dinge abrufen und Disketten rausziehen? Geht schnell, denke ich. Und nachher – haben Sie noch Zeit und Lust, mit uns einen Kaffee zu trinken?«

»Ich verstehe«, Marita grinste, »na gut, ich werde einen kochen und Ihnen Gesellschaft leisten.«

»Sie sind ein Engel«, sagte Dr. Westerford.

»Bin ich nicht, ich lasse mich nur manchmal widerspruchslos ausnutzen.« Marita klappte ihre Aktentasche zu und ging zur Datenbank rüber.

»Es gibt übrigens bald eine Sonnenfinsternis, wußten Sie das?« rief ihr Dr. Bolsing noch nach.

Natürlich wußte sie das, aber es regte sie nicht sonderlich auf. Am Computer tippte sie die üblichen Befehle ein und speicherte die Disketten ab, die sie mit nach Garafia nehmen sollte. Während das Gerät summte und seine elektronischen Schnurrgeräusche von sich gab, blickte sie beiläufig aus dem Fenster. Breite Bahnen Licht mit schmalen Nebelstreifen dazwischen huschten über die Landschaft, ein paar niedrige Büsche rüttelten im Sturm. Plötzlich nahm sie rechts vom Hubschrauberlandeplatz, der mit seiner weißen Markierung – ein Kreis mit einer Art Fadenkreuz in der Mitte – wie ein fremdartiges Zeichen aus dem Grau der Felsen ragte, eine Bewegung wahr. Etwas schlich da entlang, wo das Plateau eine Mulde mit einigen gezackt herausragenden Steinen bildete. Deutlich sah sie, wie das Buschwerk sich dort bewegte. Ein Tier? Nein, sie preßte das Gesicht an die Glasscheibe, kniff die Augen zusammen, um es besser erkennen zu können ... Jetzt unterschied sie deutlich eine Gestalt, einen Mann, einen zweiten und dritten. Sie krochen zwischen den Felsen herum, ihre Körper dicht an den Boden gepreßt, robbten auf eine bestimmte Stelle zu, die sie von hier aus schlecht einsehen konnte. Schließlich verschwanden sie dort, waren wie vom Erdboden verschluckt.

Die Sicherheitsanlage, dachte Marita, warum sprachen die elektronischen Bewegungsmelder nicht an? Dann fiel ihr ein, daß es dort drüben am Zaun gar keine gab. Sie konzentrierten sich allesamt auf die Einfahrt und den Eingangsbereich nahe der großen Kuppeln. Die Männer hatten also, sofern sie vom Kraterrand herkamen, leicht den Zaun überwinden können. Aber wer näherte sich schon normalerweise vom Rand des Kraters? Dort bildeten die Steilhänge eine natürliche unüberwindliche Barriere.

Marita sah noch eine Zeitlang aus dem Fenster, da draußen aber weiter nichts geschah und inzwischen auch ihre Disketten fertig überspielt waren, vergaß sie die Sache. Sie dachte auch nachher, beim Kaffee und dem angeregten Geplauder mit den beiden Wissenschaftlern, nicht mehr daran. Erst als sie mit ihrer Aktentasche zum Parkplatz hinabstieg, fiel ihr der Vorfall wieder ein. Einer Idee folgend, verstaute sie die Tasche im Auto, verriegelte es sorgsam und blickte sich unschlüssig um. Soll ich oder soll ich nicht? Ihre Neugierde siegte. Sie kletterte quer durchs Gelände unterhalb des Sonnenturmes am Hügel vorbei. Nie zuvor war sie hier gewesen, es war auch nicht gerade die Strecke für Spaziergänge, denn der Hang war geröllbedeckt und wegen des stachligen Buschwerks schwer zu passieren. Schließlich erreichte sie ebenen Felsen. Sie sah die Markierung des Hubschrauberlandeplatzes und konnte sich daran gut orientieren. Als sie die bewachsene Mulde erreichte, voll Felstrümmern und undurchdringlichem Dickicht, kamen ihr Bedenken, ob sie weiterlaufen sollte. Dann setzte sie aber doch entschlossen den Fuß vor und zwängte sich durchs Gestrüpp, das ihr an dieser Stelle etwa bis zur Brust reichte. Sie bemühte sich, leise aufzutreten, um ihre Ankunft nicht vorzeitig zu verraten. Schritt für Schritt tappte sie durch das Felslabyrinth.

Nach einiger Zeit erreichte sie den Tiefpunkt der Mulde. Überrascht hielt sie inne. Da war niemand zu sehen. Und dennoch hatten sie ihre Augen vorhin nicht getäuscht. An dieser Stelle mußte bis vor kurzem noch jemand gewesen sein, es gab deutliche Anzeichen dafür: Da lag ein Steinkreis aus großen Felstrümmern, der mochte natürlichen Ursprungs sein... Oder nicht? Was sie maßlos irritierte, waren die frisch aufgestellten »Steinmännchen«, plumpe Figuren aus übereinandergeschichteten kleineren Steinen. So markierten ansonsten nur die einheimischen Hirten. Und ein paar seltsame Dinge lagen herum – ein Stück Holz, um das eine Schnur gewickelt war, ein Fetzen Stoff am Boden, mit Steinen beschwert, ein Ziegenhorn, das mit der Spitze im Boden steckte. Ohne zu bedenken, was sie da tat, zog sie das Horn aus der Erde. Sollte sie es als Beweisstück mitnehmen? Unsinn, niemand würde ihr glauben, daß sie innerhalb des Observatoriumgeländes Männer beobachtet hatte, die nicht zur Crew gehörten. Was sollten die auch hier? Und daß sie tatsächlich vom steilen Rand des Kraters heraufgeklettert sein konnten, war reichlich unwahrscheinlich.

Sie nahm das Horn, barg es wie einen kostbaren Schatz vor ihrem Körper, drehte sich um und hastete den gleichen Weg zurück. Ein banges Gefühl sagte ihr, daß sie ganz schnell den Parkplatz und ihren Wagen erreichen mußte. Heftiger als zuvor sprang der Wind sie an und trug schaurige Laute mit sich, die nach Klagelauten oder Tierschreien klangen. Aber das mochte wohl alles Einbildung sein. Jedenfalls lief sie schneller, zerkratzte sich die Beine im Dornengesträuch, stolperte über lose Steine.

Atemlos kam sie am Auto an. Noch einmal drehte sie sich um und starrte in die Landschaft hinter sich. Nichts, alles wie sonst. Sie stieg in den Wagen und legte das Horn auf den Rücksitz zur Aktentasche. Dann startete sie, würgte den Motor ab, startete nochmals und fuhr hektisch los.

... Im Südosten von La Palma, in der Nähe von Mazo, lebte einst ein junger Mann namens Roberto. Mit ihm trieb der Teufel sein Spiel, denn nichts haßt der Teufel bekanntlich mehr, als wenn zwei sich von ganzem Herzen lieben, und Roberto liebte ein Mädchen namens Femina.

Also ließ der Teufel ganz plötzlich die Eltern des Mädchens sterben, so daß sie Waise wurde. Zum Glück gab es noch einen Onkel und eine Tante, die sich des Mädchens annahmen, und Femina zog zu ihnen ins Haus.

Nun lebten aber Onkel und Tante ganz im Nordwesten der Insel, in Garafia, so weit weg von Mazo, wie es eben ging, und Roberto und Femina waren sehr traurig über die Trennung. Femina weinte in Garafia heimlich bei der Arbeit, und in Mazo wurde Roberto von Tag zu Tag mürrischer, so daß ihn seine Freunde deswegen bereits aufzogen. Schließlich brach Roberto eines Sonntagmorgens auf, um seine Geliebte zu besuchen. Wer die Entfernung kennt, wird sich wundern, daß er die gewaltige Strecke an einem einzigen Tag zurücklegte, denn man mußte die ganze Cumbre, die Gipfelkette, entlanglaufen, an Los Llanos de Aridane vorbei, den Kraterrand der Caldera hinauf bis zum Roque de los Muchachos und jenseits wieder hinab.

Nun sind die Palmeros stets gut zu Fuß gewesen, und Roberto galt als besonders schneller Läufer. Das Wunder bestand aber darin, daß Roberto an jenem Sonntag nicht nur nach Garafia lief, um seine geliebte Femina zu sehen und in ihrer Nähe zu sein, sondern in der gleichen Nacht auch noch den weiten Weg zurück nach Mazo schaffte, um pünktlich am Montag morgen wieder zur Arbeit in der Plantage zu erscheinen.

Wochenende für Wochenende wiederholte er dieses Spiel, und er lief den Weg immer schneller, um Zeit für seine Geliebte zu gewinnen. Als der Teufel nun sah, daß die Trennung so wenig nutzte, keine Verzweiflung über die beiden hereingebrochen war und ihre Liebe mehr blühte denn je, wurde er wütend. Er sann nach, wie er die beiden doch noch trennen konnte, und entwarf einen Plan. Am nächsten Sonntag morgen setzte er seine bösen Gedanken in die Tat um.

Als Roberto gerade den schmalen Saumpfad am steilen

Kraterrand zwischen dem Pico de las Nievas und dem Roque de los Muchachos entlanglief, schlug der Teufel mehrmals mit der Faust auf die Erde. Erschrocken blieb Roberto stehen, lauschte dem Donner und spürte das Beben. Er blickte zum Himmel, aber da war keine Wolke, also schied ein Gewitter aus. Und die feuerspeienden Vulkane waren lange Zeit ruhig geblieben. Es klang aber so, als kündige sich mit einem kräftigen Erdbeben ein größerer Ausbruch an. Roberto bekam es mit der Angst. Er lief hastig weiter, blickte kaum noch nach rechts oder links und rannte so schnell wie nie zuvor in seinem Leben. Fast wäre er dabei gegen einen Felsen gelaufen, denn wo letztes Mal noch der Saumpfad gewesen war, stand plötzlich eine riesige Mauer. Davor lehnte der Teufel und grinste Roberto hinterhältig an.

»Na, das hättest du wohl nicht von mir erwartet«, sagte der Teufel, »daß ich soviel Macht besitze, mit der bloßen Hand die Landschaft zu verändern, noch dazu, wo sie aus hartem Fels besteht.«

»Gib den Weg frei«, entgegnete Roberto trotzig. Die Liebe zu Femina brannte so stark in ihm, daß er selbst die Angst vor dem Teufel verlor.

»Ha, ich weiß, warum du es so furchtbar eilig hast«, höhnte der Teufel, »aber diesmal wird leider nichts aus dem Treffen mit deiner Femina, und nicht nur diesmal, für alle Zeiten ist es damit aus. Siehst du nicht, daß die Mauer viel zu hoch und zu glatt ist, um sie zu überklettern?«

Roberto blickte genau hin und sah, daß der Teufel recht hatte. Es war einfach unmöglich, das Hindernis zu überwinden.

»Genauso wie ich die Mauer gemacht habe, kann ich sie auch verändern«, prahlte der Teufel. »Zum Beispiel so.« Bei diesen Worten drückte er mit dem Zeigefinger einen ganz schmalen Durchschlupf in das Gestein, so eng, daß gerade ein Mensch hindurchpaßte, der die Luft anhält und sich dünn macht.

Durch diesen Spalt wollte sich nun Roberto zwängen, aber der Teufel hielt ihn fest.

»Hör genau zu«, zischte er, »einmal lasse ich dich noch durch, damit du zu deiner Geliebten kannst. Das nächste Mal aber, auf dem Rückweg schon, kostet es deine Seele. Ich finde, das ist ein faires Geschäft.«

Das fand Roberto nun nicht gerade, aber er war viel zu verwirrt, um weiter darüber nachzudenken. Er willigte daher ein, und der Teufel ließ ihn unbehelligt passieren.

Erst später, als er bei Femina anlangte, begann Roberto sich Gedanken zu machen, und grübelte hin und her.

»Du bist heute so seltsam«, sagte das Mädchen. »Worüber machst du dir Sorgen?«

Da erzählte er ihr alles, und Femina fing heftig zu weinen an. »Dann darfst du eben nicht mehr zurück«, meinte sie schließlich, als sie sich etwas gefaßt hatte, »denn sonst wärst du für immer verloren. Einen Mann, dessen Seele der Teufel besitzt, könnte ich nie wieder lieben.«

Da kam Roberto die Erleuchtung, und er schlug sich mit der flachen Hand an die Stirn. »Du hast mich auf den richtigen Gedanken gebracht!« rief er lachend. »Die Lösung ist so einfach, daß sogar der Teufel nicht darauf gekommen ist: Ich werde eben kein zweites Mal seine Mauer passieren. Ich bleibe bei dir, sorge für dich und gehe nie wieder zurück nach Mazo.«

So wurden Roberto und Femina doch noch ein Paar, lebten glücklich zusammen und bekamen viele Kinder und Enkel. Der Teufel aber wartet, so sagt man, noch heute in der Nähe seiner Mauer und fragt jeden, der vorbeikommt, wann endlich Roberto aus Garafia eintrifft.

Eine geraume Weile hatten sie auf dem Felsvorsprung gesessen und in die Schlucht von Buraca hinabgeblickt. Nun brach Frank Richter das Schweigen:

»Das ist wunderschön, wirklich ein Paradies ...«

»Warten Sie's ab, es wird noch besser«, antwortete Dr. Bartneck.

Es war noch sehr früh, kurz nach Sonnenaufgang, und weite Teile des Barrancos ruhten in Dunkelheit. Dort aber, wo Licht hinfiel, glühten die Farben intensiv auf. Das Meer besaß einen dunklen Glanz. Eine Zauberlandschaft, von deren Liebreiz man sich nur schwer lösen konnte.

Unten am frischen Quellwasser nahmen sie das Frühstück ein, Brot und Käse, ein paar Weintrauben. Dann führte Bartneck seinen Begleiter zu den Felsbildern. Frank Richter begutachtete eins nach dem anderen, suchte Positionen, von denen aus man das gesamte Ensemble betrachten konnte.

»Wo kommt die Kreide her«, fragte er, »haben Sie das gemacht?«

Bartneck nickte. »Ist zwar nicht die beste Methode, sie deutlich zu machen, aber immerhin. Normalerweise bevorzuge ich Abreibungen mit Chlorophyll.«

»Wie geht das?«

»Ganz einfach. Ich spanne ein saugfähiges Blatt Papier über den Felsen, klebe es mit Tesakrepp fest und reibe dann mit Pflanzenfasern drüber. Farn und Hahnenfußgewächse geben am meisten Saft. Der dringt ins Papier ein, und auf diese Weise erhält man originalgetreue Kopien. Die beste Möglichkeit, solche Dinge zu dokumentieren.«

»Und Kreide?«

»Auch gut. Der nächste Regen wäscht sie wieder vom Stein.«

Frank Richter hatte noch nie Felsbilder gesehen, weder hier noch woanders. Er staunte über die Formenvielfalt der Kreise, Spiralen, Labyrinthe und spielerisch ausufernden Gebilde. »Und Sie haben keinen Schimmer, was sie bedeuten?«

»Nicht den geringsten. Vorerst zeichne ich sie alle ab und lege eine Sammlung davon an. Möchten Sie auch die Wohnhöhlen sehen?«

Selbstverständlich wollte Frank Richter das, und so kletterten sie den Hang hinauf. Als sie die große Höhle inspiziert hatten und mit Blick in die Schlucht vor deren Eingang saßen, fragte Bartneck: »Nun, was denken Sie darüber?«

»Ich versuche, mich in die Zeit der Guanchen zu versetzen. Also zunächst würde ich sagen: fantastische Wohnlage, gute Übersicht über alles, es liegt geschützt, man hat fast den ganzen Tag Sonne, wenn man will, kann man sich aber auch jederzeit in kühlen Schatten zurückziehen. Wo führt die Schlucht eigentlich hin?«

»Direkt zum Meer. Ich bin aber bisher nicht weiter als bis zu den Felsvorstürzen dort drüben gekommen, wo weitere Gravuren im Stein sind. Irgendwo da oben traf ich den Legionär.«

»Ich kann mir vorstellen, daß er sich hier wohlfühlt.«

Bartneck schlug vor, weiter in die Schlucht einzudringen. Zunächst kamen sie gut über eine ebene Fläche voran. Dann aber versperrten immer mehr Steinhaufen und dichtes Buschwerk den Weg. Eine Machete wäre nützlich gewesen, da sie aber keine besaßen, mußten sie mühsam durchs Dickicht kriechen. An manchen Stellen ragten Dragos auf oder ein wilder Feigenbaum mit verzweigten, weit über den Boden reichenden Ästen. Einmal stob unmittelbar vor ihren Füßen ein Kaninchen auf. Schließlich wurden der Urwald so undurchdringlich und die Fallstufen der Schlucht zum Meer hinab so steil, daß ein weiteres Vorankommen unmöglich war. Sie waren bereits reichlich zerkratzt, Bartneck schien allerdings keine Notiz davon zu nehmen. Er hatte an der linken Steilflanke des Barrancos weitere Höhlen entdeckt. Sie lagen hoch über ihnen, und es sah so aus, als führe kein Weg dorthin. Aber er wollte sie unbedingt erreichen und untersuchen.

»Gut«, sagte Frank Richter, »versuchen Sie's mit den Höhlen, obwohl es mir völlig unmöglich erscheint, ich bleibe hier unten und probiere mal aus, ob es nicht doch irgendwo eine Möglichkeit gibt, ans Meer zu gelangen.«

So trennten sie sich. Eine Weile hörte Frank Richter, der sich behutsam weiter abwärts tastete, den anderen noch durchs Dickicht brechen und das Kollern herabrollender Steine, dann wurde es still. Er blieb stehen, lauschte – nichts mehr, nur das Geräusch der Zikaden, ein anhaltend lautes, alles übertönendes Schrillen. Er blieb stehen, hielt die Hand schützend über die Augen und blickte nach oben zurück ins Gewirr der Felsen und Pflanzen. Ein Falke stand rüttelnd am Himmel. Beim nächsten Hinsehen war er verschwunden, hatte sich wohl auf seine Beute herabgestürzt.

Frank Richter kämpfte sich weiter durch die urweltliche Vegetation. Und er hatte Glück: Am Rand einer Steilstufe gab es tatsächlich eine schmale, passierbare Stelle, die weiter unten in eine Art Saumpfad überging. Er folgte der Spur, kam allmählich dem Meer immer näher. Das letzte Stück sprang er leichtfüßig voran.

Die Schlucht öffnete sich zur Bucht, deren Ufer von einem Geröllstrand gebildet wurde. Brüllend und weiße Gischtwellen werfend, spülte das Meer über die Steine. Der Atlantik, dachte Frank, nichts als der weite Atlantik und jenseits die Neue Welt ... Er hockte sich auf einen Felsbrocken und überließ sich seinen Gedanken.

Plötzlich tauchte aus dem Nichts eine Gestalt bei ihm auf. Ein Mann mit einer selbstgebauten Angel, der Legionär. Der Mann schien mindestens ebenso erschrocken wie er selbst zu sein, er blieb stehen und starrte ihn an.

»Hola, hombre, qué tal?« sagte Frank geistesgegenwärtig.

Der Angesprochene zögerte mit der Antwort, tippte aber dann grüßend an seine Mütze. Noch immer mit überraschtem starren Blick kam er näher, bis er kurz vor dem Felsbrocken stand, auf dem Frank Richter saß. Diese Augen ...

Der Legionär legte seine Angel ab. Als er sich wieder aufrichtete, machte er mit der Hand eine Geste, die Frank Richter nicht sofort einschätzen konnte. Der Mann wiederholte die Bewegung und brummte etwas Unverständliches dabei. Jetzt verstand Frank, was gemeint war.

»Zigarette?« Er holte das Päckchen aus seinem Hemd und hielt es dem Mann hin. Der kam noch einen Schritt näher und nestelte an der Schachtel. Er nahm auch das Feuerzeug, das Frank ihm reichte. Geschickt sich gegen den Wind drehend und die Flamme mit der Hand abschirmend, entzündete er die Zigarette. Dann setzte er sich zu ihm auf den Felsen.

Frank Richter spürte sein Herz klopfen. Er wagte nicht, zur Seite zu blicken. Er wußte, daß jetzt alles davon abhing, wie er sich verhielt. Er steckte sich ebenfalls eine Zigarette an. Schweigend und rauchend hockten sie nebeneinander. Das Meer brüllte mit unverminderter Kraft, gleichmäßig rollten die Brandungswellen heran, klatschten über die Steine und ließen eine weiße Zone aus zerplatzendem Schaum zurück.

Nach einer Ewigkeit erst wagte Frank Richter zu sprechen. »Du lebst hier?« Bedenkenlos hatte er das kameradschaftliche Du gewählt. »Schon lange?«

Der Legionär streifte ihn mit einem prüfenden Seitenblick, nickte.

Frank Richter setzte nach: »Viele Jahre schon, sagt man. Stimmt das?«

Wieder nickte der Legionär. Plötzlich erkannte Frank, daß von dem Mann keine Gefahr ausging. Ja, er glaubte sogar, mit einem Schlag das ganze Wesen dieses Legionärs zu erkennen. Ein rascher Blick bestätigte ihm: Dieser Mensch war einsam, nicht gewohnt, fremde Leute zu treffen und sich zu unterhalten. Und dennoch benahm er sich überraschend zutraulich. Er war naiv, vielleicht sogar ein bißchen beschränkt, eine harmlose Natur.

Noch einmal reichte er ihm das Zigarettenpäckchen. »Du hast nicht viele Freunde hier, stimmt's?« fragte er. Zu seiner Überraschung bekam er Antwort.

»Doch«, sagte der Legionär, »eine ganze Handvoll sogar.« Er hielt seine linke Hand hoch. Sie war schwielig und schmutzig. Eine lange Narbe lief über den Rücken. Er zählte die ausgestreckten Finger ab, wobei er bei jedem einen Namen aussprach. »Don Bernardo ...« Er wies auf den Daumen, bewegte ihn hin und her, knickte ihn um. Dann auf den Zeigefinger: »Ramón El Cabrero, der Ziegenhirt ...« Nun war der Mittelfinger an der Reihe, vorgestellt zu werden:

»Chano ...« Und bei Nummer vier sagte er zu Frank Richters Überraschung: »Marita ...«

»Doch nicht etwa Marita Wieland?«

»Sí, sí, die schöne deutsche Frau.«

Das ist ja unglaublich, dachte Frank, das kann doch nicht wahr sein: erst dieser ominöse Don Bernardo, sein Chano und dann auch noch Marita Wieland. »Und wer ist der fünfte?« fragte er gespannt.

Der Legionär sah erst ihn an, dann blickte er verwirrt auf seinen noch immer ausgestreckt ragenden kleinen Finger. »Ich weiß es nicht mehr ... hab' ihn wohl vergessen ...« Es schien, als versuche er, sich krampfhaft an den Namen zu erinnern. Unvermittelt lachte er auf. Er streckte den Finger nach Frank Richter aus und tippte ihm damit auf die Brust. »Wer weiß«, lachte er idiotisch, »vielleicht du?«

Frank Richter fand keine passende Antwort. Die Situation kam ihm mit einem Mal unwirklich und auf gewisse Weise auch lächerlich vor.

Der Legionär stand lachend auf, klopfte ihm zum Abschied kurz auf die Schulter und verschwand mit schnellen Schritten im Dickicht. Wie betäubt blieb Frank Richter auf dem Felsen sitzen.

»Sind Sie sicher, daß Sie ihn auch richtig verstanden haben?« fragte Bartneck.

»Absolut.«

»Hm, seltsam ...«

Sie waren im Wagen unterwegs, weiter in Richtung Norden. Während die Landschaft vorbeiglitt, mußte Frank unentwegt an die merkwürdige Begegnung denken. Wie kam es nur, daß der Legionär außer den drei Einheimischen – Chano, Don Bernardo und diesem Ziegenhirten namens Ramón – ausgerechnet Marita als seine Freundin bezeichnete? Warum hatte er überhaupt darüber gesprochen und gerade ihm, einem ihm völlig unbekannten Menschen, soviel Vertrauen entgegengebracht? Rätsel über Rätsel ... Sie würden jedenfalls auf dem Rückweg von Zarza über Garafia fahren und Marita selbst danach fragen.

Hinter Puntagorda war die Straße bedeutend schlechter geworden. Stellenweise wies sie bedenkliche Schlaglöcher auf, Steine lagen auf der Fahrbahn, Äste und Rollsplitt. Die Landschaft hatte sich inzwischen gewandelt. Dichter Wald zu beiden Seiten der Piste, hochstämmige, weit ausladende kanarische Kiefern. Rostbraun waren die Hänge, von dichtem Nadelteppich bedeckt, rot auch die Erde. Es duftete würzig nach Baumharz und Farnkraut. Diese Art Wald hatte er nicht auf La Palma erwartet.

Es gab kaum Verkehr auf der Straße. Hin und wieder mal ein Landrover oder ein klappriger Lastwagen. Die Gegend war dünn besiedelt. Keine Häuser, keine Bars, dafür wuchtige Barrancos, die sich eindrucksvoll durch die Felswände brachen, zerklüftete Hänge, die keine Terrassen oder andere Spuren menschlichen Eingriffs aufwiesen.

Wieso nur hatte der Legionär mit ihm gesprochen? Nach allem, was er von ihm gehört hatte, ging der Mann ansonsten doch jedem Menschen aus dem Weg. Fast kam es ihm vor, als sei ihr Zusammentreffen kein Zufall gewesen. Soviel Frank Richter auch über diesen Punkt nachdachte, er fand keine Antwort darauf.

Langsam lichtete sich der Kiefernwald und wurde schließlich von trockenen Weinhängen abgelöst. Also doch Siedlungsspuren! Sanft hügelig, ein wenig irisch anmutend wurde die Landschaft. Aber nirgends ein Haus. Dafür kam bald dichter Urwald. Diesmal bestand er aus wucherndem Wacholdergestrüpp, Lorbeerbäumen und brusthoch aufgeschossenem Farn.

Plötzlich eine Trafostation am Rand der inzwischen vollends zur Sandpiste gewordenen Straße.

»Mist«, sagte Bartneck, »der Weg zur Fuente de la Zarza,

zur Dornbuschquelle, liegt genau einen Kilometer davor ... Wir sind zu weit gefahren.«

Er stoppte, wendete den Wagen an einer Stelle, die breit genug dafür war, und fuhr langsam, den Tacho ständig im Auge behaltend, zurück. In einer Kurve knickte tatsächlich kaum sichtbar ein unscheinbarer Fußweg ab. Hier parkten sie.

Frank Richter wunderte sich, daß sich hier kein Hinweisschild, nicht einmal eine Markierung an einem der Bäume befand. Hatte Bartneck nicht davon gesprochen, daß die Fuente de la Zarza eine der wichtigsten und bekanntesten archäologischen Fundstellen der Insel sein sollte?

Der Pfad schlängelte sich durch Wiesen und stieg dann etwa eine Viertelstunde lang das steinige Bett eines kleinen Barrancos hinauf. Es mußte wohl gegen Mittag sein, die Sonne brannte jedenfalls unbarmherzig. Dennoch genoß Frank Richter den beschwerlichen Fußmarsch. Große bunte Falter flatterten vorbei, und bei jedem Schritt huschten Eidechsen ins Gebüsch. Von irgendwoher tönten die heiseren Katzenschreie eines Bussards.

In einer größeren Auswölbung des trockenen Bachlaufs stießen sie auf eine gemauerte Zisterne. Von hier aus waren auch zum ersten Mal die Höhlen zu sehen. Wie gähnende Mäuler sahen sie aus, schwarze Löcher im grauen, überhängenden Fels. Der Barranco mündete in einen geräumigen, sonnenüberfluteten Talkessel, in dem es feuchte Stellen geben mußte, denn die Luft war erfüllt von Hunderten winziger Schmetterlinge in allen Größen und Farben. Es sah aus, als würde es bunte Papierschnipsel regnen.

Vor den Höhlen führte das zerfallene Holzgeländer eines schmalen Trittpfades vorbei, so daß man dicht an sie herankam. Als Frank Richter in die Eingänge blickte, erkannte er sofort, daß dies nie Wohnstätten gewesen sein konnten. Sie wirkten dunkel und feucht, an manchen Stellen trat so stark Tropfwasser aus, daß hier selbst Efeu, Moose und Flechten Nahrung fanden. Nein, das mußten früher einmal wasserführende Feuchthöhlen gewesen sein, vielleicht sogar stark sprudelnde Quellen.

Rings um sie herum fiel ihm die besondere Struktur der Felsen auf. Das war nicht alles Erosion und Patina. Nein, wenn man genauer hinsah, wimmelte es dazwischen von geheimnisvollen Linien und Zeichen, manche von ihnen wirkten wie die Daumenabdrücke von Riesen. Ein Netzwerk von Gravuren überzog den Fels, Spiralen, Ellipsen, konzentrische Kreise, endlos ausufernde, verzweigte und sich zu Ornamenten verdichtende Linien.

Er kniff die Augen zusammen. War das nicht Schrift, waren es Piktogramme, Bildzeichen, dämonische Fratzen, Krakeleien von Kindern? An einer Stelle glaubte er eine Art abgerundetes Mühlespiel zu erkennen, an anderer etwas, das wie ein Wegenetz aussah, oder die verwirrende Vielfalt astronomischer Zeichen, geordnet zu einem unbekannten, fremdartigen Planetarium.

Er tastete mit den Fingern die Linien ab, spürte den Rillen im Stein nach. Ganz klar, sie waren nicht natürlichen Ursprungs, sondern sorgfältig eingeritzt, jemand hatte sie akribisch genau in den Fels gekerbt. Immer wieder und lange Zeiten hindurch, denn die Ornamentik, die Spiralkreise und Rundmuster lagen oft mehrfach übereinander, ergänzten sich, löschten sich gegenseitig aus und bildeten neue, noch verwirrendere Formen.

»Nun, was halten Sie davon?« fragte Bartneck. »Habe ich zuviel versprochen? Sehen Sie sich diese figürliche Darstellung an: Da sitzt ein Mann in einem Boot, streckt beide Beine aus und hält in den Händen eine Art Ruder. An der Küste Nordperus habe ich kleine, einfache Binsenboote gesehen. ›Caballitos‹ nennen sie die Einheimischen, ›Pferdchen‹, mit denen sie beim Fischfang wie Wellenreiter über die Brandung gleiten. Sie ähneln dieser Felszeichnung auf verblüffende Weise.«

Frank Richter kniff die Augen zusammen. Je länger er die Felswände betrachtete, desto mehr Einzelheiten entdeckte er:

Figuren, Gesichter, tanzende Tiermasken. Er sah Köpfe, die Federschmuck trugen und statt der Münder seltsame Schnäbel. Dazwischen Sonnen, Strahlenkränze, Wellenbänder, eine gespenstische Tätowierung des Gesteins. Langsam begann er zu begreifen, weshalb sein Begleiter so fasziniert von seinem Forschungsgebiet war. Er spähte zum Felssaum der Schlucht und fragte sich, welche Geheimnisse der Urwald dort im grünen Dickicht noch verbergen würde.

»Sind Sie bereit für ein Experiment?« riß ihn die Stimme Dr. Bartnecks aus seiner Tagträumerei.

»... Diese Insel ist mir überaus unheimlich, ein Ort der Hölle«, schrieb 1492 der Mönch Domingo an einen Ordensbruder des Klosters von Valladolid. »Das, was wir von den sicheren Planken unseres Schiffes aus bei Teneriffa erlebten, kann sich hier jederzeit wiederholen. Nur daß wir diesmal an Land sind, den entsetzlichen Gefahren schutzlos ausgeliefert. Ein Wagnis ist es, La Palma zu betreten, eine regelrechte Herausforderung an die Mächte der Finsternis.

Wie Du Dir denken kannst, mein lieber Eusebio, habe ich mich dicht bei den Männern im Lager gehalten und wie sie des öfteren ängstlich nach den Schiffen geblickt. Sie sind unsere einzige Rettung im Falle einer Gefahr, wir dürfen sie nie aus den Augen lassen, und in der Stunde der Not müssen wir schnellstmöglich zu ihnen zurückkehren können, denn nur dort sind wir einigermaßen sicher.

In der ersten Nacht habe ich kein Auge zumachen können, obgleich ich erschöpft genug war. Zu fremdartig tönten die Geräusche der Nacht. Es ist viel zu warm, und ein seltsam schrilles Zirpen klingt ununterbrochen rings um uns herum. Mitunter schreckte ich hoch, weil ich Stimmen zu hören glaubte. Ich lauschte ihnen nach, konnte sie aber nicht einordnen. Sind es die Geister der Berge, läßt der Teufel seine Instrumente stimmen, damit sie uns Furcht einflößen können?

Ich sah etwas Dunkles dicht über dem Strand fliegen und in dem wiegenden Dickicht der Palmen verschwinden, ohne es recht erkennen zu können. Ein Nachtvogel, eine Eule, ein Gespenst? Der warme Wind fährt beständig durch die Palmwedel und läßt sie rascheln. Das sieht dann aus, als würden Riesen ihre Arme schwenken. Doch die Konturen sind unscharf, ihre genaue Gestalt bleibt verschwommen, und dies ist unheimlicher, als wenn sie konkret faßbar wären. Denn ist es nicht so, daß wir mehr vor dem Unbekannten erschrecken als vor dem, was unseren Sinnen bereits vertraut ist?

Auch das Meer scheint hier lauter als anderswo zu brüllen. Unregelmäßig und machtvoll schlägt es gegen die Klippen, als sei es ein wütendes Tier, das jederzeit aufspringen und nach uns fassen kann. Das Meer ist wie die ganze Insel, unbändig und wild. Es kommt mir vor, als kämpfe das nasse Element noch immer gegen das feste, als sei dieser Kampf noch nicht entschieden und das Land ringe um seine endgültige Gestalt.

Der Morgen nach dieser Nacht brachte Licht, aber uns keineswegs mehr Gewißheit. Unbehaglich ist es, die Konturen der unzähligen bizarren Klippen, Felsen und Berge zu betrachten, und das nicht nur, weil sie so steil und unzugänglich wirken. Sie sehen allesamt wie schlafende Ungeheuer aus, Mißgeburten aus Stein, die uns anstarren und feindselig belauern. Vielleicht sind das die Wächter, die die Schätze im Innern der Erde bewahren. Die Männer reden ständig davon.«

Vom Talkessel aus führte eine Trittspur am ausgetrockneten Bett eines kleinen Barrancillos entlang. Es handelte sich nur um wenige hundert Meter, doch diese waren wegen des steinigen, von vielerlei Gestrüpp überwucherten Weges nur schwer zu passieren. Schließlich erreichten sie eine Stelle, an der Dr. Bartneck vom Pfad abbog und quer durchs Unterholz brach.

Wenig später gelangten sie auf eine schmale Lichtung, deren Begrenzung von einer steil aufragenden Felswand gebildet wurde. Links von ihr lag zwischen dem Wurzelwerk wuchtiger Bäume ein sumpfiges Wasserloch.

»Das ist die Fuente de la Zarzita«, kommentierte Bartneck, »vielmehr, sie war es. Was wir nun von ihr sehen, ist der klägliche Rest, der übriggeblieben ist. Bei diesem Ort handelt es sich um ein weiteres Heiligtum der Guanchen. Betrachten Sie einmal genau die Form der Felsen. Fällt Ihnen etwas auf?«

Nach längerem Hinsehen erkannte Frank Richter die deutlichen Spuren menschlicher Eingriffe. Aus einem vorspringenden Stück des Gesteins war eine Art Altarmulde herausgeschlagen, mit einiger Phantasie konnte man sich vorstellen, daß dort einmal eine Götzenfigur gethront haben mochte. Seitlich davon bedeckten Gravuren den Fels, von denen besonders eine sogleich ins Auge fiel. Sie stellte eine etwa lebensgroße Frau mit Brüsten und Glockenrock dar. Die ganze Gestalt, vor allem der obere Teil, war stark abstrahiert, so daß ihr Kopf insektenhaft wirkte und an eine aufrechtstehende Gottesanbeterin erinnerte. Die anderen Petroglyphen in ihrem Umkreis ließen sich weniger gut erkennen.

»Was halten Sie davon?« fragte Bartneck aufgeregt. »Ist das nicht ein unwahrscheinlich eindrucksvoller Platz? Die Quelle, der Altar, das Bild der großen Urmutter, die vielen Zeichen ringsum?«

»Sieht aus, als wäre die gesamte Felswand tätowiert worden«, Frank Richter pfiff anerkennend durch die Zähne. »Haben Sie das entdeckt?«

»Wiederentdeckt wäre die zutreffendere Bezeichnung. Bin sozusagen vor ein paar Tagen drüber gestolpert. Ist das nicht phantastisch?«

Frank Richter konnte das nur vorbehaltlos bestätigen.

»Und nun zu unserem Experiment«, sagte Bartneck. »Ich gehe davon aus, daß Zeit für Sie momentan keine Rolle spielt. Also, ich habe mir vorgenommen, die Bilderwand nach über tausendjährigem Dornröschenschlaf wieder zum Leben zu erwecken. Und das vor Ihren Augen, Sie sind sozusagen mein Zeuge. Diesmal werde ich aber keine Kreide dazu verwenden, sondern das hier ...« Bei diesen Worten bückte er sich und hob eine Handvoll rotbrauner Erde auf. Mit ihr bestrich er behutsam den Rock der Urmutter. »Sehen Sie, wie deutlich das Bild wird? Bei diesem Material hier handelt es sich um beste Farbpigmente, eine Art Rotocker. Neulich kam mir die Erkenntnis: Bestimmt haben schon die Ureinwohner damit ihre Felsgravuren ausgemalt! Was meinen Sie?«

»Klingt nicht schlecht, Ihre Theorie. Mal abwarten, wie es wird.«

»Genau, also dann fange ich jetzt an«, sagte Bartneck euphorisch.

Frank Richter inspizierte inzwischen die Umgebung. Später setzte er sich, mit dem Rücken an einen Baumstamm gelehnt, und sah Bartneck bei der Arbeit zu. Unter dessen Händen entstand ein unglaubliches Werk, dessen Szenario der Vorstellungswelt von Hieronymus Bosch entsprungen sein konnte, eine Art Comic strip, bei der allerdings keines der Bilder leicht zu verstehen war. Es waren Vexierbilder, mehrfach ausdeutbare Symbole, vielleicht unter Drogeneinfluß entstandene Visionen.

Bartneck bekam von alldem wenig mit, weil er dicht am Felsen arbeitete. Als er nach dem Ausmalen der letzten Liniengravur ein paar Schritte zurücktrat, um einmal die Gesamtheit zu betrachten, konnte er einen Ausruf der Überraschung nicht unterdrücken.

»Das ist ja nicht zu fassen!« rief er. »Sehen Sie das, lieber Freund? Sehen Sie sich das bloß an!«

Frank Richter nickte, war sich aber keineswegs sicher, ob er dasselbe wie Dr. Bartneck erkannte. »Wahnsinn«, sagte er, »was für ein Pandämonium!«

»Und? Gibt's was Neues von den Kollegen aus Tazacorte?« fragte der Leutnant. Er hatte seinen Stuhl zurückgeschoben und seine in Stiefeln steckenden Beine übereinandergeschlagen auf dem Schreibtisch liegen. In dieser Haltung, mit leicht nach hinten geneigtem Kopf, rauchte er eine Zigarre.

Pepe Gonzales, der soeben hereingekommen war, zog sich einen Stuhl heran und ließ seinen massigen Körper mit einem Stöhnen darin nieder. »Also, die schließen inzwischen einen Unfall aus. Der Junge muß in voller Absicht, sich umzubringen, über die Mole gerast sein. Er stammt übrigens aus El Jesús. Die Familie will an Selbstmord nicht glauben. Für sie war es ein Unfall. Es sind darüber hinaus auch schon Gerüchte aufgetaucht.«

»Welche denn?«

»Daß an der Bremse des Mopeds manipuliert worden sei. Aber das läßt sich nicht mehr klären. Von dem Ding ist ja kaum etwas übriggeblieben. Wahrscheinlich war es also tatsächlich ein Selbstmord.«

»Hm.« Der Leutnant blies eine gewaltige Qualmwolke in Richtung des Deckenventilators, wo der Rauch heftig in Bewegung kam und sich spiralförmig in der ganzen Amtsstube verteilte.

»Aurelio ...«

»Ja?«

»Ich möchte dir eine Frage stellen, die mich den ganzen Tag über bereits bedrückt: Du weißt, daß El Jesús dicht bei Puntagorda liegt. Könnte da nicht ein Zusammenhang bestehen?«

»Womit?«

»Nun, mit der Schwarzen Messe neulich.«

»Wie kommst du denn darauf?«

»Es ist nur so eine Idee, mehr ein Gefühl«, druckste Pepe Gonzales herum, wobei seine Augäpfel wieder einmal bedrohlich nach vorn traten. »Also, da könnte es doch einen Zusammenhang geben. Nehmen wir mal an, der Junge war an der Schwarzen Messe beteiligt. Wer weiß, welche schlimmen Dinge da in der Kirche passiert sind. Und dann bekam er Gewissensbisse, fühlte sich schuldig ...«

Der Leutnant schnalzte mit der Zunge, wie man etwa auf ein störrisches Maultier beruhigend einzuwirken versucht. »Die Phantasie geht wieder mal mit dir durch, Pepe, du siehst Gespenster.«

Aber Pepe mochte sich gar nicht beruhigen. »Es passieren in letzter Zeit so merkwürdige Dinge auf der Insel«, sagte er, »Sachen, die mysteriös und verworren sind. Was ist nur los?«

»Gar nichts ist los, Pepe«, antwortete der Leutnant, »du redest dir da was ein. Aber glaub mir, das läßt sich alles ganz einfach und logisch erklären.«

Im gleichen Moment klingelte das Telefon. Pepe Gonzales nahm ab und reichte den Hörer weiter. »Es ist für dich«, sagte er.

»Sí«, sagte der Leutnant in den Hörer, »sí, sí, ich verstehe.«

Er stieß mit Schwung den Stuhl zurück, um die Füße vom Schreibtisch zu bekommen. »Sí, sí, claro«, schrie er erneut in den Hörer hinein, nickte mehrmals und knallte ihn schließlich auf die Gabel.

Pepe Gonzales beobachtete erschrocken das sich verändernde Mienenspiel seines Vorgesetzten.

»Da haben wir den Salat«, sagte der Leutnant düster. »Ein weiterer Selbstmord ... Diesmal mit Gift und dummerweise in unserem Bezirk. Hilft alles nichts, wir müssen gleich hin und ermitteln ...«

2
Heiße Spuren

Am folgenden Tag fuhr Frank Richter ziemlich früh morgens nach Argual und suchte die Bar »Tanausu« auf. Wie stets lungerten dort ein paar Männer herum. Drei saßen am Tisch und spielten Karten. Vor dem Tresen aber hockte Chano und machte den Eindruck, als habe er nur auf Franks Eintreffen gewartet.

»Hola, qué tal?« rief er strahlend. Das übliche Schulterklopfen. Frank Richter erklomm einen Hocker und bestellte Kaffee, für Chano den erwarteten Cognac dazu.

»Oh«, sagte er und lehnte dankend die Zigarette ab, die Chano ihm anbot, »ich denke noch immer über den Vulkanteufel nach, die Geschichte läßt mich einfach nicht los. Aber weißt du, es kommt mir vor wie am Strand: überall Sand, Sand, Sand. Es ist wie Treibsand, verstehst du? Man greift mit der Hand hinein und läßt es durch die Finger rieseln, und es rieselt durch, und nichts bleibt hängen. Keine Steine, kein Gold, einfach nichts.«

»Gold?« wiederholte Chano. »Comprendo.«

»Nein, kein echtes Gold, es war nur ein Sinnbild«, sagte Frank Richter. Er schlürfte den süßen, heißen Kaffee aus dem winzigen Glas. »Chano . . .«

»Sí, Señor.«

»Chano, ich brauche nochmals deine Hilfe. Ich komme einfach nicht weiter. Ich glaube, du mußt mich zu Don Bernardo führen.«

»Claro«, sagte Chano, »ningún problema.«

Frank Richter legte einen Schein auf den Tresen. Chano sträubte sich wie letztes Mal, das Geld anzunehmen, bis Frank ärgerlich sagte: »Nun nimm es schon, Mann, es ist völlig in Ordnung.«

Widerstrebend steckte Chano den Schein in seine Hosentasche.

»Gut, wollen wir fahren?« fragte Frank Richter.

»Sí, sí«, sagte Chano, »vamos.«

Die Fahrt geriet fast zur Inselrundreise. Aus Los Llanos hinüber über La Laguna nach Las Manchas, wo bei einem Vulkanausbruch vor 30 Jahren gewaltige Lavamassen beinahe den ganzen Ort unter sich begraben hatten, und von dort die Straße nach Süden weiter in Richtung Fuencaliente. Es war hier ähnlich einsam wie im Nordwesten der Insel, nur um einige Grade wärmer. Trockener Kiefernwald und lavabedeckte Hänge wechselten sich ab. Dazwischen wuchs Wein, der süße, schwere Malvasia, der in kühlen Berghöhlen gelagert wird.

Kurz vor Fuencaliente gab es an der Straße einen ausgebauten Parkplatz, der als Aussichtspunkt diente. Von hier aus konnte man über die gesamte Südspitze der Insel blicken. Etwa 700, 800 Meter tiefer zog sich ein breiter grüner Gürtel aus Bananenplantagen die Küste entlang. Dazwischen lagen die weißen Flecken der Häuser von Las Indias und Los Quemados. Links davon ragten die Kegel der zuletzt ausgebrochenen Vulkane San Antonio und Teneguia auf. Eine breite Lavaspur erstreckte sich hinab bis zum Meer und hatte aus der Gegend »Malpais«, schlechtes Land, gemacht.

»Da drüben liegt die Insel Hierro«, sagte Chano und deutete mit der Hand unbestimmt über das Meer. Es war nichts zu sehen. Weiße, wie Eisberge aufgetürmte Passatwolken versperrten die Sicht. »Und dort, wo der schwarze Vulkan ist, hat es früher eine heiße Quelle gegeben. Fuencaliente. Davon hat der Ort seinen Namen.«

Sie fuhren aber nicht weiter bis zum Pueblo, sondern bogen vorher rechterhand ab. Die Straße wand sich mit starkem Gefälle, in halsbrecherischen Haarnadelkurven, abwärts, in die Bananenplantagen hinein. Kurz vor dem Flecken Las Indias ging es dann eine schmale Schotterpiste durch Weinhänge hindurch. Dicht an den Boden gepreßt rankten sich die jungen Sprößlinge über die Lavaerde hinweg.

Die Piste endete abrupt an einem zerfallenen Haus. Hier mußten sie den Wagen stehenlassen und die restliche Wegstrecke zu Fuß durch Geröll und wuchernden Kaktus-Urwald zurücklegen. Schließlich stießen sie auf eine Mulde, in der, durch Gestrüpp und schattenspendende Eukalyptusbäume fast verdeckt, ein winziges Häuschen stand. Obwohl es sicherlich alt war und das Dach ein wenig windschief aussah, wirkte es gepflegt und liebevoll restauriert. Vor der Tür blieb Chano stehen und klatschte in die Hände, um sich bemerkbar zu machen. Nicht aus dem Haus, sondern seitlich aus dem Buschwerk heraus tönte eine Stimme, und als sie die Köpfe drehten, sahen sie von dort Don Bernardo herankommen. Er mußte uralt sein, schlohweiß war sein Bart, und den Sombrero hatte er tief in die Stirn gezogen. Aber erstaunlicherweise ging er nicht gebeugt, sondern behende wie ein junger Mann.

Als er näher heran war, bemerkte Frank Richter, daß er staubige, völlig zerrissene Kleidung trug. Hose und Hemd waren an vielen Stellen geflickt und wiesen Löcher auf, deren Ränder dermaßen ausgefranst waren, daß sie sich nicht mehr zusammennähen ließen. An den Füßen trug er Sandalen und am Gürtel wie die meisten Einheimischen das lange, machetenartige Messer.

Er hob den Kopf und musterte seine Besucher. Braun, runzelig, verbittert war sein Gesicht. Wie ein alter, von den Gezeiten geschliffener Stein sah er aus. Nur die hellen blauen Augen strahlten jung daraus hervor. Er war Frank Richter auf Anhieb sympathisch.

»Hola, Chano«, sagte er, lächelte ihm vertraut zu und wandte sich danach an Frank.

»Frank Richter«, stellte Chano vor, »ein Alemán, einer, der Bücher liest und schreibt und andauernd Fragen stellt, muy inteligente ... und das ist Don Bernardo, das Genie der Insel.«

Don Bernardo lachte, daß seine weißen Zähne aufblitzten. Überraschenderweise war sein Gebiß noch vollständig erhalten, keine einzige Lücke verunstaltete seinen Mund. »Fein«, antwortete er auf deutsch und streckte Frank Richter die offene Hand entgegen, »dann kann ich mal wieder in der Sprache reden, in der ich studiert habe.«

Frank Richter schüttelte seine Hand. Sie besaß einen festen, energischen Druck.

»Sind Sie Deutscher?«

»Nein«, sagte Don Bernardo, »ich rechne mich keiner Nationalität mehr zu, staatenlos nennt man das, glaube ich. Aber ich habe in Heidelberg studiert und in Tübingen auch ein bißchen. Ist lange her. Vor dem Krieg, dem letzten großen Schlachtfest, das die Menschheit veranstaltet hat. Aber der Tag ist viel zu schön, um ihn dadurch zu trüben, daß wir über die Dummheit der Menschen reden. Laßt uns ins Haus gehen. Ich habe einen Krug selbstgekelterten Wein da. Ist gut für trockene Kehlen.«

Frank Richter und Chano folgten dem Alten. Die Tür war so niedrig, daß sie sich bücken mußten. Aber im Innern, von dicken Bruchsteinmauern umgeben, war es angenehm kühl. Wie bei einem Eremiten zu erwarten, wies die Behausung fast kein Mobiliar auf. Eine steinerne Eckbank und ein Tisch aus grobem Fundholz waren die einzigen Einrichtungsgegenstände. In einer Ecke, zwischen Vorratssäcken und Kisten, lag ein Berg staubiger Bücher.

Der Alte mußte hohes Ansehen genießen, denn Chano behandelte ihn mit deutlichem Respekt. Er setzte sich erst, als er dazu aufgefordert wurde, und ließ ausnahmsweise auch mal seine stinkenden Zigaretten im Hemd stecken. Wahrscheinlich mochte der Alte keinen Tabakrauch.

Don Bernardo schlurfte in die dunkle Nebenkammer und kam mit einem Tonkrug und Bechern zurück. Jeder der drei Becher war anders verziert, und er stellte sie bedächtig auf den Tisch, so als wäge er ab, welcher wohin gehörte.

»Um was geht es – Medizin, Astrologie, Geschichte, Philosophie, ist etwas auf der Insel passiert, von dem ich nichts weiß, ein Unfall vielleicht?« begann er das Gespräch.

»Ja, es sind Unfälle passiert und ein paar andere, merkwürdige Dinge, die wir uns nicht erklären können...«, sagte Frank Richter, der Dr. Bartneck und Henning Schneider in dieses »wir« einbezog. Sie waren in letzter Zeit so oft beisammen gewesen, daß sie sich inzwischen schon als Team fühlten. »Aber darum geht es im Augenblick nicht, jedenfalls nicht vorrangig. Was mich momentan am meisten interessiert, sind die Ureinwohner, die Guanchen und ihre Bräuche.«

Chano hatte sich zurückgelehnt und genoß mit geschlossenen Augen den Wein. Nach kurzer Zeit bereits schien er eingeschlafen zu sein. Sein Kopf hing auf der Brust, er atmete ruhig und gleichmäßig.

»Ein weites Thema«, sagte Don Bernardo, »ein Tag, eine Woche, ein Leben reichen nicht aus, um allen Aspekten, die interessant sind, gerecht zu werden. Gibt es etwas Besonderes, was Sie von mir erfahren möchten?«

»Hm.« Frank Richter rieb sich nachdenklich das Kinn. Wie sollte er nur beginnen? »Ich habe inzwischen einige Bücher darüber gelesen, die mir zum Teil sehr widersprüchlich in ihren Aussagen erscheinen. Und es sind eben bloß Bücher, das heißt, sie geben keine Antworten auf meine Fragen. Also frage ich Sie jetzt einfach mal direkt: Was wissen Sie über den Diablo volcánico, das Wort ›vacaguare‹ und die Beziehung zu dem Ritual, das der Vulkanteufel auf der Fiesta von Tijarafe vollzieht? Was hat das Ganze mit den Guanchen zu tun? Viele Fragen auf einmal, nicht wahr?«

»Nur wenn man den Zusammenhang nicht sieht«, sagte Don Bernardo bedächtig. Er sprach langsam und betont und gab jedem Wort eine besondere Färbung, die es heraushob und wichtig werden ließ. »Wer das Zusammenwirken von Mond und Sternen, dem Wasser und der Strömung des Windes nicht kennt, der muß die Welt für ein durch und durch sonderbares Theaterstück halten, in dem jeder und jedes scheinbar ohne Regieanweisung Auftritte hat, die in der Summe verwirrend und sinnlos wirken. Dabei hat alles seine Ordnung, ist sauber und klar gefügt und läßt sich lesen wie ein offenes Buch.«

»Leider haben die Guanchen aber keine schriftlichen Aufzeichnungen hinterlassen«, warf Frank Richter ein, »sonst wäre vieles einfacher zu verstehen.«

Don Bernardo lachte mit blitzenden Augen. »Keine schriftlichen Aufzeichnungen?« sagte er. »Keine Schrift? Haben Sie denn noch nicht ihre Felsgravuren gesehen?«

»Doch, ich war mit einem Forscher unterwegs in der Schlucht von Buraca und bei Zarza und Zarzita an der Dornbuschquelle.«

Don Bernardo nickte überrascht. »So, in Zarzita ... alle Achtung, daß Sie das gefunden haben, das ist ein Ort, von dem nur wenige wissen. Nun, da haben Sie doch gesehen, daß die Guanchen eine Schrift besaßen. Mehr als das sogar, meine ich. Nur sind ihre Zeichen, die Petroglyphen, keine Buchstaben und Worte, wie wir sie kennen. Es sind verdichtete Sinnzeichen, Mandalas, könnte man sagen. Und sie haben diese Zeichen sorgfältig gesetzt, nicht auf Papier und Wände geschmiert, wie wir das heute tun. Der heutige Mensch neigt nun einmal dazu, sein spärliches Wissen ständig aus sich herauszuschreien. Die Guanchen waren da anders. Sie haben überlegt gehandelt, um den Zauber, der in den Zeichen ruht, wirken zu lassen. Sie wußten noch, daß Sprache Magie ist, die Schlechtes bewirken kann, wenn sie in falsche Hände gerät, und haben von daher manches lieber verhüllt und verschwiegen, statt es leichtfertig dem Unwissenden preiszugeben.« Er schwieg, um die Worte wirken zu lassen, und betrachtete dabei das Gesicht seines Zuhörers.

Frank Richter dachte nach und mußte dem alten Mann

recht geben. Was er in Zarzita gesehen hatte, als die Bilder wie Spukgestalten unter Bartnecks kundiger Hand aus der roten Erde erwuchsen, das war schon eindrucksvoll gewesen. Eine magische Botschaft für Eingeweihte mußte das sein. Er aber, Frank Richter, hatte nur darüber gestaunt und wenig von ihrem Sinn verstanden. »Verhält sich das auch beim Kult um den Diablo so?« fragte er.

»Ja«, antwortete Don Bernardo schlicht, »mit dem Diablo volcánico ist es genauso.«

Er schwieg eine Zeitlang. Gedämpft drangen die Geräusche der Außenwelt zu ihnen herein. Chano lag jetzt zusammengerollt auf der Bank und schnarchte leise.

Don Bernardo deutete auf ihn. »Wie ein Hund«, sagte er lächelnd. »Er ist auch ein Hund, er besitzt die Seele dieser Tiere. Ein treuer Bote ist er.«

Frank Richter wußte nicht genau, ob diese Bemerkung ernst gemeint war oder nur als Sinnbild dienen sollte. Aber wie ein Hund sah Chano schon aus, ein friedlich schlummerndes Tier, das in der Höhle seines Herrn den Schlaf der Gerechten schlief.

Don Bernardo saß regungslos da. Es schien, als horche er in sich hinein. Nach einer Phase des Schweigens sagte er: »Ja, das ist eine lange Geschichte. Ich weiß nicht, ob Sie wirklich so viel Interesse daran haben.«

»Ich bin noch nie so gespannt gewesen«, erwiderte Frank Richter mit ehrlicher Neugier. »Überall nannte man Ihren Namen und riet mir, Sie zu fragen. Sie scheinen ja wahrhaftig in jedem Winkel der Insel bekannt zu sein. Selbst der Legionär von Buraca bezeichnete Sie als einen seiner wenigen echten Freunde.«

Don Bernardo blickte überrascht auf. »Sie haben ihn getroffen, er hat sogar mit Ihnen gesprochen? Das ist in der Tat ungewöhnlich!«

»Wir haben nicht viel geredet.«

»Der Legionär ist ein ganz und gar ungewöhnlicher Mensch, er ... Ach, lassen wir das, es führt im Moment vom

Thema ab.« Don Bernardo musterte seinen Gast aufmerksam, dann nickte er. »Gut«, sagte er, »Sie wollen also etwas über den Vulkanteufel erfahren. Doch wo fängt es an, wo hört die Sache auf? Es handelt sich wirklich um eine lange, verzwickte Geschichte.«

»Betrachten wir zunächst einmal die Gesellschaftsordnung der Guanchen«, sagte Don Bernardo. »Die alten Chroniken berichten davon, daß es drei Klassen gab: das einfache Volk, das heißt, die Hirten und Bauern, dann die Adligen und schließlich die Priester und Priesterinnen, an deren Spitze der Mencey, der König, stand. Der Adel wurde weder durch das Alter der Familie noch durch Ehrengrade oder Reichtümer, die mächtigen Verderberinnen ehrenwerter Tugenden, bestimmt. Der Adel war also nicht erblich, sondern jeder konnte durch seine eigenen Tugenden adelig sein, indem er Kennzeichen öffentlicher und privater Tugenden von den ersten Lebensjahren an zeigte, sagt Leonardo Torriani, der ein zuverlässiger Chronist war und über diese Dinge eine interessante Schrift verfaßt hat.

Wer also adelig sein wollte, ließ sich schon als Knabe die Haare lang wachsen, ging weder mit gemeinen Menschen noch solchen von gemeinen Verrichtungen um, sondern wahrte in jeder Handlung die Haltung des Adels, der Tugend, der Großmut, Barmherzigkeit, Freigiebigkeit und Tapferkeit.

Wenn davon beim Faicagh, dem richtenden Priester, der dafür zuständig war, Bericht erstattet worden war, wie auch davon, daß eine solche Person niemals im Frieden Vieh geraubt noch Orte zum Viehschlachten, die bei ihnen als besonders verabscheuungswürdig galten, betreten habe, wurden ihm von Faicagh die Haare gleichmäßig unter den Ohren abgeschnitten. An diesem Zeichen wurde er als adelig erkannt, zum Unterschied von den Gemeinen, die entweder den Kopf völlig geschoren trugen oder von struppigen Locken bedeckt, ungefähr wie bei dem da, unserem Chano.«

Don Bernardo nahm einen kräftigen Schluck aus dem Becher und fuhr fort: »Unter den Adligen gab es eine natürliche Rangfolge, die ihrem Mut, ihrer Tapferkeit und ihrer Klugheit entsprach. Auf diese Weise wurde der jeweils Beste eines Stammes zum Mencey erkoren.

Wir müssen uns vor Augen halten, daß die Guanchen beileibe keine primitiven Steinzeitmenschen waren, wie es immer wieder fälschlicherweise in den Büchern steht, sondern vielmehr einfache, aber auf ihre Art gebildete Menschen, die mit der Natur und den gesetzmäßigen Vorgängen darin weitgehend in Einklang standen.

Da der Mencey die Geschicke des Stammes lenkte und für dessen Wohlergehen verantwortlich war, mußte er auch die Heilige Hochzeit mit dem Land vollziehen. Das heißt, er kam zu einem eigens dafür errechneten Zeitpunkt, der der Fruchtbarkeitsphase in der Landwirtschaft entspricht, also etwa bei Vollmond, mit einer Harimaguada, einer Priesterin, die die Weihen empfangen hatte, zusammen und zeugte mit ihr ein Kind. Meist heiratete der Mencey diese Harimaguada auch, und sie stand ihm als Frau und weise Beraterin ein Leben lang zur Seite. Ein Mencey war mächtig, sein Wort galt als Gesetz. Aber er hatte auch Pflichten. Kam ein Notstand, eine Katastrophe über den Stamm, so hatte er für Abhilfe zu sorgen. Gelang ihm das nicht, so stand er nicht mehr im Einklang mit dem Land und mußte freiwillig aus dem Leben scheiden, um die große Göttin wieder zu versöhnen und den Mißstand aus der Welt zu schaffen. Die Formel, die seinen Freitod ankündigte, war ›vacaguare‹, ich möchte sterben.

Er war dem Land durch die Heilige Hochzeit verpflichtet und brachte sich selbst als Opfer dafür, wenn es erforderlich war. Es gab nachweislich viele Beispiele für solche Opfergänge. Tanausu, der Mencey von Aceró, hat sich als Gefangener auf dem Schiff der Spanier geopfert. Nach der letzten Schlacht gegen die siegreichen Spanier umarmten sich Bentegui und Faican, die Menceys von Gran Canaria, angesichts des Untergangs ihres Volkes und sprangen zusammen in eine Schlucht. Auf Teneriffa hat der edle Mencey Bentor Gleiches getan, nachdem er mit seinen überlebenden Kriegern in den oberen Teil seines Königreichs geflüchtet war und erkennen mußte, daß alle Hoffnung auf Rettung für sein Volk schwand. Und es lassen sich noch weitere Beispiele dieser Art finden.«

Frank Richter hatte gebannt den Worten des Eremiten gelauscht. Ein wenig tat der starke Wein seine Wirkung, sein Körper war wohlig schwer, doch sein Kopf war erstaunlich klar. Er sog jeden Satz des Alten auf wie ein Schwamm. »Auch der junge Mann, der vor drei Jahren in Tijarafe die Rolle des Diablo volcánico übernahm, soll zuvor ›vacaguare‹ gerufen haben«, sagte er.

Don Bernardo hob abwehrend die Hand. »Langsam, langsam, warten wir's ab«, beschwichtigte er. »Eine andere Tatsache ist die, daß La Palma wie alle Kanarischen Inseln vulkanischen Ursprungs ist.«

»Das habe ich gemerkt, es ist unübersehbar«, sagte Frank Richter und bereute sofort seine vorlaute Bemerkung.

Don Bernardo ging souverän darüber hinweg. »Die Menschen hier haben immer mit den Vulkanen und ihren Ausbrüchen gelebt. Lange bevor man die Radioaktivität des Lavasandes wissenschaftlich untersuchen und messen konnte, wußten sie, welche heilende und lebensspendende Energie im Schoß der Erde schlummert. Sie wußten aber auch, daß in den Kraterschlünden eine tödliche Gefahr lauert, die gnadenlos alles vernichten kann. Es ist also verständlich, daß sie die Dämonen und schädlichen Kräfte ins Zentrum des Vulkankessels verbannten«, fuhr Don Bernardo fort. »Guayote war die böse Gottheit, der Gegenspieler von Abora, der guten Kraft, und die Guanchen stellten sich vor, daß er in der Unterwelt hauste, von wo aus er gelegentlich durch die glühenden Vulkanschlünde in die von Menschen, Tieren und Pflanzen bewohnte Oberwelt vorstieß, um sich an ihnen schadlos zu halten.

Die Guanchen kannten nur eine Furcht: daß der böse Geist, der Guayote, wach werden aus den dampfenden Bergen, sich erheben und sengend und brennend über die Menschen kommen könnte. Vor seinem Zorn hatten sie Angst, denn mehr als einmal hatten sie ja erlebt, zu welchen gewaltigen Ausbrüchen er fähig war. Da sprangen Berge unter Donnergetöse hoch in die Luft, da zitterte der Himmel und bebte der Boden vor seinem schrecklichen Gebrüll. Da floß Feuer von den Bergen herab, rotglühender, kochender Erdbrei, der nicht aufzuhalten war und der alles unfruchtbar werden ließ, was er berührte. Und dann die gewaltigen Wolken an Rauch, die der Geist ausspie, beißender Rauch, mit Asche gemischt, der die Sonne fraß und die Tage zu finsterer Nacht werden ließ.

Flucht gab es da nur, Flucht und Vergessen. Flucht war angezeigt, wenn es bestimmte Vorzeichen gab, wenn das Abendrot beispielsweise zu violett geriet, der Himmel verräterisch blauschwarz war und die Rücken der Berge sich zu schütteln begannen wie Tiere, die aus tiefem Schlaf erwachen. Flüchten mußte man, wenn die erste Lava kam, und notfalls alles zurücklassen, was einem lieb und teuer gewesen war.

Aber die meiste Zeit über herrschte bei den Menschen Vergessen. Sie vergaßen erstaunlich schnell. Nur so war es zu erklären, daß sie sich den Bergen bald wieder näherten, kaum daß ihr Knurren verklungen war. Wo Lava geflossen war, errichteten sie erneut ihre Hütten und rangen dem Boden etwas Fruchtbares ab. Sie lebten gern in der Nähe der Vulkane und schworen darauf, daß von ihnen heilende Strahlen ausgingen, die gut für Gesundheit und Wachstum seien.

Nun hatte ein oberster Mencey von Benahoare, sein Name wurde leider nicht überliefert, einst in grauer Vorzeit einen Vertrag mit dem bösen Geist der dampfenden Berge geschlossen. Das ganze Jahr über, zu bestimmten Tagen, brachte der Mencey ihm Opfer dar. Ferner durfte der Geist einmal im Jahr unter die Menschen fahren, um sie tüchtig zu jagen und zu erschrecken. Den Körper eines Jünglings, der mutig genug war, sich freiwillig zur Verfügung zu stellen, wählte er als Hülle für sich aus und trieb auf diese Weise verkleidet seinen Schabernack mit den Leuten. Blitze, Funken und sprühendes Feuer verteilte er um sich, und es war ihm egal, ob einer dabei zu Schaden kam oder nicht. Selbst Hausbrände waren nicht auszuschließen, wenn nicht genügend aufgepaßt wurde. Auch die Seelen der Jünglinge, für die es eine außerordentliche Belastung und Anstrengung war, ihre Körper in den Dienst des Dämons zu stellen, interessierten ihn wenig, und es soll welche gegeben haben, die die wilde Jagd nicht mit heilem Geist überstanden.

Die Gegenleistung, die der Geist der dampfenden Berge dafür bot, war Frieden mit den Menschen.

Im Laufe der Zeit verschob sich der eigentliche Sinn des Treibens immer mehr. Eine Art Opfergang wurde es für die jungen Leute, die glaubten, mit ihrer freiwilligen Pflicht, dem Einsatz ihres Lebens, würden sie den bösen Dämon, der in den Bergen hauste, freundlich stimmen, ja möglicherweise sogar Vulkanausbrüche verhindern. Wie auch immer. Solange es in Tijarafe junge Männer gab, die bereit waren, einmal im Jahr dem Dämon zu dienen, verschonte er die übrigen auch.«

Don Bernardo verstummte für eine Weile, während der er aufstand und schweigend durch den Raum ging. Frank Richter wagte nicht, ihn anzusprechen, als hätte er Angst, dadurch den Zauber zu brechen. Und ein verzauberter Ort war diese Hütte ganz ohne Zweifel.

Nun kam Don Bernardo zurück und schenkte frischen Wein in ihre Becher. »Es ist ein Märchen, eine Legende aus uralten Zeiten«, nahm er den Erzählfaden wieder auf, »aber ich glaube, sie besitzt viel Wahrheitsgehalt. Inzwischen hat die christliche Kirche mit ihrer eigenen Kultur viel überdeckt von dem, was einmal für die Menschen von Wichtigkeit war. Das, mein Freund, scheint mir die wahre Geschichte des Diablo volcánico zu sein.«

Don Bernardo schwieg, und noch lange schwang seine Stimme im Raum nach.

»Dann ... war der Tod des jungen Mannes vor drei Jahren ein Opfergang, um einen bevorstehenden Vulkanausbruch zu verhindern?« fragte Frank schließlich.

»Höchstwahrscheinlich«, antwortete Don Bernardo. »Aber darüber steht im Polizeibericht sicherlich nichts, und kaum einer wird diesen Zusammenhang herstellen. Für mich ist es indes sonnenklar, obgleich ich selber nicht auf der Fiesta war und meine Kenntnisse der damaligen Ereignisse lediglich von den Berichten der Leute stammen. Der Mann hat ›vacaguare!‹ gerufen, und er starb, weil es sein mußte. Das hatte wenig mit ihm zu tun oder dem Willen der Leute – es leben ja da oben noch immer welche vom Stamm –, sondern einzig und allein mit dem Geist des Guayote. Oder sagen wir besser: Es war gut so, daß er starb, wer weiß, was sonst passiert wäre und wie viele Menschen bei einem eventuellen Vulkanausbruch, mit dem übrigens heute niemand mehr rechnet, ums Leben gekommen wären.«

»Wie ... habe ich richtig verstanden: Es leben noch immer welche vom Stamm?« wiederholte Frank Richter konsterniert.

Der Alte verzog das Gesicht zu einem listigen Lächeln. »Ja«, sagte er, »eine ganze Menge sogar, da oben in den Bergen bei Tijarafe und in den Höhlen der Caldera.«

»Das kann doch nicht wahr sein«, sagte Frank fassungslos. »Die Spanier haben vor 500 Jahren gesiegt, das Land völlig umgekrempelt. La Palma ist heute eine moderne Urlaubsinsel ...«

»Eine Insel am Rande der bekannten Welt«, widersprach Don Bernardo mit fester Stimme. »Mit Fernsehen, Autos, Supermärkten und westlicher Zivilisation. Und dennoch ist das Eis über dem Wasser sehr dünn – um mal einen Vergleich aus Deutschland heranzuziehen. Es leben hier noch viele Menschen in Höhlen ohne Fernsehen und Licht, ohne Schulausbildung, ja sogar ohne Papiere. Leben als Ziegenhirten und Einsiedler wie vor 500 Jahren, nach den alten Gesetzen und Ritualen, zurückgezogen in den Bergen. Wo der Sturm nicht hinbläst, kann er auch nichts zerstören, sagt ein Sprichwort bei uns. Es sind die Reste des Alten Volkes, und manchmal kommen sie aus ihren Verstecken und mischen sich unauffällig unter das moderne Leben. In den Dörfern, selbst auf dem Mercado von Los Llanos kann man sie mitunter sehen: die Rubios, die Blonden, die zum ältesten Stamm gehören, und die Dunklen, kraushaarigen, die ihnen dienen.«

Unwillkürlich hatte Frank Richter den Blick zum schlafenden Chano gewandt. Als er wieder Don Bernardo ansah, bemerkte er ein schelmisches Lächeln in dessen Augen.

»Ja«, sagte der Eremit, »auch er ist einer vom Alten Volk. Seine Familie ist zwar irgendwann runter in die Baracken von Argual gezogen, um dort in den Plantagen zu arbeiten, aber er hat begriffen, daß er nicht wirklich dorthin gehört. Er pendelt sozusagen zwischen den Welten.«

Frank Richter schwirrte der Kopf. Es war ein bißchen viel, all das zu glauben, was ihm der Alte da erzählte. Er verspürte plötzlich ein starkes Bedürfnis nach Stadt, nach Leben, nach Zivilisation. Los Llanos, ja, Los Llanos mit seinen Bars und Geschäften, mit den Autos und vielen Menschen, wäre jetzt genau das Richtige. Flanieren und vielleicht Bekannte treffen und über irgend etwas Belangloses, ganz und gar Normales reden. Nur nicht mehr über Guanchen, Götter, Vulkane und Teufel.

Don Bernardo mußte seine Gedanken erraten haben. »Machen Sie einfach, wozu Sie Lust haben, mein Freund, wenn Sie jetzt auf der Stelle zurückfahren wollen, nehme ich Ihnen das keineswegs übel. Ich habe sowieso viel zu lange geredet und meine Arbeit im Campus dabei liegengelassen. Ich muß mich nun sputen. Wir sehen uns bestimmt bald einmal wieder.« So verabschiedeten sie sich.

Das Haus, zu dem sie gerufen worden waren, lag inmitten einer Plantage links von der Straße nach Puntagorda. Soviel war bekannt: Die Rodriguez hatten vor ein paar Jahren von Bananen auf Avocados umgestellt, in der Hoffnung, damit mehr verdienen zu können. Das stimmte ja im Prinzip auch, doch junge Avocadobäume brauchen lange, bis sie so viele Früchte tragen, daß sich eine Großvermarktung lohnt. Also zahlten sich die Investitionen in neue Terrassen, reparierte Mauern, Erdarbeiten, Berieselungstechnik und dergleichen noch nicht aus. Aber sich deshalb gleich umbringen? Unwahrscheinlich!

Inmitten des Chaos hatte Leutnant Aurelio große Mühe, eine anständige Untersuchung durchzuführen. Zu viele Leute liefen herum, Familienangehörige, Nachbarn, Fremde. Wichtige Spuren waren bereits beseitigt worden. Das reinste Irrenhaus!

Er brauchte ziemlich lange, um von jemandem überhaupt eine halbwegs zuverlässige Aussage zu bekommen.

Juan, der ältere der beiden Söhne der Rodriguez, war tot in der Garage aufgefunden worden, die als Geräteschuppen und Lagerraum diente. Neben ihm habe ein Päckchen Pflanzenschutzmittel gelegen, dessen Inhalt er allem Anschein nach zu sich genommen hatte. Das Zeug wirkt grausam, es verbrennt den Magen von innen und führt zu einem ziemlich qualvollen Ende. Entsprechend sah die Leiche aus, verdrehte Arme und Beine, verzerrtes Gesicht mit weit aufgerissenen Augen, erbrochener Schaum vor dem Mund.

Ein besonderer Anlaß für die Tat war nicht zu erkennen. Es hatte zwar wenige Tage zuvor einen Streit zwischen Vater und Sohn gegeben, der aber nicht heftiger als die sonst üblichen Auseinandersetzungen verlaufen war. Auch hatte der Junge keine Probleme mit Mädchen. Seine ebenfalls in Puntagorda wohnende Verlobte brach bei der Nachricht vom Tod ihres Zukünftigen hysterisch schreiend zusammen. Zwischen ihr und dem Toten hatte es keine Mißverständnisse oder Streit gegeben. Es ließ sich auch kein Grund für Eifersucht finden.

Wo aber lag die Ursache für den Entschluß, freiwillig aus dem Leben zu scheiden?

Leutnant Aurelio befragte den jüngeren Bruder des Verstorbenen. Da sich dieser aber verstockt und äußerst übelgelaunt äußerte, ergab das Gespräch wenig Neues. Zwischen den beiden Brüdern hatte stets bestes Einverständnis geherrscht. Ein Selbstmord ohne erkennbaren Grund also? So schien es, die Ermittlungen traten auf der Stelle.

»Also schreiben wir«, sagte der Leutnant zu Pepe Gonzales, »ohne Zweifel liegt Selbstmord vor. Ein Motiv dafür ist nicht zu erkennen.«

Pepe Gonzales atmete auf. »Was bin ich froh, daß wir hier endlich wegkönnen. Ist eine furchtbare Stimmung hier. Mir schlagen solche Sachen auf den Magen.«

»Die letzte Bemerkung hättest du dir ruhig schenken können«, meinte der Leutnant. »Aber im Prinzip hast du recht. Von mir aus können wir fahren und den genauen Bericht morgen im Büro abfassen.«

Sie kehrten dem Schauplatz den Rücken. Auf halber Strecke zu dem Polizeiposten hielten sie vor einer Bar und tranken auf die Schnelle zwei Flaschen Bier. Sie sprachen kein einziges Wort dabei.

Frank Richter fuhr nach Los Llanos, wo in der großen Avenida um diese Stunde immer erstaunlich viele Menschen unterwegs waren. Mit zunehmender Abendfrische wurden es noch mehr. Dann kamen sie zum Spazierengehen aus den Häusern, gingen die rechte Straßenseite hinauf bis zum Platz an der Kirche und links wieder zurück.

Er stellte den Wagen ab und mischte sich unters Volk. Unterwegs ging er in eine Bar, trank einen Milchkaffee, kaufte sich Zigaretten und verzehrte mit Heißhunger einen Bocadillo mit Tintenfischsalat.

Inzwischen war der Lärmpegel auf der Straße angewachsen. Vor dem Kirchplatz, wo es zwei Getränkekioske gab und mehrere Stühle, klang es bereits wie im Zentrum eines hektischen Bienenschwarms. Autos fuhren im Schrittempo vorbei, und die Fahrer brüllten den Sitzenden aus den offenen Seitenfenstern Begrüßungen zu. Der verkrüppelte Lotterieverkäufer, dessen Lose an Wäscheklammern vor der Hemdbrust flatterten, kündigte unverdrossen Hauptgewinne an. Fern und unsichtbar rackerte eine Planierraupe.

Frank schlenderte weiter, die Straße entlang, die in der Mitte von wuchtigen indischen Lorbeerbäumen geteilt wurde. Überall Männer, auf den Bänken, vor den Bars, in Grüppchen zusammenstehend und diskutierend, die klassische Machogesellschaft.

Schließlich schlenderte er zum Café »La Palma« hinüber. Ein Blick auf die Uhr zeigte, daß er pünktlich war. Doch Mercedes Alvarez war nirgends zu sehen. Er setzte sich an einen Tisch, von dem aus sich gut die Straße überblicken ließ, und wartete. Er mußte zugeben, daß er schon ein bißchen aufgeregt war. Und wenn sie nun nicht kam? Er bestellte zerstreut einen weiteren Milchkaffee und rauchte eine Zigarette. Nach einer endlosen halben Stunde endlich entdeckte er Mercedes. Sie trug ein rotes, enggeschnittenes Kleid. Leider kam sie nicht allein. Ein Pulk Mädchen, ebenfalls sorgfältig herausgeputzt, begleitete sie. Kurz vor dem Café aber trennte sich Mercedes von ihren Freundinnen. Es gab Gelächter und viele neckische Rufe hin und zurück, dann wandte sie sich um und kam an seinen Tisch.

Er stand auf und erfaßte bei der Begrüßung ihre Hand. Ihre Augen, diese wunderschönen Augen, strahlten ihn an.

»Na«, sagte sie, »wie war's bei Don Bernardo?«

»Enorm aufschlußreich«, antwortete er. »Der Mann ist wirklich ein Weiser, er hat mir erstaunliche Dinge erzählt.«

»Auch über den Vulkanteufel?«

»Ja, gerade über ihn. Eine tolle Geschichte. Ich weiß bloß nicht, ob ich das alles glauben soll.«

»Don Bernardo lügt nie«, sagte Mercedes. »Er ist das

lebende Gedächtnis der Insel, solche Leute findet man kaum noch. Was er sagt, hat meistens mehr Hand und Fuß als das, was in den Büchern steht.«

»Das mag schon sein. Trotzdem fällt es mir schwer, das alles zu akzeptieren«, antwortete er. »Wußtest du zum Beispiel, daß auf La Palma immer noch Guanchen leben sollen?«

»Ja«, sagte Mercedes zu seiner Verblüffung, »das ist kein Geheimnis. Besonders im Norden der Insel, in den kleinen, abgelegenen Dörfern, wo sich die Bevölkerung noch nicht so stark mit den Spaniern vermischt hat.«

»Und du?«

»Ich? Ich bin eine gute, gelungene Mischung«, lachte Mercedes. »Aber ich hoffe, daß du mit mir nicht den ganzen abend über die Ureinwohner diskutieren willst.«

»Okay«, sagte Frank Richter, »du hast natürlich recht. Dafür ist der Abend viel zu schön. Also, was machen wir?«

»Im Aridane-Kino läuft ein Film, den ich schon immer mal sehen wollte. Als er damals ins Kino kam, habe ich ihn aus irgendeinem Grund versäumt. Hast du Lust?«

»Klar«, sagte er, »gute Idee.«

»Er läuft allerdings in spanischer Fassung.« Sie lachte. »Wenn du nicht alles verstehst, kann ich dir übersetzen.«

»Es wird schon gehen«, sagte Frank, »so schwer zu verstehen wird die Handlung wohl nicht sein.«

Aber es war noch zu früh für den Einlaß. Das gab ihnen Gelegenheit, einen von diesen neuen, alkoholfreien Fruchtcocktails zu probieren, die in der Eisdiele nebenan jetzt angeboten wurden.

Nachher im Dunkel des Kinosaals fühlte sich Frank um Jahrzehnte zurückversetzt, als er mit leicht kribbelndem Gefühl im Bauch und klopfendem Herzen neben Mercedes saß. Sie duftete wieder nach diesem herb-würzigen Parfum, das so gut zu ihrem Typ paßte. Seit wir uns kennen, hat sie noch keine einzige Bemerkung über einen Freund fallengelassen, dachte er. Ein gutes Zeichen, wenn da was Ernstes wäre, hätte sie bestimmt mal eine Andeutung gemacht. Außerdem würde sie sich dann ganz anders zu ihm verhalten, das spürte er deutlich.

Seine weiteren Überlegungen wurden indessen nach einiger Zeit vom Handlungsverlauf auf der Leinwand abgelenkt. Der Film war wirklich gut, ein kleines Meisterwerk, und stellenweise ging die Geschichte an die Nieren. Auf den Nachbarplätzen wurden bereits die ersten Taschentücher gezückt, eine dicke Spanierin, die links neben ihm saß, schluchzte und mußte sich lautstark schneuzen. Die rührselige Story verfehlte auch bei ihm selbst und vor allem bei Mercedes nicht ihre Wirkung. Bei einem raschen Seitenblick wurde er gewahr, daß ihr die Tränen in den Augen standen.

Plötzlich fühlte er Mercedes' Hand in der seinen. Sie legte weinend ihren Kopf an seine Schulter. Er legte schützend den Arm um sie und hielt sie ganz fest.

Mein Gott, ich bin ja verliebt, durchzuckte es ihn. Staunend, fast ehrfürchtig genoß er die Wiederkehr des lang vermißten, dann beinahe vergessenen Gefühls.

Nach dem Film, wieder draußen auf der belebten Straße, waren sie beide etwas verlegen. Aber als sie weitergingen, behielt sie ihre Hand in der seinen. Es war wie Einverständnis, ein Versprechen ...

Irgend etwas stimmt mit der Insel nicht mehr, dachte Henning Schneider. Irgend etwas ist da aus dem Lot geraten. Er konnte nicht sagen, wann es angefangen hatte, sich an keinen genauen Zeitpunkt oder Vorfall erinnern. Aber jetzt, wo er immer öfter darüber nachsann, kam es ihm vor, als hätte alles schon viel früher begonnen. Er saß in der Halle seiner Pension und brütete vor sich hin.

Diese Häufung von ungeklärten Unfällen und Selbstmorden – das hatte es doch früher nicht gegeben, oder? Er mußte immer wieder an jenen Nachmittag im Hafen denken, als er neben Manolo gestanden und mitangesehen hatte, wie der Junge auf seinem Moped startete, auf der Mole losraste und gegen den Betonpfosten knallte. Ein schreckliches Bild, das ihn nicht mehr losließ und gelegentlich bis in die Träume hinein verfolgte. Genau wie das eklige Geräusch beim Aufprall ...

Dann diese Wandparolen, die nun immer öfter an die Mauern der Bananenplantagen gepinselt wurden. Manche von ihnen Signale deutlicher Ausländerfeindlichkeit, andere einfach bloß dumm. Und dann gab es welche, deren Sinn er überhaupt nicht verstand, die sogar Worte enthielten, die er nie zuvor gehört hatte und die auch in keinem Lexikon standen. Was mochte das bedeuten? Die ganze Sache wirkte nicht direkt bedrohlich, aber sie verunsicherte ihn.

Neulich zum Beispiel hatte er am alten Waschtrog neben der Straße nach El Paso folgenden Satz im Vorbeifahren gelesen: »Die Alte Welt wird vergehen!« Und ein krakeliges Zeichen unbekannter Herkunft daneben. Was sollte das nun wieder heißen? Waren da vielleicht Missionare einer neuen, unbekannten Sekte unterwegs?

Was er von Frank Richter und Dr. Bartneck über die Felsbilder der Ureinwohner gehört hatte, ebenso ihre Mutmaßungen zum Vulkanteufel, beunruhigte mehr, als es erklärte. Es konnte natürlich sein, daß das alles mit dem Phänomen der selektiven Wahrnehmung zu tun hatte und er die Welt inzwischen nur noch aus einem bestimmten Blickwinkel heraus sah und nicht mehr so, wie sie vielleicht in Wirklichkeit war. Durchaus möglich. Aber diese Erklärung half ihm auch nicht weiter.

Wenn es eine konkrete Bedrohung gewesen wäre, hätte sich Henning Schneider, ohne lange zu zögern, zur Wehr gesetzt. So war er eben. So hatte es immer geklappt, schon damals, als er den Entschluß faßte, Deutschland den Rücken zu kehren und sich hier auf der Insel eine neue Existenz zu schaffen. Allen Schwierigkeiten und behördlichen Einwänden zum Trotz hatte er seine Pension eröffnet, und er war noch heute einigermaßen stolz auf diesen Erfolg. Er schätzte sich selbst als realistisch und hartnäckig ein, stur in der Umsetzung seiner Ideen und nicht so leicht einzuschüchtern.

Aber genau diese Haltung hatte in letzter Zeit Schaden genommen. Er fühlte sich beeinträchtigt, reduziert, aus dem inneren Gleichgewicht geworfen, und das konnte weder mit dem Alter noch mit einer beginnenden Midlife-Krise zusammenhängen. Nein, das Gefühl der Bedrohung war diffus, es äußerte sich schubweise, war schwer einschätzbar, aber es nahm ständig an Stärke zu.

Henning mischte sich einen Rum mit Cola. Er lachte grimmig und vollführte mit dem Glas in der Hand eine Bewegung, als prostete er einem unsichtbaren Gegner zu. »Die Alte Welt wird vergehen . . .«, brummte er dabei, die alberne Wandparole vom Waschtrog in El Paso idiotischerweise auf sich selbst beziehend. »So ein Blödsinn, das werden wir ja noch sehen!«

Er blickte aufs Meer hinaus, das gleichmütig wie eh und je in der Sonne glitzerte.

»Vielleicht ist es auch bloß ein Inselkoller, der wie ein ansteckender Virus grassiert, vielleicht werden nur die Menschen langsam verrückt«, setzte er seine nachmittägliche Gedankenspielerei fort. Merkwürdig, wie schwer es ihm fiel, einen Entschluß zu fassen. Richtig träge fühlte er sich, zu schlaff zum Handeln und viel zu rasch bereit, durchaus notwendige Arbeiten liegenzulassen. Er preßte das Glas in seiner Rechten, bis die Fingerknöchel weiß hervortraten. »Nein, so geht das nicht weiter«, sagte er so laut, daß ein soeben in die Halle tretendes Lehrerpaar aus München erschrocken zusammenzuckte.

»Keine Bange, ich habe nicht Sie gemeint«, fühlte sich Henning Schneider angesichts der erstaunten Mienen zu erklären verpflichtet, »meine Aussage war mehr allgemeiner, theoretischer Art . . . Was empfinden Sie übrigens, wenn Sie einen solchen Satz hören: ›Die Alte Welt wird vergehen‹?«

»Ich stimme dem inhaltlich voll zu und halte das auch für

dringend erforderlich«, antwortete der Lehrer nach kurzem Nachdenken.

Henning Schneider entzog sich einem weiteren Gespräch, kopfschüttelnd verschwand er mit seinem Glas auf die Terrasse.

Den ganzen Tag hatte Hannes Wieland im Campus damit zugebracht, die vielen verstreut liegenden Terrassen abzuschreiten, um den Zustand der Bepflanzung zu überprüfen. An einigen Mauern stellte er Schäden fest; Steine waren herausgebrochen und weitere drohten nachzustürzen. Hier mußte also bald repariert werden, wenn er verhindern wollte, daß der nächste Regen wertvolle Erde fortschwemmte. Die Terrassen selbst hatte er vorwiegend in Trockenbauweise angelegt; über dem Mutterboden lag eine Schicht Lavagranulat, die Filterfunktion ausübte. Bei Regen konnte das Wasser leicht in den Boden einsickern, umgekehrt bildete das Granulat einen Schutzschirm gegen die Sonne und verhinderte so das Austrocknen des feuchten Bodens.

Das Verfahren war keineswegs neu, auf Lanzarote wurde es seit langem mit großem Erfolg eingesetzt. Hannes hielt es für eine zukunftsträchtige, ökologische und vor allem enorm wassersparende Methode. Wasser war ein viel zu kostbares Gut, um es in der Sonne verdampfen zu lassen, es wurde ständig teurer, zumal der Grundwasserspiegel drastisch sank. Bei den Obstbäumen spielte das eine geringere Rolle. Sie harkten sozusagen die Wolken ab, bezogen die Feuchtigkeit aus der Luft, wenn der Passat den Nachtnebel schickte, weshalb Äpfel, Birnen, Orangen, Zitronen, Wollmispelquitten und selbst Kiwifrüchte vorzüglich gediehen.

Das riesige Gelände, das an den Rand des Barrancos grenzte und weit hinauf bis beinahe zum Wald reichte, war spottbillig gewesen, was wohl vor allem daran lag, daß keiner der hiesigen Bauern mit sonderlich guten Bodenerträgen rechnete. Sie hatten gelacht, als Hannes ihnen damals von seinen Plänen erzählte, und Erfolg einfach nicht für möglich gehalten. Aber das Wunder war dennoch passiert. Hannes konnte zu Recht stolz auf seine Leistung sein. Das Konzept war simpel, aber es ging auf.

Natürlich mußte man die Bäume pflegen und hin und wieder systematisch veredeln. Damit kannte er sich aus. Selbst aus alten Mandelbäumen wuchsen nun junge Pfirsichtriebe, was die Alten von Garafia mit Mißtrauen und Verwunderung registrierten. Besonders stolz war Hannes auf seine Kiwizucht, die an schattigen Lagen besonders gut heranreifte. Die Früchte waren seit einiger Zeit in Mode gekommen und brachten gute Erträge.

Als Hannes den steilen Weg am Barranco hochkam und das Holztor öffnete, das zum üppig wuchernden Blumengarten des Hauses führte, kam ihm Marita mit einem Eimer entgegen. Es war Zeit, die Hühner zu füttern. Sie brauchte die Tiere nicht lange zu rufen, sie liefen ihr, da sie bereits darauf gewartet hatten, hinterher.

»Hast du einen guten Tag gehabt?« fragte er, indem er auf die Bank im Schatten der Hibiskushecke zusteuerte, wo er mit Vorliebe sein Pfeifchen rauchte und entspannt über das Grün der Terrassen hinweg das Meer betrachten konnte.

»Computerkram«, antwortete Marita, »das Übliche. Und du?« Sie kam mit dem leeren Eimer zurück und setzte sich zu ihrem Mann. »Soll ich Essen machen?«

»Gleich«, sagte Hannes, »laß uns noch ein bißchen den Blick genießen, bald geht die Sonne unter.«

Er holte den Tabak aus seiner Gürteltasche und begann die Pfeife zu stopfen. »Vorhin habe ich etwas Sonderbares erlebt«, begann er mit nachdenklichem Gesicht zu erzählen, »also, du weißt doch, wo der alte José Perez sein Grundstück hat, da, wo die Ausbuchtung ist und der Hügel so flach nach links von der Schlucht weggeht ...«

»Du meinst die Stelle, wo man ausweichen kann, wenn man mit dem Wagen hochfährt und einer entgegenkommt?«

»Genau. Also, da habe ich vorhin ein ganz und gar seltsames Ding gesehen. Da hat jemand, vielleicht der alte Perez selbst, eine Figur aufgestellt, eine Art Fetisch.«

Marita machte ein skeptisches Gesicht.

»Lach nicht«, sagte Hannes, »ich habe mich zuerst erschrocken, als ich es sah. Dann bin ich näher rangegangen und habe es genauer betrachtet. Es sieht aus wie eine Vogelscheuche mit alten Klamotten, hat einen Sombrero auf und einen Kopf aus einem vernähten, ausgestopften Sack. Sehr lebensecht sieht das aus, richtig gruselig.«

»Vielleicht will er damit tatsächlich Vögel von seinem Grundstück verscheuchen«, suchte Marita nach einer vernünftigen Erklärung.

Hannes schüttelte mit dem Kopf. »Nein, das ist ja gerade, was mich so irritiert. Da wächst gar nichts, nur Kakteen und Unkraut. Aber es ist genau der Grenzpunkt zu seinem Anwesen. Das Ding muß also eine andere Bedeutung haben.« Er zündete die ausgegangene Pfeife erneut an, stopfte nach und sog am Mundstück. »Weißt du, daß vom Kopf dieser Figur richtige Haare herabhängen? Ich habe es überprüft – es sind echte Haare, so eine Art verklebte Perücke. Was meinst du, kann es sein, daß uns der alte Perez mit dem Ding ärgern will?«

»Aber nein«, beschwichtigte Marita, »das glaube ich nicht, das würde ich ihm nicht zutrauen. Er ist doch ein netter, gemütlicher Typ. Vielleicht eine Marotte von ihm.«

»Vielleicht ist er auch übergeschnappt«, sagte Hannes, »das Wichtigste habe ich dir ja noch gar nicht erzählt: Später habe ich ihn selbst gesehen. Er stand, als ich vorbeikam, am Rand der Schlucht und machte mit den Armen seltsame Zeichen, als würde er jemandem auf der gegenüberliegenden Seite winken. Aber drüben war ganz bestimmt niemand, glaub mir. Und als ich ihn ansprach, schien er mich überhaupt nicht wahrzunehmen.«

»Möglicherweise war er betrunken . . .«

Hannes schüttelte erneut den Kopf. »Am hellichten Tag?

Das ist bei dem alten Perez noch nie vorgekommen. Der trinkt höchstens abends mal was und auch niemals sehr viel. Nein, es muß ein anderer Grund dahinterstecken, ich werde noch herausfinden, was.«

Marita sagte nichts mehr dazu. Unwillkürlich mußte sie an ihr Erlebnis beim Sonnenturm auf dem Roque de los Muchachos denken. Davon hatte sie ihrem Mann noch nichts erzählt, einfach weil ihr selbst die Sache zu abstrus vorkam. Ohnehin zog Hannes sie oft damit auf, daß sie eine Tagträumerin sei und sich Sachen einbildete, die überhaupt nicht vorhanden waren. Esoterischer Spinnkram, wie er das geringschätzig nannte. Dabei war es doch wirklich keine Einbildung gewesen, das Ziegenhorn lag noch immer neben ihrem Computer.

Marita erhob sich. »Ich mache uns jetzt was zu essen«, sagte sie, »was Leichtes, Gesundes, es war ein heißer Tag heute.«

Hannes brummte etwas und blieb auf der Bank sitzen. Er starrte aufs Meer hinab und dachte noch immer an das seltsame Ding, das da am Weg stand, und an das unverständliche Benehmen des alten Perez. Ihm war unbehaglich zumute, weil es sich um einen Vorfall handelte, den er nicht verstand und auch nicht einschätzen konnte. Klar, daß die Einheimischen abergläubisch waren und manchmal nicht richtig tickten. Aber ausgerechnet José Perez ... Den hatte er bisher stets für vernünftig und umgänglich gehalten. Was mochte im Kopf des Alten nur vorgehen?

Der Chronist Leonardo Torriani notierte 1590 in sein Tagebuch:

... Indem der Boden sich stetig höher wölbte, wurde im Verlauf zweier Tage die Ebene zu einem Berg. Am dritten begann der Berg Rauch auszustoßen, und da der Gipfel aus beweglichen Teilen zusammengesetzt war, dessen leichtes

Gewicht schnell nachgab, stürzten sie mit einem Male von allen Seiten unter lautem Gepolter zusammen. Zugleich flogen mit dem Grollen unter der Erde solche Wolken von Rauch und Staub zum Himmel, daß sie ringsum die Berge verdunkelten. Dies hörte nach kurzer Zeit auf, und als sich der Staubschleier gehoben hatte, sah ich, wie die zusammengestürzten Massen den Berg ringsum wie ein Mantel bedeckten, der die Form einer abgestumpften Pyramide hatte.

... Der Rauch drang an vielen Stellen heraus ... Aber an der Nordseite sah man in der Mitte des Berges zwei riesige Steinblöcke, die sich nach oben wie Pyramiden verjüngten, aus denen wie aus einem größeren Schlunde noch stärker Rauch emporstieg. In einigen Rissen, welche die beiden Steine trennten, sah ich, wie sich drinnen riesige Flammen emporschlängelten. Ein riesiger Hohlraum im Innern war wie ein Hochofen, der von einem unglaublichen Brand erfüllt war. Wie die Flammen sich drehten, ohne herauszukommen, ließen sie erkennen, daß andere, viel stärkere Flammen sie nach oben getrieben hatten. Zugleich spürte ich, obgleich ich in sicherem Abstand zum schrecklichen Berg stand, starken Gestank von Schwefel und Salpeter.

Das wurde verursacht durch die Gewalt der Flammen, die den Gestank mit dem Rauch emportrugen, worauf er vom Wind nach den entferntesten Teilen verstreut wurde. Und der Berg wuchs und wuchs unaufhaltsam. Die beiden Steinblöcke ragten nun deutlich über den Berg hinaus. In dem einen von ihnen, der schmaler und rissiger war, sah ich innen eine große Höhlung, aus der gewaltige Mengen Rauch herausstiegen, von ganz klarem Feuer begleitet.

Die Steine, die herausgeschleudert wurden, wurden immer größer an Masse und Zahl, führten Flammen und Unmengen an Rauch und Asche mit sich. Bald waren auf der Oberfläche des Berges, bald auch in der Luft Ströme von Feuer, von Rauch und große Aschemengen. Der Berg schüttelte sich fauchend und knurrend wie ein verwundetes Tier.

Der Himmel war, soweit das Auge reichte, von dunklem

Nebel bedeckt, der aus dem Schlund des Feuerbergs kam, und es wurde des Mittags so finster wie am dunkelsten Abend. Nun regneten aus dem Himmel schwarze Aschemengen und ein Hagel von kleineren Steinen, der die ganze Insel und ringsum das Meer bis zu den anderen Inseln bedeckte. Und mit dem Regen begann ringsum das große Sterben.

Weil die Asche alle Pflanzen bedeckte, verlor das weidende Vieh sein Leben, und die fliegenden Vögel, vom giftigen Rauch und den Steinen getroffen, stürzten tot zur Erde. Die Menschen im näheren Umkreis verloren ebenfalls den Atem und fielen zusammen mit den Tieren zur Erde.

Der Feuerberg aber flammte schauerlich und fürchterlich auf, von Stunde zu Stunde in größerer und lebendigerer Glut mit verschiedenen Farben des Rauches, der sich fortwährend veränderte, bald schwarz, bald weiß, bald blau wurde.

Der Berg wuchs bis zur Höhe der höchsten Gipfel ringsum. Plötzlich hatte er einen so starken Ausbruch und stieß solche Töne, Blitze und unerhörte Kreischlaute aus, daß es durch Mark und Bein ging und die Nerven zu schmerzlichem Erzittern brachte. Die Nacht war erleuchtet von so hohen Flammen, daß es, wie sie nacheinander aufstiegen, den Eindruck erweckte, als ob Luft und Meer in Brand gerieten.

Der Schlund, der sich mit dem Bruch im Berg auftat, stieß einen hohen und breiten Strom riesiger Steine aus, die, teils rollend, so wie sie aus der Tiefe des Schlundes kamen, teils durch die Kraft des Feuers verflüssigt, sich mit langsamer und schrecklicher Bewegung auf der Erde ausbreiteten, Täler ausfüllend, Berge überdeckend, jeden Ort, den er berührte, verändernd, bis er das Meer erreichte.

Als er ins Meer trat, begannen durch den Temperaturunterschied die Erschütterungen mit schrecklichem Kochen und Brodeln unter der Oberfläche, so daß das Meer erbebte und sich schüttelte wie das Land.

Mit immer neuen Ausbrüchen und Erschütterungen des Berges bis ins Meer hinein wuchs und verstärkte sich der

Kampf zwischen Wasser, Feuer, Luft und Erde so sehr, daß man hier den wahren Kampf des Heißen, des Kalten und des Feuchten mit dem Trockenen sah.

Als ich nach einiger Zeit die Augen zum Land zurückwandte, sah ich, wie alles wieder eine veränderte Gestalt annahm, daß die hohen Hügel auseinanderbrechend in den Tiefen von Abgründen untertauchten... Was tief gewesen war, wurde hingegen hoch. Die Insel stülpte sich um und formte sich neu...

Wie Verschwörer saßen sie auf der Terrasse hinter der Pension im Hafen von Tazacorte: Henning Schneider, Frank Richter und Dr. Bartneck. Und wie in einer konspirativen Sitzung verlief ihr Gespräch.

»Wenn ich alles richtig verstanden habe, was Sie uns da von Don Bernardo berichtet haben, so handelt es sich bei der Sache mit dem Vulkanteufel um ein uraltes Ritual der Guanchen...«, sagte Bartneck. »Merkwürdig, daß solche Glaubensvorstellungen noch immer vorhanden sein sollen und mitten unter uns schlummern.«

»Die sogenannte Zivilisation ist eine sehr dünne Eisdecke, die jederzeit brechen kann«, sagte Henning Schneider. »Darunter liegen die Archetypen der Urzeit. Die Vergangenheit ruht nur, sie ist nicht wirklich vorbei.«

Draußen brannte die Sonne erbarmungslos und ließ die Luft flimmern und wabern, so daß sie froh waren, im Schatten des Hauses einigermaßen angenehm sitzen zu können. Auf dem Tisch vor ihnen stand eine Kanne mit kaltem Tee, den Henning Schneider eigens bereitet hatte, und eine Schale mit sehr viel Eis. Das Getränk schmeckte gut und löschte vor allem den Durst. Ein Heer von Zikaden schrillte im trockenen Gras ringsum. Wenn man längere Zeit auf den Faltenwurf der Steilwand des El Time blickte, konnte es einem vorkommen, als ob dort in den schattigen Kanten, den dunklen Höhlenöffnungen und im mit Gestrüpp überwucherten Felsgewirr allerlei Fratzen und Fabeltiere ihr Wesen trieben. Ja, die Sinne konnten einem mitunter Streiche spielen.

»Vor allem hat der Auftritt des Diablo etwas mit Vulkanausbrüchen zu tun«, sagte Frank Richter nachdenklich, »auf manchen Festen, bei denen nichts passiert und alles harmlos verläuft, ist es wohl nur ein Spiel. Da symbolisiert er nur einen Ausbruch. Aber dann muß es auch wieder Zeiten geben, wo das Ritual tatsächlich als Opfer zu verstehen ist, wo es einen drohenden Ausbruch verhindert.«

Bartneck wiegte zweifelnd den Kopf. Er stand der Sache nach wie vor skeptisch gegenüber. »Das klingt mir alles ein wenig zu mysteriös. Woher sollten die Einheimischen denn wissen, wann wirklich ein Ausbruch droht? Und vor allem, wie könnten sie einen verhindern?«

»Indem sich der Mensch, der ausgewählt wurde, den Vulkanteufel zu spielen, opfert«, sagte Frank. Er war völlig von der Wahrheit dessen, was ihm Don Bernardo über den Kult erzählt hatte, überzeugt. »Das Opfer verhindert den Ausbruch.«

»Ach, ich weiß nicht«, wandte Bartneck ein. »Das hieße doch Ursache und Wirkung verwechseln und die magische Kraft des Guanchen-Aberglaubens allzusehr aufzuwerten. Ich bin Rationalist, ich halte mich lieber an überprüfbare Fakten. Wenn es wirklich einen Beweis dafür gäbe, daß damals, als der Diablo auf der Fiesta verbrannte, ein Vulkanausbruch unmittelbar bevorstand – das wäre die eine Sache. Eine völlig andere die, daß es dann doch nicht dazu kam, ich meine, daß der Ausbruch durch irgend etwas verhindert wurde. Wenn Sie meine Meinung dazu wissen wollen, so klingt das ein wenig unlogisch und paradox.«

»Don Bernardo hat dies zumindest für möglich gehalten.«

»Ach, Don Bernardo, ja ... ich würde ihn übrigens gern mal kennenlernen. Er scheint einen starken Eindruck bei Ihnen hinterlassen zu haben?«

Frank Richter nickte. »Das kann man wohl sagen. Er war jedenfalls felsenfest von der Möglichkeit überzeugt.«

»Eine nette Geschichte«, brummte Bartneck. »Ich gebe ja zu, daß seine Berichte über die religiösen Kulte der Ureinwohner sehr spannend klingen. Ich will auch nicht daran zweifeln, daß die Guanchen an eine dämonische Macht, die von den Vulkanen ausgeht, glaubten, vor allem, nachdem ich die seltsamen Felsbilder an der Fuente de la Zarzita gesehen habe. Doch ich muß gestehen, daß mir bedeutend wohler wäre, wenn sich irgendwelche Beweise für diese unwahrscheinlich klingende Theorie erbringen ließen.«

Henning Schneider, der die ganze Zeit über mit den Eiswürfeln in seinem Glas gespielt hatte, stand plötzlich auf. »Vielleicht besteht die Möglichkeit, einen solchen Beweis zu finden oder die Sache zumindest hieb- und stichfest zu überprüfen«, verkündete er.

»Und die wäre?«

»Ich muß die ganze Zeit über an Victor Depauw denken, ihr wißt schon, den verrückten Radfahrer, der jeden Tag zum El Time hinaufradelt. Er ist Vulkanologe und gilt als Fachmann auf seinem Gebiet. Ich kenne ihn gut, wir könnten ihn besuchen und um Rat fragen.«

»Dann aber vorsichtig und mit Fingerspitzengefühl«, sagte Bartneck. »Ich meine, wenn wir keine sich selbst erfüllende Prophezeiung erreichen wollen und Wert auf eine wissenschaftlich fundierte Überprüfung legen, sollten wir uns die Fragen vorher genau überlegen. Unter diesen Umständen bin ich gern bereit, mitzukommen.«

Frank Richter spürte, wie ein unruhiges Kribbeln in ihm aufstieg. »Einverstanden, wann fahren wir hin?«

Henning Schneider ging zur Halle hinüber, blickte auf die Wanduhr und kam sofort wieder zurück. »Er wohnt in Todoque«, sagte er, »jetzt um diese Zeit ist er bestimmt zu Hause. Ich kann ja mal anrufen und fragen, ob es ihm recht ist.«

Bartneck zog die Augenbrauen hoch und machte ein mißmutiges Gesicht. »Nicht gerade die beste Stunde, um durch die Gegend zu fahren. Es ist teuflisch heiß draußen.«

»Egal«, sagte Frank, der ebenfalls aufgesprungen war, um

ein paar Schritte auf und ab zu gehen. »Da müssen wir jetzt durch.«

Widerstrebend willigte Bartneck schließlich ein.

Das Haus von Depauw war einer jener abstoßend häßlichen Flachdachbungalows, die überwiegend aus Hohlblocksteinen und krampfhaft eingehaltenen rechten Winkeln bestehen. Blumen gab es am Eingang auch, aber die sahen mehr aus, als hätte sie ein Sturm versehentlich gegen die Hauswand geweht. Zwei verdorrte Palmen führten ein kümmerliches Dasein neben der Tür und spendeten wenig Schatten.

Victor Depauw empfing sie in einer Art Trainingsanzug. Er wirkte ziemlich überrascht, gleich eine ganze Delegation als Besuch zu erhalten. Nach der Begrüßung, bei der er vor allem mit Henning Schneider ein paar Höflichkeitsfloskeln austauschte, übernahm Bartneck die Gesprächsführung.

»Monsieur Depauw, Sie leben schon lange auf La Palma?«

Der Belgier nickte. »Vierzehn Jahre genau, eine auch für mich erstaunlich lange Zeit. Und davor in Venezuela, Peru, Großbritannien und Spanien. Ich habe schon die halbe Welt gesehen, das können Sie mir glauben.«

»Das glaube ich Ihnen gern, Monsieur«, sagte Bartneck mit seinem gewinnenden Lächeln. »Man hat mir versichert, Sie seien so eine Art Vulkanexperte.«

»Wer hat das gesagt? Bestimmt mein alter Freund Henning, oder?« Er klopfte dem Angesprochenen lachend auf die Schulter. »Daß du aber auch gleich so übertreiben mußt... Na, jedenfalls vielen Dank für das Kompliment. Also, eigentlich bin ich Ingenieur, war es jedenfalls, bevor ich die Erbschaft machte und Weltenbummler wurde. Geologie, Geophysik und speziell Vulkanismus sind, sagen wir, eine Art Hobby von mir. Man könnte auch sagen eine Leidenschaft. Ich bitte, das nicht falsch zu verstehen.«

»Ich verstehe Sie recht gut, Monsieur«, sagte Bartneck. »Ich bin selbst Geologe, wir sind also Kollegen.«

»Oh, welch angenehme Überraschung!« rief Victor Depauw. Sein Gesicht konnte nicht verbergen, wie entzückt er war. »Aber was bin ich bloß für ein unhöflicher Gastgeber. Warten Sie, ich hole uns eine kühle Erfrischung. Stören Sie sich bitte nicht an der heillosen Unordnung im Wohnzimmer.«

Er verschwand eine Weile in der Küche. Frank Richter, der sich inzwischen umsah, konnte beim besten Willen keine Unordnung entdecken.

»Seine Pedanterie ist legendär«, sagte Henning, der Franks erstaunten Blick bemerkt hatte.

Der Kater auf dem Sofa blinzelte kurz mit den Augen, schloß sie aber sofort wieder, als alle einen Sitzplatz gefunden hatten, und schlief weiter.

Victor Depauw kam mit Gläsern und zwei Karaffen voll gekühlter Fruchtsäfte zurück, die er auf dem Tisch zwischen ihnen abstellte. Er sprach sofort weiter:

»Ja, also wie gesagt, ich betreibe mein Hobby mit Leidenschaft. Oder es treibt mich, wie Sie wollen. Das mag daran liegen, daß ich vom Sternzeichen her Widder bin, also Tatmensch und wißbegierig. Sehen Sie, hier unten sind lediglich Wohnzimmer, Küche, Bad. Die restlichen Räume oben, wo ich schlafe, könnte man als Arbeitsbereich bezeichnen. Es handelt sich um mehrere Labors, hinten im Anbau ist ein Seismograph installiert mit dem nötigen Zubehör.«

»Und Sie leben auf La Palma, weil es eine Vulkaninsel ist?« fragte Frank Richter.

»Genau.«

»La Palma soll – soweit ich weiß, wie die übrigen Kanarischen Inseln auch – vulkanischen Ursprungs sein. Wie sind die Inseln eigentlich entstanden?«

»Das weiß man nicht so genau«, antwortete Depauw. »Man streitet sich seit langem darüber, ob die Inseln nun kontinentalen Ursprungs sind, also zu Afrika gehören, oder nicht. Das ist im übrigen auch nicht so wesentlich. Sicher scheint mir indes zu sein – wenn Sie wollen, können Sie mich gern korrigieren, lieber Kollege –, daß die westlichen Inseln und wahrscheinlich auch die östlichen auf einem vulkanischen Sockel liegen, von dem einzelne Teile tektonisch angehoben wurden. Und zwar viele tausend Meter. In der Caldera de Taburiente kann man Tiefsee-Sedimente bewundern. Das heißt also, daß die Inseln tatsächlich einmal aus dem Meer aufgetaucht sind.«

»Treffender hätte ich es nicht formulieren können«, schmeichelte Bartneck, und Victor Depauw dankte ihm mit einem wohlwollenden Blick.

»Wann war das? Beim Untergang von Atlantis?« fragte Frank Richter.

Monsieur Depauw lachte lauthals auf. »Nein, nein, also das nun wirklich nicht! Die Atlantis-Sagen spuken zwar seit Platon in den Köpfen der Menschen herum, aber damit haben die Kanaren wohl nichts zu tun. Kann schon zeitlich gar nicht hinkommen – die Inseln sind viele Millionen Jahre alt.«

»Also sind die Inseln plötzlich, vielleicht durch einen Vulkanausbruch bedingt, irgendwann aus dem Meer aufgestiegen?«

Monsieur Depauw nickte. Es war ihm anzumerken, wie ihm der anfangs als Störung empfundene Besuch zunehmend gefiel. Er war völlig in seinem Element. »Aber nicht zusammen, sondern einzeln, nacheinander. Sehen Sie, da gibt es nun die Kalium-Argon-Methode, nach ihr wären die Ostinseln, also Fuerteventura und Lanzarote, ungefähr 16 bis 20 Millionen Jahre alt. Als Beweis darf auch ihr Aussehen gelten: Die Berge dort wirken nicht mehr so schroff, sondern abgetragen und rundgeschliffen. Gran Canaria ist etwas jünger, Teneriffa und La Gomera möglicherweise sogar jünger als 10 Millionen Jahre.«

»Und La Palma?«

»La Palma und El Hierro kann man mit zwei bis drei Millionen Jahren als relativ jung bezeichnen.«

»Relativ, ja.« Frank Richter mußte lachen.

Monsieur Depauw fuhr völlig unbeeindruckt davon fort: »Außerdem darf man sich das Entstehen einer Insel auch nicht als plötzlichen und einmaligen Vorgang vorstellen. Es handelt sich vielmehr um einen Prozeß ständiger Eruptionen und Veränderungen, der die Reliefform immer wieder umgestaltet hat. Teneriffa zum Beispiel, die für den Vulkanologen neben Island und Hawaii wohl interessanteste Insel, setzt sich wahrscheinlich aus drei alten Inseln zusammen: dem Anaga-Gebirge, dem Teno-Gebirge und dem Gebiet um den Teide herum. Diese drei ursprünglich isolierten Komplexe sind durch heftige Vulkanausbrüche erst zusammengewachsen.«

»Und La Palma?« fragte Frank Richter erneut.

»War immer eine Insel. Das Land wurde von der Lava gebildet, die aus den Hauptvulkanen in der Caldera de Taburiente strömte. Genaugenommen ist die Caldera nämlich nicht ein einziger großer Kraterkessel, sondern durch den Zusammenbruch mehrerer Krater entstanden.«

»Der Idafe . . .?«

»Ich sagte ja, es waren mehrere Vulkane. Der Roque Idafe ist genauso wie der Roque de los Muchachos und andere der Rest von einem alten Kaminschlot.«

»Was bedeutet das?«

»Kaminschlote, das sind keine Felsen, wie der Name ›Roque‹ irrtümlich sagt, sondern die uralten Teile von Vulkanzentren. Dort brach einst das Magma mit Temperaturen um 1000 Grad Celsius aus dem Erdinneren und formte sich Krater, die aber im Laufe von Jahrmillionen durch natürliche Erosion zu Vulkanruinen wurden.«

»Das heißt mit anderen Worten, solche Stellen – der Roque Idafe, der Roque Teneguia, der Roque de los Muchachos und wie sie alle heißen – waren einmal direkte Verbindungsstellen zum Innern der Erde? Regelrechte Tore?«

»So könnte man es ausdrücken.«

Frank Richter wurde bei dieser Vorstellung richtig nervös. »Wußten die Ureinwohner, die Guanchen, davon?«

»Na, hören Sie mal!« rief Victor Depauw, überrascht von der seiner Meinung nach naiven Frage. »Die Vulkanologie ist eine relativ junge Wissenschaft. Viele Untersuchungsergebnisse sind erst seit kurzem bekannt, die Kalium-Argon-Methode zum Beispiel wurde erst 1971 auf die Kanaren angewandt.«

»Schon gut, schon gut, ich wollte das nicht bezweifeln«, versuchte Frank Richter zu beruhigen.

Ein warnender Seitenblick von Bartneck ließ ihn verstummen. Der übernahm nun wieder das Wort: »Hat es nachweislich in historischer Zeit Vulkanausbrüche auf den Inseln gegeben?«

»Jede Menge. Kolumbus hat 1492 in seinem Logbuch den Ausbruch des Teide auf Teneriffa als Augenzeuge beschrieben. Es gibt zahlreiche Berichte und Protokolle von Ausbrüchen. Meine Sammlung ...«

»Und auf La Palma, Herr Kollege?«

»Nahezu in jedem Jahrhundert, in den letzten 500 Jahren genau 17. Denken Sie nur an die verheerende Eruption des San Antonio bei Fuencaliente in den Jahren 1677 und 1678 oder des Charco bei El Paso 1712 ...«

»Ich denke eigentlich mehr an die jüngste Vergangenheit.«

»Ja, was meinen Sie? Mindestens zwei große, der San Juan und Nambroque 1949 und vor kurzem erst, vom 26. Oktober bis zum 19. November 1971, der Teneguia bei Fuencaliente.«

»Und seitdem gab es keine Ausbrüche mehr?«

»Was wollen Sie, jede Woche eine Katastrophe? Vulkane lassen sich Zeit. Aber sie sind unberechenbar. Das heißt, relativ gesehen. Es werden natürlich Vorkehrungen getroffen. Und dennoch werden die Menschen immer wieder von plötzlichen Ausbrüchen überrascht. Denken Sie nur an die Riesenkatastrophe 1985 in Kolumbien! Mehr als 20 000 Tote! Dabei hatte der Nevado del Ruiz schon drei Monate vorher deutliche Zeichen gegeben: Er stieß Rauch und Asche aus, der Wasserspiegel des Sees in seinem Krater stieg um mehrere Meter an, was darauf hindeutete, daß das Eis durch Erhitzung abschmolz. Immerhin ist der Vulkan mehr als 5000 Meter hoch, und es waren schließlich auch die Schmelzwasser und Schlammassen, die den Ort Armero unter sich begruben. Was ich damit sagen will? Nun, es gab Anzeichen für einen Ausbruch, erste, spärliche Signale, die aber nicht so ernst genommen wurden, weil der Nevado del Ruiz seit rund 500 Jahren als erloschen galt. Vulkane sind unberechenbar, sie existieren in einer anderen Zeit.«

»Und auf La Palma, könnte auch hier eine solche Katastrophe stattfinden?«

»Auf La Palma ist alles möglich«, sagte Victor Depauw zur Überraschung aller.

»Wie meinst du das?« fragte Henning Schneider plötzlich hellwach. »Gibt es hier etwas Besonderes?«

»Allerdings«, lachte Monsieur Depauw trocken. »Auf La Palma stimmt nichts so richtig, was sonst auf der Welt gilt. Ein Beispiel dafür: Aufgrund der Morphologie der Insel, der extremen Schräglage ihrer Barrancos, durch die bei einem Vulkanausbruch die zunächst leichtflüssigen, gasarmen Laven hinabschießen, gilt es als wahrscheinlich, daß die Geschwindigkeit der Lava beim Ausbruch des Nambroque, also in historischer Zeit, von keinem anderen Vulkan der Welt je wieder erreicht wurde. Noch ein Beispiel aus dem Horrorkabinett? Bitte schön: Bei dem Ausbruch damals standen die drei Vulkane wie kommunizierende Röhren miteinander in Verbindung. Während das Magma aus dem einen Vulkan emporstieg, sank der Spiegel im Nachbarvulkan und umgekehrt. Das war nur deshalb möglich, weil alle drei Vulkane aus derselben Magmakammer gespeist wurden. Eine außerordentliche Seltenheit, die sonst nur noch auf Island bekannt ist. Niemand weiß, was es sonst noch für unberechenbare Sonderheiten auf La Palma gibt. Und niemand weiß, wann diese Vulkane wieder ausbrechen werden. Eines ist jedenfalls sicher ...«

»Was denn?« rief Frank Richter erregt.

»Daß sie nur vorübergehend schlummern.«

»Das sind ja heitere Aussichten«, stieß Henning Schneider hervor. »Sehr beruhigend! Darauf muß ich unbedingt was trinken. Sag mal, gibt es Bier bei dir im Kühlschrank? Bleib bitte sitzen, bemüh dich nicht, ich gehe schon selber.« Und im Rausgehen raunte er noch: »Wenn ich das geahnt hätte, daß man hier sozusagen auf dem Pulverfaß hockt, wäre ich lieber auf eine andere Insel gezogen. Der reinste Tanz auf dem Vulkan ist das!«

»Dann existiert doch bestimmt auch so etwas wie ein Erdbebenfrühwarnsystem?« wollte Bartneck wissen.

»Richtig«, bestätigte Victor Depauw. »Jede kleinste Bewegung unterhalb der Erdkruste wird seismographisch erfaßt, gemessen und registriert. Auf allen Inseln tut man das. Oben das Institut auf dem Roque de los Muchachos, das direkt neben dem Observatorium liegt, die messen dort ständig... Allerdings muß ich gewisse Zweifel an der Genauigkeit der dortigen Messungen anmelden. Aber das ist eine alte Geschichte, wohl mein spezielles Problem, die ewige Erbfeindschaft zwischen den sogenannten Profis, die alles grundsätzlich besser wissen, und uns Amateuren, denen man die Ernsthaftigkeit ihrer Forschung nicht abnimmt.«

»Ich bin nicht so genau informiert, um was es da geht«, sagte Bartneck.

»Ach, ich will Sie nicht mit Interna langweilen. Nur soviel: Ich habe meine Instrumente und meinen Kopf zum Denken dazu. Den Brüdern da oben – und wenn sie sich tausendmal im Fernsehen brüsten und die Spalten der Fachblätter mit ihren Erkenntnissen füllen –, denen nehme ich so schnell nichts mehr ab. Die haben bei mir, verzeihen Sie den derben Kraftausdruck, verschissen bis in die Steinzeit.« Victor Depauw war bei diesen Worten erregt aufgesprungen und hatte seinen Fluch mit lebhafter Körpersprache unterstrichen. Es war ihm anzumerken, daß er mit den Profis dort oben schlechte Erfahrung gemacht haben mußte.

»Gestatten Sie eine andere Frage, Monsieur«, sagte Bartneck, »hat es denn, sagen wir mal, um eine Hausnummer zu nennen, in den letzten vier, fünf Jahren eine Bewegung, ein Beben, oder wie immer Sie das nennen, gegeben, das mit Vulkanen in Zusammenhang steht? Ich meine: nichts Großes, kein Ausbruch, nur so eine kleinere Sache, die vielleicht gar nicht so besonders aufgefallen ist?«

Die Wirkung seiner Worte war, als hätte er in ein Wespennest gestochen. Anklagend rief Victor Depauw aus: »Das ist es ja gerade, davon rede ich doch! Es hat eine vulkanische Bewegung gegeben, eine besondere meine ich. Meine Instrumente haben es eindeutig angezeigt. Der Seismograph schlug kurz, aber heftig aus. Ich habe ein Delgraves & Frères aus Brüssel, wenn Sie verstehen, was ich meine. Die Firma ist seit mehreren Generationen für die Herstellung von Präzisionsgeräten bekannt. Nun, es schlug aus wie toll, volle drei Minuten lang. Ich saß zufälligerweise im Labor und habe es mit eigenen Augen registriert. Drei Minuten lang zeichnete die Nadel wie wild Kurven auf. Was meinen Sie, was ich gemacht habe? Ich bin sofort hoch zum Institut. Und was glauben Sie, was die da oben gesagt haben? Raten Sie mal! Nichts! Geschmunzelt hat er, der ehrenwerte Señor Navarro-Mederos! Geschmunzelt hat er, und seine Hilfsadjutanten auch. ›Monsieur Depauw‹, hat er gesagt, ›Monsieur Depauw, nichts gegen Ihren Delgraves & Frères, und schon gar nichts gegen Ihre Forschungstätigkeit, aber wir benutzen elektronische Feininstrumente aus London, computerüberwacht. Und bei uns hat sich nichts gerührt, keinen Millimeter hat sich der Schreiber bewegt. Tut mir leid, ich glaube, Sie haben sich schlicht und einfach geirrt...‹ Eine Frechheit ist das, was sich dieser ehrenwerte Señor da erlaubt hat! Ich schwöre Ihnen bei allem, was mir lieb und teuer ist: Es hat sich bewegt! Drei Minuten lang schlug die Nadel des Seismographen aus!«

»Und danach nicht mehr?«

»Danach hätte ein Ausbruch kommen können, genauso überraschend wie die Eruption des Nevado del Ruiz, verstehen Sie? So stark war die Bewegung der Nadel!«

»Aber es ist nichts weiter passiert danach?«

»Nein, nichts Erwähnenswertes. Ich habe Tag und Nacht darauf gewartet, daß der Seismograph noch weitere Bewegungen meldet, aber alles blieb ruhig. Völlig unverständlich für mich. Ich stehe vor einem Rätsel.«

»Wann war das?« fragte Frank Richter schnell. »Können Sie sich noch an das Datum erinnern?«

»Erinnern? Na, hören Sie mal, wofür halten Sie mich? Selbstverständlich weiß ich genau, wann das war. Seit vierzehn Jahren führe ich eine Kartei über jeden Tag auf der Insel. Wenn Sie wollen, suche ich Ihnen die entsprechende Eintragung heraus.«

»Ein anderes Mal. Ich komme gern noch darauf zurück. Fürs erste würde mir das ungefähre Datum genügen.«

»Ich hab' es jetzt nicht im Kopf, es steht alles auf der Karte . . . Also, warten Sie mal . . . Ja, vor drei Jahren war das, ungefähr um diese Zeit im Jahr. Ja, genau. Es fehlen noch knapp zwei Wochen, dann wären es genau drei Jahre her. Kurz nach diesem Vorfall registrierte das Gerät sogar noch einen zweiten Vorfall. Diesmal wesentlich schwächer und nur für Sekunden.«

»Und danach, zwei Wochen später?«

»Nichts mehr. Völlige Stille. Bis heute.«

»Vor drei Jahren also, kurz vor der Fiesta in Tijarafe«, murmelte Frank Richter nachdenklich.

»Wie bitte?«

»Entschuldigung, ich habe nur laut gedacht. Und wo haben Sie das Beben festgestellt? Hier in Todoque?«

»Natürlich, ich messe immer von hier aus.«

»Ist es möglich, ich meine, kann es sein, daß die Leute vom Institut nichts an ihren Geräten gemerkt haben, weil das Beben nur bestimmte Gebiete der Insel erschütterte, zum Beispiel die Nordwestküste im Gebiet um Tijarafe herum?«

»Was haben Sie nur dauernd mit Ihrem Tijarafe? Also, daran sieht man, wie wenig Ahnung Sie haben! Der Nordwesten, der Norden und der Nordosten von La Palma scheiden als vulkanisch bewegte Zonen völlig aus.«

»Warum das?« fragte Bartneck.

»Weil der tektonische Graben, also die vulkanisch latent aktive Linie, sich von der Caldera de Taburiente über den Kamm der Cumbre Nueva nach Süden bis runter nach Fuencaliente erstreckt.«

»Was bedeutet das im Klartext?« fragte Frank Richter.

»Ganz einfach, auf La Palma kann nur im Südwesten ein Vulkan ausbrechen. Vom Barranco de las Angustias abwärts bis zum Teneguia. Ich sitze mit meiner Meßstation sozusagen an der günstigsten Stelle. Wie eine Spinne im Netz, die jede kleinste Regung noch am äußersten Netzrand registriert.«

»Und die Leute vom Institut?«

»Haben auch ihre Meßstellen hier. Aber ich sage Ihnen: elektronisch hin, London her – die haben einfach geschlafen.«

»Also vor drei Jahren, etwa um diese Zeit, haben Sie ein vulkanisches Beben auf der Insel gemessen, von dem niemand sonst etwas gemerkt hat?« fragte Frank Richter noch einmal. Er hätte selbst nicht erklären können, warum, aber er hatte das Gefühl, als öffne sich der Boden unter seinen Füßen.

»Wenn Sie jetzt auch noch anfangen, an meinen Aussagen zu zweifeln, breche ich auf der Stelle das Gespräch ab«, sagte Victor Depauw pikiert.

»Pardon, Sie mißverstehen mich, Monsieur«, beeilte sich Frank Richter zu sagen, »ich versichere Ihnen, ich bin sogar felsenfest davon überzeugt, daß Sie recht haben, und ich werde alles tun, um Ihre Forschungsergebnisse ins angemessene Licht zu rücken. Nur ... ich brauche mehr fundiertes Material. Würden Sie mich zu diesem Zweck bei Gelegenheit doch noch in die Geheimnisse Ihrer Kartei einweihen?«

»Mit dem größten Vergnügen, Monsieur.«

»Wir danken Ihnen, ich danke herzlich für dieses Gespräch«, sagte Bartneck. »Es war außerordentlich aufschlußreich für uns.«

»Ganz meinerseits. Man sieht doch gleich, wo wahres Interesse vorhanden ist«, antwortete Victor Depauw. »Kommen Sie wieder, wann immer Sie Lust haben. Sie sind mir jederzeit herzlich willkommen.«

»Fassen wir mal die Fakten zusammen, die wir bisher kennen«, sagte Frank Richter, als die drei sich einige Tage später trafen. »Ein Seismograph hat ein relativ starkes, wenn auch kurzes Beben festgestellt, das vulkanischen Ursprungs war.«

»Was heißt kurz?« unterbrach Bartneck. »Drei Minuten. Das ist verdammt viel im Vergleich zum Erdbeben von San Francisco neulich, da reichten knappe 30 Sekunden, um die Katastrophe perfekt zu machen.«

»Also weiter. Die offiziellen Stellen haben nichts gemerkt und zweifeln das Meßergebnis an. Es besteht rein theoretisch die Möglichkeit, daß sich Monsieur Depauw geirrt hat.«

»Glaube ich nicht«, sagte Bartneck, »ich war gestern noch mal bei ihm und habe mir die Seismographenaufzeichnung zeigen lassen. Es verhält sich genauso, wie er gesagt hat. Und sein Gerät arbeitet tatsächlich äußerst präzise.«

»Aber warum haben die offiziellen Behörden nichts registriert?« warf Henning Schneider ein.

»Kann auch sein, daß die Brüder etwas vertuschen.«

»Müssen wir herausfinden«, bemerkte Bartneck knapp.

»Gut. Gehen wir mal vorerst davon aus, daß Depauws Messung stimmt«, fuhr Frank Richter fort. »Das Ganze ist vor drei Jahren passiert, ungefähr zur gleichen Zeit, als in Tijarafe die Fiesta begann.«

»Exakt am Tag, als der Vulkanteufel auftrat.«

»Um so besser. Was wissen wir weiter? Dort ist ein junger Mann verbrannt, der die Rolle des Diablo volcánico übernommen hatte, nebst zwei Helfern, das ist amtlich. Er soll zuvor in der Sprache des Alten Volkes ›vacaguare!‹ gerufen haben, getreu historischen Vorbildern, die als Guanchenkönige die Heilige Hochzeit mit dem Land vollzogen hatten, also für das Wohlergehen des Stammes sorgen mußten und bei

Nichterfüllung dieser schweren Pflicht freiwillig in den Opfertod gingen. Der tanzende Teufel mußte einen Vulkanausbruch verhindern, notfalls unter Einsatz seines Lebens. Vor diesem Vorfall war lange kein Diablo umgekommen, und niemand hat Beben gemessen und danach ebensowenig.«

»Wie das 1971 beim Ausbruch bei Teneguia war und warum er nicht verhindert wurde, können wir heute nicht mehr feststellen«, ergänzte Bartneck. »Damals war Monsieur Depauw leider noch nicht auf der Insel.« Unter dem Eindruck der Fakten, die sie gesammelt, und der Gespräche, die sie in den letzten Tagen geführt hatten, war auch seine wissenschaftliche Skepsis geschwunden. Er selber spürte, wie er mehr und mehr unter den Bann der Guanchen-Magie geriet.

»Dann gibt es noch einen Punkt, der mich nachdenklich macht«, sagte Frank Richter. »Das Ganze fand in einer, sagen wir mal, ›heidnischen‹ Gegend statt, dem Stammesgebiet des letzten Hochkönigs der Insel, dessen Amtsvorgänger in grauer Vorzeit einen Pakt mit dem ›bösen Geist im Vulkan‹ geschlossen hatte.«

Henning Schneider, der zurückgelehnt im Korbsessel lag, schwenkte versonnen sein Glas. »Und in ein paar Tagen findet in Tijarafe wieder eine solche Fiesta statt. Der Countdown läuft.«

»Wenn es diesmal ernst werden sollte, ich meine, wenn wirklich ein Vulkanausbruch bevorsteht ... Gibt es denn Hinweise in dieser Richtung?« fragte Frank Richter.

»Bei schlummernden Vulkanen weiß man nie, wann sie ausbrechen«, sagte Bartneck. »Das kann ganz plötzlich, völlig überraschend kommen, von einer Sekunde zur anderen. So viel steht fest: Wenn etwas passieren sollte, dann im Süden der Insel. Wann, wie stark und wie umfangreich, kann kein Mensch vorhersagen. So ein Ausbruch kann aber verheerende Folgen für unser Klima haben. Ich meine etwas, das ganz Europa betrifft.«

»Wieso Europa? La Palma liegt doch reichlich weit weg davon«, warf Henning Schneider ein.

»Ich habe mich inzwischen, was das anbelangt, etwas firm gemacht und mit Monsieur Depauw ein paar Rechenbeispiele durchgeführt. Es klingt unglaublich, aber es stimmt: Ein großer Ausbruch auf La Palma kann das Klima in Europa so nachhaltig beeinflussen, daß eine neue Eiszeit beginnt.«

»Wie denn das?« Henning Schneider fuhr aus seinem Sessel hoch. »Ich denke, die Erde leidet unter dem Treibhauseffekt, die Ozonschicht wird immer dünner und die Atmosphäre heizt sich ständig um ein paar Grad auf...«

»Das ist auch im großen und ganzen richtig«, stimmte Bartneck zu. »Klimaforscher in aller Welt haben festgestellt, daß die Polkappen zu schmelzen beginnen.«

»Dann kommt also eine neue Sintflut?«

»Kann sein. Jedenfalls sind in Europa die in den Gletschern der Alpen gelagerten Eismassen seit Mitte des letzten Jahrhunderts bereits auf die Hälfte ihres ursprünglichen Volumens geschmolzen. Die Tendenz hält an. Die Gletscher der Ostalpen werden, so lauten die Prognosen, bis zum Jahr 2030 bis auf einige kümmerliche Reste völlig verschwunden sein. Dann fallen die Alpen als zentrale Wasserspeicher im Sommer für weite Teile Mitteleuropas aus. Die Folge: Dürre, Hitze und zusätzliche Aufwärmung der Luft.«

Henning Schneider war verwirrt: »Ja, gut, das hört man ja inzwischen dauernd aus den Medien. Aber das ist doch genau das Gegenteil von dem, was Sie gerade angedeutet haben. Sie sprachen von einer beginnenden Eiszeit.«

»Ich gebe zu, das klingt im ersten Moment verwirrend«, sagte Bartneck. »Ich muß da ein bißchen weiter ausholen, damit klar wird, was ich meine. Könnt ihr euch noch an die Fernsehbilder vom Golfkrieg erinnern, an die brennenden Ölfelder in Kuwait? Die Rauchentwicklung war so gewaltig, daß der Himmel wochenlang schwarz war. Am Tag herrschte Nacht, die Menschen dort, die normalerweise Wüstenbewohner und Hitze gewohnt sind, froren erbärmlich.«

»Am Tag herrschte Nacht«, wiederholte Frank Richter nachdenklich, »die Dunkelheit besiegt das Licht... Das klingt nach düsteren Prophezeiungen, wie eine Schreckensvision der apokalyptischen Reiter.«

»Ja, genau solche Bilder haben die Menschheit immer in Angst versetzt, wie die schwarze Pest, die Sintflut, seit Hiroshima die Angst vor der Atombombe und so weiter... Es sind Urbilder und Urängste, die tief im Bewußtsein der Menschheit sitzen. Sagt euch der Name Gönnersdorf etwas?«

Frank Richter und Henning Schneider schüttelten die Köpfe.

»Eine geologisch und archäologisch hochinteressante Fundstelle am Rhein bei Neuwied. Ein Lager der Steinzeitjäger wurde dort unter einer vier Meter hohen Bimssteinschicht durch Zufall entdeckt. Bei den Ausgrabungen zeigte sich, daß die Fundstelle ungewöhnlich gut erhalten war. Man nennt deshalb Gönnersdorf auch das ›deutsche Pompeji‹. Und wissen Sie, woher das kommt? Ein Vulkan in der Eifel, dessen Krater jetzt vom Laacher See gefüllt ist, brach in der Steinzeit aus und bedeckte weite Teile der Umgebung mit Bimsstein und Schlacke. Der Ausbruch fand vor 12 000 Jahren statt und muß gewaltig gewesen sein, die Asche wurde vom Wind nachweislich bis nach Sibirien getragen. Jedenfalls wurden dort Spuren gefunden. Weitaus verheerender als die Lava wirkte sich der Aschestaub in der Luft aus. Monate-, wenn nicht jahrelang muß damals der Himmel dunkel gewesen sein, ewige Nacht, und weil kein Sonnenlicht durchdrang, nahm die Kälte ständig zu.«

Henning Schneider schüttelte sich. »Eine grauenhafte Vorstellung.«

»Vor allem eine grauenhafte Realität für die Menschen im damaligen Europa«, sagte Bartneck.

»Die wenigen, die die Katastrophe überlebt hatten, mußten lange Zeit, vielleicht mehrere Generationen lang, unter unvorstellbar harten Bedingungen in der Eiszeit dahinvegetieren.«

»Alles durch einen einzigen Vulkanausbruch ausgelöst?«

»Durch einen einzigen großen Knall.«

»Und Sie meinen, das kann sich jederzeit wiederholen? Zum Beispiel hier auf La Palma?«

»Exakt. Denken Sie an Kuwait oder an den Pinatubo auf den Philippinen. Das war nur ein kleiner Vorgeschmack auf das, was eintreten kann. Wenn es einmal zum ganz großen Knall hier auf La Palma kommt – so viel steht fest –, dann ist Europa verloren, dann bricht unsere Zivilisation in sich zusammen.«

»Jetzt übertreiben Sie aber wohl doch ein bißchen!« wehrte Henning Schneider ab. »Malen Sie den Teufel nicht allzusehr an die Wand?«

»Aber nicht im geringsten, mein Lieber«, verstärkte Bartneck seine Aussage noch. »Bei uns in Europa ist doch niemand auf solche Zustände eingerichtet: dauernde Dunkelheit, eine ständig wachsende Kälte ...« Er war aufgestanden, ging jetzt mit großen Schritten durch die Halle und untermalte das Szenario seiner Gedankengänge mit theatralischen Gesten. »Zunächst wird man entsetzt sein, die Behörden werden mit allen Mitteln beschwichtigen und das wahre Ausmaß der Katastrophe runterspielen, um Panik zu verhindern. Wie immer ... Man wird mit technischem Großeinsatz dagegen anzukämpfen versuchen, aber dann stellt sich heraus: es hilft alles nichts mehr. Die Energievorräte werden knapp, die Stromversorgung fällt aus, die Menschen können nicht mehr heizen. Zehntausende erfrieren, andere verhungern, der Verkehr kommt zum Erliegen, Post, Telefon, Rundfunk und Fernsehen ... Wenn es noch schlimmer wird, bricht vollends das Chaos über die zivilisierte Welt herein. Plünderungen und Bürgerkriege, Verteilungskämpfe, die Selbstmordrate steigt sprunghaft an, Wahnsinn und Zerfall ...«

»Hören Sie auf, Mann, das ist ja nicht mehr auszuhalten!« rief Henning Schneider angewidert.

»Nein, sprechen Sie weiter«, bat Frank Richter, »man muß sich die Möglichkeiten doch einmal vor Augen führen.«

»Es werden ungefähr solche Zustände bei uns herrschen wie nach einem Atomschlag, wie beim Einbruch des atomaren Winters«, fuhr Bartneck fort. »Das Wirtschaftssystem erleidet einen Kollaps, die Industrie bricht zusammen, der gesamte Wohlstand, den wir gewohnt sind, hört allmählich auf zu existieren, und mit ihm alle Wertvorstellungen. In kürzester Zeit, das garantiere ich Ihnen, fällt der Mensch zurück in eine barbarische Steinzeit, in der nur das Recht des Stärkeren gilt. Solche Szenarien sind vor langer Zeit schon vom Club of Rome als mögliche Konsequenz durchdacht worden. Kurzum, es bedeutet ein Ende mit Schrecken für unsere alte Welt.«

»Die Alte Welt wird vergehen«, sagte Frank Richter. Ihm kam die Weissagung der Guanchen in den Sinn, die er erst kürzlich in einem der Bücher von Mercedes Alvarez gelesen hatte, und er zitierte aus dem Gedächtnis: »Die Erde ärgert sich, sie hat Fieber. Sie bäumt sich auf und schüttelt sich. Und wenn ihr Zorn verraucht ist, wird sich herausstellen, ob sie die Menschen noch mag.«

»Was soll denn das nun wieder bedeuten?« fragte Henning Schneider irritiert. »Stammt das aus der Johannes-Offenbarung, sind Sie jetzt plötzlich ein religiöser Endzeit-Fanatiker geworden?«

»Das stammt aus der Mythologie der Guanchen. So ähnlich beschrieben sie einen Vulkanausbruch. Sie glauben, auf diese Weise breche das Böse, ein Dämon, aus der Erde hervor.«

»Schönes Bild«, kommentierte Bartneck, »komischerweise muß ich dabei an die Felsbilder der Fuente de la Zarzita denken.«

»Also mir ist das alles zu hoch, zu schwarz«, sagte Henning Schneider. »Glauben Sie beide wirklich, daß uns so etwas bevorsteht? Und falls ja, was ich nicht hoffe, was ist dagegen zu tun?«

»Ich schlage vor, daß wir von nun an eng mit Victor Depauw zusammenarbeiten und die seismographischen Bewegungen auf der Insel ständig im Auge behalten«, sagte Bartneck nach einer Weile nachdenklichen Schweigens. »Falls tatsächlich etwas passiert, ich meine, falls plötzlich einer der schlummernden Vulkanriesen hier aufwacht, kann das vielerlei Konsequenzen haben. Die geringste von ihnen wäre, daß ein neuer Vulkan im Süden der Insel ausbricht, seine Lava ins Meer ergießt und vielleicht ein paar Quadratkilometer neues Land schafft. Das ist die harmlosere Variante ...«

»Und die weniger harmlose?« fragte Frank.

»Habe ich vorhin bereits geschildert. Dann allerdings wäre nicht nur die Insel betroffen, sondern ganz Europa, das Kernstück der alten, zivilisierten Welt.«

»Und diese Dimension des Schreckens besteht real?«

»Ja«, antwortete Bartneck schlicht. »Ist eine Wahrscheinlichkeitsrechnung wie beim Roulette. Aber ich möchte keine Prognose dazu wagen, weder in die eine noch in die andere Richtung.«

»Das ist ja entsetzlich«, sagte Henning Schneider aufstöhnend. »Wenn ich nicht wüßte, daß wir drei erwachsene Menschen mit klarem Verstand sind, würde ich denken ... Ach, lassen wir das.«

»Wir sollten die Erdbebenzentrale auf dem Roque de los Muchachos aufsuchen, diesen Señor Navarro-Mederos«, sagte Bartneck.

»Ohne ihn gesprochen zu haben, sage ich: Ich traue ihm und seiner ganzen komplizierten Apparatur nicht«, entgegnete Frank. »Ich halte mich da lieber an Monsieur Depauw. Obwohl, nur dasitzen, abwarten und auf den Ausschlag der Seismographennadel starren, behagt mir auch nicht so recht. Auch auf die Gefahr hin, daß Sie mich jetzt beide für einen Spinner halten, meine ich, wir sollten Kontakt zu den Eingeborenen aufnehmen, zu solchen, die vielleicht etwas mehr wissen als wir. Wir sollten ihre heiligen Plätze aufsuchen, um etwas herauszufinden. Die, die von besonders zentraler Bedeutung sind.«

»Wie der Idafe ...«, brummte Bartneck mit geschlossenen Augen.

»Wie kommen Sie gerade auf den?« fragte Frank Richter überrascht.

Schlagartig war ihm wie eine verschwommen aufleuchtende Vision jenes merkwürdige Ölbild in der Bar »Tanausu« im Gedächtnis aufgetaucht. Das kitschige Bild über dem Kamin. Der in rotlila Farbtönen (wie kurz vor dem Ausbruch) gemalte und in magisches Licht gehüllte Roque Idafe, der heilige Berg der Guanchen, im Zentrum des gewaltigen Kraterkessels der Caldera de Taburiente, der in den Büchern wie eine steil aus der Kraterwildnis aufragende Magnetnadel beschrieben war. Die Weltensäule. Zu ihm waren die Guanchenpriester mit ihren Opfergaben gezogen, mit dem beseelten Idafe hatte Tanausu Zwiesprache gehalten...

»Ja, der Idafe. Wann gehen wir hin?«

»Am besten gleich morgen früh, ich komme selbstverständlich mit«, sagte Bartneck. Seine Augen leuchteten in fieberhafter Erwartung.

»Ich habe schon immer zum Idafe gewollt, seit ich auf der Insel bin. Es gibt nur ein Problem.«

»Welches?«

»Der Vulkankrater ist riesig, der Urwald darin verwirrend«, entgegnete Frank. »Weder Sie noch ich kennen den Weg. Wir brauchen einen verläßlichen Führer.«

»Ich kann damit nicht dienen«, sagte Henning Schneider, »ich habe zwar schon zwei, drei Tagesausflüge in die Caldera gemacht, den Idafe auch von weitem gesehen, aber nie einen Zugang zu ihm gefunden. Es ist so eine Sache damit.«

»Wieso?«

»Nun«, antwortete er, und es war ihm anzumerken, daß er scharf nachdachte und die richtigen Worte suchte, »es kursieren da seltsame Gerüchte... Ein Tabu soll ihn umgeben, wenn Sie verstehen, was ich meine. Ich will damit sagen, daß ich in all den Jahren, die ich jetzt hier auf der Insel bin, noch keinen getroffen habe, der dort gewesen wäre. Fragt man die Einheimischen, so geben sie nur zögernd und ausweichend

Auskunft. Der Weg zum Idafe sei früher mal zugänglich gewesen, jetzt aber versperrt, sagen sie und ähnliche Sachen.«

»Zu dumm aber auch«, brummte Bartneck verärgert. »Wir brauchen unbedingt einen Führer, sonst ist die ganze Angelegenheit von vornherein zum Scheitern verurteilt, dann irren wir bloß sinnlos umher und brechen uns in dem schwierigen Gelände womöglich noch den Hals.«

Eine ganze Weile diskutierten er und Henning Schneider herum, ohne zu einem Ergebnis zu kommen. Allerlei logisch klingende Maßnahmen wurden erörtert und rasch wieder verworfen. Währenddessen grübelte Frank Richter vor sich hin.

Mit logischem Denken allein scheinen wir der Sache wohl nicht beizukommen, dachte er. Versuchen wir mal ein Planspiel: Bartneck ist von uns beiden zweifellos der logisch betonte, rationale Part, also übernehme ich jetzt mal bewußt das Gegengewicht, die andere, unlogische Seite, und Henning Schneider übernimmt die Aufgabe des Vermittlers ... Ja, so könnte es klappen: Ich versuche, mein rationales Denken weitgehend auszuschalten und lediglich in Stimmungen, Gefühlen und Bildern zu denken ... Was sehe ich da? Er schloß die Augen und ließ sich durch die Dunkelheit seines Kopfes treiben. Ein Erinnerungsfetzen tauchte auf. Es war der Tag, an dem er mit Bartneck in die Schlucht von Buraca hinabgestiegen war, der Moment unten am Steinstrand, das Rauschen des Meeres ...

Der Legionär, durchzuckte es ihn. Ja, natürlich, der Legionär. Was hatte der gesagt, als er am Felsen bei ihm stand und die fünf Finger seiner Hand zum Abzählen der Freunde erhob? Don Bernardo ... Der wußte eine ganze Menge, aber er war viel zu alt, um für sie den Wegführer zu spielen. Chano ... Hm, aus irgendeinem nicht klar benennbaren Grund schied der aus. Marita ... Irgendwie nicht vorstellbar, daß sie den Weg zum Idafe kannte. Sie hatten sie und Hannes nach der Exkursion zu den Felsbildern noch kurz besucht und dabei auch den Idafe erwähnt. Und wie hatte sie darauf reagiert? Nicht besonders, so als wüßte sie wenig darüber ...

Übrigens hatte es Frank in Garafia vermieden, das Gespräch auf den Legionär zu bringen. Warum? Weil ihr Mann Hannes dabei war? Er schweifte ab ...

Doch, natürlich, da war noch ein Name gefallen: Ramón El Cabrero, der Ziegenhirt aus Puntagorda ... Ein Ziegenhirt! Solche Leute, die ihre Herden über die Insel trieben, kannten die Wildnis wie niemand sonst! Das war es! »Ramón El Cabrero«, sagte er laut, »kennt jemand den Ziegenhirten aus Puntagorda?«

»Aber sicher«, rief Henning Schneider aus, »den kennt doch jeder hier in der Gegend! Ein feiner Kerl, sehr schweigsam und zuverlässig. Daß ich nicht gleich auf Ramón gekommen bin, dem kann man sich anvertrauen ...« Er lief regelrecht zu Höchstform auf: »Wenn ihr wollt, fahren wir gleich hin und reden mit ihm. Das heißt, wenn er da ist. Also, was sitzen wir noch rum und vertun nutzlos die Zeit? Übrigens: Wenn ihr morgen in die Caldera geht, bleibe ich hier und übernehme bei Victor Depauw die Wache am Seismographen. Wäre auch nicht schlecht, sein Zeitungsarchiv einmal durchzusehen.«

Bartneck schnellte aus seinem Sessel hoch. »Okay. Ja, dann also los! Wir müssen uns allerdings immer vor Augen halten, daß das Ganze nur eine Theorie, eine vage Möglichkeit ist. Aber wir sollten sie nutzen!«

»Vamos!« rief Henning Schneider.

»Vamos«, stimmte Frank Richter zu. Beim Verlassen der Pension kam ihm ihr ganzes Unternehmen wahnwitzig vor. Wie der Beginn einer Verschwörung.

Am Morgen darauf rollte Marita mit ihrem kleinen Wagen die Betonpiste runter nach Garafia. Sie wollte ein paar Dinge einkaufen, hatte es aber nicht sonderlich eilig damit. Außerdem schwirrten ihr verschiedene Gedanken durch den Kopf. Da waren zunächst diese merkwürdig verschlüsselten Daten in ihrem Computer, mit denen sie nichts Vernünftiges anfangen konnte. Gestern nachmittag, als die komischen Zahlen- und Buchstabenkombinationen plötzlich auf dem Bildschirm auftauchten, hatte sie schon an eine Störung ihres Betriebssystems gedacht. Auch daran, daß sie möglicherweise oben im Sonnenturm die falsche Diskette abgespeichert hatte. Der Anfang und das Ende stimmten allerdings wieder. Seltsam, dachte sie, ob mir an der Datenbank ein Fehler unterlaufen ist? Es mußte zu dem Zeitpunkt passiert sein, als sie gerade aus dem Fenster blickte und die Gestalten beim Hubschrauberlandeplatz durchs Dickicht schleichen sah. Oder lag es an diesem Ziegenhorn, das sie auf ihrem Schreibtisch neben dem Drucker plaziert hatte? Blödsinn! Dennoch hob sie das Horn mit einer gewissen Scheu auf, trug es, einen geeigneten Platz suchend, durchs Zimmer und legte es schließlich im Bücherregal ab.

Als sie zum Computer zurückkam, prangte die verschlüsselte Botschaft noch immer auf dem Bildschirm. Entnervt zog sie die Diskette aus dem Laufwerk, klebte einen Zettel mit einem dicken Fragezeichen drauf und legte eine andere ein. Es war zweifellos nicht ihre Schuld, aber es beunruhigte sie doch etwas. Sie mußte die Sache unbedingt beim nächsten Treffen mit Dr. Westerford und Dr. Bolsing klären. Oder noch besser gleich mit ihnen telefonieren. Sie griff zum Telefon. Dummerweise kam keine Verbindung zustande. Also zuckte sie mit den Achseln und vertiefte sich in ihre Arbeit.

Doch kurz darauf schweiften ihre Gedanken wieder ab, zu dem alten José Perez und seiner Vogelscheuche. Warum nur regte sich Hannes über eine Belanglosigkeit so auf? Ihrer Meinung nach spann der alte José Perez ein bißchen, besonders in den letzten Jahren, wo er anfing, unter dem Witwerdasein zu leiden und den jungen Mädchen eindeutige Blicke nachzuwerfen. Gelegentlich flocht er entsprechende Bemerkungen ins Gespräch ein, die witzig sein sollten, doch nur allzu durchsichtig waren. Der alte José Perez tat ihr insgeheim leid, er war wirklich kein schlechter Kerl. Ein verträglicher

Nachbar, und wann immer die Gelegenheit sich dazu bot, ließ sie sich auf ein Schwätzchen mit ihm ein. Hannes nahm diese blöde Vogelscheuche einfach zu wichtig.

Später fuhr sie ins Dorf, das eigentlich Santo Domingo – heiliger Sonntag – hieß, aber von den Einheimischen in sturer Hartnäckigkeit nur mit dem alten Guanchennamen Garafia bezeichnet wurde. Eine winzige Streusiedlung, mit kaum erkennbarem Mittelpunkt um den Kirchplatz herum, die zu manchen Zeiten wie ausgestorben wirkte. Es lebten auch nicht mehr viele Leute hier, hauptsächlich alte Menschen. Die meisten waren weggezogen, nach Venezuela ausgewandert, und die Jugendlichen trieb es sowieso mehr nach Los Llanos oder in die Hauptstadt Santa Cruz an der Ostküste.

Marita liebte den von alten Bäumen umstandenen, schattigen Platz gegenüber der verstaubten Bar »Taxo«, wo die alten Männer des Dorfes zur Siesta auf den Steinbänken saßen und die Ereignisse des Tages kommentierten, während sich die Frauen zum Klatsch in Teresas Gemischtwarenladen trafen. Er besaß eine gute, zeitlose Atmosphäre und paßte zum Ort. Ein stiller Platz in einem vergessenen Dorf am Rande der Welt.

Marita parkte den Wagen und wollte gerade mit dem Einkaufskorb um die Ecke zu Teresas Laden gehen, als ihr Blick auf die uralte Holztür der Kirche fiel. Sie stand einen Spaltbreit offen. Kurzentschlossen und ohne recht zu wissen, warum, ging Marita auf die Kirche zu und schob die Tür ein Stück weiter auf. Ein Lichtstreifen fiel in das halbdunkle Innere der Kirche. Langsamen Schritts ging Marita an den groben Holzbänken vorbei und blieb vor dem Altar stehen, der wie meistens in rötliches und violettes Licht getaucht war, weil die Sonne von oben durch eine Bleiverglasung schimmerte.

Wie stets, wenn sie hier war, betrachtete sie das Bild an der rechten Wand. Es mußte Jahrhunderte alt sein, war auf naive, ein wenig steife Weise gemalt und stellte die wundersame Rettung eines Schiffes in Seenot dar. Mit gebrochenem Mast und zerfetzten Segeln trieb das Schiff in sturmgepeitschten Wellen, während sich an die treibenden Planken ringsum verzweifelte Seeleute klammerten. Die Geschichte, die in dem Gemälde erzählt wurde, kannte niemand im Dorf mehr genau. Seit Generationen hing es einfach nur da, düster und kaum zu erkennen, und spielte keine besondere Rolle beim Gottesdienst. Dennoch galt gerade dieses Bild als heimlicher Schatz der Gemeinde. Auch Marita empfand eine gewisse Ehrfurcht, wenn sie es ansah.

Erst jetzt bemerkte sie die Veränderung in der kleinen Kirche. Auf dem Steinboden vor und neben dem Altar flackerten heruntergebrannte Kerzen. Aus welchem Grund standen sie hier, wer hatte sie angezündet? Marita wunderte sich. Es war doch nicht Sonntag, und selbst dann hatte sie nie eine solche Menge Kerzen beim Altar gesehen. Was hatte das zu bedeuten? Sie blickte sich um. Die Kirche war leer, und doch mußte vor kurzem noch jemand hiergewesen sein. Sie schüttelte den Kopf, machte sich aber weiter keine Gedanken darüber.

Als sie die Kirche verließ, fröstelte sie, obgleich die Temperatur draußen noch gestiegen war. Einen extrem heißen Sommer hatte dieses Jahr gebracht. Wenn das so weiterging, würde es bald an Wasser mangeln. Marita überquerte den Platz. Der Ort wirkte immer noch wie ausgestorben. Schließlich war sie richtig froh, in Teresas Laden ein paar Frauen zu treffen. Sie unterhielt sich wie immer freundlich, lachte herzlich mit den anderen, suchte ein paar Dinge zum Einkaufen aus und ließ sich von Teresa ihren Korb mit dem Gewünschten füllen.

Nachher fuhr sie mit dem Wagen zurück. Die Piste stieg nach den letzten Häusern des Ortes steil bergan, so daß sie im ersten Gang fahren mußte. An der Stelle, wo es eine Ausbuchtung zum Halten gab, stieg sie aus. Ich muß mir doch einmal diese alberne Vogelscheuche ansehen, die Hannes so aufgeregt hat, dachte sie. Bevor sie aber noch die paar Schritte zur Mauer gehen konnte, von der aus man auf die Terrasse blicken konnte, blieb sie erschrocken stehen. Für einen kurzen Moment lang glaubte sie zu spüren, wie der Boden unter ihren

Füßen schwankte. Es war nur ein leichter Stoß, als ob ihr der Blutdruck einen Streich spielte, aber es reichte, um sie erheblich zu irritieren. Dann war es vorbei. Sie atmete kräftig durch.

Aber der Schwindel wollte nicht gleich vergehen, während sie über die steil abfallende Schlucht blickte. Drüben, auf einer kleinen Anhöhe dicht am Barranco, ragte eine Gruppe von Drachenbäumen auf. Sie bildeten einen Kreis, und es hieß von ihnen, dort sei einmal ein Tagoror gewesen, ein ringförmiger Versammlungsplatz der Ureinwohner. Doch sie hatte sich selbst bei einem früheren Besuch überzeugt, daß davon so gut wie nichts mehr zu erkennen war. Dennoch war es ein guter Platz zum Picknickmachen und Träumen. Er erinnerte sie an die Steinkreise in Irland, und jedesmal, wenn sie dort im Schatten der Dragos saß, fielen ihr Sätze eines Buches ein, das sie irgendwann einmal gelesen hatte: »Der Kreis gehört zur großen Erdmutter. Den rechten Winkel hat erst das Patriarchat erfunden, es gibt ihn nicht in der Natur.« Und sie dachte daran, daß es solche heiligen Haine in früherer Zeit überall in Europa gegeben hatte, Eichen, Birken, Haselnuß und Holunder, die Lieblingsbäume der großen Mutter.

Mehr noch als über das kurze Beben der Erde vorhin erschrak sie, als plötzlich der alte José Perez vor ihr stand. Er mußte direkt aus der Schlucht emporgestiegen sein, ein Irrsinn in seinem Alter, solche Kletterpartien zu wagen!

»Hola, José!« grüßte sie leicht beklommen.

»Buenos días, qué tal?« grüßte der Alte höflich wie immer zurück.

Dennoch spürte Marita sofort, daß etwas mit ihm nicht stimmte. Sie überlegte, was sie sagen und wie sie es herausfinden sollte. Doch José Perez kam ihr zuvor.

»Hast du es eben gemerkt?« fragte er. »Die Erde bebt, sie ist zornig.« Er stand ganz dicht vor ihr, und sie roch an seinem Atem, daß er getrunken hatte. Merkwürdig, dachte sie, Hannes meinte doch, er würde selten einen Tropfen anrühren, zumal um diese Tageszeit.

»Ja, ich habe es gefühlt«, antwortete sie. »Was war das?«

José Perez trat noch einen Schritt vor und stand nun direkt vor ihr. Sein zahnloser Altmännermund wisperte ihr ins Ohr. »Ein schlimmes Zeichen, sehr übel ... Es wird uns alle heimsuchen. Madre mía, ich mache mir große Sorgen. Du solltest die Insel lieber verlassen.«

Marita starrte den Alten fassungslos an. Ein unangenehmes Kribbeln lief über ihren Rücken. »Was redest du da?« sagte sie, sich mühsam zusammenreißend. »Du hast getrunken, José! Warum sprichst du so seltsam?«

»Ich meine es gut mit dir«, raunte José Perez mit düsterem Blick, »ich mache mir wirklich große Sorgen um dich.«

Ihr war klar, daß sie das Gespräch auf der Stelle abbrechen mußte. »Ist schon gut«, sagte sie rasch, »ich muß jetzt nach Hause. Ich danke dir jedenfalls vielmals.«

Sie drehte sich um und ließ den Alten einfach stehen. Mit klopfendem Herzen stieg sie wieder ins Auto, drehte den Zündschlüssel um und tuckerte im Schrittempo los. Im Rückspiegel sah sie ihn noch auf der Betonpiste stehen. Er hob die Hand und winkte ihr zaghaft nach.

Am Nachmittag desselben Tages kam Hannes an genau dieser Stelle vorbei. Wie immer ging er zu Fuß. Er war über die Terrassen geklettert, um noch einmal nach dieser verdammten Vogelscheuche zu sehen. Was er dort antraf, erzürnte ihn noch mehr als vor zwei Tagen. Die Form der Scheuche hatte sich nämlich verändert. Jetzt trug sie statt des zerbeulten Sombreros eine Krone aus frisch gezupften Hühnerfedern. An manchen von ihnen klebte eine bräunliche Masse, die er als getrocknetes Blut ausmachte.

»So eine eklige Schweinerei!« schimpfte Hannes. »Das geht nun doch ein bißchen zu weit! Ist der Kerl vollends übergeschnappt?« Was sollte der lächerliche Mummenschanz? Lebten sie denn im Mittelalter? Er nahm sich vor, Perez zur Rede zu stellen. Er kletterte die Terrassenmauer hinab auf die Piste. Von hier hatte er noch ein gutes Stück bis zum Haus des Alten zu gehen, das linker Hand inmitten eines verkommenen Grundstücks lag. Kreischend wirbelte ein Schwarm Alpendohlen über die Schlucht hinweg. Die Vögel schienen zu tanzen, jagten sich in tollkühnem Flug und machten einen Höllenspektakel. Was hatte den Schwarm so erschreckt?

Mit ein paar Schritten erreichte Hannes die Steilkante zur Schlucht. Er schirmte mit der Hand die Augen gegen die Sonne ab und spähte hinab. Unten war nichts zu erkennen. Plötzlich stockte sein Atem. Auf einem Felsvorsprung, nur wenige Meter unterhalb von ihm, sah er eine Gestalt. Der alte José Perez. Er stand dort mit ausgebreiteten Armen auf dem Felsen und schrie so gellend, daß es schaurig durch den Barranco hallte. Es war kein menschlicher Ruf, sondern der Schrei eines Tieres.

»Nein, nicht!« wollte Hannes brüllen, aber die Stimme versagte ihm vor Entsetzen. Obwohl er unmittelbar an der Felskante stand, machte der alte Perez einen Schritt vor und stürzte sich in die Tiefe. Im Fallen ruderten seine ausgebreiteten Arme, als versuchte er zu fliegen, während sein Schrei noch immer in der Schlucht widerhallte. Wie eine vom Wind mitgerissene Vogelscheuche wirbelte er hinab. Dann schlug sein Körper unten auf. Taumelnd wich Hannes von der Steilkante zurück, wandte sich um und erbrach sich.

Bei strahlendem Wetter und ruhiger See lief die »Rainbow« den Hafen von Tazacorte an. Jan Nellen und seine Freundin Britta Arhus konnten stolz auf ihre Leistung sein. In weniger als zwei Wochen hatten sie die Strecke Scheveningen – La Palma geschafft, und das bei ausgedehnten Zwischenstopps und Landgängen in Calais, Le Havre, Brest, La Rochelle, San Sebastián, La Coruña, Porto, Lissabon, Cádiz und Teneriffa. Nun wollten sie eine Weile auf La Palma bleiben und später vielleicht weiter mit dem Kanarenstrom in die Karibik – nach Barbados oder Martinique.

O ja, sie hatten sich auf diesen Törn lange vorbereitet, in den letzten Jahren tierisch gearbeitet, viel Geld in die Ausstattung der Segelyacht gesteckt und obendrein noch genug gespart, um ihre Reisekasse für ein halbes Jahr zu füttern. Das große Abenteuer. Natürlich war Britta Anteilseignerin am Schiff, sogar zu zwei Dritteln, immerhin hatte sie den Erlös aus dem Verkauf des Hauses ihres verstorbenen Vaters eingebracht. Jan drehte kleine Filme, auch mit der Unterwasserkamera, und einer seiner Streifen, der die Fauna und Flora unter dem Meeresspiegel zum Inhalt hatte, war sogar ausgezeichnet worden. Dem Segeln waren beide seit frühester Kindheit verfallen. Sie besaßen eine Menge Erfahrung, wenn sie auch noch nie vorher einen so großen Törn in Angriff genommen hatten.

Eigentlich hatte Jan statt La Palma die Insel El Hierro ansteuern wollen, weil die felsige Südküste bei Restinga in Taucherkreisen als absoluter Geheimtip galt. Aber schließlich hatte sich Britta mit ihrem Wunsch durchgesetzt, die vielgerühmte »Isla Bonita« zu sehen und bei Landgängen zu erkunden. Die beiden Fotobände, die sich in der kleinen Bordbibliothek befanden, hatten den Ausschlag gegeben. Britta war 24, Fotografin und freie Bildjournalistin, stammte wie der zehn Jahre ältere Jan aus Den Haag und wollte unbedingt Drachenbäume und Vulkane, Säulenkakteen und Ziegenhirten in Bergeinsamkeit fotografieren. »Außerdem muß die Westküste von La Palma traumhaft sein«, hatte sie gesagt. »Schau dir doch nur mal diese Bilder hier an: Sieht das nicht aus wie Irland, nur wesentlich exotischer und geheimnisvoller?«

Da mußte ihr Jan recht geben. »Kalkulierbares Risiko« lautete seine Devise, und er war bisher recht gut damit gefahren. Ein nüchterner Abenteurertyp mit Sinn fürs Geschäft. Britta verkörperte mehr die romantische Seite des Duos. Ihre Fotos gerieten sensibel, sie zog gute Motive geradezu an, und selbst den banalsten Alltagsszenen konnte sie noch Charme und Magie abgewinnen.

Sie waren als Team bestens aufeinander eingespielt, an Land wie auch auf See, und so mußte es auch sein. In einem Sturm bei schwierigem Seegang kam es darauf an, daß jeder genau wußte, was zu tun war und wo man gerade Hand anlegen mußte. Diskutiert werden konnte später, am liebsten in einer gemütlichen Pinte bei netten Leuten und gutem Essen.

Vor ihnen lag nun der Hafen von Tazacorte. Nach der Nordwestecke bei Garafia und Puntagorda, wo sie den Passat und die seitlich wegdriftende Strömung verließen, gab sich die Leeseite der Insel so windstill, daß sie zuletzt die Segel einholten und mit der Kraft des Hilfsmotors in den Hafen einliefen.

»Eine ideale Bucht zum Ankern«, sagte Jan. »Von hier aus haben die Spanier 1492 die Insel erobert. Alonso Fernández de Lugo. Steht in diesem klugen Buch. Schau mal, der schwarze Strand und die Felsen, alles Lava. Und oben die grüne Kante, das müssen Bananenplantagen sein.«

»Gefällt mir«, sagte Britta, »hier können wir bleiben.«

»Von Yachthafen keine Spur«, meinte Jan. »Zwei kleinere Segler, der Rest Fischkutter und winzige Boote. Wirklich niedlich.«

»Mach dich nicht drüber lustig, und gib es ruhig zu: Genau von so was haben wir doch geträumt.«

»Stimmt. Unter Wasser ist nicht viel los, an Land dafür vielleicht um so mehr«, sagte Jan lachend.

»Alter Zyniker.« Sie puffte ihn zärtlich in die Seite.

Sie blieben etwas weiter draußen als die beiden anderen Yachten, legten den Motor still und ließen den Anker runter. Sanft dümpelte die »Rainbow« auf der Stelle. Sie waren endlich angekommen.

Frank Richter fuhr nach Los Llanos, um noch ein paar Utensilien für die bevorstehende Expedition einzukaufen, vor allem einen einfachen, derben Rucksack, eine leichte Wasserflasche und Lebensmittel. Unterwegs hielt er kurz vor Jorges Bar und erkundigte sich bei Carmen nach Chano. Ebenso in der Bar »Tanausu«. Doch niemand hatte ihn gesehen. Es hieß, Chano sei schon seit Tagen nicht mehr aufgetaucht.

Als er alles Notwendige zusammenhatte, ging er zur »Casa Cultura«, die zum Glück noch geöffnet hatte. Mercedes kam ihm entgegen, sie wollte gerade abschließen. Er nahm sie in die Arme und küßte sie zärtlich. »Du bist eine wundervolle Frau«, flüsterte er, »ich werde jedes Mal verrückt vor Glück, wenn ich dich sehe.«

»Ich mag dich auch«, flüsterte sie zurück und drückte sich an ihn, »du stürmischer, ungeduldiger Alemán.«

Ihm fiel schlagartig ein, warum er eigentlich da war, und er wurde ernst. »Wir können uns morgen nicht sehen«, sagte er, »ich gehe mit Dr. Bartneck und Ramón in die Caldera. Wir wollen zum Idafe.«

»Zum Idafe?« wiederholte sie ungläubig. »Dorthin gibt es keinen Weg.«

»Doch. Ramón ist der einzige, der ihn kennt. Er führt uns hin.«

»Das ist keine leichte Sache«, sagte Mercedes. »Ich bin selbst schon ein paarmal in die Caldera de Taburiente gewandert. Mit Freunden. Wir waren bei Dos Aguas, wo die beiden Flüsse zusammenlaufen, und im Wald, auf einem Rastplatz, wo man im Zelt übernachten kann. Ein anstrengender Marsch. Klar, man sieht von dort aus ständig den Idafe, aber glaub mir, das Gelände ist viel zu steil. Es gibt keine Möglichkeit, ihn zu erreichen.«

»Die Guanchenpriester haben es auch geschafft, sie haben dort geopfert, und Tanausu soll sogar mit dem heiligen Berg gesprochen haben. So steht es jedenfalls in den Büchern, die du mir gegeben hast. Ich bin sicher, und Ramón ist es auch: Wir werden es schaffen!«

Mercedes schüttelte den Kopf. Sie war noch immer nicht überzeugt. »Wer ist dieser Ramón?« fragte sie.

»Ein Ziegenhirt aus Puntagorda. Er kennt sich in der Caldera aus, früher ist er oft mit seinen Ziegen dort langgezogen.«

»Wie ist er, wie sieht er aus?« wollte Mercedes wissen.

Frank Richter versuchte, ihn aus dem Gedächtnis zu beschreiben: »Ungefähr sechzig, aber er wirkt viel jünger. Sehr groß, athletisch, er wirkt ziemlich kräftig. Er strahlt Ruhe aus. Das Beste an ihm sind seine Augen. Er lacht viel.«

»Dann komme ich mit«, entschied Mercedes.

»Geht denn das?« fragte Frank überrascht.

»Warum nicht? Morgen ist Sonntag und die ›Casa Cultura‹ geschlossen.«

»Stimmt ja!« Frank schlug sich an den Kopf. Bei all der Aufregung der letzten Zeit hatte er glatt die Wochentage vergessen. »Und wenn es länger als einen Tag dauern sollte?«

»Dann muß die ›Casa Cultura‹ mal eben ohne mich auskommen. Man sollte es nicht glauben, aber auch mir steht Urlaub zu.«

»Und du willst wirklich mit, ich meine, wird das nicht zu schwierig für dich?«

»Sehe ich aus wie eine alte Frau?« gab Mercedes zurück. »Habe ich nicht Beine zum Laufen und einen Rücken, um Lasten zu tragen? Nein, mein Freund, so leicht wimmelst du mich nicht ab. Es sei denn ...«

»Was?«

»Es sei denn, du willst mich bei eurer Männerpartie nicht dabeihaben.«

»Wie kommst du nur auf so was?« sagte Frank, »ich bestehe darauf, daß du mitgehst.«

»Und die anderen?«

»Die werden schon nichts dagegen haben.«

»Fein«, lachte sie, »seit ich Kind bin, habe ich davon geträumt, wenigstens einmal in meinem Leben den Idafe zu besteigen. Ich freu' mich riesig!«

»Ich freue mich auch«, sagte Frank und zog sie an sich.

Doch Mercedes befreite sich lächelnd aus seinen Armen. »Nicht jetzt. Wir müssen noch ein paar Sachen für mich besorgen, bevor die Geschäfte zumachen. Oder willst du mich unterwegs verhungern lassen?«

Es war eine sternenklare Nacht, als sie sich am Hafen von Tazacorte in Henning Schneiders Pension trafen. Bartneck hatte außer seinem Stock und der Umhängetasche noch eine Decke dabei. Ramón trug ein verschnürtes Bündel auf dem Rücken, in dem sich Brot, ein Säckchen Gofiomehl und eine kleine Bananenstaude befanden. Wie zu erwarten, gab es keine Diskussion darüber, daß Mercedes mitkommen wollte.

Henning Schneider hatte vorsorglich ein kräftiges Frühstück vorbereitet. »Wer weiß, wie lange ihr da im Urwald herumirren werdet«, meinte er.

Mit dem ersten fahlen Licht, das den beginnenden Morgen ankündigte, brachen sie auf. Sie stiegen vom Strand aus in die Geröllzone des Barrancos hinauf. Der Bachlauf in der Schlucht der Todesängste lag ausgetrocknet und bot einen wenig erfreulichen Anblick.

Der erste Teil der Wegstrecke war stark verschmutzt. Überall lag Unrat herum, der an manchen Stellen regelrecht in wilde Müllkippen ausartete. Beiderseits des Barrancos stiegen die Bananenplantagen in Terrassen an. An der Kirche gingen sie vorbei und unter der Brücke hindurch. Die Straße blieb als graues, die grünen Terrassen durchschneidendes Band zurück.

Nach und nach wichen die Spuren der Zivilisation. Nur noch vereinzelt zogen sich Trockenmauern an den Hängen entlang. Die Bananenfelder, die es hier noch gab, waren verdorrt und wirkten verwildert. Schließlich hörten sie ganz auf. Das trockene Flußbett stieg stetig an, zugleich aber wuchsen die Felswände zu schwindelerregender Höhe empor.

Nach etwa einer Stunde erreichten sie eine Biegung, die von der Straße aus nicht mehr einzusehen war. Es mochte die Stelle sein, an der Guillén Perazas Truppen zum ersten Mal von Guanchen angegriffen worden waren und die Tücken der Schlucht der Todesängste erfahren hatten. Eine bedrückende Stille lastete über der Schlucht. Sie hörten nur die Geräusche, die ihre eigenen Füße im Geröll verursachten, sonst nichts. Ein paar Dohlen schwebten im Gleitflug vorüber.

Nach einer weiteren halben Stunde stießen sie auf die Piste, die von Los Llanos aus über den Lomo Caballo, den Pferderückenberg, weiter zu den verstreuten Ansiedlungen an der westlichen Steilflanke der Caldera führt. Bis hierher – und linksseitig wohl noch ein wenig weiter – konnte man mit dem Auto fahren. Aber Frank Richter bereute nicht, den Fußweg zum Vulkankrater auf sich genommen zu haben. Sie hätten jetzt zum Beispiel auch auf dem Betonband der Wasserleitung weiterlaufen können. Alle Leute taten das, wie Mercedes erzählte, an gewissen Feiertagen ganze Familien, die den bequemen Weg über den Betonkanal für einen Picknickausflug wählten. Nein, sie würden weiterhin auf dem alten Weg bleiben, wie es zu Vorzeiten sicher auch schon die Ureinwohner getan hatten. Außerdem wurde der Weg nun interessanter.

Große, grünschillernde Libellen schwirrten durch die Schlucht. Das Flußbett war zwar immer noch trocken, aber an manchen Stellen hatte sich in Vertiefungen Wasser angesammelt, stehendes algenhaltiges Gewässer, das die Becken leuchtend grün, rot und gelb eingefärbt hatte. Frösche laichten darin, ab und zu platschte mal einer hastig ins Wasser. In sicheren Verstecken aber saßen Hunderte, ja Tausende Frösche und beobachteten die Wanderer. Ihr Gequake dröhnte in den Ohren, die durch die vorherige tiefe Stille überempfindlich geworden zu sein schienen.

Schließlich stießen sie auf fließendes Wasser, ein Rinnsal zuerst, das dann breiter wurde, sich vielfach verästelte und schließlich einen richtigen Bachlauf bildete, der sich in den natürlichen Kaskadenausformungen des Gesteins sammelte und stellenweise knietief staute.

Der Weg wurde schwieriger. Man mußte die Augen unablässig auf den Boden richten, damit man nicht ausrutschte und trocken über die Steine kam, die manchmal so in Schrittweite zusammenlagen, daß sie Brücken über den Wasserlauf bildeten. Ihre Füße fanden allmählich automatisch den richtigen Weg. Selten nur blieben sie stehen, um die Köpfe zu heben. Wenn sie mit der Hand die Augen abschirmten, konnten sie hoch über sich die Grate schroffer Felsstürze erkennen.

Das graue Band der Wasserleitung zog sich inzwischen etwa 300 bis 400 Meter über ihnen an der rechten Steilwand entlang. Die Ränder der zerklüfteten Bergkämme aber lagen wesentlich höher, 1000 Meter und mehr, und darüber wölbte sich unwirklich fern ein wolkenlos blauer Himmel.

Als Frank Richter einmal so dastand und in den fernen Himmel starrte, gewahrte er hoch oben an der Felswand die schwarzen Schatten zweier riesiger Vögel. Von allen anderen Lebewesen unerreichbar, adlergleich, trieben sie majestätisch dahin und riefen sich mit dunklen, volltönenden Stimmen etwas zu. Noch nie zuvor, außer in einem bebilderten Fachbuch, hatte er Kolkraben gesehen. Er beobachtete, wie sie langsam, fast träge die schweren Schwingen hoben und senkten und schließlich mit einem unerwartet starken Schwenk seitlich abdrehten und jenseits der Berge verschwanden.

Der Weg nahm nun die gesamte Aufmerksamkeit in Anspruch. Sie schwitzten stark und mußten immer wieder Pausen einlegen und sich für Momente in den Schatten setzen. Manchmal fielen ihnen sehr eigenartig geformte Steine mit schöner Maserung und feiner Zeichnung auf. Die Felsen selbst zeigten sich in nahezu jeder erdenklichen Färbung, vom zarten Violett über Türkis, Sandgelb, Rostrot bis hin zu kühlem Metallicblau.

»Tiefsee-Sedimente«, erklärte Bartneck, »Gestein, das sonst nur noch auf dem Grund des Meeres vorkommt.«

Hier aber waren sie auf wundersame Weise aufgetaucht, von gewaltigen tektonischen Beben an die Erdoberfläche gehoben, und glitzerten nun schöner als Edelsteine.

Sie schraken auf, als sie plötzlich Geräusche vernahmen, das Klappern von Hufen und menschliche Stimmen. Ein alter Mann kam um die Ecke und führte ein Maultier am Zügel, das vorsichtig die Hufe über die unsicheren Steine setzte. Zwei halbwüchsige Jungen begleiteten ihn. Ihre Kleidung war zerlumpt, statt der sonst üblichen Sombreros trugen sie geknotete Tücher auf den Köpfen. Scheu und mißtrauisch grüßten sie.

Als sie weiterzogen, sah Frank Richter ihnen nach. Das Maultier trug einen gewaltig aufgetürmten Berg frischer Pflanzen auf seinem Rücken. Offenbar hatten sie Sauerampfer als Viehfutter geschnitten. Aber wo in der Caldera gab es so fruchtbare Stellen?

Etwas später entdeckten sie, kaum zwischen den verwitterten Felsen sichtbar, eine Einsiedelei. Sehr hoch lag das Anwesen, es blieb rätselhaft, wie das Haus überhaupt zu erreichen war. Mittlerweile wurde es immer schwieriger, im Flußlauf voranzukommen. Einmal mußten sie bis zum Bauch durchs Wasser waten. Dann kam eine Stelle, wo sie auf allen vieren durch einen Kamin klettern mußten. Man klammerte sich mit den Händen am Felsen fest und tastete sich mit den Füßen von Vorsprung zu Vorsprung. Mit dem Gepäck im Rücken kamen sie sich vor wie große, unbeholfene Käfer. Wie hilflos Menschen doch sind! Frank und Bartneck stellten sich vor, wie es den spanischen Soldaten ergangen sein mußte. Mit schweren Waffen und Rüstungen waren sie hier geklettert, Fremdkörper in dieser Umgebung und leicht auszumachende Ziele für die Steine und Lanzen der Guanchen, denen das Klettern im Fels wenig ausmachte – es war ihre Heimat, sie kannten jeden Winkel und wußten sich so gut zu tarnen wie Eidechsen.

Ramón schritt für sein Alter erstaunlich leichtfüßig voran. Bartneck, der nachfolgte, versuchte es ihm nachzutun. Dann kam Mercedes, und Frank Richter bildete den Schluß. Mehr als einmal kam es ihm vor, als husche ein flüchtiger Schatten über die Felsen. Wurden sie beobachtet? Unsinn, die angespannten Nerven spielten ihm Streiche.

Beiderseits der Schlucht breitete sich nun Kiefernwald aus. Die Hänge waren mit einem dichten, braunen Teppich aus abgestorbenen Nadeln bedeckt, der rutschig wie Seife war. Als sie ungefähr drei Stunden gewandert waren, stießen sie hinter einer Biegung völlig unvermittelt auf ein Lager von Jägern.

Drei Männer saßen geduckt um ein Feuer herum und brieten ein Kaninchen. Zwei weitere erlegte Tiere lagen neben ihnen und eine uralte, doppelläufige Flinte. Die Männer waren ebenso überrascht wie die Ankömmlinge. Ihre Gesichter waren tief gebräunt, mit tiefliegenden Augen und von plumpem Schnitt. Alle drei trugen armselige Kleidung, zerschlissene Hosen und Hemden, die so oft gewaschen worden waren, daß sich ihre ursprüngliche Farbe nur noch erahnen ließ. Sie waren barfuß und trugen, wie vorhin die Leute mit dem Maultier, keine Sombreros, sondern geknotete Tücher um den Kopf. Lange, gebogene Messer steckten in ihren Gürteln.

Ramón blieb stehen und grüßte. Die Jäger blinzelten mißtrauisch zurück. Einer der drei, undefinierbar alt wie die anderen, aber offenbar ihr Anführer, machte mit der Hand eine einladende Bewegung in ihre Richtung. Frank Richter zögerte. Aber dann überwand er sein Unbehagen, ging näher heran und setzte sich zu ihnen ans Feuer.

Die Männer sprachen kein Wort. Schweigend drehte der eine den Holzspieß, während die beiden anderen mit offenen Augen in die Ferne träumten. Der Mann, der den Spieß bediente, griff mehrmals an Bartnecks Schulter und drückte sie. Dann wies er auf das Kaninchen. Bartneck verstand: Sie sollten zum Essen bleiben.

Also packten sie Brot aus, die Bananen und legten die Sachen in den Kreis auf den Boden. Frank zückte seine Zigaretten und reichte die Packung herum. Die drei Männer griffen zu und rauchten beinahe andächtig.

Frank gab sich Mühe, ruhig und entspannt zu wirken, innerlich aber war er aufgewühlt. Diese Männer, die bisher nicht ein einziges Wort zu ihnen und auch untereinander nicht gesprochen hatten, waren mit Gewißheit keine Spanier. Zu fremd, beinahe indianisch wirkten ihre Gesichter. Als er sich vorgebeugt hatte, um von dem Älteren Feuer zu bekommen, hatte er einen Moment lang dessen behaarten Handrücken gesehen. Um das Gelenk herum wanden sich Spiralen. Sie waren gemalt oder tätowiert. So schnell hatte er den Unterschied nicht erkennen können, und der Mann hatte, als er Frank Richters Blick bemerkte, blitzschnell den Arm wieder zurückgezogen. Jetzt verbarg der weite Ärmel seines Hemdes die Zeichnung.

Einer der beiden anderen beugte sich nun vor, übernahm den Spieß und schnitt mit seinem Messer größere Stücke vom Braten. Das erste davon reichte er Bartneck. Der nahm es dankbar an. Das Fleisch schmeckte saftig und war offenbar mit irgendwelchen scharfen Kräutern gewürzt. Sie aßen langsam und schweigend. Mehrmals reichte einer der Jäger eine Tonflasche mit Wasser herum. Schließlich aßen sie noch das restliche Brot und die Bananen und rauchten jeder zum Abschluß eine weitere Zigarette.

Erst jetzt kam zwischen Ramón und den Jägern ein Gespräch auf, von dem Frank Richter und Bartneck nur Bruchteile mitbekamen, denn viele der benutzten Worte waren ihnen völlig fremd und unverständlich.

Frank stieß Mercedes heimlich an. »Was reden sie, um was geht es?«

Mercedes lauschte eine Weile, schüttelte dann aber den Kopf. »Keine Ahnung«, raunte sie ihm zu seiner Überraschung zu. »Sie sprechen sehr undeutlich, wahrscheinlich benutzen sie die alte Sprache.«

Das kann doch nicht wahr sein, dachte Frank Richter ehrfürchtig. Echte, lebende Guanchen. Sollte Don Bernardo mit seiner Andeutung recht gehabt haben? Was ihn am meisten erstaunte, war, daß auch Ramón die angeblich längst vergessene alte Sprache beherrschte. Er beobachtete die Jäger nun noch intensiver. Der ältere von ihnen machte mit der Hand eine Bewegung in die Caldera hinein, schüttelte den Kopf. Ramón entgegnete etwas, vermochte den anderen wohl aber nicht zu überzeugen. Er stand auf und lachte verlegen.

»Vamos?« fragte er und war von einem Moment auf den anderen wieder der kanarische Ziegenhirt, den sie kannten.

Sie erhoben sich nun alle und verabschiedeten sich von den Jägern. Als sie aufbrachen, hatte Frank Richter das Gefühl, daß die Männer ihnen nachstarrten und bis zur nächsten Biegung ihre Bewegungen verfolgten.

Die folgenden zwei Stunden begegneten sie niemandem mehr. Die Schlucht gehörte ausschließlich den Pflanzen und Tieren. Sie kamen sich vor wie die ersten Menschen, die eine fremde Welt entdeckten. Und doch gab es Leute hier, Einsiedler und Jäger. Sie selbst hatten einige von ihnen zu Gesicht bekommen. Wer weiß, dachte Frank, wie viele noch in den abgelegenen Seitentälern der Schlucht hausen oder gleich uns die Wildnis durchstreifen.

Allmählich weitete sich die Schlucht zum eigentlichen Talkessel hin. In der Nähe der Pumpstation, dort, wo die Wasserleitung anfing, stießen sie zwischen Buschwerk und Lorbeerbäumen auf zwei Quellen im Stein. Sie lagen dicht nebeneinander. Die eine sprudelte weiß, die andere rostrot, was auf starke Eisenhaltigkeit hindeutete. Sie beschlossen, von beiden zu probieren, und beugten sich nacheinander über die Wasserstellen. Erstaunlicherweise schmeckten sie völlig unterschiedlich. Die vier Wanderer erfrischten sich ausgiebig und setzten sich danach unter den Stamm einer mächtigen Kiefer.

Bei genauerer Betrachtung der Umgebung bemerkte Bartneck, daß sie sich auf einer Art Insel zwischen zwei Flußläufen befanden.

»Dos Aguas«, erklärte Mercedes. »Von hier aus wird ein Großteil der Insel mit Trinkwasser versorgt.«

»Und das da drüben?« fragte Bartneck. Genau gegenüber

ragte aus dem bewaldeten Kraterkessel ein einzelner rötlicher Felsen.

»Der Idafe«, sagte Mercedes.

Er sieht genauso aus wie auf dem kitschigen Ölgemälde in der Bar »Tanausu«, dachte Frank. Irgendwie unwirklich, fast wie ein Zahn, ein riesiger Penis oder ein versteinerter Mensch. Der Roque Idafe, der heilige Berg. Sie waren angekommen.

Inzwischen stand die Sonne hoch und brannte kräftig vom Himmel. Aber hier, im angenehmen Schatten der Kiefern, fiel die Anstrengung des Marsches von ihnen ab. Sie ließen sich Zeit, sie hatten ja auch Zeit, alle Zeit der Welt.

Frank lagerte neben Mercedes und betrachtete die seltsame Form des Idafe. Er fiel dabei in einen halb dösenden Zustand. Das Gefühl, auf einem fliegenden Teppich zu liegen, die Arme unter dem Kopf verschränkt und mit geschlossenen Augen in den Himmel zu träumen, das er als Kind oft gehabt und seitdem völlig vergessen hatte, überkam ihn plötzlich wieder. Er hatte sein Hemd ausgezogen und unter dem Nacken zusammengerollt. So auf dem Rücken schwebend, glitt er federleicht dahin, ließ die Geräusche unter den Wolken zurück und lächelte der Wärme entgegen. Der Geruch von Sonne auf der Haut, die satte Behaglichkeit seines Körpers, die Bereitschaft, sich einfach dahintreiben und auflösen zu lassen – wie lange hatte er diese kleinen sinnlichen Kostbarkeiten nicht mehr wahrgenommen!

Das mit Abstand Schönste an der Situation war das Gefühl, neben dem Mädchen zu liegen, das er liebte. Er roch gern ihre Haut, ihr Haar, und die ganze Zeit über spielten seine und ihre Finger miteinander, tauschten Zärtlichkeiten aus, morsten sich kleine vertrauliche Signale zu.

Er gähnte herzhaft, streckte sich und scheuchte durch die plötzliche Bewegung ein paar Eidechsen auf, die raschelnd aus seiner Reichweite flohen. Dieses Rascheln, Hasten, Dahinhuschen war sowieso auf der ganzen Insel ein ständiger Begleiter. Die Insel mochte ja von Menschen besiedelt sein, das Land aber, die grauschwarzen, braunbuschigen Hänge und Lavafelder, gehörten eindeutig den Echsen. Dort lagen sie träge in der Sonne, die grauen und bräunlich gestreiften und gesprenkelten, die schwarzen und leuchtend hellblau gefleckten Urweltdrachen. Es gab keinen Quadratmeter der Insel, auf dem es nicht raschelte und huschte. Ich liege im Zentrum des größten Vulkankraters der Erde und halte ihn für ein Paradies, dachte Frank Richter. Was für ein Widerspruch! Er gähnte erneut und genoß den ersten richtigen Eidechsensommer seines Lebens.

Mercedes mußte es ähnlich ergehen. »Ich könnte hier glatt liegenbleiben und einschlafen«, sagte sie lächelnd und streckte sich wohlig.

Doch Bartneck erhob sich und drängte zum Aufbruch. Dem schweigsamen Ramón war es recht. Mit gleichmütiger Miene warf er sein Bündel über die Schultern und setzte sich wieder an die Spitze des Zuges.

Er führte sie nun über die Sandbank und an einer günstigen Stelle über einen Steinpfad im Wasser zur anderen Seite des Flusses. »Roter Fluß«, sagte er, »gutes Wasser«, und forderte sie auf, ihre Wasserflaschen aufzufüllen. Bartneck war entzückt über die Algenfärbung im Fluß und beugte sich immer wieder über einzelne, besonders bewachsene Steine. Sie konnten nun keinerlei Trittspur am schmalen Ufer mehr erkennen. Überall türmte sich Geröll aus herabgefallenen Felsbrocken. Mehr als einmal mußten sie solche Hindernisse überwinden und dabei sehr aufpassen, wohin sie die Füße setzten, denn leicht rutschte der bröcklige Boden weg.

Dann kamen Passagen, bei denen sie, eng an die Felswand gepreßt, über die Steine im Flußbett balancieren mußten. Einmal rutschte Mercedes aus und holte sich nasse Beine. »Macht nichts«, sagte sie lachend, »die Sonne wird die Hose bald wieder trocknen.«

An einer Biegung des Flusses blieb Ramón plötzlich stehen und wartete, bis die anderen heran waren. Ein rauschendes, brausendes Geräusch lag in der Luft. »Vorsicht«, sagte er, »muy peligroso, sehr gefährlich! Genau auf meine Schritte achten.«

Er hangelte sich am Felsen entlang und verschwand um die Ecke. Es hatte sich so ergeben, daß Frank Richter nun als nächster hinter ihm war. Er preßte sich an den Steilhang und folgte dem Ziegenhirten über die angewiesenen Steine. Als er hinter der Kante angelangt war, drüben sicheren Stand gefunden hatte und sich entspannt aufrichten konnte, sah er sich unvermittelt einem grandiosen Naturschauspiel gegenüber. Das Wasser staute sich hier zum See. Eine etwa zwanzig Meter hohe Felswand versperrte den weiteren Weg. Von dieser Wand, die in rote, gelbe, orangene, grüne und blauschwarze Farbtöne getaucht war, stürzte tosend ein Wasserfall in den See.

»Donnerwetter«, entfuhr es Bartneck, der als nächster um die Ecke gelangte. Das Panorama war in der Tat überwältigend. Auch Mercedes, die noch nie bis zu dieser Stelle vorgedrungen war, ja nicht einmal etwas von dem prächtigen Wasserfall gewußt hatte, genoß staunend den überwältigenden Anblick.

»Die prächtige Farbgebung muß von einer Vielzahl unterschiedlicher Algen, Moose und Flechten stammen«, erklärte Bartneck. Aber was besagten Worte schon – die Natur demonstrierte hier alle erdenklichen Möglichkeiten ihrer Gestaltungskraft, sie war mehr als nur gewaltig, sie war ungeheuer!

Nach einer Weile des Staunens fand Frank Richter die Sprache wieder. »Hat uns Ramón hierhergeführt, nur um uns dieses Schauspiel zu zeigen?« fragte er. »Die Felswand ist doch unüberwindbar, da kommen wir keinen Schritt weiter.«

»Abwarten«, brummte Bartneck und wies mit dem Stock in Ramóns Richtung.

Der Ziegenhirt hatte sich erneut in Bewegung gesetzt und begann nun, am rechten äußeren Rand, direkt neben dem herabstürzenden Wasser, den Felsen emporzuklimmen.

Widerstrebend folgten die anderen, um nicht den Anschluß zu verlieren.

Es handelte sich ohne Zweifel um das bisher gefährlichste Wegstück ihrer Expedition. Sie konnten es kaum fassen, daß sie endlich nach bangen Augenblicken, in denen das Herz bis zum Halse klopfte, oben anlangten.

»Madre mía«, keuchte Mercedes. Sie drehte sich um und blickte über die Felskante in den Abgrund zurück.

Frank stand mit weichen Knien neben ihr. Unten lag der See und wurde vom Sturzwasser des Falls aufgesprudelt. Meine Güte, und da müssen wir auf dem Rückweg wieder runter, dachte er. Ihm grauste schon jetzt davor.

Bartneck war bereits mit Ramón ein Stück weitergegangen und inspizierte die Gegend. Sie befanden sich nun auf einer von Bergen umringten Hochebene, durch die der Fluß, wesentlich flacher jetzt, in einem breiten Geröllbett floß. Von fern glänzten die kahlen Gipfel des Roque de los Muchachos. Recht nah aber ragte der rote Zahn des Idafe aus dichtem grünen Urwald heraus.

Als sie das Flußbett überquert hatten und am jenseitigen Hang emporstiegen, blieb Ramón stehen und deutete mit dem ausgestreckten Arm auf eine freie, nur mit niedrigem Bewuchs überzogene Stelle. »Tanausu«, sagte er, »Tagoror.«

Sie verstanden zunächst nicht, was er meinte. Erst als Ramón sie direkt dorthin führte und auf Einzelheiten hinwies, begriffen sie. Da lagen etwa zehn Findlinge in Form eines Steinkreises zusammen, jeder von ihnen groß genug, um als Sitz zu dienen.

»Der Tagoror des Tanausu«, erklärte Ramón. »Hier hat sich der Stamm bei Gericht versammelt und beraten.« Er sprach es so selbstverständlich aus, als sei er selbst dabeigewesen. Weder sein Gesicht noch seine Stimme verrieten eine besondere Erregung.

»Das ist ja hochinteressant«, sagte Bartneck, »ich habe bisher noch in keinem Buch darüber gelesen. Sie?«

Frank Richter schüttelte den Kopf. Auch Mercedes verneinte. Sie schritt innen den Kreis von einem Sitz zum anderen ab und ließ sich probeweise auf einem Findling nieder.

»Eine kleine archäologische Sensation«, rief Bartneck aus, der sich noch immer nicht beruhigen konnte. »Meines Wissens nach völlig unbekannt! Es scheint so, als befänden wir uns auf völligem Neuland. Wenn man bedenkt, daß seit über 500 Jahren kein Mensch mehr hier war ... Jedenfalls kein Fremder«, ergänzte er mit einem Seitenblick auf Ramón.

»Ich bin gespannt, was uns weiter oben noch alles erwartet«, sagte Frank Richter.

»Richtig, mir geht es ebenso. Kommt, laßt uns weitergehen.«

Widerstrebend trennte sich Mercedes vom Steinkreis. Es berührte sie seltsam, an einem heiligen Platz ihrer Vorfahren zu sein, noch dazu am Tagoror des letzten Menceys von La Palma. Stärker als sonst spürte sie in diesem Augenblick das Blut der Guanchen in sich strömen, ihre Zugehörigkeit zum kanarischen Volk. Sie erinnerte sich an ihre Schulzeit in Los Llanos, wo alle Kinder, der vom spanischen Festland kommenden Lehrerin zum Trotz, voll Stolz von Tanausu geschwärmt und Guanchen gespielt hatten. Später, während des Studiums an der Universität La Laguna auf Teneriffa, hatte sie gelernt, Abstand zu dieser Haltung zu finden. Wer von den Intellektuellen mochte sich schon freiwillig zu den primitiven Ureinwohnern der Insel bekennen, zu den einfachen Leuten auf dem Land, die oft nicht einmal lesen und schreiben konnten? Erst später, durch ihren Job in der »Casa Cultura«, hatte sie allmählich zu den Wurzeln zurückgefunden und ihre stille, lang verborgene und unterdrückte Liebe wiederentdeckt. Und nun war sie doch tatsächlich auf den Tagoror des heldenhaften Tanausu gestoßen. Noch einmal drehte sie sich zum Steinkreis um und folgte dann den anderen nach.

Ramón führte sie auf einem unsichtbaren Pfad über den Hügel, durch den Urwald und weiter einen schroffen Steilhang hinauf. Obwohl die Bäume Schatten spendeten, war es unerträglich heiß. Die Kleidung klebte am Körper, und jeder Schritt, die kleinste Anstrengung trieb den Schweiß aus allen Poren. Außerdem war das Bodengeröll durch den trockenen Nadelteppich gefährlich rutschig geworden. Ramóns und Bartnecks Stöcke erwiesen sich nun beim Aufstieg als außerordentlich nützlich. Frank Richter bedauerte, daß er nicht daran gedacht hatte, sich ebenfalls einen mitzunehmen. Um Mercedes brauchte er sich keine Sorgen zu machen. Die lief mühelos wie eine Gazelle und hatte ihn schon bald überholt.

Dieser zweistündige Aufstieg war das Schlimmste, was sie bisher bei ihrer Expedition erlebt hatten. Frank Richter überkam zwischendurch mehrmals das Gefühl, daß er keinen Schritt mehr gehen könnte. Doch er preßte die Lippen zusammen und kämpfte sich verbissen weiter. Zentnerschwer wog der Rucksack auf seinen Schultern und zog gerade an besonders steilen Strecken nach hinten, so daß man stark vornübergebeugt klettern mußte.

Aber es lohnte sich durchzuhalten: Plötzlich öffnete sich der Urwald zu einer felsigen Lichtung, aus der das letzte, unbezwingbare Gipfelstück des Idafe herausstand.

Bartneck stand am Fuß des heiligen Berges, schrie und winkte die anderen heran. »Der Opferplatz«, rief er atemlos, »sehen Sie nur, die große, behauene Mulde im roten Fels!« Trotz seiner Erschöpfung stürmte er bereits wieder weiter, um die Stelle genauer in Augenschein zu nehmen. Auch Frank und Mercedes kamen näher. Bartneck blieb zwei Schritte vor ihnen wie angewurzelt stehen.

»Sehen Sie nur«, raunte er heiser.

In der von weitem so unberührt wirkenden Mulde lagen mehrere Gegenstände, als hätte sie dort jemand vor kurzem erst abgelegt: vertrocknete Früchte, ein Eidechsenschädel, ein Stück mit Bastfaden umwickeltes Holz, zwei, drei Fetzen Stoff, eine kleine, grobgebrannte Tonschale und andere, nicht sogleich identifizierbare Gegenstände.

»Er wird noch benutzt«, flüsterte Bartneck mit vor Aufregung rauher Stimme.

Frank Richter und Mercedes ließen sich auf den Boden sinken und legten ihr Gepäck ab. Wo war eigentlich Ramón abgeblieben? Sie blickten sich suchend um, konnten ihn aber nirgends entdecken. Frank lauschte. Bis auf den schrillen Gesang der Zikaden war es ringsum still. Dann vernahm er ein leichtes Knacken im Wald, und als er in Richtung des Geräusches spähte, trat dort plötzlich Ramón hervor. Mit einem verlegenen Grinsen kam er direkt auf sie zu und blieb vor ihnen stehen. Er sah aus, als wolle er irgend etwas erklären oder sich entschuldigen. Aber er schwieg. Schließlich, als würde er abwägen, wem er sich anvertrauen könne, streckte er Mercedes die geschlossene Faust entgegen und öffnete sie kurz. Dann wandte er sich um und schritt auf die Opfermulde zu, um dort etwas abzulegen.

»Was ist es?« fragte Frank.

»Ein kleiner Stein mit einem Auge darauf. Er muß es eben erst eingeritzt haben«, gab Mercedes flüsternd Antwort.

Gebannt sahen sie zu, wie Ramón am Opferplatz kniete. Frank glaubte, einen leise gemurmelten Singsang zu vernehmen. Er versuchte, sich die Liturgie der Guanchenpriester ins Gedächtnis zu rufen, konnte sich aber nicht mehr an die Worte erinnern.

»Er betet«, flüsterte Mercedes, »er spricht zum Idafe.«

Als Ramón seine geheimnisvolle Handlung beendet hatte und zu ihnen zurückkam, trug er wieder jenes verlegene Lächeln im Gesicht. »Bueno«, sagte er, »wir sind da.«

Frank Richter spürte eine Welle von Sympathie für den alten Ziegenhirten in sich aufsteigen. Am liebsten hätte er ihn umarmt. So aber sagte er nur: »Danke, Ramón, du hast uns phantastisch geführt. War ein ganz schön anstrengender Marsch. Ich glaube, wir haben jetzt alle unsere Siesta verdient.«

Ramón nickte. Frank stand auf und strebte einer schattigen Stelle auf dem Felsrücken zu, von der aus man den Idafe besser überblicken konnte. Mercedes aber ging auf Ramón zu und küßte ihn auf die Wange.

»Am besten, wir übernachten heute hier«, sagte Bartneck. »Bald bricht die Abenddämmerung herein.«

... Tamogante verneigte sich in Richtung des Sonnenaufgangs, dem Teil der Insel, der jetzt bereits in der Dunkelheit lag. »Ich grüße dich, Schoß des Lichts, Kindheit des Tages«, sprach sie leise. »In Finsternis hüllst du dich nun, bringst die Nacht des Vergessens, und doch weiß ich, du bist immer da, Ort der ewigen Wiederkehr.«

Sie stand auf und sank vor dem Altarstein auf die Knie. Den Kopf nach Norden gewandt, betete sie: »Ich grüße dich, Sturm der Kälte, der du den Winter bringst. In meinem Gesicht spüre ich deinen Atem, der vom Schnee erzählt, viel Schnee dieses Jahr auf dem Gipfel des Freundschaftsberges bis hinab zu den Hütten der Menschen. Durch deine Wolken hindurch sehe ich den Stern des Nordens blinken, den Ankerplatz der Nacht. Zornig ist deine Stimme, und wütend wühlst du das Meer auf, so daß sich niemand mehr zum Fischen hinauswagt. Was hat dich so erregt, worüber empörst du dich?«

Tamogante blickte nun in die Richtung der untergehenden Sonne. Ihre Arme ruhten ausgestreckt auf dem Stein. Langsam hob sie beide Hände, eine Schale formend umschlossen sie den Lichtkreis über dem Meer. Es sah aus, als wolle sie die Sonne festhalten, damit sie nicht gänzlich in den Fluten versank.

»Ich grüße dich, Reich des Abends und des Verlöschens. Ins Meer des Todes tauchst du nun ein, Sonne, versinkst und stirbst im Schatten. Du gehst und nimmst meine Sehnsucht mit auf deiner Bahn. Grüße mir die Insel der ewigen Jugend jenseits des Todes. Wohin du wanderst, nach dorthin richten sich alle Augen, denn du gehst die Straße, die über den Tod hinaus zu ewigem Licht führt.«

Sie richtete sich auf und breitete die Arme zum Sonnengruß

aus. So stand sie lange in stummer Andacht. »Mein Herz folgt dir nach, Sonne, wohin du gehst, gehe ich auch, denn wir sind alle Kinder des Lichts«, betete sie lautlos.

Es war noch viel zu früh, um im »Playamont« etwas Warmes zu essen zu bekommen, gleichwohl hatte die Theke geöffnet und war um diese Stunde von zahlreichen Gästen umlagert. Auch Britta Arhus und Jan Nellen hockten dort und studierten abwechselnd die Karte und das Wörterbuch.

»Stell dir vor, niemand verlangt hier eine Anlegegebühr von uns, wenn ich den Mann richtig verstanden habe. Ist das nicht super?« erzählte Jan begeistert von seiner ersten längeren Diskussion mit einem Einheimischen.

»Prima«, sagte Britta, »da sparen wir ja eine Menge Geld und können ruhig eine Weile bleiben. Hunger habe ich keinen. Du? Wir kochen nachher an Bord, schlage ich vor.«

Zunächst einmal erfrischten sie sich mit zwei Glaskrügen Bier.

Nachdem sie auf der »Rainbow« alles gesichert hatten, waren sie mit dem motorbetriebenen Schlauchboot zum Kai gefahren und von dort zu einem ausgedehnten Landgang gestartet. Es war ungewohnt, wieder festen Boden unter den Füßen zu spüren, und so staksten die beiden in jenem typisch wiegenden Gang, an dem man Seeleute sofort erkennt. Natürlich trug Britta die Kamera über der Schulter und genügend Filme in der Tasche, man konnte ja nie wissen, welche besonderen Motive einem begegneten. Und auf die stieß sie bereits nach kurzer Zeit: die brüchigen Mauern der Plantage mit ihren unverständlichen Wandparolen zum Beispiel und das schier endlos reichende Dach aus grünen, zerfransten Bananenblättern – morbider Charme und brennendes Grün. Eine Horde Jungen in Badehosen, die über die Straße liefen, barfuß und mit Bambusstangen bewaffnet. Die alte Frau im schwarzen Kleid, die strickend unter einem Sonnenschirm saß und ihre Enkeltochter bewachte. Seltsam hochbeinige braune Hunde, die wie verhungert aussahen und den Menschen auswichen. Hochaufragende Säulenkakteen, die wie Antennen in der schwarzen, staubigen Landschaft standen. Dann die Männer im Schatten der indischen Lorbeerbäume, vornübergebeugt, die Arme auf den Knien abgestützt. Rauchige Stimmen und phlegmatische Gesten. Ein riesiger Schwarm schwarzer Vögel über der Schlucht, die wie ein gähnender Schlund zwischen steil aufragenden Vulkanfelsen wirkte. Britta war hellauf begeistert.

»Wir sollten hier einen Film drehen«, schlug sie vor. »Das wird einmalig, bei dieser Kulisse!«

Jan widersprach. »Sieht im Standfoto gut aus. Aber ohne richtigen Aufhänger, ohne Story wird das nichts. Müßte ein Fest sein, irgendein Ereignis mit viel Bewegung, dann würde sich das Material lohnen.«

»Mal abwarten, was hier so passiert«, sagte Britta. »Ich spüre, daß die Insel ein Geheimnis umgibt.«

Sie spann den Gedanken noch eine Zeitlang aus, aber Jan, der damit beschäftigt war, Daten für das Logbuch zu sammeln, hörte ihr kaum zu. Das Logbuch zu führen gehörte zu seinen Aufgaben, und er tat es gründlich. Es machte ihm Spaß, dabei nicht nur genaue, zutreffende Worte zu finden, sondern darüber hinaus auch noch witzige Formulierungen einzuflechten.

»Playamont – Strandberg«, schrieb er. »Sehr treffender Name. Direkt vom Strand aus türmt sich die Insel auf den Himmel, der hier so blau ist wie ich bald, wenn ich noch eins von diesen riesigen Bieren trinke.«

Gegen Abend senkte sich die Dunkelheit so schnell über die Caldera, daß es aussah, als fiele ein schwarzer, alles Licht erstickender Mantel über die Welt. Sie lagerten auf der Anhöhe nahe des Idafe, hatten sich Polster aus trockenen

Nadeln geschaffen und benutzten Taschen als Kopfkissen. Die Nacht war so warm, daß man ohne weiteres im Freien schlafen konnte. Vorsorglich hatte Ramón aber Mercedes seine Decke angeboten. Sie lag dicht bei Frank, hatte den Kopf an seine Schulter gebettet und einen Arm über seine Brust gelegt. Wie begehrte er sie! Nein, sie hatten in der vorigen Nacht nicht miteinander geschlafen. Noch nicht, hatte sie gesagt, gib uns bitte noch etwas Zeit, uns besser kennenzulernen. Er hatte das, obwohl es ihm schwerfiel, akzeptiert. Instinktiv fühlte er, daß Drängen mehr zerstören als nützen würde und daß der richtige Zeitpunkt noch nicht gekommen war. Und so besaß ihre Zärtlichkeit etwas zaghaft Tastendes, war sanfte Annäherung, vertrauenbildendes Warten.

Sie betrachteten den Himmel mit seinen millionenfach funkelnden Sternen. Es sah aus, als flackerten dort unzählige Lagerfeuer. Mitunter riß sich eines von ihnen los und raste über das schwarze Gewölbe, als habe jemand eine Fackel geworfen, die nun durch unendliche Weiten stürzte, um am Rand der Erde im Meer zu versinken.

Sie lagen schweigend beieinander, lauschten auf den Atem des anderen und die Stimmen der Nacht. Da so gut wie kein Wind ging, konnte man erstaunlich weit hören, vielleicht wirkte der Krater auch wie ein riesiger Schalltrichter, ein Amphitheater, in dem selbst entferntes Knacken von Holz oder ein leises Rascheln im Urwald deutlich zu hören war. Die Geräusche der Nacht sind mächtig und voller Geheimnis.

Frank Richter fühlte jetzt, da er entspannt dalag, wie erschöpft sein Körper von den Anstrengungen des Marsches war. Dennoch konnte er nicht einschlafen. Er fühlte sich auf unbestimmbare Weise beobachtet. Es kam ihm vor, als streiche etwas in der Nähe ihres Lagers vorbei. Manchmal knackte es am Boden, aber nie so stark wie beim Schritt eines Menschen. Eher Geräusche, wie sie ein schleichendes Tier verursacht. Manchmal glaubte er zwischen den Bäumen glimmende Punkte zu sehen. Er hob den Kopf und starrte in die Finsternis hinein. Nichts. Es mochte sein, daß seine Nerven ihm Streiche spielten.

Er schloß die Augen und versuchte, die unaufhörliche Gedankenflut in seinem Innern zu bannen. Doch die Oberfläche des inneren, brausenden Meeres ließ sich nicht so leicht glätten. An Ute und Deutschland dachte er einmal, glaubte sogar ihre Stimme zu hören. Doch sie war unwirklich weit weg wie ein Wispern aus längst vergangener Zeit. Was soll werden, wenn mein Aufenthalt hier zu Ende geht, dachte er. Soll ich Mercedes bitten, mitzukommen, soll ich selber bleiben, alles zu Hause abbrechen, den Beruf, die Freundschaften, alles Leben dort, und hier auf der Insel neu beginnen? Ohne Zweifel war sein Dasein durch dieses wundervolle Mädchen in Bewegung geraten. Nichts war mehr sicher und klar wie früher. Aber war es zu Hause jemals einfach und klar gewesen, machte er sich da nicht sogar etwas vor?

Da war es wieder, dieses schleichende Tappen, das immer im gleichen Abstand blieb, nie näher kam, den Hügel zu umrunden schien und den Aufstieg nicht wagte. Er lauschte auf Mercedes' regelmäßige Atemzüge. Als er merkte, daß sie schlief, richtete er sich vorsichtig auf. Dummerweise stand der Mond im falschen Winkel und blieb hinter den Bäumen verborgen. Aber dennoch gelang es ihm diesmal, wenigstens die Umrisse des Wesens zu erkennen. Es war ein Hund, ein ziemlich großes Tier, und es strich mit der Nase dicht über der Erde, als suche es eine Spur.

Frank schnalzte ganz spontan mit der Zunge einen Lockruf, wie er es gelegentlich bei Hunden tat, die ihm gefielen. Selten hatte die Wirkung dieses Lautes versagt. Der Hund hob den Kopf und blickte in seine Richtung. Einen kurzen Moment lang sah Frank die Glühpunkte seiner Augen.

Doch anstelle nun näher zu kommen, tat der Hund etwas sehr Eigenartiges. Er legte sich schlagartig hin, ohne den Blick vom Hügel abzuwenden. Eine volle Stunde lag er so da und war auch durch weitere Lockrufe nicht zum Näherkommen zu bewegen. Schließlich erhob er sich und strebte langsam in entgegengesetzter Richtung davon.

Wohl nicht endgültig und weit genug, denn Frank Richter hörte später in der Nacht noch gelegentlich sein Tappen und glaubte auch, sein Hecheln zu vernehmen. Aber es beunruhigte ihn nicht mehr. Im Gegenteil, er redete sich ein, daß der Hund sie bewachte. Er schlief ruhig ein.

Bartneck, der ein Stück entfernt seinen Schlafplatz eingerichtet hatte, erging es ganz ähnlich. Auch er vermochte lange Zeit keine rechte Ruhe zu finden. Auch er hatte die vom Hund verursachten Geräusche bemerkt, sich aber nicht weiter daran gestört. Er war sehr mit seinen eigenen Gedanken beschäftigt. Morgen würde er im Umkreis des Idafe nach Felsbildern suchen. War schon eine komische Sache, am heiligen Berg der Guanchen zu liegen, so dicht beim Opferplatz. Und einen einheimischen Führer neben sich schnarchen zu hören, der offenbar viel mehr über die Ureinwohner wußte, als er zugab. Man mußte ihn vorsichtig befragen und aushorchen. Mochte sein, daß dabei noch äußerst interessante Dinge zutage traten.

Frank Richter hatte unterdessen einen überaus merkwürdigen Traum: Es war Abend, mehr ein diffuses Halbdunkel, und er wanderte vom El Time aus hoch über der Schlucht der Todesängste, am Steilrand der Schlucht entlang. Immer weiter stieg er hoch in die Berge, strebte die höchste Stelle an, das Gipfelplateau des Roque de los Muchachos. Er kam an einem mannshohen Stein vorbei, in den seltsame Figuren eingraviert waren. Er sah einen halbkreisförmig angelegten Platz mit Sitzsteinen davor, in dessen Mitte das Gehörn einer frisch geschlachteten Ziege lag. Das Erdreich ringsum war noch feucht von ihrem Blut, es roch sogar danach. Angewidert wandte er sich ab.

Er wanderte weiter und kam an Höhlen vorbei, in die er lieber keinen Blick warf, weil er Schreckliches in ihnen vermutete. Dann glaubte er, Feuer auf den Bergen zu sehen, die Signale sandten, nahm Schattengestalten wahr und einen großen zottigen Hund, der vor ihm herlief, wie um ihm den richtigen Weg zu zeigen. Über felsiges Gestein wanderte er am Rand des großen Kraters entlang immer höher hinauf bis zum Roque de los Muchachos. Dort traf er auf eine Ansammlung von vielen Menschen, deren Gesichter er, wie er sich auch anstrengte, nicht zu erkennen vermochte. Bis auf eines, Chanos. Und da der Hund plötzlich verschwunden war, glaubte Frank, daß sich dieser in Chano verwandelt hatte. »Was machst du hier?« fragte er ihn, doch Chano gab keine Antwort, jedenfalls keine menschliche. Statt dessen reckte er sein Gesicht gen Himmel und stieß ein klagendes Geheul aus, das schaurig in der Nacht tönte und von vielen heulenden Hundestimmen ringsum auf den Bergen beantwortet wurde.

Dann wieder war es Gesang, ein unbestimmbarer Klagegesang, der tief aus dem Innern der Erde zu dringen schien. Und plötzlich bebte die Erde unter Franks Füßen so heftig, daß er zu Boden stürzte und hart aufschlug. Er richtete sich mühsam auf und lugte über den Felsrand in den Vulkankrater der Caldera hinein. Er mußte sich mit beiden Händen festklammern, so sehr zitterte die Erde. Obgleich das Meer weit entfernt war, glaubte er, daß es ringsum in Aufruhr war. Unter furchtbarem Stöhnen senkte sich die Küste, während zugleich haushohe Wellen aufstiegen und aufgetürmte Wassermassen auf die Insel zurasten. Mit voller Wucht donnerten sie in die Bucht von Tazacorte. Wild schäumend schossen sie über den Hafen hinweg und bahnten sich dort einen Weg, wo es den geringsten Widerstand gab. In den Barranco de las Angustias, in die Schlucht der Todesängste ergoß sich die Flut, raste gurgelnd in die Caldera hinein und verwandelte den Urwald im Krater in einen riesigen, schäumenden See. Nur die Spitze des Idafe ragte noch aus den Wassermassen heraus, die Weltensäule stand aufrecht inmitten des Untergangs. Wie lange noch würde sie halten?

Schweißnaß und mit wild klopfendem Herzen schreckte Frank aus dem furchtbaren Alptraum hoch. Alles ringsum war ruhig. Das Licht des Mondes ließ nun die Konturen des Idafe scharf hervortreten. Er sah aus wie ein aufrecht stehender Mann. Etwas Dunkles flatterte lautlos heran und ließ sich auf seiner Schulter nieder. Ein großer Nachtvogel.

Frank Richter sah sich um. Da lag Mercedes. Ihr vom Mond beschienenes Gesicht sah im Schlaf noch schöner aus als sonst. Vorsichtig zog er die Decke über ihren Körper. Er stand auf und ging leise auf den Idafe zu. Da der Weg hell vor ihm lag, fand er rasch den Zugang zum Opferplatz, an dem Ramón gebetet und seinen Stein mit dem eingravierten Auge abgelegt hatte. Nun stand er vor der Mulde im Fels, in dem der Stein, der Eidechsenschädel und die anderen Dinge lagen. Er zögerte, sie zu berühren, und überlegte, was er selbst noch hinzufügen konnte. Seine Armbanduhr fiel ihm ein, ein verrückter Gedanke, aber er setzte ihn einfach um. Er streifte die Uhr ab und legte sie vorsichtig in die Mulde.

»Nimm dieses Opfer an, Idafe«, flüsterte er kaum hörbar, »alle Zeit gehört dir – die Zeit, die war, die Zeit, die ist und die Zeit, die noch kommen wird.«

Nach dieser mit dem klaren Verstand nicht erklärbaren Handlung fühlte er sich unbeschreiblich erleichtert. Eine Weile noch blieb er vor dem Opferplatz stehen, unfähig, sich von der Stelle zu lösen. Er, der als junger Mann bereits aus der Kirche ausgetreten war und seitdem herzlich wenig mit diesen Dingen zu tun hatte, schon gar nicht mit einer Beichte, legte vor dem Idafe ein stummes Bekenntnis ab, sein ganzes bisheriges Leben rekapitulierte er in kurzen, konzentrierten Gedanken. Ohne die Uhr am Handgelenk fühlte er sich frei wie ein nackter, unschuldiger Teil der Natur, wie ein Tier, dem böse Gedanken fremd sind, oder wie ein Mensch, der schon immer gelebt hat.

Dann kehrte er zu Mercedes zurück. Ihr seidiges, schwarzes Haar umfloß ihr Gesicht, und im Schlaf bewegten sich ihre Lippen, als würde sie lautlos sprechen. Er beugte sich über sie und küßte sie auf die Stirn.

»Ich liebe dich«, flüsterte er.

... Die Kanarier pflegten die Toten auf folgende Weise zu bestatten: Sie behandelten (gerbten) die Leichen mit Kräutern und Butter an der Sonne, um sie vor Verwesung zu schützen. Dann wickelten sie sie zum gleichen Zweck in viele gegerbte Felle und lehnten sie innerhalb der Berggrotten an die Wände. Für die Adligen gab es auch noch eine andere Art der Bestattung: unter der Erde, das heißt, in einer Grube zwischen den Steinen von Lavaströmen. Mit langen Steinen bildeten sie über dem Körper eine Pyramide, wobei sie immer auf dessen Nordausrichtung achteten. Dann füllten sie alles herum mit kleinen Steinen aus, bis der ganze Tumulus zugedeckt war. Sie hatten noch eine dritte Art der Bestattung, die sie, wie man glaubt, von den Mallorkinern übernahmen, als diese auf die Insel kamen. Danach gruben sie die Leichen in Kisten aus Tea (Pinus Canariensis) in die Erde ein. So wollten sie die Leichen erhalten oder die Erde, die bereits belebt gewesen war, von der anderen trennen. Die Kanarier glaubten, daß die Verstorbenen nach langer Zeit ein zweites Mal ins Leben zurückkehren müßten. Immer trugen sie Sorge, den Kopf des Toten nach Norden zu richten und die Füße nach Süden.

»FRANZÖSISCHE TOURISTIN SPURLOS VERSCHWUNDEN – GROSSANGELEGTE SUCHAKTION BISHER OHNE ERGEBNIS«, lautete die Überschrift eines Artikels im »El Día«, verfaßt von Fernando A. Gaspar, dem jungen, aufstrebenden Reporter, der schon im Fall des auf so tragische Weise verunglückten Deutschen recherchiert hatte. Der Text lautete weiter:

»Seit einer Woche hält das mysteriöse Verschwinden einer Urlauberin aus Frankreich die Inselbehörden in Atem. Bei Natalie S. (44) handelt es sich um eine alleinreisende Touristin aus Lyon, die nach Angaben des Hotelpersonals in Puerto Naos oft ohne Begleitung zu ausgedehnten Ausflügen ins Innere der Insel aufbrach. Die resolute Dame erfreute sich, soweit bekannt war, bester Gesundheit. Von ihrer letzten Wanderung, über deren genaues Ziel im Hotel niemand etwas aussagen kann, kehrte sie nicht wieder zurück. Die Behörden nehmen an, daß sie möglicherweise im Inneren der Insel verunglückt sein könnte. Ein Unfall im Meer darf nach Ansicht der ermittelnden Stellen ausgeschlossen werden. Die Ermittlungen, die inzwischen mit großem Aufwand – wie Juan Carlos Lopes, der Polizeichef von Santa Cruz, erklärte – vorgenommen wurden, führten bisher zu keinem Ergebnis.

Die Angelegenheit erscheint deshalb in einem besonderen Licht, weil sich erst vor wenigen Wochen ein ähnlicher Fall ereignete, der bis heute keine Aufklärung gefunden hat. Damals verschwand eine 25jährige, ebenfalls alleinreisende britische Urlauberin im Norden der Insel. Bis zum heutigen Tag wurde von ihr nirgendwo eine Spur entdeckt. Juan Carlos Lopes, der mittlerweile persönlich den Fall übernommen und für die Ermittlungen eine Sondereinheit gebildet hat, sieht keinerlei Zusammenhänge zwischen den sowohl zeitlich als auch räumlich auseinanderliegenden Ereignissen. Doch äußerte er sich besorgt darüber, daß der gute Ruf der beliebten Ferieninsel durch die Vorfälle Schaden nehmen könnte. Gleichwohl muß aber die Frage erlaubt sein, wie sicher das vielgelobte Freizeitparadies La Palma für Urlauber nun wirklich ist.

Natalie S. ist etwa 1,65 m groß, trägt kurzgeschnittenes blondes Haar und war zuletzt möglicherweise mit Jeans, einem bunten Hemd und weißen Turnschuhen bekleidet. Sachdienliche Hinweise, die zum Auffinden der vermißten Person führen könnten, nimmt jede Dienststelle sowie die Redaktion unserer Zeitung entgegen.«

Als Frank Richter am frühen Morgen erwachte, konnte er sich nur noch unscharf an den schrecklichen Alptraum der vergangenen Nacht erinnern. Die anderen wirkten einigermaßen ausgeruht. Auch Mercedes war schon erwacht, sie saß am Rand des Felsrückens und blickte in den Krater hinab. Frank setzte sich neben sie und hielt ihr die Wasserflasche hin.

»Hast du gut geschlafen?« fragte er.

»Es geht«, antwortete sie, »der Boden war auf die Dauer etwas hart. Und du?«

»Bien«, log er. Ihm war jetzt nicht danach zumute, über den düsteren Traum, den Hund oder gar über seinen nächtlichen Gang zum Opferplatz zu reden.

Die Caldera de Taburiente präsentierte sich in der Morgensonne als faszinierendes Panorama. Ringsum von steilen, rotbraunen Felswänden eingerahmt, lag der Urwald zu ihren Füßen. In den zahlreichen Falten der Barrancos nistete noch immer Dunkelheit, aber die Sonne zauberte Lichtinseln auf die Hochalmen der Berge. Der Idafe, von einem noch unglaublicheren Rot als gestern, ragte vor ihnen auf. Ein Falkenpaar kreiste um seine Spitze. Bartneck, nicht weniger überwältigt von diesem Anblick, trat zu ihnen und visierte die unterschiedlich hohen Felszacken des Kraterrandes an. Für ihn als Geologen bot das Gelände interessante Möglichkeiten, Studien zu betreiben.

»Was da wie massives Gesteinsmaterial aussieht, täuscht«, erklärte er, »in Wirklichkeit handelt es sich um äußerst poröses Tuffgestein, das leicht wegbrechen kann. Ein mittelstarkes Erdbeben reicht aus, um den ganzen Kraterrand in sich zusammenbrechen zu lassen.«

»Und Wasser?« fragte Frank Richter. Sein Herz begann heftig zu klopfen.

»Was für Wasser?«

»Na, ich meine, falls hier einmal – sagen wir, durch ein Seebeben verursacht – das Meer hineinströmen würde?«

»Durch die Schlucht der Todesängste?« fragte Bartneck

überrascht zurück. »Nun, unter gewissen Voraussetzungen wäre eine solche Situation schon denkbar. Ich nehme an, dann säuft die ganze Caldera ab, und durch den Aufprall des Wassers würden viele Stellen des Kraterrandes einstürzen. Kann natürlich auch sein, daß Reste davon in Form eines Kreises oder Halbrings stehenbleiben. Sähe dann aus wie ein Atoll. Etwas Ähnliches muß mit der Insel El Hierro vor Millionen Jahren passiert sein. Die große Lagunenbucht im Westen ist eigentlich der Überrest einer großen, vom Atlantik überfluteten Caldera.«

Frank Richters Herz klopfte jetzt wie rasend. Obwohl er sich sehnlichst wünschte, seinen nächtlichen Alptraum rasch wieder zu vergessen, waren ihm die Bilder quälend präsent. »Und ein Vulkanausbruch?« fragte er schwach.

»Ist zumindest für diesen Teil der Insel und die Caldera schwer vorstellbar. Eher im Süden. Aber die Auswirkungen eines Ausbruches könnten natürlich Erd- und Seebeben mit sich bringen, so daß hier tatsächlich das Meer einströmen würde. In diesem Fall blieben vielleicht nur die höchsten Gipfel und der Roque de los Muchachos übrig und würden als kleine Inseln aus dem Wasser ragen. Zum größten Teil wäre La Palma verschwunden.«

Frank Richters Bewußtsein begann zu taumeln. Was hatten die Guanchenpriester der Überlieferung zufolge beim Opfergang gesungen? Wird er fallen, der Idafe ... Gib ihm reichlich zu essen, ein Opfer, dann wird er nicht fallen ... Dem Idafe, dieser seltsam geformten Felsspitze, kam eine Schlüsseldeutung zu. Der Idafe war wirklich die Säule der Welt, jedenfalls für diesen Teil der Erde, ein Pfropfen, eine Magnetnadel, ein Menhir, das heimliche Machtzentrum der ganzen Insel ... Und es war gut, daß er ihm geopfert hatte, wenn auch nur eine Uhr ... Aber war nicht gerade die Uhr das wichtigste Attribut eines modernen, zivilisierten Menschen? »Was suchen wir hier eigentlich?« fragte er, sich mühsam zusammennehmend. »Ich meine, wenn ein Vulkanausbruch hier in der Caldera so gut wie ausgeschlossen ist. Warum sind wir hier und nicht zum Beispiel im Süden der Insel, bei Teneguia, wo wir wesentlich jüngere Vulkane beobachten könnten?«

Bartneck lächelte verlegen. »Wissen Sie, ausgeschlossen ist gar nichts«, murmelte er. »Und wenn ich ganz ehrlich bin, so muß ich gestehen, daß ich im Moment reichlich unwissenschaftlich vorgehe. Ich weiß auch nicht, was wir suchen. Vielleicht habe ich mich von Ihnen und Ihren Guanchen-Geschichten anstecken lassen, der heilige Berg Idafe und so ... Also, ich habe ein Gefühl, eine vage Vermutung, daß wir hier etwas finden.« Er stand da, schob seine Schirmmütze ins Genick und kratzte sich am Kopf. Er wirkte konfus. »Was würden Sie an meiner Stelle machen, Mercedes?« wandte er sich hilfesuchend an die junge Einheimische, deren Anmut, das hatte Frank Richter inzwischen gemerkt, er sich nicht entziehen konnte.

Mercedes Alvarez lachte. »Das, was Sie meistens machen«, antwortete sie. »Frank erzählte mir, daß Sie Felsbilder suchen.«

»Aber hier sind keine, ich habe gestern abend und vorhin bereits danach gesucht.«

»Fragen Sie doch Ramón«, sagte Mercedes.

»Wo ist er denn?« frage Bartneck, der auf diese Idee noch nicht gekommen war.

In der Tat war vom Ziegenhirten im Moment nichts zu sehen.

»Ich glaube, er ist vorhin dort runtergegangen«, sagte Mercedes.

Die drei machten sich auf, um Ramón zu suchen. Sie gingen zum Idafe, kletterten an seinem Rand entlang und trafen etwas unterhalb des roten Felsens tatsächlich auf Ramón. Er stand dort, auf seinen Stab gestützt und starrte in den Krater. Als er über die Schulter zu ihnen zurückblickte, wirkte es, als habe er bereits auf ihr Eintreffen gewartet.

»Können Sie mir helfen, Ramón?« fragte Bartneck.

»Hm, vielleicht.«

»Ich hatte doch gestern von Felsbildern gesprochen, Petroglyphen, Piktogramme, Arte rupestre, gravierte Zeichen im Stein...«

»Sí, Señor.«

»Sie wissen, was ich meine? Haben Sie solche Zeichen schon einmal gesehen?«

»Sí, Señor, oft.«

»Auch hier in der Caldera?«

»Sí, Señor.«

»Hier am Idafe?«

»No.« Ramón schüttelte den Kopf und schnalzte in der Art der Einheimischen mit der Zunge.

»Wo denn?«

Ramón musterte Bartneck mit einem nachdenklichen Blick und schwieg eine ganze Weile, als müsse er abwägen, ob der Fremde, der Alemán, überhaupt in das Geheimnis eingeweiht werden dürfe.

»Du kannst ihm vertrauen«, sagte Mercedes, »er ist ein Freund der Guanchen, und es ist äußerst wichtig für uns.«

Ramón überlegte noch immer hin und her. Konnte es von Nachteil sein, wenn er die Fremden zum heiligen Platz führte? Würde er dadurch Schuld auf sich laden? Oder gehörte es am Ende gar zum großen Schicksalsplan, diese klugen Fremden mit einzubeziehen? Was konnte schon Schlimmes passieren, wenn sie die Zeichen sahen?

Schließlich nickte er. »Ja, es gibt welche in der Caldera. Kaum jemand kennt sie, sie liegen versteckt, in einer Höhle.«

»Weit weg von hier?«

»Nein, nicht so weit weg. Aber der Weg dorthin ist sehr schwierig.« Es war ihm anzumerken, daß er immer noch zögerte, sein Wissen preiszugeben. Sein Blick wandte sich zu Mercedes. Sie war eine Einheimische, wie würde sie reagieren? Mercedes lächelte.

»Es ist die Höhle von Tajodeque...«, begann Ramón stockend.

Mercedes nickte ihm aufmunternd zu.

»Früher kannten viele Hirten diesen Ort, denn es gab dort eine Quelle, wo die Ziegen trinken konnten. Sie ist seit langem ausgetrocknet. Kein Wasser, keine Ziegen, keine Hirten mehr, die dorthin gehen.«

»Und dort sind wirklich Zeichen?«

»Sí, Señor.«

»Was für welche? Wie sehen sie aus?«

Ramón fuhr sich mit der Hand über die Stirn. »Sehr seltsam, Señor. Es sind wichtige, heilige Zeichen. Niemand versteht sie mehr und vermag sie zu deuten.«

»Wo ist es, wo liegt diese Höhle?« fragte Bartneck, dem die Erregung im Gesicht abzulesen war.

Zögernd hob Ramón den Stock. Er deutete auf eine bestimmte Stelle an der gegenüberliegenden Felswand. Bartneck kniff die Augen zusammen und versuchte, der Peilung zu folgen. Dort drüben lugte, wie eine winzige Insel, ein grüner Fleck aus dem Graubraun der Felsenwirrnis.

»Aber der Weg dorthin ist sehr, sehr schwer«, sagte Ramón, »muy peligroso.«

»Sie haben uns schon sehr sicher bis hierher zum Idafe geführt. Wir vertrauen Ihnen. Mit Ihrer Hilfe werden wir es auch bis nach Tajodeque schaffen.«

Ramón dachte eine Zeitlang intensiv nach. Dann nickte er. »Sí, Señor«, sagte er, »wir werden es schaffen.«

Etwa zur gleichen Zeit brütete Fernando A. Gaspar, der Reporter des »El Día«, über einem neuen Artikel. Der Text war äußerst diffizil und sogar wagemutig, er verlangte Fingerspitzengefühl. Mehrmals hatte er bereits angesetzt und die Entwürfe jedesmal zerknüllt. Der Boden um ihn herum und sein Schreibtisch waren mit Bergen von Papier, Büchern, alten Zeitungsausschnitten bedeckt. Gaspar war durch Zufall auf ein heißes Eisen gestoßen, und er war sich keineswegs sicher, ob er die Sache überhaupt anpacken durfte. Was würden sein Chefredakteur und der Verleger sagen, wie die Behörden reagieren ... und dann die Regierung?

Monatelang hatte er über die Arbeit nachgedacht, lange und intensiv recherchiert, ohne den anderen etwas davon zu sagen. Und dann hatte er völlig unverhofft ein paar wichtige Fingerzeige bekommen, den spektakulärsten davon aus einer Quelle, die er auf keinen Fall namentlich zitieren durfte. Er überlegte hin und her. Zum x-tenmal las er seinen Entwurf:

Observatorium unter militärischer Nutzung? – Dient die Forschungsanlage auf dem Roque de los Muchachos doch nicht der zivilen Forschung? Handelt es sich um ein geheimes militärisches Zentrum? Die Gerüchte wollen nicht verstummen. Um was handelt es sich?

Wie wir alle wissen, befindet sich auf dem Gipfelplateau des Roque de los Muchachos eine riesige Observatoriumsanlage, die zu den wichtigsten der westlichen Welt zählt. Wir möchten unsere Leser im folgenden darüber aufklären, warum diese Anlage so wichtig ist und weshalb in der Vergangenheit stets Gerüchte aufgetaucht sind, die ein völlig neues Licht auf die Sache werfen – möglicherweise ein für die ganze Erde bedrohliches.

Begonnen hat alles vor mehr als 300 Jahren, als auf Wunsch von Charles II., dem damaligen König von England, das »Royal Greenwich Observatory« gegründet wurde. Dieses Observatorium wurde später zu einem Museum umgebaut, und die noch brauchbaren, kostbaren Instrumente wurden nach Herstmonceux in der Grafschaft Sussex gebracht, wo die Luft sauberer war. Dennoch gibt es in England keinen Ort, der für die Astronomie tatsächlich von Nutzen wäre, denn zur nächtlichen Himmelsbeobachtung braucht man nicht nur saubere Luft, sondern vor allem einen absolut dunklen Nachthimmel ohne jegliches Streulicht. Diese Voraussetzungen finden sich nirgendwo in Europa.

Vor etwa 250 Jahren schrieb der berühmte britische Physiker, Mathematiker und Astronom Sir Isaac Newton in sei-

nem Werk »Optics«: »Es scheint unmöglich, weitreichende Fernrohre in der Nähe der Erdoberfläche so zu installieren, daß sie das wirre Durcheinander von Lichtstrahlen wieder ausgleichen könnten, das durch das Vibrieren der Atmosphäre hervorgerufen wird. Die einzige Möglichkeit, dies zu vermeiden, wären Standorte in ruhigen Luftschichten, wie man sie auf hohen Bergen über der Wolkendecke findet.«

Weitere 100 Jahre später, 1856, segelte der britische Astronom Charles Piazzi Smythe mit einer Privatyacht nach Teneriffa, um dort Newtons Erkenntnisse zu erproben. Am Teide schlug er in 2712 bzw. 3250 Metern Höhe zwei Lager auf, um mit Spezialinstrumenten Sternenbeobachtungen zu betreiben.

Ihm folgten 1895 skandinavische Astronomen und 1910 der französische Wissenschaftler Jean Mascart vom »Observatoire de Paris«. Letztgenannter konnte die spanische, französische und deutsche Regierung derart begeistern, daß beschlossen wurde, auf den Kanarischen Inseln ein internationales Observatorium einzurichten.

Der Erste Weltkrieg brachte diese Ansätze aber zum Erliegen. Erst während der Sonnenfinsternis des Jahres 1959 rückte der Plan wieder ins allgemeine Interesse. Astronomen wie die Spanier Prof. Torroja, Padre Romena und Francisco Sanchez versuchten, den alten, erfolgversprechenden Plan in die Tat umzusetzen. 1970 nahm das Teide-Observatorium der Universität La Laguna in Teneriffa die Arbeit auf und gründete 1973 das »Instituto de Astrofisica de Canarias«.

Auf La Palma, das sich bald wegen seiner geringen touristischen Erschließung als noch geeigneter als Teneriffa herausstellte, wurden zahlreiche Experimente durchgeführt, u.a. Tests zur Beobachtung des Polarisschweifes unter britischer Leitung. Sie ergaben, daß der Roque de los Muchachos wegen der Nachtschwärze auf La Palma zur Himmelsbeobachtung weitaus besser geeignet ist als das weltberühmte Mauna Kea Observatorium auf Hawaii.

1979 unterzeichneten Spanien, Großbritannien, Schweden, Deutschland, Italien, Frankreich, Holland und Dänemark nach langen Verhandlungen in Santa Cruz ein Dokument zur gemeinsamen Nutzung des Observatoriums. Dabei ist bemerkenswert, daß es sich mit Ausnahme Schwedens, dessen Forscher in einem »Sonnenturm« separate Untersuchungen durchführen, ausnahmslos um Mitgliedsstaaten der NATO handelt. In dem Abkommen von Santa Cruz wurde eine ausschließlich zivile Nutzung der Anlage zugesichert und eine militärische – etwa im Sinne des amerikanischen SDI-Projekts – ausdrücklich ausgeschlossen. Ob man sich hieran tatsächlich noch hält, ist inzwischen nicht mehr sicher.

Das schwedische Sonnenteleskop LEST ist mit 2,5 Meter Länge das zur Zeit größte der Welt und in der Lage, zwei Punkte auf der Sonne zu beobachten, die weniger als 70 Kilometer voneinander entfernt liegen. Dies dürfte besonders für die Beobachtung von Magnetfeldern und Sonnenflecken von Bedeutung sein.

In diesem Zusammenhang dürfte für unsere Leser von Interesse sein, daß auf La Palma bereits in prähistorischer Zeit von den Ureinwohnern, den Guanchen, die Sonne beobachtet wurde, wie die relativ gut erhaltene Sonnenpyramide bei Brena Baja an der Ostküste der Insel beweist, wo Wissenschaftler gegenwärtig eine Art frühgeschichtliches Observatorium untersuchen. Erst vor wenigen Jahren fand man bei Erdarbeiten am schwedischen »Sonnenturm« Scherben eines uralten Keramikgefäßes, das mit Zeichen eines prähistorischen Sonnenkultes der Ureinwohner bedeckt war. Die genaue Bedeutung der Zeichen konnte bislang noch nicht wissenschaftlich befriedigend geklärt werden.

Was nun die Beobachtung des Sternenhimmels anbelangt, so wurde 1987 auf dem Roque de los Muchachos das sogenannte William-Herschel-Teleskop installiert, das mit einem Durchmesser von 4,2 Metern das zur Zeit größte der Welt ist. Es schwimmt auf einer dicken Ölschicht. Die hydraulischen Stützen, auf denen es ruht, pumpen einhundert Liter Öl in der

Minute mit einem Druck von 40 Atmosphären gegen den 21 Tonnen schweren Ring, auf dem das Teleskop montiert ist. Dadurch kann das Gerät ohne jede Reibung leicht in jede gewünschte Richtung gedreht werden. Die Qualität des Teleskops ist erstaunlich: Es könnte ein kleines Loch in der Mitte eines Pesetenstückes selbst aus einer Entfernung von 100 Kilometern noch genauestens beobachten. Mit anderen Worten, dieses Teleskop ist in der Lage, noch über den Rand unseres bisher beobachtbaren Universums hinaus zu spähen.

Kein Wunder, daß daher immer wieder der Verdacht geäußert wurde, die ganze Anlage könnte für die Satellitenbeobachtung und für andere geheime militärische Zwecke konzipiert worden sein, zumal alle Daten des William-Herschel-Teleskops direkt in das NATO-Hauptquartier in Südwestengland gesendet und dort auch ausgewertet werden. Das gesamte Gelände unterliegt strengsten militärischen Sicherheitsmaßnahmen, wozu Spezialzäune und elektronische Bewegungsmelder gehören. Den Hirten, die früher ihre Ziegenherden über das Hochplateau zum Weiden trieben, wurde vor einiger Zeit bereits der Zugang untersagt, was in der einheimischen Bevölkerung für entsprechende Aufregung sorgte.

Nach neuesten Informationen, die auf privater Ebene durchgesickert sind, läuft im Observatorium seit kurzem ein Testprogramm an, das absoluter Geheimhaltung unterliegt. Worum handelt es sich dabei? Warum wird die Öffentlichkeit nicht über diese Dinge, die uns alle angehen, informiert? Schließlich stellt eine solche Anlage, was immer auch mit dem neuen Testprogramm beabsichtigt wird, auch ein strategisch wichtiges Ziel bei einem immerhin denkbaren Angriff dar – gleichgültig, ob aus der Luft, von einem Atomboot aus oder durch wahnsinnige Terroristen.

Solange nicht völlige Klarheit über Sinn und Zweck der Anlage und speziell des neuen Testprogramms herrscht, wird die Bevölkerung zu Recht, so meinen wir, beunruhigt sein. Hier ist dringend eine gründliche Aufklärung erforderlich, soll den wilden Gerüchten und Spekulationen Einhalt geboten werden. Eine geheimgehaltene Beteiligung an einem Planspiel à la »Krieg der Sterne« etwa stellt für uns alle eine enorme Bedrohung dar.

An diesem Punkt angekommen, blickte Fernando A. Gaspar auf und sah durch die verstaubten Scheiben seines kleinen Büros nach draußen. Konnte, durfte er solche Gedanken überhaupt denken, geschweige denn in der Zeitung veröffentlichen? War der ganze Artikel nicht viel zu lang und viel zu detailliert, um gelesen zu werden? Wollten die Leser solche Wahrheiten hören? Und riskierte er selbst nicht Kopf und Kragen dabei?

Er war sich völlig unsicher in diesen Fragen und hatte Angst, das Manuskript seinem Chef auf den Schreibtisch zu legen. Vorsorglich würde er Kopien davon anfertigen und sie irgendwo verstecken. Man konnte ja nie wissen, in welchem Wespennest er da in seinem journalistischen Eifer gestochert hatte, obwohl er sich in dem Artikel bewußt vorsichtig ausdrückte und gewisse, ihm erst vor kurzem bekannt gewordene Fakten absichtlich verschwieg. Gaspar machte sich nichts vor: Er war nur ein kleiner Reporter einer kleinen Zeitung am Rande der Welt. Aber in diesem Moment fühlte er sich wie ein Topagent, der zuviel wußte und dessen Leben nun ernstlich in Gefahr geraten war. Madre mía, auf was für ein Problem hatte er sich da bloß eingelassen!

Der Weg, den Ramón nun einschlug, führte in allmählicher, wenig anstrengender Steigung über den Bergrücken, an dem sie in der Nacht gelagert hatten, vom Idafe weg zur äußeren Steilwand der Caldera. Hier, etwa in halber Höhe des Kraterrandes, führte eine schmale Trittspur am Felsen entlang, für ein ungeübtes Auge kaum erkennbar und schwindelerregend, wenn man nach links in die Tiefe des Urwalds blickte. Ramón lief behende voraus. Die anderen mußten sich beeilen, um ihm folgen zu können, und zudem noch auf das Geröll achten, das hinderlich im Weg lag. Ein einziger Fehltritt konnte das Leben kosten. Sie gingen schweigend im Gänsemarsch, hinter Ramón folgten Mercedes, dann Frank und am Schluß Bartneck.

Nach etwa zwei Stunden legten sie eine kurze Rast ein. Sie befanden sich nun bereits im nordwestlichen Bereich der Steilwand, nach Bartnecks Berechnungen genau unterhalb des Gipfelplateaus des Roque de los Muchachos, wo das Observatorium stand. Die ganze Zeit über konnte man den Idafe rot aus dem Urwald herausragen sehen. Bartneck kam es vor, als wäre er durch eine unsichtbare Kraftlinie mit ihm verbunden: Der Idafe im Zentrum einer überdimensionalen Uhr, und er lief als Zeiger um ihn herum, allerdings entgegen dem Uhrzeigersinn. Was durchaus einen Sinn machte, immerhin war sein Denken völlig auf die Vergangenheit ausgerichtet. Er fragte sich, auf welche Art von Felsbildern sie an der Höhle von Tajodeque stoßen würden. Ramón hatte sie nicht beschreiben können und sich reichlich nebulös darüber geäußert.

Die letzten beiden Stunden über hatte Bartneck nur auf die schmale Trittspur gestarrt, wobei er jeden Blick nach links in den gähnenden Abgrund vermied. Er fragte sich, wie es möglich war, daß ein Hirte hier jemals eine Ziegenherde entlangzutreiben vermochte. Ramón benahm sich so, als sei dies das Selbstverständlichste der Welt. Er strahlte Sicherheit aus, seine Ruhe war ansteckend. Allein wäre Bartneck jedenfalls einen so haarsträubenden Weg niemals gegangen.

»Vamos?« fragte Ramón und erhob sich bereits wieder, um weiterzulaufen. Erstaunlich, welche Kondition der alte Mann besaß!

Also weiter. Da es hier an der Felswand keinerlei Bäume und daher auch keinen Schatten gab, brannte die Sonne gnadenlos. Sie schien sich selbst durch die Kleidung zu beißen. Nur gut, daß ich die Schirmmütze aufhabe und den Schal um den Nacken, sonst würde ich mir einen erbärmlichen Sonnenbrand holen, dachte Bartneck, und er bedauerte insgeheim Frank Richter, der auf solche Vorsichtsmaßnahmen leichtsinnigerweise verzichtet hatte.

Nach einer weiteren Stunde rückte eine geographische Besonderheit in ihr Blickfeld. Beinahe im rechten Winkel von der Steilwand wuchs ein Sattel aus einem der vielen Faltenwürfe in den Kraterkessel hinein, sanft geschwungen zunächst, um plötzlich mit einem scharfen Knick vor dem steilen Abgrund zu enden. Im Gegensatz zur rotbraunen Färbung der Felswände wirkte der Sattel mehr sandig gelb, jedenfalls bis zu einer Stelle, die wegen des üppigen Bewuchses sattgrün herausstach.

Nun begann das schwierigste Stück ihres Unternehmens, der Abstieg über den gelben Sand, der bei jedem Schritt nachgab und die Wanderer gefährlich ins Schwanken brachte. Ramón machte vor, wie dieses Stück über den Sattel, das vielleicht nur 100 Meter betrug, zu bewältigen war. Er beugte sich bei eingeknickten Knien so weit vor, daß beide Hände beim Gehen den Boden berührten. Zudem mußte man darauf achten, die Füße jeweils rechts und links des Grates aufzusetzen, die einzige Möglichkeit, einen so schmalen »Lomo«, einen beiderseits abschüssigen Bergrücken, zu passieren. Es war, als ritten sie auf dem Sattel.

Ramón und Mercedes überquerten die Stelle mit erstaunlicher Geschwindigkeit. Frank brauchte dazu mehr als doppelt so lange und kam mit weichen Knien und keuchend drüben an, wo die beiden auf einer geräumigen Plattform warteten. Bartneck kroch auf allen vieren über den Sattel.

»Uff«, keuchte er, als er es endlich geschafft hatte, »meine Güte, welcher alpine Schwierigkeitsgrad ist das denn? Über so ein Stück würde ich normalerweise niemals freiwillig laufen!«

Ramóns Augen blitzten. »Bueno?« fragte er. »Bueno?« Und er klopfte Bartneck mehrmals anerkennend auf die Schulter.

Der mußte sich erst einmal setzen. »Wo sind denn nun die Petroglyphen?« fragte er schwer atmend. »Wo ist die Höhle?

Ich sehe bloß, daß wir uns auf einer winzigen Plattform über dem Abgrund befinden... Donde está la cueva, hombre?«

Ramón blinzelte mit listigem Gesichtsausdruck. Er zeigte mit dem Daumen nach unten.

»Was, da?« brüllte Bartneck. »Seid ihr wahnsinnig? Da kriegen mich keine zehn Pferde mehr runter!«

Mercedes war plötzlich verschwunden. Frank näherte sich vorsichtig dem Rand der Plattform, da erschien ihr Kopf rechts unterhalb von ihm. Sie lachte. »Hier führen in den Fels gehauene Stufen wie eine Treppe hinab!« rief sie. »Kommt und seht selbst, es ist ganz einfach!«

Frank und Bartneck folgten ihr augenblicklich. In der Tat befand sich an der Kante des Plateaus eine Art Treppe, die auf einen breiteren Felsvorsprung führte, der sich ihren Blicken bisher entzogen hatte. Dort angelangt, standen sie unmittelbar vor dem Eingang der Höhle. Daneben und weiter unterhalb, wo sich die Position der alten, versiegten Quelle befinden mußte, begann dichtes grünes Gestrüpp. Unfaßbar, daß Ramón einmal in so schwierigem Gelände seine Herde zur Tränke geführt haben sollte!

Sie tasteten sich vorsichtig in die Dunkelheit der Höhle vor. Sehr geräumig war sie nicht, wie Bartneck etwas enttäuscht feststellte. Als er aber seine Taschenlampe anschaltete, stieß er einen Schrei der Überraschung aus. Die Rückwand der Höhle und zum Teil auch die Decke waren über und über mit tief eingravierten Bildern bedeckt. Auch Frank und Mercedes staunten. Solche Zeichen hatten sie bisher noch nirgends gesehen.

»Schnell, können Sie die Lampe halten?« keuchte Bartneck. Mit vor Aufregung zitternden Fingern begann er Papier und Bleistift auszupacken. Im Schneidersitz zeichnete er die Felsbilder ab, wobei er die feste Ledertasche als Unterlage benutzte.

»Seltsam«, murmelte er, »eigenartige Motive sind das... reichlich abstrakt, aber irgendwie wirken sie doch wie Bilder, die etwas Bestimmtes darstellen sollen... Unglaublich, so etwas hier auf der Insel vorzufinden.«

Mercedes und Frank setzten sich ebenfalls und beobachteten seine voranschreitende Arbeit. Frank Richter hielt die Lampe, führte sie auf Bartnecks Geheiß millimeterweise über die Wand, von einem zum anderen Motiv. Mercedes behalf sich unterdessen, so gut es ging, mit dem Feuerzeug, um die Höhle nach weiteren Gravuren abzusuchen.

Das eindrucksvollste Motiv von allen befand sich ungefähr in der Mitte der Decke und ließ sich am besten betrachten, wenn man sich genau darunter auf den Rücken legte. Es war eine riesige, sorgsam gravierte Spirale, um die herum allerlei weitere Symbole angeordnet waren.

»Sieht aus wie ein Sternenhimmel«, stellte Mercedes fest.

»Wie ein Andromeda-Nebel oder so, mit zahlreichen Planeten ringsrum«, sagte Frank, »vielleicht eine Himmelskarte?«

»Ja, es könnte eine astronomische Bedeutung besitzen«, brummte Bartneck, nachdem er sich auf den Rücken gewälzt und lange die Decke betrachtet hatte. »Die zentrale Positionierung des Ganzen erinnert mich an Dendera, einen uralten Tempel in Ägypten, der auch astronomische Geheimnisse birgt. Allerdings sind die Bilder dort klarer, sie stellen die einzelnen Tierkreiszeichen dar, während diese hier in ihrer Machart völlig andersartig sind. Dies hier kann auch etwas völlig anderes bedeuten.«

»Däniken hätte bestimmt seinen Spaß daran, wenn er das sehen könnte«, lachte Frank. »Er würde ohne Zweifel gleich behaupten, diese Zeichen seien eindeutig von Außerirdischen gemacht, von Göttern aus dem All, deren Wissen dem der Menschheit weit überlegen ist.«

»Gar nicht so schlecht, der Gedanke«, murmelte Bartneck zu Franks Überraschung, »warum sollen es eigentlich nicht außerirdische Botschaften sein?«

»Weil sie von unseren Vorfahren stammen«, erwiderte Mercedes, noch bevor Frank etwas dazu sagen konnte, »es sind Guanchen-Zeichen, Bilder von frühen Hirten.«

»Oder Priestern«, ergänzte Frank.

»Oder Priestern, die diesen Ort an der Quelle kannten und immer wieder aufsuchten, weil es ein heiliger Platz ist.«

»Genau. Von hier aus kann man den Idafe sehen. Und den Sonnenaufgang. Vielleicht war der Idafe so etwas wie ein Meßpunkt, um die Sonne oder den Mond oder nachts irgendwelche Sterne anzuvisieren«, sagte Frank, der inzwischen zum Höhlenausgang gekrochen war und von dort aus in den Krater spähte.

»Alles Spekulationen«, sagte Bartneck. Er gab sich große Mühe, die Spirale mit allen Nebenzeichen aus seiner Rückenlage heraus detailgetreu abzuzeichnen. »Nehmen Sie doch mal den Kompaß zu Hilfe.«

Frank Richter tat es und war entzückt darüber, daß sich seine Vermutung, die Himmelsrichtungen und den Punkt des Sonnenaufgangs betreffend, zu bestätigen schienen. Auch der Idafe lag dazu genau in der richtigen Position.

»Mein Gott«, keuchte Bartneck, »schade, daß wir keine Kamera und entsprechende Lampen dabeihaben, um die Sache zu dokumentieren. Das hier glaubt uns kein Mensch!«

»Seien Sie nicht zu pessimistisch, wir sind schließlich Zeugen«, sagte Frank. Insgeheim aber dachte er: Dieser Platz, diese Höhle und besonders die seltsamen Zeichen bedeuten ja bestimmt etwas – nur was? In welchem Zusammenhang stehen sie mit dem Vulkanteufel und womöglich mit Erdbeben und Vulkanausbrüchen? Nach solchen Beweisen suchen wir doch, nach einer sinnvollen Erklärung für unsere Fragen.

Er war felsenfest davon überzeugt, sehr dicht vor der Lösung des Rätsels zu stehen. Diese Zeichen hatten etwas mit ihren Fragen zu tun, es fehlte nur noch der letzte, entscheidende Schritt zur Klarheit.

Nach etwa einer Stunde war Bartneck mit seiner Arbeit fertig. Zufrieden rollte er die Zeichnungen ein. »So, das hätten wir«, sagte er. Er hatte die gesamte Höhle gründlich überprüft und festgestellt, daß er auch nicht die kleinste Gravur übersehen hatte. »Bleibt nur noch der Rückweg. Ich habe keine Lust, an der Felswand klebend zu übernachten. Mir graut schon davor, wenn ich nur daran denke, daß wir wieder über diesen ekligen Sattel kriechen müssen. Und dann der Rückmarsch . . . Ist euch eigentlich klar, daß wir noch Stunden unterwegs sein werden und es unmöglich vor Einbruch der Dunkelheit schaffen werden?«

Frank und Mercedes vertrauten in dieser Hinsicht völlig auf Ramón. Sie sollten recht behalten.

Marita wartete mehr als eine halbe Stunde lang an der verlassenen Finca. Aber der Legionär kam nicht zum verabredeten Treffpunkt. Schließlich stellte sie den Karton, in dem sich Brot, Zigaretten und eine Flasche Rotwein befanden, neben der Zisterne ab. Länger konnte sie nicht warten, wollte sie nicht schon wieder zu spät zum wöchentlichen Meeting im Observatorium kommen.

Gedankenverloren steuerte sie den Wagen, ohne wie sonst allzuviel auf die Umgebung zu achten. Die Sache mit dem alten José Perez hatte sie schwer mitgenommen. Warum hatte er das nur getan, warum nahm sich überhaupt ein Mensch das Leben?

Als sie auf dem Gipfelplateau ankam, fielen ihr dort die Veränderungen zunächst gar nicht auf. Routinemäßig hielt sie an der automatischen Schließanlage des Haupttores, steckte ihre Kennkarte in den Automaten und wartete darauf, daß das schwere Eisentor, wie von Geisterhand bewegt, beiseite rollen und die Einfahrt freigeben würde. Doch nichts geschah. Sie steckte ein weiteres Mal die Kennkarte in den Automatenschlitz. Nichts. Marita war irritiert. Erst jetzt bemerkte sie die beigefarbene Limousine, die vom Parkplatz des William-Herschel-Teleskops aus auf sie zugerollt kam. Als der Wagen am Tor angelangt war, stiegen zwei Männer aus. Sie kannte die beiden nicht, was auch kein Wunder war, denn seit das soeben fertiggestellte italienische Galileo-Teleskop seinen Betrieb aufgenommen hatte, waren viele neue Gesichter hier aufgetaucht.

Einer der beiden sprach sie an: »Dürfen wir mal Ihre Kennkarte sehen?«

»Gern«, antwortete Marita, »aber warum?« Sie reichte ihm die Plastikkarte durch die Gitterstäbe des Tores.

»Reine Routineangelegenheit«, sagte der Mann, »der Sicherheitscode wurde geändert.« Er reichte die Karte an seinen Begleiter weiter, der daraufhin im Wagen verschwand und offenbar telefonierte.

Nach einer Weile kam er zurück und öffnete mit seiner Fernbedienung das Tor. »Alles in Ordnung, Frau Wieland«, sagte er. »Sie sind freie Mitarbeiterin drüben bei den Schweden im Sonnenturm? Lassen Sie sich von Dr. Westerford die neue Identitycard geben, sie liegt dort bereit für Sie.«

Merkwürdig, dachte Marita, daß mich niemand über diese Maßnahme informiert hat. Ein Anruf hätte doch genügt. »Und warum das Ganze?« fragte sie, bevor sie wieder in ihren Wagen einstieg.

Das Gesicht des Mannes, der im Wagen telefoniert hatte, blieb regungslos. »Es dient zu unser aller Sicherheit«, antwortete er. »Davon profitieren Sie doch schließlich auch.«

Marita zuckte mit den Schultern und fuhr los. Spinnerei, dachte sie, die übliche Wichtigtuerei eines schwerfälligen Verwaltungsapparats. Dann fiel ihr allerdings der Vorfall ein, den sie vom Fenster des Sonnenturms aus beobachtet hatte. Ob das Eindringen der Einheimischen neulich doch nicht unbemerkt geblieben war?

Dr. Westerford und Dr. Bolsing erwarteten sie bereits im Besprechungszimmer.

»Die veranstalten einen Zirkus da unten ...«, sagte Marita zur Begrüßung und legte die Aktenmappe auf den Tisch. »Neuer Sicherheitscode, persönlicher Empfang am Tor, man könnte meinen, wir hüten Staatsgeheimnisse.«

»Tun wir auch«, antwortete Dr. Westerford, »obwohl wir Schweden, weil wir ein neutrales Land sind und nicht zur NATO gehören, wie immer als letzte etwas davon mitbekommen. Hier ist übrigens Ihre neue Karte.«

»Das heißt, ich bin nicht fristlos gekündigt und darf weiterarbeiten?« flachste Marita.

»Machen Sie sich ruhig lustig darüber«, stöhnte Dr. Westerford. »Wir hatten genug Ärger hier. Der ganze Betrieb drüben«, er deutete mit dem Daumen in Richtung der großen Teleskopkomplexe, »schien zeitweise auf dem Kopf zu stehen. Wir wissen auch nicht, was da passiert ist. Die offizielle Version lautet, es gab eine Störung im elektronischen Rechenzentrum, ein paar Dinge sind durcheinandergeraten.«

»Das habe ich gemerkt«, sagte Marita. Sie packte ihre Aktentasche aus und schob Dr. Bolsing den Stapel ihrer Arbeitsergebnisse sowie, getrennt davon, die Diskette mit den unbrauchbaren Daten zu. »Mit unserem Rechner muß etwas passiert sein. Hier ist nur wirres Zeug drauf oder ein neuer Geheimcode, ich wußte damit jedenfalls nichts anzufangen.«

Dr. Westerford und Dr. Bolsing blickten sich vielsagend an.

»Ich habe deswegen mehrmals versucht, Sie telefonisch zu erreichen.«

»Auch unser Anschluß war bis einschließlich gestern gestört«, sagte Dr. Bolsing. »So ist das eben. Wenn's kommt, dann kommt es dicke.«

»Sie betonen das so geheimnisvoll«, fragte Marita, »ist denn noch etwas passiert, was ich wissen sollte?«

»Nein«, sagte Dr. Westerford rasch, »nichts, überhaupt nichts ist passiert, jedenfalls nichts, das Sie beunruhigen sollte.«

»Ich merke schon: Ich bin bloß eine arme einfältige Landfrau, über die man sich freut, weil sie so naiv ist«, lächelte Marita süßlich. »Gerade intelligent genug, um Kaffee zu kochen.«

»Aber, aber«, rief Dr. Westerford, »wer wird denn gleich so empfindlich reagieren. Seien Sie froh, daß Sie bloß freie Mitarbeiterin in dem Laden hier sind und mit dem ganzen Quatsch so wenig wie möglich zu tun haben.«

»Ach, Sie halten meine Berechnungen für Quatsch? Ja, warum bin ich dann eigentlich hier?«

»Schrecklich, diese Frauen!« stöhnte Dr. Westerford. »Sie können einem wirklich das Wort im Munde rumdrehen! Fishing for compliments nennt man so was, glaube ich. Also, natürlich sind Sie einfach die Größte, brauchen wir Sie und Ihr kluges Köpfchen ... Meine Güte, ich habe doch bloß den internen Mist hier gemeint, das alberne Geheimnisgetue. Immer das gleiche, wenn Militärs ihre Finger im Spiel haben. Meinen Sie, uns macht das Spaß?«

»Regen Sie sich nicht so auf«, beschwichtigte ihn Marita, »denken Sie an Ihren Blutdruck. War doch nur ein Scherz.«

»Gott sei Dank, daß Sie wieder vernünftig werden«, sagte Dr. Westerford. »Ich hatte schon befürchtet, es würde ein schlimmer Tag. Ich habe nämlich verdammt schlecht geschlafen heute nacht, müssen Sie wissen.«

»Das mit dem Kaffee vorhin war aber wirklich kein schlechter Gedanke«, sagte Dr. Bolsing. »Seit einer geschlagenen Woche sitzen wir hier und warten auf Ihren Kaffee. Wissen Sie eigentlich, daß Sie den besten auf der ganzen Insel machen? Ohne Flachs: Sie sind unser guter Engel hier auf dem Mond!«

»Blöde Macho-Anmache«, knurrte Marita, »dummerweise falle ich immer wieder darauf herein.« Sie stand auf und verließ das Besprechungszimmer, um den beiden Idioten ihren Wunsch zu erfüllen.

Sie hatte kaum den Raum verlassen, als Dr. Bolsing hektisch nach der Diskette mit den gestörten Daten griff. »Am besten vernichten wir sie auf der Stelle«, flüsterte er, »wie denken Sie darüber?«

Dr. Westerford nickte. »Es wird wohl das beste sein, wenn niemand etwas davon erfährt«, sagte er, »wir sollten tunlichst jedes weitere Aufsehen vermeiden.«

»Und Frau Wieland ... wenn sie nun eine Kopie davon gezogen oder die Daten abgespeichert hat?«

Dr. Westerford wischte den Einwand mit einer Handbewegung weg. »Die ist in Ordnung«, sagte er mit Nachdruck, »eine patente Frau. Für die lege ich meine Hand ins Feuer.«

Kaum hatte Marita die Geschenke abgestellt und war mit ihrem kleinen Wagen um die Ecke verschwunden, da wagte er sich vor. Der Legionär holte sich den Karton und strebte mit ihm schnellen Schrittes zum Haupthaus, wobei er sich mehrfach umsah. Er stieß die Tür weiter auf und schlüpfte ins Innere der Ruine. Es roch muffig, überall lag Unrat herum, weil sich niemand verpflichtet fühlte, hier aufzuräumen. Eidechsen stoben raschelnd zwischen Papierfetzen am Boden auf, ein paar Geckos klebten träumend an den Holzbalken der Decke. Am Fenster, dessen einer Laden aus den Angeln gehoben oder vom Sturm abgerissen war, stand ein einfacher Tisch mit drei wackligen Stühlen. Der Legionär rückte einen davon so zurecht, daß er die Piste beobachten konnte, ohne sich den Hals zu verrenken. Er setzte sich und wartete ab. Er kam sich vor wie auf Posten, fast wie damals in jenen sinnlos blutigen Tagen der Legion. Er holte sich eine Zigarette aus Maritas Päckchen und rauchte. Er nahm die Flasche Wein in die Hand und betrachtete das Etikett. Ein feines Gesöff, die Frau meinte es wirklich gut mit ihm, so viel war sicher. So sehr es ihn auch reizte, den Wein gleich auf der Stelle zu probieren, ließ er doch die Flasche zu. Er nahm sich vor, sich damit später einen schönen Nachmittag zu machen.

Jetzt hörte er deutlich das Röhren eines näherkommenden Motors. Ein grauer Landrover kam die Piste heraufgekrochen und hielt neben der Zisterne. Das Gesicht des Mannes hinter dem Steuer, der eine dicke Sonnenbrille trug, erkannte der Legionär nicht, wohl aber die zweite Gestalt, die nun, wie von Rückenschmerzen gebeugt, schwerfällig ausstieg. Es war Don Vincente. Wie meistens trug er einen Strohhut mit breiter Krempe über dem weißgrauen Haar, eine Zigarre im Mund und stützte sich beim Gehen schwer auf seinen Stock. Dieser Stock mit dem verzierten Silberknauf war so etwas wie ein Markenzeichen für Don Vincente. Er gab ihn nie aus der Hand. Selbst beim Schlafen, so hieß es, lag der Stock griffbereit neben ihm auf der Bettdecke.

Mit ruckartigen Bewegungen, denen trotz seiner Gebrechlichkeit etwas Energisches anhaftete, kam Don Vincente auf das Haus zu. Er schritt durch die Tür, blieb mitten im Zimmer stehen und starrte den Legionär eine Weile an, bevor er sich endlich entschloß, mit dem Stock einen Stuhl heranzurücken und sich darauf niederzulassen. Sein Gesicht verzog sich vor Schmerzen dabei.

»Hola, Benito«, knurrte Don Vincente. Seine Stimme klang meistens dunkel und knurrend, weil er beim Sprechen die Zigarre fest zwischen seine Lippen gepreßt hielt. Wie so oft rauchte er »trocken«. »Wie geht es dir, alter Junge? Alles in Ordnung?«

Der Legionär nickte.

»Gut zu hören.« Don Vincente grunzte. »Gib mir mal Feuer.«

Der Legionär entnahm dem Päckchen vor sich ein Streichholz, rieb es am rauhen Putz der Wand an, beugte sich über den Tisch und hielt Don Vincente die Flamme hin. Der brannte, genüßlich dicke Rauchwolken ausstoßend, seine Zigarre an.

»Wie ich sehe, hat dich deine Alemana, diese Marita aus Garafia, wieder mal gut versorgt. Recht so! Es scheint dir nicht schlecht zu gehen, mein Alter.«

Der Legionär schwieg.

»Ja, ja«, brummte Don Vincente, »weißt du, eigentlich beneide ich dich. Wenn ich noch jünger wäre und der verdammte Rücken besser, so daß ich wie früher wie ein Bock durch die Barrancos springen könnte... Glaub mir, ich würde eine kühle Höhle wie deine jedem Bungalow vorziehen. Gerade jetzt bei dem heißen Wetter.«

Der Legionär steckte sich eine neue Zigarette an. Er blickte beim Rauchen zu Boden und hörte zu.

Don Vincente rückte sich auf dem Stuhl in eine bequemere Sitzhaltung. Er blies eine gewaltige Rauchwolke aus und sah ihr nach, wie sie sich vor der Scheibe des Fensters in tanzenden, bläulichen Wirbeln verflüchtigte. Im Vergleich zur brütenden Hitze draußen war es angenehm kühl unter dem schindelbedeckten Teaholzdach und zwischen den dicken Bruchsteinmauern.

»Die Menschen haben früher einfach mehr vom Bauen verstanden«, setzte er seinen Monolog fort, »viel Holz, viele Steine, das lebt und atmet. Nicht so wie diese dämlichen Betonklötze heute, in denen man schwitzt und sich nach einer kühlen Erdhöhle sehnt. Weißt du noch, wie das früher war, als wir im Sommer unten am Strand schliefen, wenn der Wind von Afrika kam und es einfach zu heiß wurde? Oder wir verkrochen uns in den Bergen in einer kühlen Bodega. Meine Mutter ist noch in einem Erdloch zur Welt gekommen. Hinter unserem Haus liegt es, es wird nur noch selten genutzt. Und hat ihr das geschadet? Kein bißchen, sage ich dir. Nachher im Steinhaus, mit gekacheltem Badezimmer und Einbauküche, hat sie sich da wohler gefühlt in all dem Luxus? Kein Stück, mein Lieber! In der Garage saß sie am liebsten, zwischen den Kürbissen und Kartoffelsäcken, weil es da kühl war und nach Erde roch, ach ja . . .« Er seufzte und spuckte in weitem Bogen aus.

Der Legionär schwieg.

»Und was ist jetzt, hast du schon davon gehört? Im Aridanetal und bei Chaco Verde sollen komplett neue Urbanisationen für Ausländer angelegt werden, eineinhalb Millionen Quadratmeter! Außerdem zwei 5-Sterne-Hotels mit Aquaparks, künstlichen Meeresschwimmbecken und Golfplätzen. So ein Irrsinn – mitten in die Lavazonen der Naturschutzgebiete hinein. Da fragt sich natürlich jeder, wo das viele Wasser, das da gebraucht wird, herkommen soll! Ist es nicht genug damit, daß die Bananenplantagen schon jeden Schluck trinken? Wenn du mich fragst, ich sage dir: Diese Weißen, diese Fremden aus Europa, sind bis auf wenige Ausnahmen allesamt verrückt geworden! Streichholz!«

Die Zigarre war erloschen und mußte vom Legionär erneut angezündet werden.

»Ich rede mit dir so offen über diese Dinge, mein Alter«,

sagte Don Vincente, »weil wir beide aus demselben Dorf stammen und unsere Familien sich kannten. Wir beide, du und ich, wir sind noch vom alten Schlag. Menschen, die langsam aussterben, glaub mir das.«

Bei den letzten Worten hatte er Rauch verschluckt und bekam einen Hustenanfall. Der Legionär sprang auf und klopfte ihm den Rücken, bis er wieder frei atmen konnte.

»Nicht so fest, du Esel«, schrie Don Vincente, »denk an meinen Rücken, du bringst mich ja um!« Danach schwieg er eine Weile, während der er mit der Spitze seines Stockes im Abfall auf dem Boden herumscharrte. Dann sagte er: »Hinter diesen Wahnsinnsprojekten, von denen ich dir eben erzählt habe, steckt natürlich dieser Schweizer, dieser J. S., wie man sich denken kann. Derselbe, der auch die Schlucht von Buraca zur Sau machen will, unsere Schlucht! Dann kannst du nur noch deine Sachen nehmen und vor den Planierraupen weglaufen, mein Alter! Die Höhle räumen, bevor sie gesprengt wird. Du weißt, daß er Wasser aus meinen Quellen wollte, jede Menge Wasser. Und es stimmt nicht, daß mein Preis dafür zu hoch war, wie die Leute sagen. Du weißt, wie die Leute sind, du weißt es am besten von uns beiden! Wassermafia nennen sie mich und meine Freunde, als ob wir Verbrecher wären. Dabei sind wir es doch, die in Wahrheit die Insel retten! Nein, mein Alter, du brauchst gar nicht so ungläubig zu gucken! Ich habe dem Schweizer nie Wasser verkaufen wollen, hab' nur den Preis hochgetrieben und ihn zappeln lassen, damit sein Vorhaben ins Stocken gerät! Ist ein gefährlicher Mann, dieser J. S., ein Feind, den man ernst nehmen und stoppen muß. Nun verhandelt er ja mit Don Martinez, aber Don Martinez darf man ebenfalls nicht trauen. Der bekommt es fertig und legt tatsächlich kilometerweit Rohrleitungen durchs Gelände. Ein raffgieriger Kerl ist das, der vor keiner Schweinerei zurückschreckt. Auf ihn müssen wir auch unser Augenmerk richten. Am schlimmsten aber ist dieser J. S.! Geht er aus dem Rennen, können wir erst einmal aufatmen – du verstehst, was ich meine?«

Der Legionär, der die meiste Zeit über mit glasigem Blick dagesessen und auf seine Schuhe gestarrt hatte, nickte.

»Dann will ich jetzt mal aufbrechen«, sagte Don Vincente. Er erhob sich ächzend vom Stuhl. »Hab' noch viel zu tun, das kannst du mir glauben, mein Alter. Aber die Zeit zum Plaudern mit dir lasse ich mir nun einmal nicht nehmen. Wie gesagt, wir sind im Grunde beide von der gleichen Art, und ich mache mir viele Sorgen um dich. Solange ich lebe, wird es niemand geben, der dich aus deiner Höhle zu vertreiben wagt. Aber du mußt natürlich selbst ein bißchen mitmachen, ich kann meine Augen nicht überall haben. Du weißt, was zu tun ist.«

Er humpelte, vom langen Sitzen steif geworden, auf seinen Stock gestützt durchs Zimmer. An der Tür wandte er noch einmal den Kopf über die Schulter. »Draußen steht ein Paket für dich bereit«, sagte er, »sind Sachen drin, die du gebrauchen kannst. Ein kleines Geschenk von mir.«

Der Legionär blieb sitzen und dachte noch eine Zeitlang über das Gesprochene nach. Dann stand er auf und ging ebenfalls nach draußen. Es war windstill und unerträglich heiß. Er verstaute Maritas Brot und Wein bei den anderen Dingen in Don Vincentes Kiste, hievte sie auf die Schulter und strebte dem Schatten der Dragos zu, hinter denen die Schlucht von Buraca begann.

»Wir müssen dringend Fotokopien von den Zeichnungen anfertigen lassen«, sagte Bartneck. »Ob das möglich ist in Los Llanos?«

»Bestimmt«, meinte Frank, »wenn mich nicht alles täuscht, habe ich ein ›Copy‹-Schild in der Avenida Doctor Fleming gesehen, in einem Fotoladen.«

Als sie die Stadt erreichten, herrschte dort gähnende Leere, der Ort war kaum wiederzuerkennen, da die meisten Leute vor der Hitze in die Häuser geflohen waren.

»Hoffentlich haben die überhaupt auf bei dem Wetter«, murmelte Bartneck. Sie fanden einen Parkplatz in der Nähe des Fotoladens und kletterten schweißnaß aus dem Wagen. In den beiden Schaufenstern hingen gerahmte Fotografien, Hochzeitsbilder und Portraits strahlender Mädchen. Die Tür war nur angelehnt. Hinter dem Glastresen, wo Kameras, Filmzubehör, Zeitungen, Postkarten und seltsamerweise auch Kuchenstückchen und in Zellophantüten eingepackte Süßigkeiten lagen, saß eine junge Dame und kämmte sich verträumt vor dem Wandspiegel. Ein Metallregal mit weiteren Waren trennte den Verkaufsraum von einer Nische ab, wo ein vorsintflutliches Kopiergerät stand. Vorsorglich ließen sie sich von allen Zeichnungen, die Bartneck in der Höhle von Tajodeque angefertigt hatte, fünf Kopien machen. Die sahen gar nicht mal schlecht aus.

»So«, meinte Frank Richter, nachdem sie bezahlt hatten, »jetzt aber Schluß mit dem Herumtreiben. Lassen Sie uns irgendwohin fahren, wo es einigermaßen kühl ist. Bloß raus aus der ekligen Sonne, ich bekomme sonst noch einen Hitzschlag.« Der Sonnenbrand, den er sich unvorsichtigerweise in der Caldera eingehandelt hatte, machte ihm zu schaffen.

»Da drüben ist Chano«, sagte Bartneck und deutete quer über die Straße, wo doch tatsächlich der Langgesuchte, tief in den Schatten der Häuser geduckt, entlangspazierte.

»Chano, hola, Chano!« brüllte Frank und ruderte mit den Armen in der Luft herum.

Der Gerufene zuckte zusammen, blickte auch kurz in ihre Richtung, beschleunigte dann aber seine Gangart und verschwand im Laufschritt um die Ecke.

»Seltsam«, murmelte Frank. War das zu verstehen? Eine sonderbare Reaktion! Er mußte sie doch gehört und gesehen haben. Warum benahm er sich bloß wie jemand, der etwas zu verbergen hatte?

»Ich schlage vor, wir fahren zu Victor Depauw nach Todoque«, sagte Bartneck. »Wir sollten ihm unbedingt die Kopien zeigen, vielleicht weiß er etwas damit anzufangen. Außerdem hat der bestimmt was Kaltes im Kühlschrank«, fügte er noch hinzu. »Mir klebt der Gaumen auch am Hals.«

Sie fuhren mit offenen Seitenfenstern weiter, aber der Fahrtwind erfrischte kein bißchen.

Fernando A. Gaspar hatte seinen Artikel über die militärische Nutzung des Observatoriums noch nicht abgegeben. Er fühlte, daß dafür einfach noch nicht der richtige Zeitpunkt gekommen war und sein Chef das bisher Geschriebene in der vorliegenden Form ablehnen würde. Nein, er mußte noch weiter und genauer recherchieren. Fakten ins Feld führen, die unumstößlich waren, detaillierte Beweise. Nur so würde der Artikel eine Chance haben, wie eine Bombe zu wirken. Aber er blieb am Ball. Vorerst begnügte er sich damit, sich an das Thema von einer ganz anderen Seite heranzutasten. Er schrieb:

Auf La Palma gehen die Lichter aus. Wird das berühmte Teufelsfest von Tijarafe verboten? Uns allen ist klar, daß der nächtliche Sternenhimmel vom Observatorium auf dem Roque de los Muchachos nur dann optimal beobachtet werden kann, wenn auf der Insel völlige Dunkelheit herrscht. Um das zu erreichen, wurden unlängst – unsere Zeitung berichtete ausführlich darüber – umfangreiche und einschneidende Durchführungsbestimmungen mit dem »Rahmengesetz zum Schutz der astronomischen Qualität der Observatorien des astrophysikalischen Instituts der Kanaren« (so der genaue Titel des neuen Gesetzes in Amtssprache) verabschiedet. Darin heißt es: »Da jedes Jahr die Zahl der künstlichen Lichtquellen auf den Inseln durch Zunahme der Außenbeleuchtung in den einzelnen Gemeinden La Palmas steigt, ist in Santa Cruz, Los Llanos und Los Sauces das gesamte Straßenbeleuchtungsnetz zu erneuern.« Nur noch bestimmte Glühlampen sollen künftig zugelassen werden.

Hinzu kommen neue Maßnahmen für Beleuchtungsanlagen von Fabriken, Ferienzentren und Richtlinien für Funkverkehr sowie für die Luftwege von Flugzeugen. Das Motto lautet: Je dunkler die Nacht, desto klarer der Himmel.

Dies alles dürfte den Einwohnern, die stolz auf ihr weltberühmtes Observatorium sind, noch einigermaßen verständlich zu machen sein. Ob die Sparmaßnahmen auch den vielen Touristen einleuchten, steht auf einem ganz anderen Blatt. Immerhin lebt die Insel vom Fremdenverkehr, und die neuen Gesetze dürften in krassem Gegensatz zu den neuen Ferienbauprojekten stehen, die allerorts in Planung sind.

Doch damit nicht genug. Wie unsere Zeitung aus gewöhnlich gut unterrichteten Quellen erfuhr, werden bereits weitergehende Maßnahmen in Erwägung gezogen, z. B. die vielen bunten Volksfeste mit ihren Lichterketten und ihrem Feuerwerk erheblich einzuschränken, wenn nicht gar ganz zu verbieten. Betroffen davon wären auch die wunderschöne »Bajada« von Santa Cruz und das bei Einheimischen und Touristen gleichermaßen beliebte Teufelsfest von Tijarafe, die Fiesta des »Diablo volcánico«. Schon jetzt ist abzusehen, daß diese Vorschläge erhebliche Proteste hervorrufen werden. Es wird die Frage laut: Soll zukünftig alles in La Palma den Interessen des Observatoriums – das ja nicht nur der zivilen, sondern auch einer geheimgehaltenen militärischen Nutzung dient – untergeordnet werden?

Schon jetzt äußern Naturschützer starke Bedenken: »Die zu befürchtende Ausdehnung des Forschungsareals auf dem Roque de los Muchachos – Neubauten, Infrastruktur, weitere Hubschrauber-Landeplätze usw. – darf nicht außer Kontrolle geraten« (so »Irichen«, die ökologische Mitbürgerorganisation La Palmas). Aurelio Diaz-Brito, Präsident des Nationalpark-Patronats, sagt: »Es darf nichts unternommen werden, was Flora, Fauna, Geologie und historische Überlieferungen schädlich beeinflußt«, wobei er besonders auf die sich hemmungslos ausbreitende Bautätigkeit auf dem Gipfelplateau anspielt und auf bedeutende Funde an Guanchen-

keramik, die unlängst dort gemacht wurden. MENCEY, die neue, bisher noch wenig bekannte politische Bürgerorganisation, die die Unabhängigkeit der Kanarischen Inseln von Spanien anstrebt, wird in einem an die Redaktion unserer Zeitung gesandten Schreiben noch deutlicher: »Welche Tests werden eigentlich in dem der NATO unterstehenden Gelände durchgeführt? Können diese Tests, die einer so außerordentlich strengen Geheimhaltung unterliegen, daß eigens hierfür neue, umfangreiche Sicherheitsmaßnahmen wie elektronische Überwachung, Bewegungsmelder usw. erforderlich waren, nicht eine Gefahr für unsere Bevölkerung darstellen? Die bunkerähnlichen Gebäude dort oben wuchern wie Pilze aus dem Boden, und niemand weiß, was dort unter Ausschluß der Öffentlichkeit geschieht.«

Wir meinen: Die störungsfreie Beobachtung des Sternenhimmels ist eine feine, wissenschaftlich bestimmt sehr wichtige Angelegenheit. Aber daß deswegen die schönen Fiestas, besonders das Teufelsfest von Tijarafe, eingeschränkt oder sogar verboten werden sollen, ist wohl ein zu großes Opfer und dürfte wenig Zustimmung in der Bevölkerung finden. Äußerst interessant wäre es im übrigen, endlich mal zu erfahren, um welche Art militärischer Testversuche es sich eigentlich handelt.

Mit diesem Textmanuskript in der Hand suchte Fernando A. Gaspar seinen Chef auf, von dem er wußte, daß dieser ein leidenschaftlicher Fan des Teufelsfestes war.

»Was halten Sie davon?« fragte er mit scheinheiliger Miene.

Während der Chefredakteur den Artikel durchlas, zog er sorgenvoll seine Stirn kraus. Endlich legte er die Blätter auf seinen Tisch und blickte den jungen Reporter durchdringend an. »Alles, was recht ist«, sagte er, »da haben Sie ja ein schönes Pamphlet verzapft. Ist Ihnen eigentlich klar, was Sie mit einem solchen Artikel anrichten können?«

Gaspar schluckte. »Die Leute nachdenklich machen, eine öffentliche Diskussion über diese Dinge in Gang setzen ...«

»Und die Fakten? Geheime militärische Testversuche und

so weiter ... Sind Sie absolut sicher, daß diese Behauptungen inhaltlich stimmen?«

»Absolut.« Gaspar spürte, wie ihn plötzlich Zuversicht erfüllte und Stolz auf das eigene journalistische Talent. In einem Anflug puren Übermuts zog er eine Kopie seines früheren Manuskripts, die er vorsichtshalber bei sich trug, aus der Tasche und gab sie dem Chef zum Lesen.

Der studierte dieses Manuskript noch gründlicher als das vorige. »Sehr gut«, sagte er schließlich, »Sie haben das Zeug zum Sensationsreporter, ohne Zweifel.«

Der junge Reporter fühlte sich auf einer Welle des Glücksgefühls emporgetragen. Um so krasser riß ihn der folgende Absturz aus allen Illusionen.

»Wirklich gut aufgebaut, Ihre Reportagen«, fuhr sein Chef nämlich fort. »Zu dumm, daß wir weder die eine noch die andere abdrucken können. Jedenfalls nicht in unserer Zeitung. Wir sind in starkem Maße von Anzeigenkunden abhängig. Anzeigen sichern unsere Existenzgrundlage, das müssen Sie doch begreifen.«

»Aber wieso ...«, stotterte Fernando A. Gaspar, »ich dachte ... Sie sagten doch, Sie finden die Texte ausgezeichnet ...«

»Unmöglich, so was zu bringen! Wir alle hier sind stolz auf unser Observatorium, vom sogenannten kleinen Mann auf der Straße bis hin zur Regierung. Was sage ich – die ganze westliche Welt ist mit Recht stolz darauf. Unser Observatorium ist das modernste der Erde, der Gipfelpunkt menschlichen Geistes und wissenschaftlicher Forschung. Die Präsidenten vieler Staaten waren hier und haben das Projekt gefeiert. Es ist zum Symbol der internationalen Friedensforschung geworden.« Er beugte sich vor und ballte die Fäuste genau auf Gaspars Manuskripten, als ob er diese zerquetschen wollte. Seine Stimme klang plötzlich drohend, aber der junge Reporter glaubte auch eine Spur von Panik in den Augen seines Chefs zu erkennen.

»Aber was Sie da vorhaben, gleicht einer Demontage! Wollen Sie unbedingt auf Kosten unserer Zeitung Amok laufen? Einen privaten Feldzug gegen die Intelligenz der gesamten westlichen Welt führen? Nein, mein Lieber, nicht mit mir!« Erregt sprang er auf, und seine breitschultrige Gestalt wuchs drohend hinter dem Schreibtisch empor. »Vergessen Sie das Ganze. Das ist eine Dienstanweisung! Sie sind ein guter Reporter, aber diese Sache ist eine Nummer zu groß für Sie und ... für mich. Konzentrieren Sie sich lieber auf die Suche nach dieser spurlos verschwundenen Französin, wenn es Sie nach skandalträchtigen Stories gelüstet. Da haben Sie meinen Segen. Oder schreiben Sie irgendwas über die geplanten 5-Sterne-Hotels, die Golfplätze und die anderen Bauvorhaben. Spielen Sie von mir aus die Wasserproblematik hoch. Aber keine einzige Zeile mehr über das Observatorium! Dieses Thema ist ab sofort Chefsache! Und nun gehen Sie wieder an Ihre Arbeit!«

Bleich und völlig verstört verließ Fernando A. Gaspar das Büro. Noch lange grübelte er über das Ausmaß seiner Niederlage nach. Währenddessen ging der Chefredakteur mit sorgenvoller Miene in seinem Zimmer auf und ab. Er erwartete einen weiteren Anruf jener oberen Behörde, deren äußerst unangenehmer Beamter sich bei ihrem ersten Telefonat wie folgt geäußert hatte:

»Wenn Sie das Observatorium anpinkeln, dann werden wir Sie und ihr Schundblatt wie ein Stück Ziegenkäse zerquetschen! Wollen Sie das im Ernst?«

Wahrheitsgemäß hatte der Chefredakteur diese Frage verneint.

Zweimal am selben Tag trafen Jan Nellen und Britta Arhus mit Henning Schneider zusammen. Das erste Mal, als sie mit ihrem Leihwagen an der Kreuzung von El Paso nach Todoque liegenblieben. Aus für Jan unerklärlichen Gründen setzte dort nämlich der Motor plötzlich aus. Jan öffnete die Motorhaube, überprüfte die Zündkerzen und den Vergaser, konnte aber keinerlei Fehler feststellen. Es war schrecklich heiß. Auch Britta stieg aus und flüchtete in den Schatten eines Baumes, von wo aus sie den vergeblichen Bemühungen ihres Freundes zusah. Schließlich ließ Jan von dem störrischen Seat ab und sackte neben ihr auf das Mäuerchen. »Ist das eine Hitze«, stöhnte er und zog sein Hemd aus, das schweißgetränkt war. »Muß eine Wahnsinnstemperatur sein. Dabei ist die Luft so trocken, daß mein Hals und meine Nase brennen.«

»Mir tut auch alles weh«, klagte Britta. »Zu dumm, daß überhaupt kein Wind geht.«

»Ich möchte bloß wissen, was mit dem Wagen ist. Ich habe alles probiert. Ich weiß einfach nicht weiter. Der Motor scheint abgesoffen zu sein. Aber warum?«

In diesem Moment bog ein Pkw um die Ecke und hielt neben ihrem Leihwagen. Ein Mann um die Fünfzig, braungebrannt und offensichtlich Ausländer wie sie, sprang aus dem Wagen. »Probleme?«

Sie antworteten in einem Gemisch aus Holländisch, Englisch und Deutsch.

»Aha, ich verstehe«, antwortete der Mann, der sich als Henning Schneider vorstellte. »Leihwagen, mit diesem Typ gibt es immer Probleme. Warum sind Sie bei solchem Wetter überhaupt unterwegs?«

»Ich denke, wir sind auf der Insel des ewigen Frühlings«, sagte Britta. »Die Hitze paßt aber gar nicht zu dem, was in den Reiseführern steht.«

»Wir haben Levante«, erklärte Henning Schneider, »Wind aus der Sahara, da ist es immer so. Keine Angst, das hält höchstens noch ein paar Tage an, dann bläst der Passat von Norden den ganzen Spuk weg und bringt Abkühlung.«

»Von Wind merke ich nichts«, sagte Jan, »es geht doch kein Lüftchen. Auf See würden wir das eine totale Flaute nennen.«

»Das ist richtig«, erwiderte Henning Schneider, »aber so fängt der Levante immer an. Wenn der Passat gedreht hat, bleibt der Wind einfach stehen, und die Hitze tanzt auf der Stelle. Morgen vielleicht kommt der Sturm aus dem Osten. Dann wird es noch heißer und furchtbar staubig. Manchmal bringt der Levante sogar Sand aus der Wüste mit. Dann läuft hier nichts mehr, dann wird sogar der Flugbetrieb eingestellt.«

»Schöne Aussichten«, maulte Britta. »Da haben wir uns ja gerade die beste Zeit für unseren Inseltrip ausgesucht.«

»Wo wollten Sie denn hin?«

»Zuerst mal nach Süden, nach Fuencaliente.«

»Würde ich vergessen«, sagte Henning Schneider. »Fahren Sie lieber nach Norden rauf, nach Tijarafe, Puntagorda und Garafia. Da läßt es sich im Moment noch einigermaßen aushalten.«

»Erst mal können«, brummte Jan mißmutig, »der verdammte Wagen spielt nicht mit. Ist mitten beim Fahren an der Kreuzung ausgegangen.«

»Bestimmt der Luftfilter«, sagte Henning Schneider. »Mal sehen, was wir tun können.«

Die drei gingen zum Auto. Henning Schneider schraubte den Filter auf und klopfte die Papiermembrane ab.

»Sehen Sie – völlig zugesetzt. Feiner Staub, der dringt überall ein. Kein Grund zur Aufregung, das passiert hin und wieder. So geht das, ganz leicht, nicht wahr? Ab und zu mal ausklopfen, dann läuft die Kiste wieder.«

In der Tat sprang der Wagen nach einigen Startversuchen wieder an.

»Super!« rief Britta, und auch Jan bedankte sich für Henning Schneiders Hilfe.

»Keine Ursache. Hier auf der Insel hilft jeder jedem weiter.«

»Können wir das irgendwie wiedergutmachen, dürften wir Sie zu einem Drink einladen?« fragte Britta.

»Das wird im Augenblick schlecht gehen«, sagte Henning Schneider, »bei Levante haben die meisten Bars zu. Wie lange bleiben Sie denn auf der Insel?«

»Vielleicht ein, zwei Wochen«, antwortete Britta, »wenn wir diese Hitze überstehen und der Passat, wie Sie sagen, wirklich wieder zurückkommt.«

»Na, dann viel Spaß«, sagte Henning Schneider und kroch in seine heiße Konservendose zurück. »Und nicht vergessen, lieber nach Norden fahren. Und falls die Kiste mal wieder liegenbleibt – einfach den Luftfilter ausklopfen!« Er winkte ihnen im Davonfahren zu, und die beiden erwiderten seinen Gruß.

Also wenden und ab nach Norden, wo sie ein heißer, ungemein aufregender Tag erwartete.

Am späten Nachmittag, so gegen fünf, trafen sie das zweite Mal auf ihren Schutzengel. Diesmal im Hafen von Tazacorte, wo sie an der Kaimauer gerade ihr Schlauchboot klarmachten, um zur »Rainbow« zurückzufahren.

»Also Ihnen gehört das Schiff«, sagte Henning Schneider. »Ist mir schon aufgefallen, als Sie in die Bucht einfuhren. Ein schmucker Kahn. Nicht ein bißchen zu groß für zwei Leute?«

»Eigentlich schon«, stimmte Jan Nellen zu. »Acht Personen kommen bequem unter, notfalls sogar zehn. Wir haben vor, irgendwann einmal Kreuzfahrten zu organisieren. Für zahlungskräftige Passagiere.«

»Rentiert sich denn das?«

»Leute, die mitwollen, gibt es genug«, sagte Jan. »Da sind wir ganz sicher. Vorerst sind wir allein unterwegs, um gewisse Routen abzuchecken. Ist sozusagen ein Probelauf. Sie verstehen?«

»Ihr Deutsch ist ausgezeichnet«, sagte Henning Schneider, »und den Rest kann ich mir schon zusammenreimen. Wie kommen Sie ausgerechnet auf La Palma und Tazacorte?«

»Fügung des Schicksals.« Britta lachte. »Wir haben Bücher über die Insel gelesen. Trotz der momentanen Hitze gefällt sie uns von allen Kanareninseln am besten.«

»Übrigens sollten wir jetzt mal die Gelegenheit beim Schopfe packen und uns für Ihre Hilfe heute morgen bedanken. Kommen Sie mit uns an Bord, dort gibt es kühle Getränke.«

Henning Schneider überlegte kurz. Für den späteren Abend hatte er sich mit Frank Richter und Bartneck in seiner Pension verabredet. Bis dahin blieb aber noch reichlich Zeit. Also stimmte er zu. »Warum nicht? Das Schiff sieht gut aus, eine Besichtigung scheint sich zu lohnen.«

»Sie werden staunen«, sagte Jan.

Zu dritt kletterten sie ins Schlauchboot und machten die Leinen los. Direkt über dem Wasser und mehr noch draußen in der Bucht war die Luft einigermaßen erträglich. Die beiden waren zu beneiden, daß sie auf dem Schiff schlafen konnten.

Nachher saßen sie auf Deck, und Britta kredenzte eiskaltes Schweppes mit Zitronenscheiben.

»Eine Fotografin und ein Filmer«, murmelte Henning Schneider, »erstaunlich, was für Prominenz hier so alles angespült wird.« Er war immer noch ziemlich beeindruckt von der Besichtigung des Schiffes, das einen komfortablen und sicheren Eindruck machte.

»Die Insel ist aber auch wirklich toll, einfach spannend«, schwärmte Britta. Sie zählte einige der faszinierenden Motive auf, die sie heute während ihrer Tour durch den Norden der Insel gesehen hatten.

»Wenn Sie vorhaben, einen Film über die Insel zu drehen«, sagte Henning Schneider, »dann sollten Sie auf keinen Fall das Teufelsfest von Tijarafe versäumen.«

»Tijarafe? Da sind wir heute ein bißchen rumgelaufen. Ein romantischer Ort. Enorm rausgeputzt, überall hängen Girlanden und Lichterketten. Holzbuden werden aufgebaut, auf dem Platz vor der Kirche eine große Bühne . . .«

»Ja, in ein paar Tagen ist es soweit«, sagte Henning Schneider, »da beginnt die Fiesta. Zunächst mit Trachtenumzügen und Jahrmarkt, dann kommen die Ringkämpfe – Lucha Canaria –, und dann erscheint der Teufel persönlich, der Diablo volcánico.«

»Klingt spannend. Was meinst du, Jan?«

»Auf genau so was habe ich gewartet«, antwortete ihr Freund. »Das habe ich gemeint, als ich sagte, nicht bloß Standfotos, sondern vor allem bewegte Bilder. Was ist das eigentlich für ein Fest?«

Henning Schneider glaubte, kein Geheimnis zu verraten, als er ausführlich zu berichten begann, auch über die eigenartigen Erlebnisse von Dr. Bartneck und Frank Richter. Was konnte es schaden, daß er davon sprach? Die beiden hätten bestimmt nichts dagegen einzuwenden gehabt. Jan Nellen und Britta Arhus hörten staunend, aber auch ein bißchen skeptisch zu. Die Geschichte, die ihnen da aufgetischt wurde, klang reichlich übertrieben. Allerdings, so kombinierte Jan, der kaufmännisch kalkulierende Kopf des Zweierteams, rasch, bot die Sache tatsächlich spannenden Hintergrundstoff für einen möglichen Film. Also ging er ernsthaft auf Henning Schneiders haarsträubende Story ein, fragte weiter, hakte interessiert nach, und Schneider erzählte alles, was er wußte. Auch einige Einzelheiten, die er eigentlich hatte verschweigen wollen. Das mochte zum Teil am Genever liegen, den Britta inzwischen großzügig ausschenkte.

Spät in der Nacht, während Henning Schneider mit schwankenden Schritten vom Kai zu seiner Pension zurückging, lag Britta bereits in ihrer Koje und träumte vom Vulkanteufel.

Pepe Gonzales war völlig durcheinander, als er das Dienstzimmer betrat, das Don Vincente soeben verlassen hatte. »Was ist denn los?« fragte er. »Was hat Don Vincente gesagt? Findet die Fiesta nun statt oder nicht?«

Leutnant Aurelio ging zum Fenster, das er weit öffnete, um die Qualmwolken der Zigarre abziehen zu lassen. Man konnte kaum atmen, so dicht stand der blaue Dunst. »Alles klar, nur keine Panik«, sagte der Leutnant. »Seine Durchlaucht hat soeben persönlich Entwarnung gegeben. Das Teufelsfest findet statt.«

»Aber es hieß doch, die Lichterketten müßten weg, kein Feuerwerk und so... Und dann hieß es sogar, überhaupt keine Fiesta«, zeterte Pepe entnervt. »Das dauernde Hin und Her macht mich noch völlig verrückt!«

»Setz dich ganz ruhig hin und hör zu, ich erklär's dir.« Manchmal mußte man mit diesem Stoffel von Pepe wie mit einem Kind reden. »Also, der neueste Stand der Dinge ist der: Das Gesetz ist im Parlament überhaupt noch nicht durch. Verschiedene maßgebliche Leute haben massiv Einspruch dagegen erhoben, unter anderm auch unser Don Vincente. Nächstes Jahr, da ist vielleicht alles anders, aber diesmal findet das Teufelsfest genauso statt wie immer, sagt er, und als Bürgermeister und Patron der Fiesta muß er das wissen. Wäre auch viel zu spät, um das Fest noch abzublasen.«

»Das heißt...?«

»... die Lichterketten bleiben dran, das Feuerwerk wird planmäßig vorbereitet, und der Diablo kommt.«

»Gott sei Dank«, keuchte Pepe Gonzales, »dann bin ich ja beruhigt. Eine Fiesta ohne Teufel, das wäre wie...«

»Wie das Meer ohne Salz«, schlug der Leutnant vor.

»Genau«, sagte Pepe Gonzales. »Das Meer ohne Salz... besser hätte ich es nicht ausdrücken können.«

»Das glaube ich dir aufs Wort«, sagte der Leutnant. »Und nun setz dich in Bewegung, hombre. Du weißt, was bis dahin noch alles zu tun ist.«

»Claro, amigo«, antwortete Pepe Gonzales und bewegte seinen massigen Körper mit erstaunlicher Geschwindigkeit durch die Tür.

Victor Depauw öffnete die Tür und präsentierte sich in ungewöhnlichem Outfit. Er trug lediglich weiße Shorts und auf dem Kopf ein feuchtes Tuch.

»Bonjour, Monsieur«, begrüßte Bartneck ihn lächelnd. »Heute keine Runde über den Time gedreht?«

»Ich bin doch nicht lebensmüde«, antwortete Depauw. »Bei diesem Wetter? Bei Levante radfahren? Da würde ja selbst die Tour de France abgeblasen.« In der Manier eines vollendeten Gastgebers bat er seinen Besuch ins Wohnzimmer. Er selbst verschwand in der Küche und kehrte wenig später mit Fruchtsäften und einer Schale Eiswürfel zurück.

»Eine völlig verrückte Zeit ist das und eine völlig verrückte Insel. Das Wetter bringt uns noch alle um. Bitte bedienen Sie sich, meine Herren. Küche und Kühlschrank sind voll. Ich habe solche Mengen eingekauft, daß wir der Belagerung ein paar Tage standhalten können. Wir Europäer müssen zusammenhalten. Besonders bei Levante.«

Der Ventilator an der Decke sirrte leise und verteilte unermüdlich lauwarme Luft.

»Ja, wirklich übel«, sagte Bartneck. »In der Regel dauert so was drei, vier Tage. Aber diesmal scheint es schlimmer zu werden. Wenn die trockene Hitze noch eine Weile anhält, können die Bauern ihre Bananenernte vergessen. Und die Avocados dazu.«

Victor Depauw ließ sich ächzend in den Sessel fallen und streckte die Beine aus. »Henning war inzwischen mal da und hat mir über Ihre Expedition berichtet. Was in aller Welt hat Sie nur bewegt, freiwillig in den Kraterkessel zu klettern?« fragte er.

Bartneck verzog das Gesicht zu einem verlegenen Grinsen. »So genau können wir das heute auch nicht mehr sagen. Eine vage Hoffnung vielleicht, eine Vermutung.«

Frank Richter breitete die Fotokopien auf dem Tisch aus. »Das da, womöglich«, sagte er.

Monsieur Depauw tastete nach einem Etui, klappte es auf und entnahm ihm eine runde Nickelbrille. Umständlich schob er sie sich auf die Nase. Er griff nach den Blättern und betrachtete ausgiebig die Zeichnungen. »Was ist das?« fragte er stirnrunzelnd.

»Genau diese Frage wollten wir eigentlich an Sie richten.«

Victor Depauw, der das letzte Blatt mit der großen Spirale

hatte sinken lassen, nahm es wieder auf und betrachtete es erneut. »Eine Spirale mit Zeichen dabei. Ungewöhnliche Zeichen ... eine alte Schrift oder so was ... Wo haben Sie das gefunden?«

»In der Caldera de Taburiente. Genauer, in einer Höhle auf halber Höhe der Kraterwand. Tajodeque heißt sie.«

»Und warum bringen Sie das ausgerechnet mir? Ich bin weder Sprachforscher noch Historiker.«

»Sie meinen also auch, daß dies eine Felszeichnung der Ureinwohner sein könnte, eventuell eine Botschaft?« fragte Frank Richter gespannt.

»Hm, ja, irgend etwas in dieser Richtung.«

»An was erinnert Sie das noch?« fragte Dr. Bartneck.

Victor Depauw blickte von einem zum anderen und dann ein drittes Mal auf die Zeichnung. Plötzlich spitzte er den Mund und pfiff durch die Zähne. Als er hochsah, blitzten seine Augen hinter den Brillengläsern. »Mich hat zuerst die Spirale irritiert. Solches und ähnliches Gekritzel hat man ja überall auf der Insel gefunden. Sie als Felsbildforscher mögen vielleicht anders darüber denken, aber ich messe diesen Figurationen wenig Bedeutung zu. Da haben sich die Steinzeitleute mal ausgetobt. Ist menschentypisch. Der Homo sapiens bekritzelt nun mal, seit es ihn gibt, gern seine Umgebung. Wie heißt es bei euch in Deutschland – Narrenhände beschmieren Tisch und Wände, oder so ähnlich. Aber das hier ...«

»Erinnert es Sie an etwas Bestimmtes?«

»Nun ja, die kleinen Zeichen da rechts und links von der Spirale ...«

»Was ist damit?«

»Sie haben – vorsichtig ausgedrückt – eine gewisse Ähnlichkeit mit physikalischen Formeln ...«

»Von denen Sie bestimmt weitaus mehr verstehen als ich«, unterbrach ihn Frank. »Könnte es auch eine Art Morsealphabet sein?«

Victor Depauw legte die rechte Hand ans Ohr und massierte selbstvergessen sein Ohrläppchen. »Mon dieu, ja, was heißt Morsealphabet«, sagte er. »Wissen Sie, ich war als junger Mann in Belgien beim Militär. Spezialeinheit Spionageabwehr. Dechiffrierung verschlüsselter Botschaften. War recht interessant. Wir haben damals alle möglichen Experimente angestellt.«

Frank seufzte tief und befreit auf. Er lehnte sich im Sessel zurück. Ich habe es ja gewußt, dachte er. Wenn einer was mit der Sache anfangen kann, dann dieser Belgier. Sah zwar aus wie ein Spinner und benahm sich mitunter auch so, aber er hatte was auf dem Kasten.

»Wissen Sie, ich habe das damals mehr spielerisch gemacht und vielleicht auch schon in weiser Voraussicht auf meinen späteren Beruf«, spann Victor Depauw seinen Gedankenfaden weiter. Er lächelte versonnen. »Wir waren jung, wir waren verrückt, die Welt gehörte uns ... Wir haben vor keinem System haltgemacht. Zum Beispiel das I-Ging. Schon mal was davon gehört?«

»Ein Münzorakel aus dem alten China«, sagte Frank Richter.

»Genau. Früher hat man Schafgarbenstengel genommen, die man entweder in der Mitte durchbrach oder auch als ganze Stiele ließ. Später kamen chinesische Schriftzeichen hinzu, diese herrlichen kalligraphischen Tuschpinselmalereien, verstehen Sie? Aber eigentlich handelt es sich um das einzige System auf der Welt, das binäre und analoge Zeichen miteinander kombiniert. Funktioniert als Bilderschrift, aber auch als Computersprache mit Ja-Nein-Schaltung: Heile Stengel bedeuten ›eins‹, zerbrochene ›null‹. Ganz einfach, nicht wahr? Es werden jeweils sechs Stengel- oder Münzwürfe, die man nach Zahl oder Bild in Yin- bzw. Yang-Zeichen umsetzt, untereinandergelegt. Das ergibt 64 verschiedene Zeichen, die abgewandelt und entsprechend kombiniert genau 4096 Bedeutungsmöglichkeiten ergeben, nämlich 64 mal 64.

»Ich dachte immer, das wäre mehr so eine Art Wahrsagehoroskop«, warf Frank ein. »Hermann Hesse hielt es für ein Weisheits-Buch. Er las jeden Tag darin.«

»Gewiß, man kann das I-Ging als Orakel benutzen. Aber anders eingesetzt, funktioniert es als hervorragendes Geheimcode-System, das allerdings heutzutage leicht zu knacken ist. 4096 mögliche Varianten stellen heute für jede billige Computeranlage eine Beleidigung dar. Mein Rechner zum Beispiel umfaßt 400 Megabyte. Damit ist der I-Ging-Code in ein paar Minuten entschlüsselt.«

»Und die Zeichen neben der Spirale ähneln diesem System?« fragte Frank. Er beugte sich neugierig vor.

Monsieur Depauw kam noch einmal weit ausschweifend auf das I-Ging zu sprechen, auf das Prinzip des Zen-Buddhismus im allgemeinen und das chinesische »Buch der Wandlungen« nebst den Philosophien des Laotse und Kungfutse im besonderen.

Bartneck, den das Gespräch bisher eher gelangweilt hatte, verschwand in der Küche und kam mit gekühlten Bieren zurück. Genüßlich schlürfte er die Schaumkrone seines Glases ab und drehte die Augen zur Decke. Hoffentlich kommt dieser Mensch irgendwann mal zum Punkt, dachte er. Endlich hörte er, wie Frank Richter seine Ausgangsfrage wiederholte. Schlagartig wurde er wieder wach.

»Nein, überhaupt nicht«, antwortete der Belgier, dem sicherlich nicht bewußt war, daß er mit seinem feuchten Tuch über dem Schädel die Kopftracht der Guanchen imitierte. »Aber sehen Sie: Diese Kringel hier wiederholen sich da und da und dort ungefähr auch. Und der Punkt mit den unterbrochenen Strahlenmustern, der wie ein Pulsar aussieht ... Dort außen befindet sich ein zweiter.«

»Entschuldigen Sie meine Unkenntnis ... wie würden Sie einen Pulsar definieren?« fragte Frank.

»Pulsare sind rasch kreisende Neutronensterne, wie sie von katastrophischen Sternexplosionen erzeugt werden. Man könnte sie daher auch kosmische Uhren nennen, wie Professor Sagan das tut. Ist Ihnen der Name ein Begriff? Nicht? Er hat die amerikanische Raumsonde ›Pioneer 10‹, die 1973 am Jupiter vorbeiflog und nun unser Sonnensystem verlassen hat, mit Bildnachrichten ausgestattet. Die ›Pioneer 11‹ ein Jahr später auch. Er meint, daß die Radiallinien mit ihren binären Unterteilungen die charakteristischen Strahlenmuster der Pulsare symbolisieren und somit eine ablesbare intergalaktische Botschaft darstellen ... Und warum Pulsare? Weil das Maß ihrer Verlangsamung im Laufe der Zeit recht genau bekannt ist, kann der Empfänger sich fragen, wo und wann es jemals möglich war, wie bei unserem Beispiel 14 Pulsare in dieser relativen Position zu sehen. Die Antwort lautet nach Sagan: nur von einem sehr kleinen Bereich der Milchstraße aus und in einem einzigen Jahr seit Bestehen der Galaxie. Innerhalb dieses Bereichs gibt es vielleicht tausend Sterne. Nur von einem von ihnen kann angenommen werden, daß ihn ein Planetensystem mit den im Bild dargestellten relativen Abständen umgibt. Die ungefähren Größen der Planeten und die Saturnringe sind dort ebenfalls schematisch dargestellt. Darüber hinaus übrigens auch ein nacktes menschliches Paar, der Mann hebt die Hand zum Friedensgruß.«

Vor Franks Augen begannen sich Kreise zu drehen. Spiralen wirbelten, Sterne funkelten, und Raketen schossen durch ein imaginäres Universum, das Monsieur Depauw vor seinen Augen beschwor. Er fühlte sich hoffnungslos überfordert.

»Ebenfalls schematisch eingezeichnet sind die anfängliche Bahn der von der Erde aus abgesandten Raumsonde und ihr Vorbeiflug am Jupiter. Das Schild identifiziert daher einen Stern unter ungefähr 250 Milliarden – nämlich unsere Erde – und das genaue Jahr, bezogen auf einen Zeitraum von ungefähr zehn Milliarden. Verstehen Sie?«

»Kein Wort«, antwortete Frank Richter ehrlich.

»Für mich ist das mehr eine intellektuelle Spielerei. Aber es reizt natürlich jeden Analytiker, solche Form- und Zahlenspielereien, die im Grunde ja auch so etwas wie ein Geheimcode sind, zu knacken«, sagte Victor Depauw. Erst jetzt bemerkte er, daß sein Gesprächspartner ihm nicht mehr folgen konnte, und hielt inne.

»Ach, erklären Sie's ihm«, wandte er sich hilfesuchend an

Bartneck. »Ich gehe inzwischen in die Küche und koche uns etwas Leichtes. Ganz ohne Essen hält es kein Mensch aus.«

»Was er damit sagen will, ist«, meinte Dr. Bartneck, nachdem Victor Depauw in seinem sonderbaren Outfit aus dem Zimmer verschwunden war, »daß ihn die Guanchen-Zeichen an Pulsare erinnern. Und da hat er nicht so ganz unrecht. Obwohl ich es für völlig ausgeschlossen halte, daß die Ureinwohner etwas von höherer Atomphysik verstanden.«

»Warum eigentlich nicht?« wagte Frank zu fragen.

Bartneck zog mißbilligend die Augenbrauen hoch. »Jetzt fangen Sie auch noch mit solchem Blödsinn an«, sagte er. »Es muß wohl doch am Wetter liegen. Mir schwirrt schon der Kopf.«

Die Küchentür öffnete sich, und Victor Depauw kam mit einem Tablett herein, auf dem eine dampfende Schüssel stand. »Fischsuppe!« rief er. »Aber auf flandrische Art, mein Spezialrezept.«

»Hm«, brummte Bartneck und fächelte sich mit der Hand genießerisch den aus der Schüssel aufsteigenden Dampf unter die Nase. »Sie sollten ein Gourmetrestaurant aufmachen, Monsieur Depauw! Ich glaube, da würde ich sofort Stammgast werden.«

Auch Frank verspürte Appetit. Mit Heißhunger löffelte er die Suppe. Als sie fertig waren, trugen sie das Geschirr in die Küche und entdeckten dabei, was der Belgier inzwischen noch alles still und heimlich gezaubert hatte: Salat, Kartoffeln mit grüner Soße und gebackene Thunfischscheiben. Sie schlemmten in andächtigem Schweigen.

Als sich Victor Depauw danach wohlig aufseufzend im Sessel zurücklehnte, fragte Frank: »Und Sie ziehen es in Betracht oder halten es zumindest für möglich, daß es sich bei der Zeichnung aus der Höhle von Tajodeque auch um einen solchen Geheimcode handeln könnte?«

»Unwahrscheinlich ist das nicht. Ich denke sogar, es ist ziemlich sicher, daß es sich um etwas in der Art handelt.«

»Warum dechiffrieren Sie es dann nicht, Monsieur?«

Victor Depauw machte ein verdutztes Gesicht. »Ja, warum eigentlich nicht?« wiederholte er gedehnt und hielt sich die Fotokopie erneut vor die Nase. Plötzlich sprang er auf. »Levante hin und Guanchenkringel her«, rief er fröhlich aufgekratzt, »Messieurs, ich verzichte im Moment gern auf den Nachtisch und empfehle mich. Wenn Sie mich suchen sollten: Ich bin oben im Labor. Aber besser stören Sie mich nicht bei der Arbeit und bleiben hier unten. Fühlen Sie sich ganz wie zu Hause. Solange der Kühlschrank voll ist, heiße ich Sie als Gäste willkommen. Übrigens, das wird Sie interessieren: Es hat neulich wieder einmal ein leichtes Beben gegeben. Meine Geräte haben jedenfalls präzise angeschlagen. Aber die ganze Sache war nur kurz, relativ unerheblich.«

Er schlurfte davon und ließ sich für den Rest des Tages nicht mehr blicken.

»Als nächstes sollten wir diesem Navarro-Mederos oben in der Erdbebenfrühwarnzentrale des Observatoriums einen Besuch abstatten«, sagte Bartneck. »Mal sehen, was der von unseren Pulsaren hält.«

»Lesen Sie mal das hier«, sagte Frank. Er reichte ihm einen Zeitungsausschnitt, der auf dem Tisch gelegen hatte.

OZONSCHLEIER KRÄFTIG DURCHLÖCHERT – EXPERTEN: VULKANAUSBRUCH PINATUBO VERSTÄRKT WIRKUNG DER FCKW-STOFFE

Vor einem verstärkten Abbau der Ozonschicht haben Experten in Deutschland und den USA eindringlich gewarnt. Vor allem für die ersten vier Monate dieses Jahres erwartet das Bundesamt für Strahlenschutz (BfS/Salzgitter) einen verstärkten Abbau des zarten Ozonschleiers in nördlichen Breitengraden.

Die ozonzerstörende Wirkung von Fluorchlorkohlenwasserstoffen (FCKW) und Halogenen werde durch Schadstoffe vom philippinischen Vulkan Pinatubo verstärkt, teilte die Behörde mit. Die Ozonschicht in 20 bis 50 Kilometer Höhe filtert wie eine Sonnenbrille bestimmte UV-Strahlen, die Lebewesen auf der Erde schädigen könnten.

Besondere Schutzmaßnahmen sind nach Ansicht des BfS voraussichtlich nicht notwendig. Denn dem verstärkten Ozon-Abbau im Frühjahr stehe eine relativ geringe Sonneneinstrahlung gegenüber. Die Maximalwerte werden den Angaben zufolge im Juni und Juli erreicht.

Zwar hat der Verbrauch von FCKW nach neuen Studien amerikanischer Forscher nachgelassen. Doch etwa 40 Prozent der FCKW-Verbindungen halten sich mehr als 100 Jahre lang in der Atmosphäre, berichteten Experten bei der Tagung der Amerikanischen Gesellschaft zur Förderung der Wissenschaften (AAAS) im kalifornischen San Francisco. Erst in zehn Jahren werde die Konzentration von FCKW ihren Höhepunkt erreicht haben, sagte Prof. Sherwood Rowland von der Universität Kalifornien.

Mehrere namhafte Wissenschaftler des In- und Auslandes äußerten sich besorgt über die sich besonders negativ auf das Erdklima auswirkenden Folgen von Vulkanausbrüchen. Ähnlich erhebliche Schadstoffausstöße wie beim Ausbruch des philippinischen Vulkans Pinatubo könnten sich in anderen Teilen der Erde jederzeit wiederholen. Europa sei von solchen Naturkatastrophen in letzter Zeit weitgehend verschont geblieben. Allerdings könne niemand eine Garantie dafür übernehmen, daß nicht doch eines Tages ein schlummernder Feuerriese ausbrechen würde. Was dann passiert, so Prof. Elvin Lloyd von der Universität Cambridge, liegt derzeit weitgehend außerhalb unserer Vorstellungskraft.

3
Kaltes Feuer

Der Tag war furchtbar gewesen, eine einzige Zumutung! Beständig nahm die Hitze zu, kein Lufthauch sorgte für Erfrischung, es war, als liege der Himmel bleischwer über der Insel. Dabei mußte es im Aridanetal und weiter südlich noch weitaus schlimmer sein als hier oben im Norden bei Garafia.

Hannes Wieland fühlte sich wie gelähmt. Er war unfähig, draußen zu arbeiten. Er fühlte sich krank, hatte Hals- und Kopfschmerzen, sogar leichtes Fieber. Beim Gehen taumelte er, jeder Schritt, jede Bewegung strengten ihn an. Er hatte schon oft den Levante erlebt, aber noch keinen wie diesen. Wenn wenigstens der Wind endlich käme, seinetwegen ein Sturm mit Sand aus der Sahara. Kurz und kräftig. Und dann die Wende zum Passat, der alles fortblasen und die Extreme wieder zum Ausgleich bringen würde.

Das Hygrometer draußen am Haus zeigte nur noch knapp 15% Luftfeuchtigkeit an. Da wurde das Atmen schwer. Alle Schleimhäute waren geschwollen und wie Sandpapier wundgerieben. Wenn man sich die Nase schneuzte, fand man Blut im Taschentuch. Auch Marita verkraftete das Klima nur noch mit einem nassen Lappen auf dem Kopf. Aber sonst ging es ihr einigermaßen gut. Sie war von zäher Konstitution, ließ sich wenig anmerken. Hannes aber haute es einfach um. Er, der ansonsten gewohnt war, bei Wind und jedem Wetter im Freien zu arbeiten, verkroch sich ins Haus. Er fühlte sich klein und hilflos angesichts der Gewalt der Natur. Das Leben jenseits der Tür war bedrohlich geworden, eine feindselige Macht, die nur darauf aus war, den Menschen niederzuwerfen.

Hinzu kam, daß Hannes mit solchen Zwangspausen im Haus wenig anzufangen wußte. Das Rumsitzen machte ihn nervös und reizbar. Ein Buch lesen? Nein, es ging nicht, er konnte sich einfach nicht konzentrieren. Auch Reparaturen im Haus, die an sich notwendig waren, strengten ihn zu sehr an, selbst die einfachsten Handgriffe. Und nachdenken? Er fand, daß er ohnehin schon zu viel grübelte. Kam selten etwas Brauchbares dabei heraus. Mist, verdammter!

Er schwankte ins Bad, zog sich aus und stellte sich unter die Dusche. Auch das Wasser war viel zu warm. Es kam aus dem Tank über dem Haus und war entsprechend aufgeheizt. Während er sich frische Sachen anzog, begann er schon wieder zu schwitzen. Er ging zum Kühlschrank, holte sich ein Bier und trank mit kleinen, lustlosen Schlucken. Dabei beobachtete er seine Frau. Wie sie es nur schaffte, Stunde um Stunde vor diesem dämlichen Computer zu sitzen und auf die Zahlenkolonnen des Bildschirms zu starren! Dabei wirkte sie sogar noch erstaunlich konzentriert. Ein Phänomen, diese Frau!

Er erinnerte sich, wie sie sich vor mehr als 20 Jahren kennengelernt hatten, am Steinhuder Meer, diesem netten, sympathischen Tümpel bei Hannover. Hals über Kopf hatten sie sich ineinander verliebt, und dieses Gefühl war trotz des langen Zeitraums bis heute nicht gewichen. Ja, es gab keine andere für ihn als genau diese Frau. Er bewunderte ihre Stärken im gleichen Maße, wie er ihre kleinen Macken und Schwächen akzeptierte. Sie hatten in ihrem Freundeskreis als Traumpaar gegolten, und das traf ja auch zu. Wo ringsum alles in die Brüche ging, Ehen, Beziehungen, wo Paare die Partner wechselten wie die Hemden, hatten sie sich die Treue gehalten. Ruhig, ohne viel Aufsehen und innerlich mit stabilem Selbstvertrauen ausgestattet.

Dann der versuchte Ausstieg aus der bürgerlichen Sicherheit. Jenes Experiment auf der griechischen Insel, das nach vier schönen, euphorischen Jahren so elendig gescheitert war. Warum? Mit der Landwirtschaft und der Selbstversorgung hatte es einigermaßen gut geklappt. Mit den Einheimischen dort auch, freundlichen, hilfsbereiten Leuten, die noch ein einfaches, unverdorbenes Leben führten. Aber mit den anderen Paaren, mit denen zusammen sie dorthin gekommen waren, hatten sie sich schon nach kurzer Zeit hoffnungslos zerstritten. Also zurück nach Deutschland, ein paar lustlose Jahre dort. Dann kam La Palma, der große Plan, ein Neuanfang am äußersten Rand der alten, vertrauten Welt. Von Beginn an waren sie phantastisch zurechtgekommen, hatten die Insel lieben gelernt. Kein Zweifel: Es war ihre Heimat geworden, Garafia war seitdem der Dreh- und Angelpunkt ihres Fühlens und Handelns.

Er stand auf, um sich ein frisches Bier aus dem Kühlschrank zu holen. Dabei schwankte er leicht. Schwindelgefühl und dumpfer Druck in den Schläfen, registrierte er verärgert. Einen Moment lang mußte er sich an der Arbeitsplatte der Küche festhalten. Als er zurück ins Wohnzimmer kam, ließ er sich mit einem Stöhnen in den Sessel fallen. Seine Haut war mit Schweiß bedeckt, und die Hände zitterten, als er sich sein Glas nachfüllte.

Marita drehte sich von ihrem Computer weg und sah ihn an. Ihre Augen lächelten, er registrierte aber auch einen ernsthaften Ausdruck in ihrem Gesicht.

»Was ist los?« fragte er.

»Nichts, mir ist bloß so ein Gedanke gekommen«, antwortete sie.

»Was denn?«

Marita zögerte. Sie senkte den Kopf und strich geistesabwesend über den Saum ihres Rockes. »Darf ich dich mal etwas ganz Dummes fragen?«

»So dumm wird es schon nicht sein«, murmelte er erschöpft.

»Aber es wird dir vielleicht nicht gefallen.«

»Nun sag schon.«

»Was würdest du eigentlich tun, wenn du wüßtest, daß du nur noch eine kurze Zeitspanne, sagen wir 48 Stunden, zu leben hättest?«

Hannes blickte überrascht auf. »Du meinst es im Ernst?« fragte er.

»Ja.«

»Hm. Hab' noch nie über so was nachgedacht.«

»Aber wenn es nun tatsächlich so wäre?« Wenn Marita so ernst mit ihm sprach und dabei ein solches Gesicht machte, gab es kein Ausweichen. Hannes dachte nach. »Ich glaube, ich würde es halten wie einst Martin Luther: noch einen Apfelbaum pflanzen.«

Marita lächelte, ohne ihn direkt anzusehen. »Das habe ich mir gedacht«, sagte sie. »Es beruhigt mich richtig, daß du so bist.«

»Und du?« fragte Hannes. »Was würdest du tun?«

»Dir dabei helfen«, antwortete Marita.

»Was denn, du würdest tatsächlich deinen Computer ausschalten? Versteh mich richtig, ich meine es nicht bös.«

»Weiß ich doch«, sagte Marita lachend. »Soll ich dir mal was verraten, mein Lieber? Diese Computertechnik ist eine feine, vernünftige Sache. Aber sie ist kopflastig und kalt, nur Chips, Platinen und Drähte. Ein Baum dagegen lebt. Man kann ihn anfassen und beinahe spüren, wie er wächst.«

Vielleicht hätten wir doch Kinder haben sollen, dachte Hannes. Wenigstens welche adoptieren. Aber er sprach es nicht aus. Er wußte, daß dies ein wunder Punkt bei ihr war, und wollte den Schmerz nicht unnötig verstärken. »Ich liebe dich«, sagte er.

»Ich liebe dich auch«, antwortete sie. Sie stand auf, kam zu seinem Sessel und küßte ihn auf den Mund. »Mein Gott, du hast Fieber«, sagte sie.

»Keine Bange«, antwortete Hannes. »Unkraut vergeht nicht. Das ist nur der verdammte Levante.«

»Also, ich kapier' das einfach nicht«, sagte Dr. Bolsing. »Unser Rechner funktioniert doch völlig unabhängig von der Anlage drüben. Was auch immer da für Störungen aufgetreten sind, die dürften eigentlich unsere Datenbank nicht tangieren. Sven Hellerström ist sich absolut sicher, daß hier im Sonnenturm alles ordentlich bedient wurde. Er hat mehrfach ein Suchprogramm durchgeschickt, um einen eventuellen Virus aufzuspüren. Nichts. Er steht vor einem Rätsel. Finden Sie die ganze Angelegenheit nicht auch äußerst mysteriös?«

In Gedanken versunken, wischte Dr. Westerford mehrmals mit der Hand über den Tisch, als wolle er unsichtbare Staubkörner von der weißen Resopaloberfläche wegstreichen. »Wenn Sie mich fragen, lieber Kollege«, antwortete er bedächtig, »so muß ich gestehen, daß ich keine Erklärung dafür weiß. Eines steht fest: Irgend etwas stimmt da drüben nicht. Dr. Howel und auch dieser blasierte Lackaffe von Navarro-Mederos tun äußerst geheimnisvoll und ergehen sich in vagen Andeutungen. Ich bin langsam der Meinung, daß sie uns absichtlich nur ungenügend informieren. Es hängt mit diesem Test zusammen, der drüben unter größten Sicherheitsvorkehrungen angelaufen ist. Aber warum dadurch unser Rechner in Mitleidenschaft gezogen wird und wie das geschieht, will mir nicht einleuchten.«

Dr. Bolsing scharrte unruhig mit den Füßen unter dem Tisch. »Um die Pechsträhne komplett zu machen«, sagte er, »muß ich Ihnen leider eine weitere Hiobsbotschaft mitteilen: Die von uns berechnete Sonnenfinsternis findet nicht statt.«

Dr. Westerford fuhr auf: »Bitte, was? Das soll wohl ein Scherz sein?«

»Leider nicht. Eine ganze Weile liefen unsere Messungen eindeutig in diese Richtung. Dann plötzlich nichts mehr, absolut zero.«

»So langsam glaube ich an Spuk!«

»Und ich an einen Rechenfehler«, sagte Dr. Bolsing. »Oder an Sabotage.«

»Bitte, bitte, Herr Kollege, nur keine Paranoia! Ich weiß ja selbst, daß das Wetter im Moment unerträglich ist, und die Hitze geht einem wirklich auf den Geist. Aber wir wollen doch nicht den Teufel an die Wand malen. Eine solche Mutmaßung entbehrt jeglicher Grundlage.«

»Schon gut.« Dr. Bolsing rückte nervös auf seinem Stuhl hin und her. Er war nahe dran, seinem älteren Kollegen und Vorgesetzten von dem Traum zu erzählen, der ihn seit mehreren Nächten heimsuchte. Aber dieser Traum war viel zu konfus und verrückt. Wie würde er als Wissenschaftler dastehen, wenn er solchen Quatsch ernst nahm? Aber die andere Sache, die mußte er einfach loswerden. »Sie wissen, daß ich ein ziemlich nüchterner Mensch bin«, begann er.

»Jedenfalls bei der Arbeit«, unterbrach Dr. Westerford anzüglich zwinkernd. »Was Sie an Ihren freien Tagen anstellen, geht mich nichts an.«

»Nein, wirklich, mal im Ernst. Ich glaube nicht, daß ich an Halluzinationen leide. Aber gestern habe ich etwas gesehen, ganz schemenhaft nur, aber immerhin.«

»Wo?«

»Hier auf dem Gelände, dicht bei einem der Hubschrauberlandeplätze. Da schlichen ein paar Gestalten herum, es waren Einheimische.«

»Unmöglich«, rief Dr. Westerford, »niemand kann von außen hier rein. Wir sind hermetisch von der Außenwelt abgeschlossen, überall Zäune, Sensoraugen, Bewegungsmelder. Und jetzt noch der doppelte Wachdienst, neue Erkennungskarten. Sie müssen sich getäuscht haben.«

»Nein, gewiß nicht. Ich habe sie gegen Abend in der Dämmerung entdeckt, zwei oder drei Gestalten. Sie schlichen zum Rand der Caldera zurück.«

»Mein lieber Dr. Bolsing, das halte ich für völlig ausgeschlossen! Da geht es mehr als 2000 Meter steil runter, kein Weg, kein Zugang, da muß jemand schon fliegen können!«

»Aber es gibt keinen Bewegungsmelder dort«, beharrte Dr. Bolsing.

»Wozu auch? Die Steilwand bietet einen weitaus sichereren Schutz als jede elektronische Schranke.«

»Vielleicht auch nicht«, murmelte Dr. Bolsing, »vielleicht auch nicht.«

»Ihre Nerven sind überreizt«, entschied Dr. Westerford. »Vielleicht sollten Sie mal ausspannen und sich ein bißchen erholen.«

»Wird schwerfallen, bei dieser Hitze unten. Nein, da bleibe ich lieber hier im Turm und geh' noch mal die Daten durch.«

»Daß Sie mir nur keinen Inselkoller kriegen. Der hat schon so manchen erwischt...«

»Wie ist es bei dir oben in den Bergen?« fragte Mercedes Alvarez. »In Los Llanos hält man es kaum noch aus. Die ›Casa Cultura‹ bleibt bis auf weiteres geschlossen. Bei der brütenden Hitze kommt sowieso niemand, um sich Bücher auszuleihen.«

»Es geht einigermaßen«, sagte Frank. »Wenn man Tür und Fensterläden geschlossen hält, ist es im Haus relativ kühl. Das liegt wohl daran, daß das Haus direkt an den Felsen gebaut ist und die Bruchsteinmauern so dick sind.«

»Soll ich mitkommen und uns heute abend etwas kochen? Vielleicht wird es erträglich, wenn die Sonne erst weg ist, und wir können später auf der Terrasse sitzen und essen.«

»Prima Idee«, stimmte Frank Richter zu.

Die Markthalle war geschlossen, und sie mußten eine Weile suchen, ehe sie einen offenen Laden fanden, wo sie das Notwendige einkauften. Schweigend fuhren sie durch das leergefegte Los Llanos, durch Argual und die Schlucht der Todesängste. Frank fuhr langsam, und obwohl auf den Straßen kaum Verkehr war, hupte er wie ein Einheimischer vor jeder Kurve. Ein tolles Gefühl, neben einem so schönen Mädchen zu sitzen, so selbstverständlich, so vertraut...

Oben im Haus machten sie sich gut gelaunt an die Arbeit,

putzten gemeinsam das Gemüse. Mercedes schnitt Fenchelknollen und Avocados in kleine Stücke und schob sie mit dem Messer in die Reispfanne.

»Liebst du mich?« fragte sie beiläufig, ohne den Kopf zu heben und ihn anzusehen.

»Aber das weißt du doch.«

»Nein.« Sie schüttelte den Kopf. »Sag es, ich will es genau wissen.«

Er ergriff ihre Hand, zog sie, den Zwiebelgeruch ihrer Finger ignorierend, zu sich heran und küßte sie. »Ja, ich habe noch niemanden so geliebt wie dich. Und du?«

Sie sah noch immer nicht hoch. Sie nickte. »Ist schon verrückt«, sagte sie schließlich. »Es ging alles so schnell.«

»Obwohl es mir vorkommt, als würden wir uns bereits eine Ewigkeit kennen.«

Sie hob das Kinn. Ihre Augen blickten ihn durchdringend an. Sie schien an seinem Gesicht ablesen zu wollen, wie ernst er es meinte. »Nicht mehr lange«, sagte sie, »dann sitzt du im Flugzeug und fliegst nach Deutschland zurück.«

Er schluckte. Er hatte jeden Gedanken an Deutschland, die Bibliothek, auch an Ute, einfach verdrängt. Ein wilder Wirbel begann in seinem Kopf. Sein Blut pulste. »Nein«, antwortete er, »ich werde . . .«

»Still«, sagte sie und legte ihre Finger auf seinen Mund. »Sag jetzt nichts mehr.«

Er stand auf, ging um den Tisch herum, blieb hinter ihr stehen und legte seine Arme um ihre Schultern. Sie lehnte sich an ihn und küßte seine Hände. Sie zitterte am ganzen Körper. Es kam ihm vor, als weine sie. Aber das mochte natürlich auch von den Zwiebeln kommen.

»Laß uns miteinander schlafen«, flüsterte sie.

Er zog sie noch fester an sich, bedeckte ihr Haar mit Küssen. Ihre Lippen suchten und fanden sich, ihre Zungen.

Mit einem Ruck machte sich Mercedes aus der Umarmung frei. »Nicht jetzt«, sagte sie, »nachher . . . wir lassen uns Zeit, ja?« Sie stand auf. »Und jetzt wollen wir erst einmal kochen!«

rief sie lachend. »Oder meinst du, wir lassen das ganze Zeug hier rumliegen? Sieht es nicht köstlich aus?«

»Und wie«, sagte Frank, »mir läuft schon das Wasser im Mund zusammen.«

Nach endlosen Telefonaten hatte Dr. Bartneck endlich eine Besuchserlaubnis erreicht. Er, Frank Richter und Mercedes Alvarez fuhren von der Ostseite über Santa Cruz zum Roque de los Muchachos hoch. Die neue Straße führte in Serpentinen unglaublich sanft die Berge empor. Es war mit Abstand die beste Straße der Insel; sie war eigens angelegt worden, um den gewaltigen Parabolspiegel, den größten der Welt, unversehrt nach oben zu bringen.

Unterwegs erzählte Mercedes davon. War damals ein großer Medienrummel gewesen, ein spektakuläres Ereignis. Die Bevölkerung hatte rechts und links der neuen Straße Spalier gestanden, als das Ungetüm auf dem breiten, zwanzigfach bereiften Spezialfahrzeug im Schrittempo vorbeirollte. Auf bisher nie dagewesene Weise war das Ding abgefedert gewesen, damit dem Spiegel bloß nichts passierte. Eine Bodenwelle, eine falsche Erschütterung, und die Mühe jahrelanger Arbeit wäre umsonst gewesen, ganz abgesehen von den vielen Millionen, die die Herstellung des Parabolspiegels gekostet hatte.

Zur Einweihung des neuen Gebäudes waren damals mehrere Könige und Staatspräsidenten angereist. »Nachher haben sie im ›Convento Real Franciscano de la Imaculada Concepción‹, im schönen Innenhof des alten Franziskanerklosters von Santa Cruz, Orangenbäumchen gepflanzt«, erinnerte sich Mercedes. »Sind inzwischen große Bäume geworden, und an jedem prangt ein Bronzeschild seines Paten. Ich war damals ein Kind und furchtbar aufgeregt, das alles von weitem mit ansehen zu dürfen.«

Das Wetter präsentierte sich heute von einer wesentlich

angenehmeren Seite. Über Nacht war frischer Wind aufgekommen und hatte Passatwolken herangetrieben. Schlagartig stieg die Luftfeuchtigkeit wieder an. Und hier oben, auf den Bergrücken rund um den Roque und hoch über der restlichen Insel, wehte sogar eine kühle Brise.

Sie genossen die beeindruckende Fahrt. Lange Zeit führte die Straße durch stille Kiefernwälder, in denen Nebelschwaden hingen. Über den sich zögernd auflösenden Wolken wurde der Wald lichter. Der Boden wies mehr und mehr Geröllspuren auf. Schließlich machte der Kiefernbewuchs struppiger Baumheide Platz, die den Bergkuppen etwas unerhört Wildes und Urtümliches verlieh. Rot war die Erde, manchmal auch schwefelgelb, und durch die Felsen zogen sich Adern dunklerer, härterer Schichten.

An einem besonders imposanten Aussichtspunkt hielten sie an und stiegen aus, um einen Blick in den Urwaldkrater der Caldera de Taburiente zu werfen. Schwindelerregend steil stürzten die faltigen Hänge des Kraterrandes ab.

»Das ist die ›Pared de Roberto‹, die Teufelsmauer«, erklärte Mercedes und wies mit der ausgestreckten Hand auf eine bizarre Felsformation knapp unterhalb des Kraterrandes. »Eine Sage berichtet darüber, der Teufel habe sie eigenhändig gebaut.«

»Ich kenne die Geschichte«, sagte Frank, »sie stand in einem deiner Bücher. Das war doch die Sache mit diesem verliebten Jungen aus Mazo, der hier immer zu seiner Liebsten entlanglief.«

Mercedes nickte.

»Kaum zu glauben, daß da überhaupt irgendwer langgehen kann«, bemerkte Bartneck, »der Weg nach Tajodeque war ja schon eine Zumutung, aber das hier ...«

»Die Guanchen waren wahre Meister im Klettern«, sagte Mercedes. »Auch das haben wir wohl von ihnen geerbt.«

Frank suchte mit den Augen die grüne Wildnis weiter unten ab und fand schließlich den Roque Idafe. Rötlich ragte der nackte Felsen aus dem Urwald empor. Er lag genau in der Kratermitte. Wenn das der Kaminschlot des alten, ursprünglichen Vulkans gewesen war, dann mußte der Vulkankegel selbst einmal unvorstellbare Ausmaße besessen haben. Dann war der Roque de los Muchachos mit seinen knapp zweieinhalbtausend Metern bloß ein Pickel am seitlichen Rand. Er schauderte.

Bartneck mußten ähnliche Gedanken durch den Kopf gegangen sein. »Ja, der Idafe ...«, sagte er nachdenklich. »Manche Wissenschaftler vermuten, daß der alte Vulkan vor seinem Ausbruch damals sechs- bis siebentausend Meter hoch gewesen sein soll. Kaum vorstellbar, was? Wie ein Himalaja-Gipfel!«

Sie lösten sich von dem Anblick und fuhren weiter. Jetzt kam nur noch nacktes Gestein. Endlich tauchten die Stahlzäune des Observatoriumgeländes auf und dahinter die weißen Riesenpilze der Teleskoptürme. Vor dem Haupttor mußten sie hupen und sich durch Rufen bemerkbar machen, bis endlich eine Limousine heranrollte, aus der mehrere Sicherheitsbeamte ausstiegen. Nach längerem Palaver, in das per Autotelefon weitere Beamte eingeschaltet wurden, öffnete sich das Rolltor. Einer der Männer stieg in ihren Wagen zu und lotste sie zum Parkplatz vor dem William-Herschel-Teleskop. Das Ausmaß des Geländes mit all seinen Gebäudekomplexen war wirklich gewaltig.

Vor dem bunkerähnlichen Gebilde der seismologischen Station erwartete sie ein bärtiger junger Mann.

»Wir wollen zu Señor Navarro-Mederos«, sagte Dr. Bartneck und überreicht seine Visitenkarte.

»Señor Navarro-Mederos? O ja, er ist da. Allerdings weiß ich nicht, ob er um diese Zeit Besuch empfängt. Er ist bei der Arbeit, verstehen Sie?«

»Wir sind telefonisch angemeldet. Er erwartet uns.«

Der junge Mann überlegte. Man konnte ihm ansehen, wie angestrengt er nachdachte. »Dennoch kommen Sie ungelegen. Wir haben furchtbar viel Arbeit.«

»Wir auch«, bluffte Bartneck und wedelte mit dem Stapel Fotokopien. »Es geht schnell, nur ein paar Fragen.«

»Ich bin nicht sein Assistent, verstehen Sie?« Der junge Mann wand sich. »Nur Student, ich mache demnächst mein Examen . . . Ach, was soll's, kommen Sie einfach mit, wenn man Sie schon mal reingelassen hat. Wenn er nicht will, wirft er Sie sowieso gleich raus.«

»Nette Begrüßung«, knurrte Bartneck.

Der Student drehte sich um und ging auf das Gebäude zu, wo neben der Tür eine Treppe aus Leichtmetall zum oberen Stockwerk führte. Sie folgten ihm.

»Ist Señor Navarro-Mederos so unangenehm, ich meine, autoritär?« wagte Frank zu fragen.

Der junge Mann drehte sich an der Treppe um. »Beides – manchmal. Aber um die Wahrheit zu sagen, meistens ist er okay. Es liegt nur daran, daß er furchtbar viel zu arbeiten hat.«

»Technische Schwierigkeiten? Ich denke, die ganze Anlage wird von England aus ferngesteuert?«

»Das Observatorium ja. Das seismologische Institut nicht. Und mitunter gibt es Probleme. Das Klima spielt manchmal verrückt, und wir haben hier Instrumente, die sehr empfindlich darauf reagieren.«

Sie stiegen die Treppe empor. Im zweiten Stockwerk führte ein Steg zu einer silbergrauen Metalltür. »Danger« stand hier, »Zutritt nur für Personen mit Sondergenehmigung«.

Der Student stieß die Tür auf, und sie folgten ihm ins Innere. Frank Richter war enttäuscht. Er hatte erwartet, auf geheimnisvolle Maschinen oder zumindest auf gigantische Computeranlagen zu stoßen. Statt dessen fanden sie sich in einem gewöhnlichen Flur mit vielen Metalltüren, die den Blick versperrten. Zahlen und Ziffern waren auf die Türen gemalt, allerlei Röhren und Kabel führten an der Decke entlang. Wahrscheinlich waren sie im technischen Wartungsbereich gelandet.

Gerade als der Student an einer der Türen klopfen wollte, bog ein Mann um die Ecke und blieb erstaunt stehen.

»Señor Navarro-Mederos, diese Dame und die beiden Herren sind angemeldet«, sagte der Student und blickte verlegen zu Boden.

»Da denkt man, das ganze Theater wäre endlich vorbei und man könnte wieder in Ruhe arbeiten ... Aber das war wohl ein Irrtum von mir. Was ist denn? Es ist doch alles bereits gemeldet worden, es gibt keine Neuigkeiten.« Señor Navarro-Mederos war offenbar Spanier. Sein Gesicht wirkte derb und war gut zur Hälfte von einem wuchernden schwarzen Vollbart verborgen. Er trug Jeans und Sandalen, ein kariertes Hemd und darüber einen Kittel, der an manchen Stellen nicht mehr so weiß war, wie man das normalerweise bei einem Wissenschaftler erwartete.

»Wir sind nicht von der Presse«, erklärte Bartneck, geduldig den Sermon wiederholend, den er bei den morgendlichen Telefongesprächen bereits mehrfach vorgebracht hatte. »Mein Name ist Bartneck, Doktor der Geologie, und das sind mein Kollege Richter und Frau Alvarez von der ›Casa Cultura‹ in Los Llanos.«

»Wieso? Was ist mir denn da gesagt worden?« knurrte Señor Navarro-Mederos grob. »Dauernd diese mangelhafte Kommunikation. Leben wir denn auf dem Mond?« Es war ihm anzusehen, daß mit ihm nicht gut Kirschenessen war, wenn man den falschen Ton anschlug.

»Ich bitte vielmals um Verzeihung«, sagte Dr. Bartneck. »Natürlich wissen wir, daß Ihre Zeit kostbar ist ...«

»Ach, Unfug, wo Sie nun schon mal da sind. Was wollen Sie wissen? Wenn wir noch lange hier im Gang rumstehen, verschwenden wir wirklich nur Zeit. Kommen Sie mit ins Büro.«

Sie folgten ihm durch eine Metalltür, während der Student zur Treppe zurückging. Der kleine Raum, den Señor Navarro-Mederos sein Büro nannte, war spartanisch eingerichtet und wirkte mehr wie ein Abstellraum. Eine kunststoffbeschichtete Schreibplatte, drei Metallstühle, ein paar mit Aktenordnern gefüllte Regale.

Navarro-Mederos machte keine Anstalten, sich zu setzen oder ihnen die Stühle anzubieten. Er blieb an der schmalen Metalluke stehen, die anstelle eines Fensters in die Wand eingelassen war, und blickte nach draußen. Sehr unhöflich, dieser Mann, dachte Frank – oder fürchterlich unter Druck.

»Schießen Sie los, was wollen Sie wissen?«

»Was das hier zu bedeuten hat«, sagte Dr. Bartneck und legte die Fotokopien auf die Schreibplatte.

Navarro-Mederos wandte sich um und warf einen flüchtigen Blick drauf. Als er wieder aufsah, waren seine buschigen Augenbrauen mißbilligend hochgezogen. »Wollen Sie mich auf den Arm nehmen?«

Bartneck hob beschwichtigend die Hand. »Keineswegs. Wir dachten nur, Sie könnten uns bei der Entschlüsselung dieses Geheimcodes helfen. Um einen solchen handelt es sich nämlich.«

»Und warum sollte ich das?« Señor Navarro-Mederos fixierte sein Gegenüber finster. Vielleicht glaubte er in diesem Augenblick, es mit gemeingefährlichen Irren zu tun zu haben.

»Weil es möglicherweise in Ihr Fachgebiet fällt. Sehen Sie diese seismographischen Zeichen und die Pulsare hier, die Radiallinien mit ihren binären Unterteilungen rund um die Spirale?«

Señor Navarro-Mederos beugte sich herablassend über die Kopien und betrachtete sie genauer. Als er sich abermals aufrichtete, las Frank Richter Zurückweisung in seinem Gesicht. »Tut mir leid, es handelt sich weder um das eine noch um das andere«, sagte der gedehnt.

»Sondern um was dann?«

Navarro-Mederos schnaubte wie ein Stier vor dem Angriff. »Wenn ich ehrlich sein soll . . .«

»Ich bitte Sie herzlich darum.«

»Das sind entweder Kritzeleien eines Verrückten oder eine Kinderzeichnung, mit der sich jemand einen dummen Scherz erlauben will.«

»Es sind Felsbilder der Guanchen«, warf Mercedes ein,

»sie stammen von einem heiligen Platz unserer Vorfahren.«

»Nun ja, ich gebe zu, sie sind etwas flüchtig vom Original abgezeichnet«, ergänzte Bartneck. »Können Sie denn gar keine Ähnlichkeit mit astronomischen, astrophysikalischen, seismographischen oder mathematischen Zeichen feststellen?«

»Absolut keine«, sagte Señor Navarro-Mederos streng.

»Schade, ich hatte gehofft, Sie könnten uns einen Hinweis geben. Vielleicht haben die Symbole etwas mit Erdbeben zu tun.«

Navarro-Mederos' Backenmuskeln zuckten bedenklich. Er gab sich dennoch Mühe, einen Schein von Höflichkeit zu bewahren. »Hören Sie, Señor ...«

»Bartneck.«

»Señor Bartneck, Sie müssen verstehen, daß meine Zeit äußerst knapp bemessen ist. Ich habe noch viel zu tun. Machen Sie bitte schnell, wenn Sie noch weitere Fragen haben.«

Bartneck seufzte. »Alles, was uns momentan interessiert, ist die Entschlüsselung dieser Zeichen, Señor Navarro-Mederos. Sie haben die modernsten elektronischen Geräte zur Verfügung, die man sich vorstellen kann. Sie besitzen Erfahrung ... Können Sie uns denn gar nicht weiterhelfen bei unserem Problem? Für uns ist es außerordentlich wichtig zu wissen, was die Zeichnungen bedeuten!«

Señor Navarro-Mederos hatte während dieser Worte seinen Platz am Tisch verlassen, war zur Tür gegangen und hatte sie weit geöffnet. Die Geste war eindeutig. »Erkundigen Sie sich in Todoque nach einem Belgier, einem gewissen Monsieur Depauw«, sagte er. »Der Mann hat bedeutend mehr Zeit als ich und ist für allerlei Humbug empfänglich.«

»Vielen Dank für ihre Mithilfe, Señor Navarro-Mederos«, sagte Bartneck und verließ erhobenen Hauptes das Zimmer.

»Rechts entlang!« rief ihnen Navarro-Mederos hinterher. »Und Vorsicht auf der Treppe, sie ist eckig und keine spiralförmige Wendeltreppe!«

»So ein Arschloch«, knurrte Frank. Auf der Außentreppe fuhr ihm der Wind ins Haar. Es war kalt im Schatten. Er fröstelte. Als er unten war, zog er den Reißverschluß seiner Hose auf und pinkelte an die Mauer des Instituts. Wenigstens das muß auf dem Mond erlaubt sein, dachte er. Es war ihm auch egal, was die anderen davon hielten oder ob jemand vom Wachpersonal zusah oder nicht. Diese verdammten Idioten!

Bartneck stapfte grimmig über den Parkplatz auf das Auto zu. Er ärgerte sich, überhaupt hier heraufgekommen zu sein. Reine Zeitverschwendung.

Vielleicht hätten sie lieber zu Don Bernardo fahren sollen, dachte Frank. Wenn jemand was mit den Guanchenzeichnungen anzufangen wußte, dann er.

Auch Mercedes schwieg frustriert. Im Wagen drehte sie das Radio auf volle Lautstärke. Sambamusik. Mit offenem Seitenfenster, die Wildnis mit Sambaklängen beschallend, fuhren sie vom Roque de los Muchachos hinunter in Richtung Hauptstadt.

Als habe es sich der Passat anders überlegt und beschlossen, den Inseln für eine Weile aus dem Weg zu gehen, war plötzlich sein östlicher Bruder, der Levante, wieder da. Aus der verdorrten Sahelzone kommend, gelben Wüstenstaub aufwirbelnd, der die Sonne hinter einem Schleier verbarg, fuhr er mit seinem glühenden, trockenen Atem über La Palma. Wie Feuer benahm er sich, gilbte aus, verbrannte, entzog allen Pflanzen das Wasser. Und er heulte dämonisch, sprang in Böen, ekstatische Wirbel tanzten über das Meer gegen die Küste, in unbändiger Gier, alles zu vernichten, was sich ihm in den Weg stellte.

Zweimal so kurz hintereinander vom Levante heimgesucht zu werden – das war schon ungewöhnlich, eine regelrechte Strafe. Die Palmeros stöhnten, und besonders die Leute aus den Bananenplantagen fluchten verbittert. Madre mía, jetzt bestand nur noch wenig Hoffnung auf eine halbwegs ertragreiche Ernte. Die Bananen und Avocados konnte man diesmal vergessen. Die übrige Arbeit auch. Wer traute sich vor die Tür, wo einen sogleich die Hitze anfiel, Hals, Nase und Augen zu brennen begannen? Eine böse Zeit, die erhebliche Einkommensverluste mit sich brachte. Was hatten sie nur verbrochen, wann sich versündigt, daß die Wettergeister so erbarmungslos zuschlugen?

Der Flugbetrieb wurde eingestellt, auch der Fährverkehr. In Los Llanos zog man die Jalousien runter und hielt die meisten Läden geschlossen. Ebenso die Bars. Wer ging noch bei solchen Temperaturen Kaffee trinken? Nur ein paar vereinzelte Touristen, die die Lage nicht richtig einzuschätzen vermochten, torkelten draußen herum wie Suchende in der Wüste. Die meisten lagen erschöpft in ihren Apartamentos und hechelten nach Luft. Besorgte Gesichter überall. Würde es morgen besser? Nein, antworteten die Kellner, die mit verschwitzten Hemden und müden Augen mißmutig ihren Dienst hinter den Theken versahen: mañana más calor – noch größere Hitze morgen!

Dann kam der Sand, eine eklige, durch alle Ritzen kriechende Wolke, die muffig roch und den Atem würgte. Staub, überall Staub. Er legte sich auf die Dächer und Autos, quälte mit abertausend Nadelstichen die Haut. No, hombre, kein Wetter für draußen, nur für Verrückte.

Selbst Ina Lucia, das Klageweib von Tijarafe, die sonst jeden Schlag des himmlischen Schicksals wie eine wohltuende Geißelung annahm, verkroch sich lieber in ihrer Hütte. Neben dem Bett, vor der zum Altar ausgebauten Wandnische, kniete sie und betete die aus Magazinen ausgerissenen Farbbilder an – den Papst, die Jungfrau vom Schnee, Maria mit dem blutenden Herzen, den heiligen Miguel. Und es war ihr egal, ob sie ihren Singsang nun in der alten oder in der neuen Sprache ausführte, daß sie die Religionen, Schutzpatrone und himmlischen Mächte durcheinanderbrachte und in ihrem krausen Bewußtsein zu einem bizarren Flickenteppich verband.

»Heilige Maria, Mutter Gottes, mächtiger Guayote aus dem Vulkan, verschon unser Dorf«, brabbelte sie, »schleich vorüber, Hund mit den roten Augen, Brenner, Mordbube, hilf uns, gütiger Miguel, den Drachen zu töten, der in den Bergen schlummert. Steh uns bei, Mutter des Meeres, das große Feuer zu löschen ...«

Allen Warnungen zum Trotz wagte Frank Richter den Weg nach Fuencaliente, um Don Bernardo um Rat zu fragen. Er fuhr mit offenen Seitenfenstern, was aber keinerlei Erfrischung brachte. Der Fahrtwind war heiß wie ein Fön, man konnte kaum die Hand nach draußen halten. Der Hals brannte beim Schlucken, seine Schläfen klopften. Er rieb sich die Augen, befühlte die Stirn. Hatte er Fieber?

Niemand war um diese Stunde auf der Straße unterwegs. Hitzestreifen waberten über dem Asphalt, gaukelten Visionen vor, gelbe Staubgespenster aus Sand. Seitlich, wo ansonsten das Meer lag, war alles in Wolken verschwunden. Die Umgebung gestaltete sich zunehmend diffus. Sinnlos mit den Armen winkende Bäume, Kakteen, groß wie ausgewachsene Männer, die ihre knochigen Hände emporreckten. Ein Land wie unmittelbar nach der Schöpfung, wo das Feste noch seine Form sucht. Lava und zerborstene Felsbrocken, schwarze Vulkankegel, das Blau des Himmels verschwunden, und die Sonne verbarg sich in dichtem Wolkenbrei.

Die Erde hat Fieber, dachte er. Sie dämmert in einem wirren Traum, der die Menschen krank und verrückt macht. Ohne das Licht der Sonne verlieren wir leicht die Orientierung.

Nach scheinbar endloser Fahrt erreichte er Las Indias. Schemenhaft nur trat das Dorf aus dem Staubnebel, einzelne Häuser, zerhackte Momentaufnahmen. Dann die Abfahrt zur schwarzen Sandpiste. Der zermahlene Lavasand knirschte unter den Reifen, als fahre man an einem Winterabend in

Deutschland über harschen Schnee. Wenn der Wagen zu schnell wurde, geriet er ins Schwimmen, fuhr man zu langsam, blieben die Räder stecken. Ein Schwarm Alpendohlen taumelte aus der schwarzen Wand des San Antonio. Mit schwerem Flügelschlag passierten sie die Piste, verschwanden linker Hand im Nichts.

Frank stieg aus und ging zu Fuß weiter. Augenblicklich sprang ihn der warme Wind an, rüttelte an seiner Kleidung, seinem Haar, blies ihm Sand ins Gesicht, brüllte. Er stapfte mit gesenktem Kopf weiter, allein durch die Lavawildnis. Eine unwirkliche Situation, die ihn an eine Wattwanderung in längst verflossenen Tagen erinnerte, als Nebel aufkam und Angst auch, da die Welt ringsum einfach verschwand. Wenn die in den Sand gerammten Orientierungsstangen mit der roten Markierung nicht gewesen wären, hätte er niemals aufs Festland zurückgefunden. Und hier, an was sollte man sich in dieser anthrazitfarbenen Ödnis halten, in der alles gleich aussah, eine dunkle, freudlose Wüste?

Er kämpfte kurz gegen aufsteigende Panik an, als der Lavasand unter seinen Füßen wegrutschte und er sich mit beiden Händen an hartem, stacheligem Gesträuch festhalten mußte, um nicht einen endlos wirkenden Hang abzurutschen. Auf schier wundersame Weise fand er trotz allem noch die Hütte des Eremiten. Sie war leer.

Er zog die in seinem Hemd verborgenen Fotokopien hervor und breitete sie auf dem Tisch aus. Eine Weile wartete er. Dann aber beschloß er, zurück zum Wagen zu gehen. Hastig kritzelte er eine Nachricht auf ein Stück Papier. Hoffentlich wird Don Bernardo klug daraus, wenn er die Zeilen findet, dachte er. Mehr konnte er im Moment nicht tun.

Die Fahrt zurück geriet zu einer Geisterreise. Nachher konnte er sich kaum noch an die Einzelheiten erinnern.

»Ich denke, ich habe Ihnen etwas Wichtiges mitzuteilen«, eröffnete ihnen Victor Depauw. Die früher gepflegte Erscheinung des Belgiers präsentierte sich heute in einem erbarmungswürdigen Zustand. Sein Kinn war unrasiert, das Gesicht aufgedunsen, dunkle Ränder lagen unter seinen Augen, als habe er nächtelang durchgemacht. Und das hatte er tatsächlich. In einem Anfall von Besessenheit, Essen, Schlaf und Körperhygiene auf nahezu sträfliche Weise vernachlässigend, hatte er die letzten Tage ununterbrochen in seinem Labor zugebracht, den Computer bedient und Berechnungen der unterschiedlichsten Art angestellt. Wände, Tische und Fußböden waren mit Zetteln voll verwirrender Zahlenkombinationen bedeckt.

»Sind Sie fündig geworden?« fragte Frank Richter.

»Richtig, genau, das ist es«, antwortete Victor Depauw. Seine Augen glänzten, Irrlichter tanzten darin, man hätte ihn ohne weiteres für einen Wahnsinnigen halten können. »Ich habe eine Entdeckung gemacht, jawohl«, wisperte er. »Eine Entdeckung von außerordentlicher Tragweite! Wenn Sie mich nach oben begleiten wollen, meine Herren.«

Dr. Bartneck, Frank Richter und Henning Schneider folgten ihm. Im Labor herrschte ein unglaubliches Chaos. Zwischen den Geräten, aufgeschlagenen Büchern und Karteikästen lagen Berge von bedrucktem und beschriebenem Papier.

»Alles Zwischenschritte«, erklärte Victor Depauw entschuldigend. Er nahm einen mit einer roten Nadel befestigten Zettel von der Pinnwand und hielt ihn Bartneck, der ihm am nächsten stand, mit zitternden Händen unter die Nase. »Wissen Sie, was das ist?«

Bartneck schüttelte den Kopf.

»Die Lösung«, antwortete Monsieur Depauw schlicht. »Ich erspare mir lange Erklärungen und fasse das Ergebnis zusammen: Nachdem ich alle mir bekannten und denkbaren Codierungen ausprobiert habe, bin ich irgendwann auf die Idee gekommen, die Zeichen der Fotokopie mit verschiedenen Katastrophen, vor allem Erdbeben und Vulkanausbrüchen, in Verbindung zu bringen. Ich habe die nach oben offene Richterskala benutzt und zusätzlich fiktive Zeitkomponenten eingesetzt. Die Frage der Chronologie hat dabei am meisten Zeit in Anspruch genommen. Sehen Sie, hier zum Beispiel der Zeitraum vom 26. Oktober bis 19. November 1971. Sie wissen, was das bedeutet?«

»Nein.«

»Die exakte Dauer des Vulkanausbruchs des Teneguia bei Fuencaliente. Aus diesem Datum in Verbindung zum 19. Mai 1585 ergab sich der Schlüssel.«

»Was passierte am 19. Mai 1585?«

»Da brach bei El Paso ein großer, namentlich nicht mehr bekannter Vulkan aus, der den heutigen, längs nach Süden die Insel in zwei Hälften teilenden Bergrücken Cumbre Nueva schuf. Leonardo Torriani, der zuverlässige Chronist und Augenzeuge des Vorfalls, hat den Ausbruch in seinen Tagebüchern beschrieben ... Wenn Sie so wollen, ist mir mit dieser Kombination die Entzifferung des ›Steins von Rosette‹ gelungen.«

»Ich verstehe die Anspielung nicht ganz«, unterbrach Frank Richter. »Könnte mir das bitte jemand näher erklären?«

»Die altägyptischen Hieroglyphen stellten lange Zeit ein großes Rätsel für die Menschheit dar«, sagte Henning Schneider. »1799 fand ein französischer Offizier der Expeditionsarmee Napoleons bei Schanzarbeiten an einem Fort nahe der Hafenstadt Rosette einen Stein mit merkwürdigen Inschriften, eben jenen berühmten ›Stein von Rosette‹. Dieser Stein enthielt die Abschrift eines Dekretes des Pharaos Ptolemaios V. aus dem Jahre 196 vor Christus, und zwar seltsamerweise in drei Sprachen: in Hieroglyphen, der ägyptischen Schreibschrift Demotisch und in Griechisch. Die Feldzeitung des französischen Expeditionskorps berichtete über den Fund und deutete dabei die Möglichkeit an, daß der griechische Text, den man ja ohne Schwierigkeiten lesen konnte, eine Übersetzung des voranstehenden ägyptischen war und den

Schlüssel zur Entzifferung der Hieroglyphen enthalten könne. Diese Vermutung erwies sich als wahre Prophezeiung, denn knapp 20 Jahre später gelang es dem französischen Ägyptologen Champollion, anhand dieses Textes die rätselhafte Hieroglyphenschrift zu entziffern. Den Schlüssel dazu fand er im Namen des Pharaos. Heute befindet sich der ›Stein von Rosette‹ im Britischen Museum in London. Er zählt noch immer zu den größten Kostbarkeiten der Sammlung.«

»Soweit kann ich folgen«, sagte Frank Richter. »Aber was hat nun der ›Stein von Rosette‹ konkret mit unserer Guanchen-Gravur zu tun?«

»Seine Geschichte sollte nur als Beispiel dafür dienen, wie man von zwei oder drei übereinstimmenden Komponenten auf den Rest einer unbekannten Botschaft schließen und einen verschlüsselten Code knacken kann«, sagte Victor Depauw. »Ich habe also die Komponenten Vulkanausbrüche, Bebentätigkeit und Datierung, soweit sie bekannt sind, genommen und die vorliegenden Zeichen nach ihrer Form der jeweiligen Heftigkeit geschätzter seismographischer Bewegungen zugeordnet. Und siehe da, plötzlich paßten auch die Ausbrüche des San Juan 1949, der Calderita 1750, des Charco 1712, des San Antonio 1677–1678, ebenso die Ausbrüche des Martin bei Tigalate 1646 und des Vulkans von Los Llanos 1585 in das Raster. Selbst die Ausbrüche auf dem benachbarten Teneriffa, die ja von den Ureinwohnern La Palmas gesehen, also zumindest optisch registriert worden sind, lassen sich einfügen. Sehen Sie selbst.«

Er nahm ein weiteres Stück Papier und fuhr mit dem Zeigefinger die Zahlenkolonnen entlang. »1909 der Vulkan Chinyero, circa elf Kilometer nordwestlich vom Pico de Teide, 1798 der Chahorra, der zur Südflanke des Pico Viejo gehört. 1706 der Garachico und ein Jahr davor der Doppelausbruch der Vulkane von Fasnia und der Vulkane in der Nähe von Güimar. Sogar Kolumbus' Logbucheintrag, als er 1492 an La Palma vorbeifuhr und Zeuge eines Ausbruchs im Teidegebiet wurde, paßt in diesen Zusammenhang.«

»Ich verstehe noch immer nicht ganz«, sagte Bartneck, »welcher Zusammenhang zwischen diesen Jahreszahlen und Daten und unseren Felsbildern besteht.«

»Aber das ist doch sonnenklar!« rief Victor Depauw enthusiastisch aus. »Die Ureinwohner der Insel, die Guanchen von La Palma, haben genauestens über alle Vulkanausbrüche Buch geführt. Weiß der Teufel, mit welchen Hilfsmitteln sie das gemacht haben. Jedenfalls kommt der großen Spirale in der Mitte die Bedeutung eines Kalenders zu. Die Spirale als Zeitlinie sozusagen. Rechts und links der Spirale kerbten sie Zeichen ein, die ihren Beobachtungen entsprachen.«

»Das klingt phantastisch.«

»Das klingt nicht nur so, das ist es auch! Phantastisch und erschreckend zugleich.«

»Wieso?« fragte Frank Richter.

»Junger Freund«, sagte Victor Depauw, während sich das Flackern in seinen Augen verstärkte, »Sie haben keine Ahnung, was ich noch entdeckt habe. Auch meine seismographischen Messungen stimmen exakt mit dem Guanchen-Meßkalender überein. Können Sie sich noch erinnern, was ich über den heftigen Anschlag der Nadel, den ich vor ein paar Jahren registriert hatte, sagte?«

»Als Sie mit Señor Navarro-Mederos aneinandergerieten, weil seine Instrumente nichts dergleichen feststellten?«

»Genau diese Sache meine ich. Auch dieser Vorfall ist neben der Spirale eingetragen.«

»Unglaublich!« rief Bartneck. »Das bedeutet, daß die Meßskala, die ich für eine Zeichnung der Ureinwohner hielt ...«

»Das ist sie auch.«

»... bis in unsere Tage hinein fortgesetzt wird.«

»Exakt, das bedeutet es.«

»Und die letzte Einkerbung deckt sich genau mit dem Zeitpunkt, an dem auf der Fiesta in Tijarafe der Vulkanteufel umkam?«

»Das könnte ein Zufall sein«, versuchte Victor Depauw einzuschränken.

»Monsieur Depauw, ich glaube langsam an keine Zufälle mehr«, sagte Frank Richter.

»Ich eigentlich auch nicht, wenn Sie meine persönliche Meinung interessiert. Zumal die Symbolzeichen über viele Jahrhunderte hinweg so einheitlich aussehen, daß in mir der Verdacht aufgekommen ist, es handele sich in Wirklichkeit gar nicht um eine Meßskala, wie etwa vergleichsweise die Metermarkierungen bei Hochwasserjahren, wo die Eintragungen nach dem jeweiligen Ereignis, also nachträglich vorgenommen werden ...«

»Sondern?« fragte Bartneck gespannt.

»... sondern um eine Art Vorhersagesystem.«

Frank Richter verschlug es den Atem. »Wie kommen Sie darauf?« fragte er verblüfft.

Monsieur Depauw verzog sein Gesicht zu einem listigen Grinsen. »Weil es noch eine weitere, viel aktuellere Eintragung gibt, die eindeutig in die Zukunft datiert ist. Sie bezieht sich nach meinen Berechnungen auf einen Zeitpunkt in genau drei Tagen. Zu Vollmond.«

Frank Richter blieb der Mund offenstehen. »Donnerwetter! Genau zur Fiesta von Tijarafe. In drei Tagen tritt der Vulkanteufel auf. Was ist das für ein Zeichen, ich meine, als was würden Sie es interpretieren? Handelt es sich um einen Vulkanausbruch?«

Victor Depauw strich sich eine herabgefallene Haarsträhne aus dem Gesicht. Er zuckte mit den Schultern. »Das ist es ja gerade, was mir erhebliche Sorgen macht. Ja, es könnte ein großer Vulkanausbruch sein. Aber dennoch weicht das Zeichen in seiner Form etwas von den anderen ab. Es handelt sich um ein Symbol, das ich bisher nicht entschlüsseln konnte. Es kommt in dem ganzen System sonst nirgends vor, und es scheint auch nicht ins System zu passen.«

»In drei Tagen«, wiederholte Frank Richter tonlos, »wenn der Teufel tanzt ... Haben Sie in letzter Zeit seismographisch etwas feststellen können? Gibt es Anhaltspunkte dafür, daß ein Vulkan tätig werden könnte?«

Monsieur Depauw schüttelte den Kopf. »Bis auf das leichte Beben neulich und ein paar kleine Zacken auf der Schreibwalze, geringfügige Unregelmäßigkeiten ohne besondere Aussagekraft, gar nichts ... Das Schlimmste ist nur, wie ich finde, daß die Spirale, also die Zeitrechnung insgesamt, an diesem Tage endet. Das System bricht einfach ab.«

Bei diesen Worten spürte Frank Richter einen heftigen Stich, als würde für Bruchteile von Sekunden ein Lichtblitz in seinem Kopf explodieren. Für kurze Zeit sah er das schreckliche Bild aus seinem Alptraum am Idafe aufleuchten: das Beben, die große Flut. Eine Wasserwand, hoch wie die Berge, lief die Schlucht der Todesängste hinauf und füllte den Krater gurgelnd mit einem See ... »Was kann das bedeuten?« fragte er. Seine Stimme war mit einem Mal heiser.

Victor Depauw räusperte sich. »Im schlimmsten Fall das Ende der Welt«, lautete seine lapidare Antwort.

Es war still im Haus. Die drei starrten Monsieur Depauw an, als warteten sie auf ein rettendes Wort, das in der Lage war, die schreckliche Ankündigung abzumildern.

Victor Depauw wischte sich fahrig mit der Hand über die Augen. Plötzlich wirkte er alt und ein wenig resigniert. »Ich bin kein besonders religiös veranlagter Mensch«, sagte er, »ich weiß nicht, was es letztendlich bedeuten kann oder soll, welche Konsequenzen darin liegen. Ich versuche lediglich, die Fakten einigermaßen nüchtern zu betrachten. Das Ende der Spirale kann das Ende der Zeitrechnung bedeuten, das Ende der alten bekannten Welt oder von dem, was die Ureinwohner dafür hielten. Es sieht so aus, als würde dieser Schlußpunkt mit einem großen, dramatischen Paukenschlag untermalt. Für welche realen Ereignisse kann diese Vorstellung stehen?«

Draußen raschelten trockene Bananenblätter im Wind. Die

Palmen neben dem Bungalow bogen sich unter der Wucht des Levante und schabten mit ihren dünnen Wedeln am Haus. Es klang, als kratze ein großes, unheimliches Tier an der Hauswand.

»Nehmen wir mal einen Vulkanausbruch an«, setzte Victor Depauw seine Gedanken fort. »Mit einem solchen begann die Geschichte der Insel, als der gewaltige, viele tausend Meter hohe Idafe aus dem Meer stieg und mit seinem Ausbruch die gesamte Insel erst schuf. Sie haben mir erzählt, daß in der Mythologie der Guanchen dem Idafe eine zentrale Rolle als den Himmel stützende Weltensäule zukam. Mit einem ungeheuren, kaum vorstellbar großen Ausbruch kann die Insel auch wieder untergehen. Ein Vulkan explodiert so heftig, daß alles Leben im Meer versinkt. Damit würde das spiralförmige Kalendersystem ein logisches Ende finden – der Punkt Omega im Denken der Ureinwohner. Wenn das zutrifft, ist in drei Tagen hier alles vorbei.«

Er machte eine Pause, um das Gesagte wirken zu lassen, und fuhr mit schleppender Stimme dann fort:

»Ein so enormer, ultimativer Vulkanausbruch wird darüber hinaus Auswirkungen auf die restliche Welt haben. Denken Sie nur an den Ascheausstoß! Ich habe, soweit es ging, die möglichen Folgeerscheinungen im Rechner durchgespielt. Hält der Levante an, weht also der Wind weiterhin aus Osten, von Afrika her, so werden die Aschewolken überwiegend nach Westen, also in Richtung Süd- und Mittelamerika getrieben. Dreht der Wind mit dem Passat, so verhält es sich nicht wesentlich anders, außer daß dann die südliche Erdhalbkugel bis hin zur Antarktis stärker betroffen sein wird. Es besteht theoretisch noch eine dritte Möglichkeit, und die ist nicht von Pappe: Knallen nämlich, wie wir es in den letzten Tagen hin und wieder hatten, die Luftmassen des Levante und des Passat aufeinander, so entsteht eine Art Vakuum, eine Zone der absoluten Windstille oder ein sich spiralförmig verdichtender Sturmwirbel. In beiden Fällen wäre davon unmittelbar Europa betroffen, das dann die Hauptlast der Aschepartikel abbekommen würde. Die Folge: In Europa beginnt eine neue Eiszeit.«

Henning Schneider schluckte. Er hatte bei seinem letzten Besuch bei Victor Depauw in einem Aktenordner mit der Aufschrift »nächste Eiszeit« einige Artikel gelesen, die solche Gedankenspiele und Schreckensszenarien zum Inhalt hatten. »Aber diese Theorie ist doch höchst umstritten«, warf er ein. »Ich kann mich daran erinnern, daß britische und deutsche Meteorologen gewisse Klimaschwankungen in Grönland für den Beginn der letzten Eiszeit verantwortlich machten ...«

»Genau. Instabile, aber heftige Zustände ähnlich denen, die wir zur Zeit registrieren.«

»Aber amerikanische Forscher widersprachen dem heftig.«

»Auch richtig«, sagte Victor Depauw, »die Sache ist wie bei einem Religionskrieg. Für welche Seite entscheidest du dich? Wer mit seiner Einschätzung tatsächlich richtiglag, das wird sich später erweisen ... Heute wissen wir nur, daß beispielsweise 1907 im fernen Kamtschatka, also noch östlich von Sibirien, ein Vulkan ausbrach. Der Ksudach blies damals einen Felspfropf in die Luft, der eine Fläche von einem Quadratkilometer hatte! Dunkelheit brach über das Land herein, und in einem Radius von 1000 Kilometern regneten Sand und Asche aus dem schwarzen Himmel. Selbst im fernen Europa verfinsterte sich das Firmament, waren die Sonnenauf- und -untergänge tiefrot gefärbt, wie Augenzeugen berichteten. Damals entging Europa nur knapp einer Eiszeitkatastrophe.«

Bartneck, der nachdenklich im Sessel gesessen hatte, mischte sich ein. »Nehmen wir mal rein theoretisch an, die letzte Version tritt ein – Vulkanausbruch plus Aschewolken über Europa. Zieht das automatisch eine neue Eiszeit nach sich, und wenn ja, in welchem Ausmaß und Zeitraum?«

»Schwer einzuschätzen«, antwortete Depauw, »es ist natürlich bloß eine Spekulation, und wir kennen bei weitem nicht alle Faktoren, die dabei beteiligt sind beziehungsweise sich gegenseitig multiplizieren. Die Auswirkungen können verheerend sein und unvorstellbar lang andauern, vielleicht über

Generationen hinweg. Stellen Sie sich für diesen Fall Europa als dunkle, kalte, lebensfeindliche Welt vor. Ein Kontinent ohne Licht und ohne Hoffnung. Das kann einen schon in Panik versetzen. Manchmal, wenn ich mir ein solches Szenario intensiv ausmale, bekomme ich Angst. Sie nicht?«

Keiner der drei Männer antwortete. Jeder von ihnen war in Gedanken versunken.

»Hm«, brach endlich Henning Schneider das Schweigen. »Wir haben noch drei Tage, um die Wahrheit herauszufinden.«

Frank Richter lachte gallig auf. In der Melodie eines alten Gassenhauers aus den zwanziger Jahren summte er: ». . . am 30. Mai ist der Weltuntergang, wir leben nicht mehr lang, wir leben nicht mehr lang . . .« Bilder aus einem uralten Kinofilm tauchten in seinem Kopf auf, skurrile, wacklige Schwarzweißaufnahmen aus der Epoche, der Kintopp-Wochenschau. Da wanderten vermummte Gestalten, mit Lebensmittelvorräten bepackt, unter frommen Gesängen den Mont Blanc hinauf in der Erwartung des nahenden Weltuntergangs und in der Hoffnung, zu den Überlebenden zu zählen. Worum ging es damals? Ach ja, um den Halley'schen Kometen. Die Leute glaubten, er würde die Erde streifen oder wie eine Superbombe einschlagen. Genau, das war 1910. Und was war passiert? Nichts, außer ein paar Selbstmorden. Der Rest war Showbusiness und religiöses Spektakel.

Klar, wenn man wollte, konnte man alle möglichen Daten und Fakten zusammenwürfeln und daraus Gesetzmäßigkeiten basteln: 1912 der Untergang der Titanic mit über 1500 Toten, ein paar Jahre später der Ausbruch des Ersten Weltkriegs. Und 1986? Was war 1986 gewesen, als der Halley'sche Komet, der Stern von Bethlehem, mit seinem errechneten 76-Jahre-Rhythmus wieder mal an der Erde vorbeiflog? Nichts. Ein paar Science-fiction-Titel auf der Buchmesse, einige Sonderbriefmarken in verschiedenen Ländern. Dabei konnten die meisten Menschen ihn nicht mal sehen, weil er ziemlich weitab an der südlichen Halbkugel vorbeiflog.

»Ihren Humor möchte ich haben«, sagte Monsieur Depauw. »Wirklich imponierend.«

Frank Richter grinste noch immer. »Humor? Ich würde es eher als Notwehrreaktion bezeichnen.«

»Gehen wir«, schlug Bartneck vor. Er wirkte nervös und fahrig. Es war ihm anzumerken, daß er intensiv nachgedacht hatte und mit Henning Schneider und Frank Richter an einem anderen Ort weiterreden wollte. »Verzeihen Sie bitte, Monsieur Depauw, daß ich so heftig zum Aufbruch dränge und dadurch der Eindruck entsteht, als wolle ich die Diskussion abwürgen. Ich muß zugeben, daß mich Ihre Enthüllungen reichlich durcheinandergebracht haben. Ich brauche jetzt einfach eine Pause, um das alles zu verdauen, vielleicht am Meer ... Ich hoffe, Sie verstehen mich.«

»Aber völlig, es ist schon in Ordnung, machen Sie sich bitte keine Gedanken um mich«, sagte Victor Depauw geistesabwesend. »Wenn es stimmt, was ich herausgefunden habe, dann gibt es momentan wirklich ganz andere Probleme, als sich über Höflichkeitsfloskeln Gedanken zu machen. Leben Sie wohl, mein Lieber.« Er streckte Bartneck die Hand entgegen.

»Bis bald, hoffentlich«, sagte Bartneck.

Noch immer lag brütende Hitze über der Insel. 42 Grad im Schatten. Der Ostwind hatte zwar nachgelassen, aber das allein bedeutete noch nicht, daß man auf Abkühlung hoffen konnte. Los Llanos wirkte wie eine Geisterstadt. Papierfetzen und trockenes Strauchwerk wirbelten durch die menschenleeren Straßen. Nur vor dem Eingang der Post ein paar Leute. Sie standen im Kreis und beugten sich über einen am Boden liegenden Körper. Nach der schwarzen Kleidung zu urteilen, eine alte Frau, die auf der untersten Treppenstufe zusammengebrochen war. Den erstarrten Gesten und betroffenen Mienen der Leute war zu entnehmen, daß offenbar jede Hilfe zu spät kam. Wieder einmal hatte der Levante zugeschlagen. In aller Heimlichkeit holte er sich seine Opfer. Die Hitze fraß das Leben.

»Ich schlage vor, wir fahren zum Hafen«, sagte Henning Schneider. »Am Meer ist es bestimmt etwas kühler. Wir können auch an Bord der ›Rainbow‹ gehen. Habe mich vage mit den jungen Holländern verabredet. Wir sollen von der Mole aus Hupzeichen geben, wenn wir da sind, dreimal lang, dreimal kurz, einmal lang.«

»Gute Idee«, pflichtete Frank Richter bei. »Aber bitte zuvor noch kurz in die Calle Juan Felipe, ich möchte Mercedes abholen.«

Henning Schneider pfiff durch die Zähne. »Aha, habe ich mir schon fast gedacht. Ist wohl doch was Ernstes?«

»Ja«, gab Frank unumwunden zu.

»Gratuliere«, lachte Henning. »Ein prima Mädchen. Keine Probleme mit der Familie?«

»Wie meinen Sie das?«

»Na ja, man kennt das doch: die rigide Moral in Spanien, die Familie wacht wie ein Luchs über den guten Ruf ihrer Töchter und so ...«

»Mercedes ist Waise«, sagte Frank.

»Hm, das erklärt natürlich manches.«

Bartneck, der in sich zusammengesunken auf dem Rücksitz hockte, wirkte noch immer ziemlich geistesabwesend. Mehrmals hatte er während der Fahrt die Kopien auseinandergerollt und kopfschüttelnd die Zeichen aus der Guanchen-Höhle betrachtet.

»Glauben Sie daran?« fragte Britta Arhus. Gespannt hatte sie dem Bericht gelauscht und immer wieder Zwischenfragen gestellt. Dabei waren düstere Bilder in ihrem Kopf entstanden, eingefrorene Momentaufnahmen des Schreckens: schwarzer Regen, Kinder in einer Aschewüste, Städte in ewiger Nacht.

»Ehrlich gesagt, es fällt mir schwer«, antwortete Bartneck. »Die ganze Theorie klingt zugegebenermaßen etwas verrückt.«

»Das kann man wohl sagen«, pflichtete Henning Schneider bei. »Nichts gegen Victor Depauw, er ist ein lieber, netter Kerl und möglicherweise auch ein guter Wissenschaftler. Aber nach meinem Geschmack schießen seine Spekulationen ein bißchen weit über das Ziel hinaus.«

Sie hatten es sich auf dem Deck der »Rainbow« bequem gemacht. Tatsächlich ließ es sich so dicht am Wasser trotz der Hitze einigermaßen aushalten.

»Entschuldigung, ich möchte nicht anmaßend wirken«, sagte Jan Nellen, »aber mir kommt die ganze Sache doch etwas an den Haaren herbeigezogen vor. Diese zufälligen Übereinstimmungen, ein Kalender, der wie ein Orakelsystem funktionieren soll und schreckliche Katastrophen vorhersagt ... das klingt ein wenig nach Nostradamus, finden Sie nicht? Ich bin ein skeptischer Mensch und halte nicht viel von Astrologie, Esoterik, Zahlenmagie und solchen Sachen. Das hat es doch schon immer gegeben, daß irgendwelche Mystiker Orte, Daten, Naturereignisse und so weiter willkürlich miteinander in Verbindung gebracht haben und daraus die wildesten Prophezeiungen ableiteten. Das Schlimme ist, daß die Menschen empfänglich für so was sind und jeden Unfug glauben. Fehlen bloß noch Geistererscheinungen und Ufos.«

»Ich stimme Ihnen auf gewisse Weise zu«, sagte Bartneck. »Die Geschichte wimmelt nur so von Beispielen dieser Art. Solange der Mensch sich die Wirkung der Naturgesetze nicht erklären konnte, suchte er stets nach anderen Erklärungsmodellen, und wenn sie auch noch so phantastisch und irrational klangen. Götter, Dämonen, Geister, Gespenster, selbst der Teufel wurden erfunden, um unerklärliche Ereignisse und Dinge begreifbar zu machen. So war es mit der Pest im Mittelalter, die als Strafgericht Gottes aufgefaßt wurde, so war es mit den meisten Dingen. Die Mystiker aller Zeiten jonglierten mit Vorliebe mit Assoziationen herum, entwickelten ganze

Systeme und Weltbilder, in die die Ereignisse dann hineinpaßten.«

»Heute ist es doch auch nicht viel anders«, sagte Jan. »Können wir denn alle Naturgesetze begreifen?«

»Sicherlich nicht«, antwortete Bartneck. »Heute sind neue Ängste an die Stelle der alten getreten, vor allem die Angst vor ökologischen Katastrophen, und es gibt bestimmt genug Leute, die den Treibhauseffekt für eine Strafe Gottes halten, so nach dem Motto: Der Mensch hat sich fortwährend gegen die Natur versündigt, nun bekommt er die Quittung dafür präsentiert. Und es spukt noch sehr viel Irrationales in unseren Köpfen herum, das ist richtig. Aber was unsere Sache anbelangt, so verhält es sich doch ein wenig anders. Immerhin sitzen wir auf einer Vulkaninsel, auf dem Pulverfaß sozusagen. Es hat in der Vergangenheit Ausbrüche gegeben, und die Vulkane hier schlummern nur, sie können jederzeit wieder ausbrechen. Erste Anzeichen dafür gab es ja bereits, wenn wir Victor Depauws Seismographen trauen können. Und was die Guanchen-Zeichen anbelangt ... also ich weiß nicht so recht, wie ich da abwägen soll. Sagen wir, ich hege gewisse Zweifel. Aber ganz wohl ist mir bei der Sache nicht. Wie denken Sie denn darüber, Frank?«

Frank Richter war unschlüssig. Einerseits hielt er sich für einen modernen, aufgeklärten Menschen, und Monsieur Depauws spektakuläre Enthüllungen kamen ihm wie ein schlechter Scherz vor, die völlig übertriebene Spinnerei eines Mannes, der Opfer seiner eigenen Vorliebe für geheimnisvolle Formeln und Zahlenspielereien geworden war. Andererseits waren in letzter Zeit so viele merkwürdige Dinge geschehen, daß man schon irritiert sein konnte. Und die Guanchen, was wußte er wirklich über sie? Was wußte er überhaupt? Nach der Meinung eines umstrittenen Hobbyvulkanologen gab es eine über Jahrhunderte hinweg ausgetüftelte Meßskala, die alle Vulkantätigkeiten und Ausbrüche verzeichnete. Diese Meßskala war unbekannter Herkunft und stammte wahrscheinlich von den Ureinwohnern der Insel. Sie registrierte nicht nur die Katastrophen sorgfältig, die bereits stattgefunden hatten, sondern möglicherweise auch solche, die erst in der Zukunft passieren würden. Die Spirale mit den fremdartigen Zeichen war danach so etwas wie eine in Stein gehauene Prophezeiung der Guanchen.

Und das rituelle Auftauchen des Vulkanteufels auf der Fiesta in Tijarafe hatte damit zu tun. Jedes Jahr kam der Diablo volcánico und tanzte seine gefährliche Mutprobe. In der Regel war das nur ein Gänsehaut erzeugendes Spektakel für die Zuschauer, der Höhepunkt und zugleich der Abschluß der Erntedankfeste auf La Palma. Manchmal aber war es offenbar mehr. Wie zum Beispiel das Fest vor drei Jahren, das durch eine Eintragung in der Felszeichnung hervorgehoben wurde und zu dem Victor Depauw eine merkwürdige Bebentätigkeit festgestellt hatte. Diese allerdings wurde von Señor Navarro-Mederos energisch bestritten.

Angenommen, der junge Mann, der damals den Vulkanteufel spielen mußte, hatte freiwillig einen Opfergang angetreten, um eine bevorstehende Katastrophe, wie sie die Prophezeiung ankündigte, zu verhindern ... Angenommen, ein ähnliches Ereignis stand auch diesmal wieder bevor ... Aber wie würde es verlaufen? Die Spirale endete ja abrupt und ließ somit keine Deutung zu ... In drei Tagen würde mit ihr auch die Welt enden ...

»Mich interessiert vor allem die Rolle des Vulkanteufels«, sagte Frank. »Und die Frage, ob sein Opfer wirklich etwas verhindern kann.«

»Sie spielen wieder einmal auf den Vorfall vor drei Jahren an«, sagte Henning Schneider. »Warum nehmen Sie das so wichtig? Wissen Sie, was ich glaube? Sie haben als Kind eine christliche Erziehung genossen und dieses Weltbild mitsamt dem Opfertod Jesu verinnerlicht.«

Frank Richter winkte heftig ab. »Nein, das habe ich mich auch schon gefragt, aber ich glaube, das ist es nicht. Eher traue ich den Guanchen ein geheimes Wissen zu oder etwas in dieser Art. Die Ureinwohner lebten eng mit der Natur zusammen, sie haben das Wetter, die Erde, die Vulkane genauestens beobachtet. Kann es nicht sein, daß sie über diese Zusammenhänge weitaus mehr wußten, als uns heute bekannt ist? Ihre Religion, ihre Rituale erscheinen mir wie ein Ausdruck dieses Wissens.«

Mercedes hatte ernst und schweigsam zugehört. Was Frank über die Ureinwohner sagte, kam auch ihrer Einschätzung sehr nah. Seine Worte schufen eine stumme Übereinstimmung zwischen ihm und ihr, ein unsichtbares Band des Vertrauens. Überhaupt hatte sie noch nie einen so verständnisvollen Mann getroffen. Mit jedem Tag fühlte sie mehr, daß er der richtige Partner für sie sein könnte. Aber sie verspürte wenig Lust, sich an der Diskussion zu beteiligen. Es hatte diesen Traum gegeben, einen schrecklichen Traum, über den sie bisher mit niemandem gesprochen hatte, nicht einmal mit Frank. Jetzt war es bestimmt nicht der passende Moment, von dem Traum zu erzählen. Es wäre ihr blamabel vorgekommen, so offen ihre Ängste auszubreiten. Aber er war schlimm gewesen, wirklich schlimm, dieser Traum ...

Durch die Caldera de Taburiente war sie gewandert, wie vor kurzem erst mit Frank, Ramón und Dr. Bartneck. Am Wasserfall aber kletterten die drei Männer voraus, einer nach dem anderen verschwand aus ihrem Blickfeld. Als letzte hangelte sie sich am Felsen hoch, tastete vorsichtig mit den Füßen nach sicherem Halt. Als sie endlich die Kante und danach das Geröllbett des Flusses erreichte, waren die drei Männer verschwunden. Sie rief, bekam aber keine Antwort. Statt dessen waren plötzlich fremde Stimmen in der Luft. Über dem Kraterkessel sammelten sich riesige Schwärme von Dohlen. Ihr schreiendes Krächzen war zu einem melodischen Singsang geworden. Wie im Kanon fielen Gruppen von Vögeln immer dann in den Gesang ein, wenn andere Gruppen verstummten. Mercedes sah die grünen Flanken der Berge, die wie der Faltenwurf eines Stoffes wirkten, die uralten Einbrüche der Barrancos im Fels, durch die an manchen Stellen kristallklares Wasser floß, die Linienadern im nackten Gestein. Dann die roten Zacken des Idafe.

Die Sonne stand günstig, oder vielleicht vermochte Mercedes auch schärfer als sonst wahrzunehmen, jedenfalls tauchte plötzlich aus der rissigen Struktur des Gesteins eine Gestalt auf. Wer war das? In einem Regenbogenprisma sich schnell überlagernder Farbblitze war dies nicht eindeutig zu entscheiden, auch schien die Gestalt ständig ihre Form und Kontur zu verändern. Mal war sie ein alter Mann, dann ein Tier, ein riesiger Vogel mit ausgebreiteten Schwingen, dann wieder ein Wesen völlig unbekannter und undefinierbarer Art.

»Großer Idafe, mächtiger Geist des Berges«, rief sie im Traum, »zeig dich mir in deiner wahren Gestalt!«

Da begann der Idafe zu beben, zitternd löste sich das Felsgefüge auf und wurde zu einer großen, frei in der Luft kreisenden Spirale. Als ob die Zeit rückwärts lief, sah sie nun Menschen aus längst vergangenen Epochen durch die Spirale treten. Schemenhaft erblickte sie vorüberziehende Gestalten, eine endlose Prozession, die für Bruchteile von Sekunden nur sichtbar wurde, bevor sie sich endgültig auflöste und im Wind zerfranste.

Nun war die große Spirale verschwunden, ihr Bild zurückgetaucht in das Liniengewirr der verwitterten Steine. Eine Wolke hatte sich vor die Sonne geschoben und ihr Licht verschluckt, so daß nun alles gleichermaßen im Schatten lag. Aber es war keine natürliche Wolke, eher ein Vorhang aus sich bewegenden Leibern. Es war ein Flickenteppich aus Dohlen, aus winkenden, schwarzen Schwingen, der flatternd über dem Kraterkessel schwebte. Und die Schwärze senkte sich bedrohlich und unaufhaltsam herab.

Mit äußerster Anstrengung gelang es Mercedes, sich von diesem Anblick zu lösen. Sie lief zum Rand des Felsens und spähte in den Krater hinein. Was sie dort erblickte, war einfach unfaßbar, es raubte ihr die Sinne und sog sie in eine bodenlose Tiefe ... »Nein!« schrie sie. »Ich will nicht sterben!« Sie versuchte krampfhaft, irgendwo festen Halt zu finden ...

Sie tastete nach Franks Arm. Da war es sofort wieder, dieses elektrische Vibrieren auf der Haut, dieses unbeschreiblich schöne Pulsieren, das ihr Ruhe und Zuversicht gab. Er blickte sie an, und seine Augen strahlten. Die Geheimsprache zwischen ihnen funktionierte.

»Also, ich denke so ähnlich wie Jan«, sagte Henning Schneider. »Das mit der Spirale ist alles Quatsch. Victor Depauw und wir alle haben uns da in eine fantastische Spekulation verrannt, wir machen uns selber mit dem Endzeitgerede verrückt. Seismographen hin oder her, Señor Navarro-Mederos hat jedenfalls nichts von irgendwelchen Anzeichen, die auf ein Erdbeben oder einen nahen Vulkanausbruch hindeuten, bemerkt. Schließlich ist das die offizielle Seite mit dem Frühwarnsystem und den besten Geräten. Und seine Aussage zu den Guanchen-Zeichen ...«

»... ist arrogant«, fiel ihm Bartneck ins Wort. »Denken Sie nur daran, daß er die Felsbilder als dumme, kindische und schwachsinnige Kritzeleien bezeichnet hat. Sie waren doch dabei, Mercedes – wie fanden Sie diesen Navarro-Mederos?«

Mercedes sah langsam auf und nickte. Ihr Blick verriet, daß ihre Gedanken sehr weit weg gewesen waren. »Ja, das stimmt«, sagte sie, »Señor Navarro-Mederos mag ein kluger Mann sein, aber er erscheint mir nicht intelligent genug, sonst wäre er nicht so überheblich. Übrigens ist er kein Canario, er kommt von der Peninsula, vom Festland. Ich glaube nicht, daß er die Leute hier sonderlich mag, und die Ureinwohner schon gar nicht.«

»Was Frank von ihm hält, hat er ja am Observatorium gezeigt.« Bartneck grinste. »Ich muß sagen, es war wirklich eine eindrucksvolle Demonstration.«

»Wie, was? Ich verstehe nicht«, sagte Henning Schneider.

»Oh, er hat nach dem Gespräch spontan ans Gebäude gepinkelt.«

Jan und Henning Schneider mußten lachen. Es wirkte befreiend, endlich einmal wieder laut lachen zu können. Nur Britta ließ sich von der allgemein ausgebrochenen Heiterkeit nicht anstecken.

»Ich habe trotzdem Angst«, sagte sie in eine Pause hinein. »Wenn nun doch was dran ist? Ich meine, ihr lehnt es ab, die Warnung von Mijnheer Depauw ernst zu nehmen. Wieso seid ihr alle plötzlich so sicher? Vielleicht verhält es sich so, wie Frank gesagt hat, vielleicht haben die Guanchen tatsächlich mehr gewußt als wir heute. Ich jedenfalls habe ein ganz ekliges Gefühl, wenn ich dran denke, was hier auf der Insel noch alles passieren kann.«

Sie hatte ihre Bedenken so ernst und überzeugend vorgebracht, daß das Gelächter jählings erstarb. Auch Henning Schneider schwieg. Versonnen starrte er in sein Glas. Es war still ringsum. Die »Rainbow« schaukelte sanft auf den Wellen. Ein gutes, solides Schiff. Winzig dagegen die Boote im Hafen von Tazacorte. Die Luft über der Insel war stickig, der Himmel noch immer verhangen.

Henning räusperte sich. »Mal was ganz anderes«, sagte er. »Wie ist das eigentlich ... ich meine, wenn es wirklich zu einem Vulkanausbruch kommt, mal rein hypothetisch gesprochen, welche Chancen haben wir dann? Gibt es eine Möglichkeit, den Ausbruch zu stoppen? Ich habe mal gehört, daß beim Ausbruch des Ätna auf Sizilien Bomben geworfen wurden, um die Lava aufzuhalten, bevor sie ein Dorf erreichte. Was läßt sich hier auf La Palma machen?«

Bartneck, der sich angesprochen fühlte, ergriff das Wort: »Ja, das wäre wohl eine Möglichkeit. Soviel ich weiß, spielt das Militär solche Szenarien seit ein paar Jahren durch. Welche Maßnahmen dabei nun genau vorgesehen sind, entzieht sich meiner Kenntnis. Ich denke aber, daß vor allem das Gebiet südlich von Teneguia dafür in Frage kommt. Es sollen dort unterirdische Tunnel zwischen den Vulkanen existieren, durch die im Fall eines Ausbruchs die Lava fließt. Wenn man dort gezielt Bomben abwerfen würde, ließe sich der Weg der austretenden Lavamassen vielleicht beeinflussen. Weitaus schlimmer dürfte aber die Explosion eines Kraters selbst sein. Die eventuellen Folgen haben wir ja bereits ausführlich erörtert. Gegen die Explosion kann man herzlich wenig tun.«

»Hören Sie auf«, bat Britta, »das klingt alles so furchtbar. Ich kann das gar nicht mehr hören.«

»Du bist ein alter Angsthase«, sagte Jan. »Es ist keineswegs sicher, daß überhaupt etwas passiert. Nur von Spekulationen und Gerüchten sollten wir uns jedenfalls den Aufenthalt hier nicht vermiesen lassen. Schon gar nicht das Teufelsfest! Weißt du, was ich mache? Ich werde von nun an jeden Tag filmen. Morgen fange ich in Tijarafe an. Was hältst du von der Idee?«

»Weiß nicht«, sagte Britta. Sie hatte ein mulmiges Gefühl. Und das wollte einfach nicht weichen.

Freitag vormittag. Noch drei Tage bis Vollmond. Obgleich der Wind immer noch stillstand, hatte die Hitze etwas nachgelassen. Über Nacht war vom Meer her Abkühlung gekommen. Die Menschen atmeten auf und begannen Hoffnung zu fassen, daß nun endlich die schlimmste Zeit des Levante seinem Ende nahte.

Überall in Tijarafe standen jetzt Buden und Verkaufsstände. Die Straße mit dem Buckelpflaster, die zur Kirche hochführte, sah prachtvoll aus. Von Haus zu Haus gespannte Papiergirlanden und Lichterketten schmückten sie, frisch geschnittene Palmwedel und Hunderte von roten, rosa und violetten Geranien in Tonschalen. Der Kirchplatz, das Herzstück der Fiesta, auf dem morgen der Ringkampf und anschließend der Tanz stattfinden würde, war mit einem hohen Bretterzaun umgeben, der nur an manchen Stellen

Durchlaß bot. Dort würden dann Männer sitzen und Eintrittskarten verkaufen. Im Moment war aber niemand da, auch der mit Fahnen, bunten Stoffen und Pflanzkübeln herausgeputzte Platz lag verlassen da. Nur auf dem Holzpodest der Bühne wurde noch gebastelt, wurden Kabel verlegt, und die Musiker machten erste Soundchecks.

Mit der Kamera auf der Schulter schritt Jan Nellen den ganzen Platz ab. Er filmte den noch menschenleeren Schauplatz, schwenkte ein paarmal, um die Dimensionen des Ortes einzufangen, der bald durch die Menschenmassen völlig verwandelt sein würde. Britta suchte unterdessen mit ihrem Fotoapparat Einzelmotive: eine mit naiver Inbrunst bemalte Stelle am Holzzaun, eine rote Katze, die neben der Getränketheke auf einem Pappkarton lag, zwei kleine Mädchen, die dicht neben der Bühne standen und zu den überlauten Klängen des Soundchecks Tanzbewegungen machten. Tijarafe sah durchaus friedlich aus, ein kleines Nest in der Erwartung großer Ereignisse.

Mercedes und Frank saßen auf dem steinummauerten Rand unter einem der indischen Lorbeerbäume und betrachteten von dort aus das Geschehen. Nach und nach fanden sich Neugierige ein, Einheimische, die quer über den Kirchplatz schlenderten oder sich einen schattigen Platz zum Hinsetzen suchten. Unter all den Leuten erkannte Frank Richter auch Carmen. Als sie ihn sah, steuerte sie zielstrebig auf ihn zu.

»Hola, hombre«, rief sie schon von weitem. »Ist es nicht wunderbar, daß die ganz große Hitze vorbei ist?«

»Ja, wirklich, so langsam läßt es sich wieder aushalten.«

»Gerade richtig zur Fiesta«, sagte Carmen, »wie sollte man sonst Samba tanzen, wenn einem bei jedem Schritt die Kleider am Leib kleben?«

Frank Richter vermochte beim besten Willen nicht, sich Carmen sambatanzend vorzustellen.

»Ich bin eigentlich nur hier, um Chano zu treffen«, plauderte Carmen weiter. »Hast du ihn gesehen?«

»Chano? Nein.«

»Aber er wollte kommen, bestimmt kommt er. Egal, vielleicht treffe ich ihn später noch.«

Frank Richter wollte gerade etwas erwidern, als er in einer Ecke des Platzes den Legionär entdeckte. Er lehnte mit dem Rücken am Holzzaun, mit vor der Brust verschränkten Armen, und hatte die graue Schirmmütze so tief ins Gesicht gezogen, daß seine Augen überschattet waren. Auch Britta hatte die Gestalt in der verschlissenen Uniform bemerkt. Ruhig, wie es ihre Art war, schlenderte sie näher und schien Aufnahmen von der Kirche zu machen. In Wirklichkeit hatte sie ihn längst im Visier ihres Teleobjektivs. Mensch, war der Mann fotogen! Sie liebte es, solche versteckten Schnappschüsse zu suchen und den Ausdruck von Leuten einzufangen, die sich unbeobachtet fühlten. Aber trotz seiner scheinbaren Teilnahmslosigkeit hatte der Legionär wohl etwas bemerkt. Jedenfalls löste er sich vom Zaun und drehte sich zur Seite. Doch Britta gab nicht auf. Nun stand sie nahe bei ihm und sprach ihn an. Frank Richter beobachtete die beiden. Er sah, daß der Legionär kaum auf Britta reagierte, wahrscheinlich verstand er sie auch nicht. Britta wechselte das Objektiv. Und dann geschah etwas Erstaunliches, was wohl weniger an Brittas Überredungskünsten als vielmehr an ihrer sympathischen Ausstrahlung und ihrem gewinnenden Lächeln lag: Der Legionär stellte sich in Positur und ließ sich bereitwillig fotografieren. Frank Richter begriff allmählich, warum sie so gute Aufnahmen hinbekam. Britta »schoß« nicht einfach ab, raubte keine Motive, nein, sie näherte sich behutsam und eroberte sie.

Carmen verabschiedete sich lautstark und verschwand durch einen der Ausgänge im Bretterzaun. Franks Aufmerksamkeit wurde nun von Jan Nellen in Anspruch genommen, der mit zwei uniformierten Männern und einem älteren, weißhaarigen Herrn auftauchte. Dieser stützte sich beim Gehen auf einen Stock, dessen Knauf mit Silber verziert war, während er den linken Arm gegen seinen Rücken preßte, als habe er dort Schmerzen bei jeder Bewegung.

»Das ist Don Vincente«, stellte Jan vor, »der Patron dieses Festes. Ich würde gern ein Interview mit ihm filmen und auch mit den beiden Polizisten hier, aber ich verstehe viel zu wenig Spanisch. Könnten Sie meine Fragen übersetzen? Außerdem muß ich die Kamera führen, Britta macht das nicht so gern, sie bevorzugt stehende Bilder.«

»Klar, kein Problem«, antwortete Frank Richter. »Wenn du mir dabei hilfst, Mercedes?«

Sie nickte.

»Also, ich würde von ihm gern etwas über die Fiesta wissen«, sagte Jan, »seit wann es sie gibt und warum, wie die Vorbereitungen vonstatten gegangen sind, wie viele Besucher man erwartet und dergleichen mehr. Eben ein typisches Interview am Tag vor dem Start.«

Mercedes übersetzte.

Als Don Vincente merkte, daß er gefilmt wurde, nahm er die Hand vom Rücken und richtete sich etwas auf. Sein Blick wurde stolz, als er zu erzählen begann. »Ich habe dieses Jahr das Patronat übernommen«, sprach er mit spürbar gewählten Worten und ernstem Blick in die laufende Kamera, »weil die Fiesta von Tijarafe eine große, traditionsreiche Angelegenheit ist. Das Teufelsfest wird schon so lange gefeiert, wie ich denken kann. Schon als Kind träumte ich davon, einmal die Fiesta ausrichten zu können. Jedes Jahr verläuft das Fest anders, verstehen Sie? Es kommt darauf an, welche Musik ausgewählt wird, wer die Vortänzer sind und ob bei der vorbereitenden Organisation an alles gedacht wird.«

»Es heißt, es soll ein gefährliches Fest sein, bei dem viel passieren kann. Wie ist es eigentlich mit den Sicherheitsvorkehrungen? Sind sie im Vergleich zu anderen Jahren verschärft worden?«

»Dafür ist die Guardia Civil zuständig«, sagte Don Vincente und deutete auf Pepe Gonzales und den Leutnant neben sich. »Bei diesen Männern liegt alles in besten Händen. Wir haben diesmal besonders an die Sicherheit gedacht und zum Beispiel verboten, daß gefährliche Feuerwerkskörper direkt zwischen die Besucher geworfen werden. Dennoch kann es zu Zwischenfällen kommen.«

»Es sind zwölf Sanitäter im Einsatz«, ergänzte der Leutnant eilfertig. »Direkt neben dem Platz hat das Rote Kreuz ein Zelt aufgeschlagen, und die Feuerwehr steht bereit, falls es zu unvorhergesehenen Bränden kommen sollte.«

»Und wie steht es um die Sicherheit des Diablo volcánico selbst?« ließ Jan Nellen durch Mercedes fragen.

Don Vincente runzelte mißbilligend die Stirn. »Wenn Sie auf den tragischen Unfall vor drei Jahren anspielen«, sagte er, »so kann ich Sie in dieser Hinsicht völlig beruhigen. Es gehört zwar stets Mut dazu, als Vulkanteufel zu tanzen, aber glauben Sie mir, wir haben im Vorfeld alles ausführlich besprochen. Es wird kein unnötiges Risiko eingegangen.«

»Wer ist eigentlich dieses Jahr Diablo volcánico?«

Don Vincente lachte. »Das wird auf keinen Fall vorher verraten. So war es immer schon. Die Wahl desjenigen, der den Vulkanteufel tanzen darf, ist ein Geheimnis, das bis zuletzt nicht gelüftet werden darf.«

»Aber Sie wissen, wer es ist?«

Don Vincente verzog das Gesicht zu einem verschmitzten Grinsen. »Natürlich. Aber von mir werden Sie dazu kein Sterbenswörtchen erfahren. Sehen Sie, das Teufelsfest ist eine alte, eine uralte Fiesta. Sie wurde bereits in den Zeiten, bevor die Spanier kamen, gefeiert, sie hat Tradition. Und wer pflegt solche Dinge heute noch, wenn nicht wir Alten? Alles verändert sich, auch das Verhalten der Menschen, die Gewohnheiten, das Fernsehprogramm. Die meisten von uns sind doch nur noch gewohnt, die Welt auf dem Bildschirm zu erleben. Wo bleibt das Echte, das Unverfälschte, die Mutprobe, das Abenteuer? Was Sie hier am Sonntag erleben werden, ist hingegen live – wie es neuerdings so schön heißt –, ein echtes Erlebnis. Und zudem eins, das tief in unserer eigenen Geschichte verwurzelt ist, in der Zeit unserer Vorfahren. Die Leute sollen erfahren, daß wir hier auf La Palma noch nicht alles vergessen haben und uns daran erinnern, wie es früher einmal war.«

»Sehr gut«, flüsterte Jan begeistert. »Fragen Sie weiter nach seiner Person, was er sonst so treibt, der Mann hat Profil!«

Don Vincente winkte ab. »Ich bin nur ein einfacher Haciendero«, sagte er, »leite ein paar Plantagen, baue meinen eigenen Wein an, gehe mitunter zur Jagd. Ich lebe nicht viel anders als die meisten hier.«

»Aber Sie besitzen eigene Quellen, haben viel Wasser und versorgen weite Teile der Insel damit. Ist es nicht so?«

Erneut winkte Don Vincente ab. Es war ihm anzumerken, daß das Interview auf eine Ebene geriet, über die er nicht sprechen wollte. »Ein bißchen Wasser, ja. Und Wasser ist auf der Insel ein wichtiges Gut geworden. Aber wissen Sie, ich möchte diese Dinge nicht überbewerten. Fragen Sie mich lieber, wieviel Geld ich in die Vorbereitungen der Fiesta gesteckt habe.«

»Sie finanzieren das Fest?«

»Klar, jeder Patron tut das. Es ist eine große Ehre für mich. Das Eintrittsgeld, das erhoben wird, reicht bei weitem nicht zur Deckung der Kosten. Aber was soll's – es gibt nur eine Fiesta Diablo volcánico auf der Welt, und darauf sind wir alle hier stolz!«

»Gibt es noch etwas, auf das Sie besonders hinweisen möchten, Don Vincente?«

»Ja, auf die Lucha Canarias. Morgen nachmittag treten die besten Ringer der Insel im Wettkampf gegeneinander an. Das müssen Sie unbedingt filmen! Und noch etwas: Die Sambagruppen, die dieses Jahr auftreten, stammen zum größten Teil aus Venezuela. Wir haben sie extra einfliegen lassen. Es sind wahre Teufelskerle, das kann ich Ihnen sagen. Und sie spielen nicht bloß, damit die Leute in Stimmung kommen und sich die Seele aus dem Leib tanzen können ...«

»Nein, wozu denn sonst noch?« fragte Mercedes.

»Damit das heiße Wetter vertrieben wird«, antwortete Don Vincente mit todernstem Gesicht, »sie spielen, und wir tanzen den Levante weg.«

Sie bedankten sich bei Don Vincente und den Polizisten, die sich mit würdigem Kopfnicken entfernten.

»Donnerwetter«, sagte Jan Nellen. »Das war was, das haut hin. Ein guter Einstieg für unseren Film!«

»Wer ist eigentlich dieser Mann da, der uns schon seit einiger Zeit umschleicht? Auch einer von den Veranstaltern?« fragte Frank.

Mercedes schüttelte den Kopf. »Das ist Nando. Fernando A. Gaspar, ein Reporter des El Día.«

»Auch gut, holt ihn ruhig ran«, sagte Jan Nellen, den das Interviewfieber gepackt hatte. »Vielleicht weiß er etwas Interessantes zu berichten.«

Als ob er Gedanken gelesen hätte, trat der Reporter zu ihnen heran.

»Hola, Nando«, sagte Mercedes. »Wie geht es, wie immer im Einsatz?«

Der junge Mann mit der braunen Hornbrille und der schwarzlockigen Mähne lachte. »Na, und ob.«

»Aber heute ist doch noch gar nichts los, du bist einen Tag zu früh.«

Gaspar machte eine geheimnisvolle Miene. »Das kann man nie sagen, die spannendsten Dinge passieren oft nebenher am Rande.« Er zögerte, ob er im Beisein der Fremden weiterreden sollte, verriet sein Vorhaben dann aber doch. »Weißt du, ich habe eigentlich eine Verabredung hier, eine mysteriöse Sache ... Hast du schon mal etwas von MENCEY gehört? Das soll eine Gruppe von Separatisten sein. Ich kenne keinen von denen persönlich, aber sie riefen mich an und meinten, daß ich unbedingt nach Tijarafe kommen soll. Irgend etwas geht hier vor, auf der Fiesta soll was passieren.«

»Und was?«

»Das haben sie mir nicht verraten. Wie das bei solchen politischen Vereinen ist, taten sie sehr geheimnisvoll. Nichts als nebulöse Andeutungen, keine einzige klare Aussage, um was es sich handelt. Vorsichtshalber bin ich mal gekommen. Vielleicht treffe ich einen von ihnen.«

Jan Nellen fragte interessiert nach, und Mercedes erklärte ihm den Zusammenhang. Wie zu erwarten, sprang Jan sofort auf das Reizwort »Separatisten« an. Doch der Reporter zeigte wenig Bereitschaft, weitere Details seines Wissens preiszugeben.

»Mit neuen politischen Gruppen muß man stets vorsichtig sein«, sagte er nur, »ihre Ziele sind schwer einzuschätzen.«

Im stillen dachte er: Bloß nicht zuviel verraten, dafür ist die Sache möglicherweise zu heiß. Für ihn bestand ein ganz klarer Zusammenhang zwischen den Aktivitäten von MENCEY, den schwer zu deutenden Wandparolen, die in letzter Zeit überall auftauchten, und den wilden Gerüchten über die Tests auf dem Observatoriumsgelände. Die Gruppe MENCEY wollte hierzu etwas Spektakuläres enthüllen, das jedenfalls hatte der Mann mit der heiseren Stimme am Telefon angekündigt und ihn nach Tijarafe bestellt. Dummerweise hatte er weder den genauen Ort noch einen Zeitpunkt genannt. Nun, man würde sehen, was sich in den nächsten Tagen ergab. Daß sich die Gruppe ausgerechnet die von so vielen Menschen besuchte Fiesta für ihre Aktion ausgesucht hatte, war plausibel, immerhin bot Tijarafe dafür die beste Bühne. Ob sie wohl einen Anschlag planten? Hoffentlich nicht. Ob sie irgend etwas mit den mysteriösen Todesfällen der letzten Wochen zu tun hatten? Raffinierte Mordanschläge gegen Ausländer, um die hier lebenden Fremden in Panik zu versetzen? Vielleicht waren es auch ganz harmlose Leute, versuchte er sich zu beruhigen, vielleicht suchten sie nur größere Menschenansammlungen, um unbemerkt mit ihm ins Gespräch zu kommen. Wie auch immer, er war da, und er würde bis zum Ende der Fiesta bleiben. Eine solche Chance mußte er einfach nutzen.

Aber vorerst passierte gar nichts. Zäh verstrich die Zeit. In den heißesten Stunden des Tages leerte sich der Kirchplatz bis auf wenige Unentwegte, die im Schatten der Bäume ausharrten. Die meisten Leute zogen sich zur Siesta in ihre Häuser zurück. Frank Richter und Mercedes, Britta und Jan gingen zur Bar »Lucha« hinunter, um eine Kleinigkeit zu essen. Der Raum war außergewöhnlich voll und mit so lautem Stimmengewirr angefüllt, daß man kaum das eigene Wort verstehen konnte. Am Tresen und an den Tischen saßen vor allem Männer aus anderen Dörfern, die nach Tijarafe gekommen waren, um zum Fest Stände aufzuschlagen und ihre Waren anzubieten. Männer mit rauhen, dröhnenden Kehlen, die bereits reichlich Rotwein und Bier konsumiert hatten und nun in jenem Stadium angelangt waren, wo man einander mit prahlerischen Geschichten zu überbieten sucht. Britta und Jan fühlten sich in dieser Atmosphäre wohl. Es gelang Britta sogar, den einen oder anderen Schnappschuß von Gesichtern zu machen, markante Porträts, um die sie jedes Fotomagazin beneiden würde.

Mercedes stocherte lustlos an ihren Calamares herum, sie war sonderbar still, als denke sie angestrengt über etwas nach. Frank drängte sie nicht mit Fragen. Wieder einmal betrachtete er ihr Gesicht. Wenn sie ernst war, strahlte sie eine noch größere Schönheit aus. Wie liebte er diese Frau!

Am späten Nachmittag und gegen Abend füllte sich der Platz vor der Kirche erneut mit Schaulustigen. Der Reporter wartete immer noch. Er hatte sich eine Flasche Wein von einem der Stände besorgt und trank im Schatten des großen Lorbeerbaumes. Mit dem halbvollen Glas in der Hand prostete er ihnen zu. Frank Richter und Mercedes gesellten sich zu ihm und begutachteten von ihrem Platz aus die Beleuchtungsproben der Helfer. Wieder gab es einen Soundcheck, die Band aus Venezuela spielte probeweise eine Samba, zu der die jungen Leute des Dorfes zu tanzen begannen. Der Rhythmus ging sofort ins Blut.

»Der da drüben, der große, dicke Mann mit dem Strohhut, das ist J. S.«, sagte Fernando A. Gaspar. Er deutete auf einen Neuankömmling, der in Begleitung einer rassigen braunen Schönheit quer über den Platz geschlendert kam. Die junge Frau mochte um die zwanzig sein und wirkte wie aus einem Modejournal entsprungen. Ihr wesentlich älterer Begleiter genoß ganz offensichtlich die bewundernden Blicke, die sich auf sie richteten. Ein seltsames Paar, in dessen Kielwasser Antonio, der Leibwächter, folgte.

»J. S. ist Bauunternehmer«, erklärte Gaspar, »er gehört zu den reichsten und wichtigsten Leuten hier auf der Insel. Ihm werden die größten und kühnsten Pläne zugeschrieben, unter anderem das gerade geplante Ferienzentrum für Manager in der Schlucht von Buraca, eine komplette Siedlung im Aridanetal, mehrere Golfplätze und 5-Sterne-Hotels. Mit einem Wort, dieser Mann hält alle Fäden in seiner Hand, er bestimmt die Zukunft von La Palma. Dummerweise kennen wir uns.«

Tatsächlich kam der mächtige J. S. direkt auf sie zugeschritten. Er grüßte überschwenglich. Fernando A. Gaspar stand auf und stellte vor.

»Angenehm, mal wieder deutsch sprechen zu können, das ewige Spanisch geht mir auf die Dauer auf den Geist«, sagte J. S. zu Frank Richter. Er sprach ein stark schweizerisch gefärbtes Deutsch mit Rachen-ch und schwerfälligem Zungenschlag. »Sie leben schon länger hier?«

»Nein, ich mache Urlaub. Leider geht er bald zu Ende.«

»Ach ja«, seufzte J. S. »Sie werden es nicht glauben, aber so langsam könnte ich auch mal Urlaub vertragen. Klingt verrückt, das auf einer solchen Insel zu sagen, aber es ist so. Ich arbeite zehn bis zwölf Stunden am Tag, manchmal noch länger.«

»Ich habe davon gehört«, antwortete Frank Richter. »Ihre Arbeiten sind in aller Munde.«

J. S. stand stämmig und breitbeinig da, ein Mann, der Raum für sich in Anspruch nahm und das durch die Art, wie er sprach, auch noch deutlich unterstrich. Die braunhäutige Schönheit an seiner Seite lehnte sich übertrieben lässig an seine Schulter. Selbst so, halb hingegossen an ihm hängend, überragte sie ihn noch um eine Kopfeslänge.

»Es wird viel geredet und manches übertrieben«, sagte J. S. mit jovialem Grinsen. »Alles schimpft natürlich über meine Millionenprojekte und Baustellen. Dabei profitiert im

Grunde doch jeder davon. Mit den Bananenplantagen geht es rapide bergab, die ganze Insel hängt am Subventionstropf. Die Zukunft heißt nun mal Tourismus, das kann niemand ernsthaft bestreiten. Und wenn es ernst wird und zur Sache geht, sind plötzlich alle dabei und wollen ein Stück vom Kuchen abhaben. Du wirst mir zu schwer, Kiki.«

Er schüttelte seine Begleiterin von der Schulter. Die junge Frau zog einen Schmollmund und ging ein paar Schritte weiter, wo sie aus dem Stand heraus ihren Körper zur Musik zu wiegen begann.

Frank Richter hatte die selbstgefällige Tirade des Maklers schweigend angehört. J. S. fuhr ungerührt fort:

»So ist es immer. Zuerst regen sich die Leute auf, und die Presse zerreißt sich das Maul, Anwesende selbstverständlich ausgenommen« – mit Seitenblick auf Fernando A. Gaspar –, »und hinterher rühmen sie alle die Großtat, die Arbeitsplätze schafft und Geld auf die Insel bringt, loben den unternehmerischen Weitblick und dergleichen Süßholzraspelei mehr. Ach, was soll's, wir haben Wochenende und Fiesta, ein großes Fest steht bevor, und wir sollten aufhören, über die Arbeit zu reden.«

O Gott, dachte Frank Richter, jetzt gibt sich dieser Kotzbrocken auch noch als gemütvoller Privatmensch. Er warf einen hilfesuchenden Blick zu Mercedes. Zum Glück stießen in diesem Moment Britta und Jan zu ihnen.

»Habt ihr's gemerkt, es wird kühler!« rief Britta. »Was für ein Segen!«

Sie hatte recht. Vom Meer her wehte eine lichte, angenehme Brise heran.

»Laß uns nach Hause fahren, zu dir«, sagte Mercedes.

Sofort stimmte Frank Richter zu.

Hannes Wieland fühlte sich elend. Seit langem hatte er keine Erkältung gehabt, schon gar nicht eine so hartnäckige wie diese. Sein Hals brannte, und in den Schläfen hockte ein dumpfer Schmerz. Außerdem hatte er Fieber. Das mußte am Levante liegen, dieser heimtückischen Witterung. Es war heiß, man schwitzte und freute sich über jeden Windhauch, und dabei trug gerade er die Krankheit herbei. Hannes, dessen robuste Natur nahezu sprichwörtlich war, litt doppelt darunter. Er war kein Mensch für die Stube. Tagelang ins Haus verbannt zu sein und nicht über die Berge, die Terrassen, durch die Plantage streifen zu können, diese Einschränkung machte ihn wütend. Er wurde brummig und ungenießbar, selbst gegenüber seiner Frau Marita, die es doch nur gut mit ihm meinte. Aber sie kannte solche Phasen und verstand, weshalb er so litt. Deshalb machte sie lieber einen Bogen um ihn, sprach nur das Nötigste und ließ ihn allein vor sich hin brüten.

Hannes stürzte sich auf bestimmte Bücher, die er schon lange lesen wollte, doch es gelang ihm nicht, sich zu konzentrieren. Sein Kopf brummte, die Schrift verschwamm ihm vor den Augen. Unwirsch legte er das Buch beiseite und rückte seinen Stuhl vors Fenster. Sein Blick schweifte über die Obstbäume bis hinab zum Meer. Von Garafia war nichts zu erkennen, die Häuser duckten sich in eine Hangmulde. So konnte man den Eindruck gewinnen, der einzige Mensch auf der Welt zu sein, in einer Art Schiffskanzel zu sitzen und hoch in den Wolken über dem Meer zu treiben.

An diesem einsamen Fensterplatz hing er seltsamen, hartnäckigen Gedanken nach. Hatte er sich sein Leben, seinen Lebensabend so vorgestellt? Eigentlich ja, welchen besseren Ort mochte es sonst noch geben? Er bekam plötzlich Lust, wie früher einmal ziellos durch die Berge zu streifen. Oder durch den grünen Urwald mit seinen Nebelzonen, die alles in Unwirklichkeit tauchten und mehrdeutig verschwimmen ließen. Bambuswald gab es an manchen Stellen, glucksende Quellen und Rinnsale, Waldstücke, die so dicht zugewachsen waren, daß man sich einen Weg mit der Machete bahnen mußte. Es hatte Tage gegeben, da er allein unterwegs war, wo er bei bestimmten, undefinierbaren Geräuschen zusammenschrak, innehielt und sich vorsichtig umsah, als ob jeden Moment ein Tiger aus dem Dickicht brechen würde. Natürlich gab es solche Bestien auf La Palma nicht, überhaupt keine größeren Tiere, von verwilderten Ziegen mal abgesehen. Und dennoch spielte ihm damals die Phantasie manchmal aufregende Streiche.

Ja, das mußte es sein: Er brauchte die Stimmen der Natur, das Raunen und Wispern im Wind, das unerklärliche Knacken im Wald, den Schrei der Vögel am Himmel. Er war ein Mensch, der Sonne und Wind auf der Haut spüren mußte, der auch das Schwitzen genoß und die körperliche Anstrengung liebte. Hier auf dem Stuhl am Fenster kam er sich vor wie im Rollstuhl. Aber wenn es nur eine Erkältung war, konnte er zufrieden sein. Eine Erkältung ging rasch vorbei, sie war jeder wirklichen Krise unbedingt vorzuziehen. Oder gar einer Katastrophe... Aber wohin schweiften seine Gedanken ab? Wieso phantasierte er plötzlich von Krise und Katastrophe? Er hatte das Gefühl, als ob eine unsichtbare Gestalt ihre Hände um ihn, um die ganze Insel legte, als ob sie alles Leben auf dieser Insel vernichten, ins Meer schütteln wollte. Aber das ist nur der Levante, sagte sich Hannes rasch, das hat gar nichts zu bedeuten. Wenn der Levante abgedreht sein würde und der milde Passat zurückkam, der einen frischen Geschmack in die Luft brachte, würde er in den Urwald hinaus gehen, neue Energie tanken, endlich einmal wieder den kleinen Abenteuern auf der Spur.

Die Fiesta in Tijarafe? Unmöglich. Dieses Jahr konnte er einfach nicht dorthin gehen, jedenfalls nicht in diesem Zustand.

»Du kannst ja allein fahren«, sagte er, als Marita ins Zimmer kam, um etwas aus dem Regal zu holen. »Du findest es dort doch immer so gut. Geh ruhig, du triffst bestimmt Bekannte und amüsierst dich. Mach dir um mich keine Sorgen. Noch zwei, drei Tage, dann bin ich wieder okay.«

Marita lächelte ihn an. »Ich habe aber keine Lust, allein

zur Fiesta zu gehen. Ich weiß, das ist albern, aber du mußt meine Marotten verzeihen. Diesmal bin ich absolut nicht in der Stimmung, nach Tijarafe zu fahren. Ich bleibe hier. Hoffentlich stört es dich nicht.«

»Du hast mich noch nie gestört«, antwortete Hannes, »wirklich nicht. Ich dachte nur, daß dir ein wenig Abwechslung lieb wäre.«

»Wenn ich tatsächlich Abwechslung brauche, dann fahre ich runter ins Dorf und treff' mich mit den Frauen zum Klatsch. Du wirst lachen: Ich genieß' diesen Dorftratsch.«

»Mir ist überhaupt nicht zum Lachen zumute«, brummte Hannes. »Sag mal ehrlich, würdest du gern woanders leben als hier?«

»Nein«, antwortete sie bestimmt, »nirgendwo gefällt es mir besser als hier.«

Sie verließ das Zimmer. In der Küche dachte sie noch einmal über die Frage ihres Mannes nach. »Nein«, wiederholte sie zur Bestätigung. »Nirgendwo anders. Da, wo man ist, befindet sich immer das Zentrum.«

Und genau dieses Zentrum, ihre Wahlheimat, war nun aufs schwerste bedroht. Sie hatte kein Wort darüber zu Hannes geäußert. Aber es gab jene Kopie. Die Kopie der Diskette mit den gestörten Daten. Die Sache hatte ihr keine Ruhe gelassen. Immer wieder hatte sie im Computer damit experimentiert. Und vorhin erst war sie per Zufall auf die Lösung gestoßen. Eine entsetzliche Konsequenz verbarg sich in diesen Daten. Sie überlegte lange hin und her, ob sie ihr Wissen für sich behalten oder jemanden einweihen sollte. Schließlich entschied sie sich für einen Befreiungsschlag. Die Öffentlichkeit sollte erfahren, was da oben im Observatoriumsgelände wirklich vor sich ging, sie hatte ein Recht dazu.

Als Hannes schlief, rief sie die Privatnummer von Fernando A. Gaspar an. Sie vertraute dem jungen Reporter, er war ein tüchtiger Mann und seine Zeitung von nicht zu unterschätzender Bedeutung. Sie freute sich, als sie seine sonore Stimme am anderen Ende der Leitung vernahm. »Hallo«, flüsterte sie mit übertriebener Vorsicht in die Sprechmuschel, »hier ist Marita Wieland.«

»Schön, mal wieder von Ihnen zu hören. Gibt es etwas Neues?«

»Das kann man wohl sagen«, flüsterte Marita. »Ich habe die Diskette mit den wirren Daten ... Sie wissen schon, was ich meine ...«

»Ja, natürlich.«

»Also, ich habe sie entschlüsselt. Halten Sie sich fest, Sie werden nicht glauben, um was es geht.«

»Das militärische Experiment?«

»Ja, aber viel schlimmer, als ich dachte. Sie bohren einen Vulkan an, um mit den ausströmenden Gasen und dem Magma etwas auszuprobieren. Hallo, sind Sie noch dran?«

Einen Moment lang war es still am anderen Ende der Leitung. Dann kam Gaspars Stimme zurück. »Wo? Welcher Vulkan?«

»Irgendwo unten im Süden der Insel. Das Versuchsgelände ist hermetisch abgesperrt, die Daten werden oben im Observatorium ausgewertet. Navarro-Mederos leitet das Projekt.«

»Das darf doch nicht wahr sein!« schimpfte Fernando A. Gaspar. »Einen Vulkan anbohren? Sind die denn von allen guten Geistern verlassen? Und wofür soll das gut sein?«

»Keine Ahnung. Ich besitze nur einen Bruchteil der Daten.«

»Einen Vulkan anzubohren, selbst wenn er erloschen ist oder ruht, stellt doch ein völlig unkalkulierbares Risiko dar ...«

»Sie sagen es. Navarro-Mederos scheint allerdings anderer Meinung zu sein.«

»Ach, dieser aufgeblasene Dummkopf!«

»Señor Gaspar, wenn Sie etwas unternehmen ... Sie nennen auf keinen Fall meinen Namen?«

»So war es abgemacht, Sie können sich auf mich verlassen.«

»Dann ist es gut.« Maritas Hände zitterten, sie war plötzlich schweißnaß am ganzen Körper. »Ich schicke Ihnen eine Kopie des Computerausdrucks zu, anonym.«

»Selbstverständlich.«

»Señor Gaspar . . .«

»Ja?«

»Wir müssen etwas unternehmen, die Sache ist sehr, sehr ernst.«

»Sie haben recht. Aber wir brauchen unbedingt weitere Fakten. Ich werde jede Spur, die sich anbietet, verfolgen. Señora . . .«

»Ja?«

»Danke«, sagte Gaspar, dann klickte es in der Leitung.

Etwa zur gleichen Zeit stritten sich Susanne und Jürgen Brinkmann. Gewiß nicht zum ersten Mal, dafür aber heftiger als sonst. Keiner von beiden war imstande zu sagen, wie es jedesmal anfing. War auch belanglos. Es begann mit einer x-beliebigen Kleinigkeit, schaukelte sich durch ungeschickte Bemerkungen hoch und wurde nach einer Weile unfair, weil es dann nur noch darum ging, den anderen zu treffen und zu kränken. Mißverständnisse, aufgestaute Frustration, mühsam übertünchte Verletzungen auf beiden Seiten. Und wenn sie schon dabei waren, sich zu fetzen, dann schenkten sie sich wahrlich nichts. Keiner konnte nachgeben, dem anderen eine Blöße bieten. Es war, als kämpften zwei Feinde, die das Schicksal auf Gedeih und Verderb zu Nachbarn geschmiedet hatte, bis aufs Messer miteinander, ohne sich wirklich trennen zu wollen.

Nach außen spielten sie auf der Insel das ideale Paar, allein miteinander verstanden sie es prächtig, das Paradies in eine Hölle umzuwandeln. Sie schrie, er brüllte. Sie wurde lauter, er gemeiner in seinen Beleidigungen. Sie warf Geschirr durch die Küche, beleidigte ihn mit Ausdrücken, die seine Ehre trafen, und verschwand, die Türen hinter sich zuschlagend. Er lief ihr nach in der festen Absicht, sie zu verprügeln. Wenn er sie einholte, war sie es, die prügelte, sie schlug mit den Fäusten nach ihm, kratzte und trat, was ihn jedesmal so überraschte, daß er mit einem Schlag nüchtern wurde. Dann verlegte er sich wieder aufs Brüllen, versuchte sie mit beiden Händen festzuhalten oder zu umarmen und so an die Wand zu drücken, daß sie wehrlos mit dem Rücken irgendwo klebte. Das regte sie am meisten auf und traf sie bis ins Mark, weil sie dann einen unbezähmbaren Freiheits- und Bewegungsdrang verspürte und nur noch hysterisch schreien konnte. Das wiederum ließ ihn ganz klein werden und um eine »vernünftige Aussprache unter erwachsenen Menschen« winseln, wobei er allerdings vorrangig an die Nachbarn dachte, denen er am nächsten Tag wieder unter die Augen treten mußte. Peinlich, peinlich, das alles. Warum hatte er nur einen solchen Teufelsbraten geheiratet, eine so bösartige Nervensäge, wo er doch der netteste, humorvollste und verständigste Mann der Welt war ... In Wahrheit war er natürlich ein Ekel, ein ganz mieser Macho, aber wer gesteht sich das schon ein?

Wie so oft artete ihr Streit in eine handfeste Schlägerei aus. Vielleicht brauchten sie die Adrenalinausstöße und das Getöse, um Dampf abzulassen und allmählich, bei Eintritt der völligen Erschöpfung auf beiden Seiten, zusammenzubrechen und um Liebe und Versöhnung zu betteln. Mehr als einmal hatten sie nach solchen kräftezehrenden Auseinandersetzungen erstaunliche Bettszenen erlebt, wahre Orgien, die zu zärtlichem Neubeginn und sanftem Tonfall am nächsten Morgen führten. Doch diesmal nicht.

Diesmal erreichte Susanne mit einem passablen Vorsprung das Schlafzimmer, schloß von innen ab und verbarrikadierte sich. Jürgen hämmerte mit den Fäusten gegen die Tür und war nahe dran, sie einzutreten. Doch dann besann er sich eines Besseren und schleppte sich ermattet in die Küche zurück. Kurz nur dachte er an die Fiesta in Tijarafe und daß sie sich eigentlich mit ihren Pensionsgästen dort verabredet hatten. Nun würden sie nicht gehen, so ein Mist. Selbst wenn er es aus Trotz gewollte hätte, fühlte er sich inzwischen viel zu erschöpft dazu. Vor Erregung am ganzen Körper dampfend und mit zittrigen Händen schenkte er sich ein Glas randvoll mit Whiskey ein und trank es mit großen, gierigen Schlucken. Danach fühlte er sich besser, erleichtert, gleichzeitig aber auch so müde, daß er am Küchentisch einschlief. Scheißfiesta, Scheißsamba, Scheißleben, verdammtes . . .

Währenddessen begann Susanne im Schlafzimmer hektisch ihren Koffer zu packen. Ihr Entschluß stand fest: Noch in dieser Nacht würde sie gehen. Weg von diesem verdammten Idioten!

Samstag. Der erste Tag der Fiesta. In der Nacht zuvor hatte der Mond fast schon als volle Scheibe am Himmel zwischen Millionen von Sternen gehangen. Ein gutes Zeichen, daß die Luft nun klarer geworden war, da der Saharastaub sich gelegt hatte. Man konnte ein bißchen freier atmen als in den Tagen zuvor.

Frank und Mercedes rollten den Holperweg hinunter zur Straße. Dort herrschte ungewöhnlich starker Verkehr. Alle Wagen fuhren in die gleiche Richtung. Die Fiesta von Tijarafe war eben berühmt, sie zog an wie ein Magnet. Ein gutes Stück vor der letzten Kurve, die zu dem Ort führte, bogen sie rechts in ein Feldstück ein, wo Frank den Seat parkte. Es war besser, gleich hier zu halten, als unnütz lange im Dorf herumzusuchen. Außerdem waren es höchstens fünf Minuten zu Fuß.

Tijarafe war hoffnungslos überfüllt. Überall hatten die Buden und Verkaufsstände geöffnet, und dazwischen drängten sich Menschenmassen durch die engen Gassen. Frank und Mercedes stiegen zum alten Ortskern am Kirchplatz hinauf und reihten sich vor einem der Durchgänge im Lattenzaun in die Schlange der Wartenden ein. 300 Peseten Eintritt pro Kopf wurden verlangt. Nicht viel für das, was geboten wurde: die wohl besten Ringkämpfe des Jahres.

Die Plaza hatte sich seit gestern noch mehr verändert. Als sie sich durch die Menge einige Schritte nach vorn gekämpft hatten, sahen sie den großen Kreis aus Ziegenfellen, der zusätzlich mit einer Schicht Sägespäne abgepolstert war. Drumherum saßen die beiden Mannschaften, jeweils zehn Ringer aus Tazacorte und La Punta. Dieser Schaukampf war bereits mit großen Lettern auf den Plakaten angekündigt worden, denn beide Gruppen galten als Matadoren der Insel. Und doch wurden die Profis nur als Vorspieler zu einem noch bedeutenderen Ereignis eingeschätzt. Danach würde nämlich der Gastgeber Tijarafe gegen den Sieger des ersten Durchgangs antreten, und dieses Duell wurde seit Wochen fieberhaft erwartet. Die erregten Zuschauer wetteten auf den Sieg der Ringer aus Tijarafe und feuerten ihre Mannschaft bereits im Vorfeld begeistert an.

Doch nun waren erst mal die Jungs aus Tazacorte und La Punta dran. Frank Richter war über die Einzelheiten des Kampfes und die Regeln bereits von Mercedes aufgeklärt worden, auch über die Besonderheit der Sportart, die eine lange Tradition besaß. Sie stammte aus der Zeit der Guanchen und war fast einzigartig in der Welt. Ähnliche Wettkämpfe hatte es sonst fast nur noch im alten Ägypten gegeben, wie einem Buch über die »Frühgeschichte des Ringkampfs« in der »Casa Cultura« zu entnehmen war.

Vor dem Turnier, das die Fiesta eröffnete, hielt der Patron, Don Vincente, eine Rede. In ihr betonte er die Wichtigkeit, diesen so seltenen, aber ungemein beliebten Sport auf der Insel zu pflegen. Es sei ein Kräftemessen, wie es fairer nicht stattfinden könne, und Tijarafe sei stolz darauf, wieder einmal Austragungsort eines solchen Geschehnisses zu sein. Außerdem waren Geldpreise für die Sieger ausgesetzt, keineswegs unerhebliche Summen. Aber für solche Athleten wie die »Helden der Lucha Canarias« – betonte Don Vincente mit pathetischen Worten und Gesten – sei keine Pesete zu viel. Danach begann das Turnier. Alle zwanzig Ringer standen auf, gingen aufeinander zu und reichten sich die Hände.

Mercedes hatte durchaus nicht zuviel versprochen, als sie von der Lucha Canarias schwärmte. Es waren spannende Kämpfe mit gehörigem Zuschauergeschrei und Nervenkitzel. Die Ringer beider Mannschaften traten jeweils einzeln gegeneinander an, wobei die Kunst darin bestand, den Gegner zu umschreiten, Ausfälle und Scheinangriffe zu wagen und den anderen schließlich so zu packen und mit Hebelgriffen zu attackieren, daß er aus dem Gleichgewicht kam. Der Kampf hatte eine gewisse Ähnlichkeit mit dem japanischen Sumo, stellte Frank Richter fest. Und gleich den Sumo-Kämpfern, die ja Mönche eines heiligen Ordens waren, genossen auch die Lucha-Ringer einen besonderen Ruf und hohe Anerkennung, die sich während des Turniers vor allem in frenetischem Geschrei der Zuschauer ausdrückte.

Die Mannschaft von La Punta besiegte die von Tazacorte mit zwölf zu acht Punkten, wobei ein einziger Ringer allein drei Gegner niedergestreckt hatte. Der Matador des Nachmittags ging schließlich mit der Mütze herum, um für sein glorreiches Team zu sammeln. Es war ein schlanker, fast rotblonder Hüne, der die übrigen Ringer um zwei Kopfeslängen überragte. Er hatte das gelockte Haar mit roten Bändern zu Strähnen geflochten. Seine Mutter, eine kleine, gedrungene Frau, stand am Rand und weinte vor Stolz.

Helfer kamen, erneuerten die Schicht Sägemehl, und Fanfaren ertönten zur Siegerehrung. Die Menge bebte, denn nun traten die Jungs aus Tijarafe gegen die Mannschaft aus La Punta an. Besonders auf dem Matador ruhten alle Blicke, ihn galt es im Auge zu behalten, er war der gefährlichste Gegner. Mehr als drei Kämpfe durfte er allerdings nicht bestreiten, den Rest mußten seine Kollegen alleine meistern. Die Männer aus Tijarafe genossen jedoch den Vorteil, ausgeruht in den Ring zu steigen, was den weiteren Verlauf des Turniers ungemein spannend machte.

Für die ersten beiden Kämpfe führte das Team aus La Punta zwei Ringer ins Feld, die bisher noch nicht im Einsatz gewesen waren. Unter ohrenbetäubendem Jubel der Menge wurden sie von Tijarafe-Leuten niedergezwungen. Dann kam der Matador zum Einsatz und besiegte nacheinander alle drei Gegner auf so elegante Weise, daß die Stimmung auf dem Platz schlagartig umkippte. Die Mannschaft aus Tijarafe mußte sich jetzt anstrengen, um das Heimspiel nicht zu verlieren. Und tatsächlich gelang ihnen das Wunder: Mit dem hauchdünnen Vorsprung von zwei Punkten rissen sie die begehrte Trophäe an sich. Die Plaza glich einem Hexenkessel. Auf den Schultern wurden die Lucha-Kämpfer durch die Menge getragen, frenetisch bejubelt, mit Blumen und Geldscheinen beworfen, und als Don Vincente den Pokal mit der Siegerprämie überreichte, fielen sich die Leute schreiend und vor Begeisterung weinend in die Arme.

Wieder tauchten Helfer auf, fegten das Sägemehl weg und rollten die Ziegenfelle der kreisrunden Kampfmatte ein. Schon stiegen die Musiker aus Venezuela auf die hölzerne Bühne und stimmten ihre Instrumente. Binnen kurzem verwandelte sich der Platz in ein lachendes, schwatzendes, zum Rhythmus der Musik sich wiegendes Meer aus Menschen.

Mercedes und Frank kämpften sich zur dicht umlagerten Getränketheke durch. Hier herrschte Hochbetrieb, und so dauerte es eine Ewigkeit, bis sie zwei Flaschen eisgekühltes Bier bekamen. Eine Stimme in ihrer Nähe ließ Frank zusammenzucken. Es war Fernando A. Gaspar.

»Na«, sagte Frank, »immer noch auf der Suche nach MENCEY?«

»Nicht so laut«, antwortete der Reporter, dessen Bemerkung im allgemeinen Getöse reichlich übertrieben schien. »Wer weiß, wer alles mithört... Ja, ja, ist schon richtig: Gestern war Fehlanzeige, vielleicht meldet sich heute jemand.«

»Wird nicht so leicht sein, in diesem Getümmel überhaupt jemanden zu finden«, sagte Mercedes.

»An mir soll es nicht liegen«, antwortete Gaspar lachend, »anscheinend kennen sie mich und wissen genau, wie ich aussehe. Was umgekehrt leider nicht der Fall ist. Komisches

Gefühl, so als Zielscheibe herumzulaufen und nicht zu wissen, ob der, der gerade neben einem steht, nicht auch zu denen gehört.«

»Viel Glück«, rief Frank Richter, der sich an Mercedes festhielt, um nicht im Gedränge umgerissen zu werden. »Wir treffen uns heute bestimmt noch öfter.«

Wo befanden sich eigentlich Britta und Jan? Nach längerem Suchen entdeckten sie die beiden Holländer in der Nähe der Bühne, wo Jan seine Kamera auf ein Stativ gepflanzt und von einem erhöhten Standpunkt aus die Ringkämpfe gefilmt hatte. Sein sonst blasses Gesicht wies vor Erregung rote Flecken auf, offenbar fühlte er sich völlig in seinem Element.

»Phantastisch!« rief er. »Endlich bewegte Bilder, wie ich sie liebe! Das war großartig, ich habe unheimlich viel Material verdreht, aber ich glaube, es hat sich gelohnt. Wo bekommt man dergleichen sonst noch zu sehen?«

»Die Samba ist auch nicht schlecht«, sagte Frank.

»Stimmt. Hab' schon ein paar Szenen eingefangen. Jetzt will ich versuchen, von einer Mauer aus zu filmen. Von oben sieht das Gewoge bestimmt noch besser aus.«

»Wenn der nur filmen kann, ist er nicht mehr zu halten«, sagte Britta. Sie umarmte Mercedes. Die beiden hatten sich auf Anhieb sympathisch gefunden und verstanden sich trotz der Sprachschwierigkeiten gut. »Komm, hilf mir, Mercedes, ich möchte so gerne Samba tanzen lernen, die Musik macht mich an.« Mit diesen Worten entführte sie Mercedes.

Frank Richter blieb in der Nähe von Jan und half ihm, eine relativ sichere Position zu finden. Der Holländer hatte das Stativ zusammengeklappt und sich die Kamera auf die Schulter gehievt.

Die Band aus Venezuela heizte die Menge gehörig an. Ihre Musik wurde stampfend und schrill. Es ging gar nicht anders – man mußte sich dem Rhythmus überlassen, die Latinoklänge gingen direkt ins Blut. Oder in die Nerven. Jedenfalls wurde man den Grundsound, die ohrwurmartigen Refrains, nicht mehr los.

Mitten im Gedränge stießen Jan und Frank auf Ramón und Chano.

»Hola, hombres!« rief Frank. »Wie geht es, amigos?«

Ramón lachte breit über das ganze Gesicht. Er sprach auch diesmal nicht viel, aber es war ihm anzumerken, daß er sich ehrlich über die Begegnung freute. »Eine feine Fiesta«, sagte er, »gute Kämpfe bei der Lucha, tüchtige Chicos.«

Chano dagegen wirkte nervös und beinahe verlegen. Warum nur, fragte sich Frank. Kein Wortschwall, kein Schulterklopfen wie sonst. Chano war fahrig, seine Augen flackerten, seine Stimme klang überdreht.

»Morgen kommt der Diablo«, sagte Frank.

»Sí, sí. Großer Auftritt. Du bist morgen da?«

»Aber klar«, antwortete Frank. »Was für eine Frage! Natürlich komme ich morgen auch. Das lasse ich mir doch nicht entgehen!«

»Es wird ein Ereignis«, sagte Chano und fügte orakelnd hinzu: »Etwas, an das du noch lange denken wirst.« Er versuchte ein Lächeln, aber seine Gesichtszüge zuckten unkontrolliert dabei.

Was sollte sein absonderliches Verhalten nur bedeuten? Chano schien mehr über das Teufelsfest zu wissen, als er zugeben wollte. Aber warum plötzlich diese Geheimnistuerei? War er betrunken, stand er unter Drogen? Er steckte sich eine Zigarette an. Seine Hände zitterten dabei. Erst jetzt bemerkte er seine Unhöflichkeit und nestelte die Zigaretten erneut aus der Brusttasche seines Hemdes.

Frank Richter nahm dankend an. Als er sich über die Streichholzflamme in Chanos Hände beugte, wagte er einen Vorstoß: »Wer ist es, wer wird diesmal der Vulkanteufel sein?« fragte er dicht am Ohr des anderen.

»No sé, keine Ahnung«, flüsterte Chano zurück.

»Nun komm schon, hombre, ich bin sicher, du weißt es.«

»Wirklich nicht, es ist ein Geheimnis.«

»Das glaube ich nicht.«

»Nein, nein, ich sage die Wahrheit.« Chano wand sich.

»Niemand kennt den Teufel. Vorher nicht und nachher auch nicht, Ehrenwort, amigo.«

»Aber er wird doch gewählt, es muß eine Kommission, ein Gremium geben. Sag mir den Namen, Chano, ich verrate ihn auf keinen Fall weiter.«

Chano verzog das Gesicht zu einer Grimasse. Hastig führte er die Zigarette zum Mund und inhalierte den Rauch. »Der Teufel besitzt keinen Namen. Er kommt einfach, tanzt und verschwindet wieder, ohne daß ihn jemand erkennt.«

Warum lügt er, fragte sich Frank Richter. Es ist doch offensichtlich, daß er lügt. »Wer ist es?«

»Ein Chico, ein mutiger Junge.«

»Wo ist er, wo finde ich ihn? Ich muß mit ihm reden!«

Chano schüttelte den Kopf. »Das geht nicht. Niemand kann mit ihm reden, er ... muß allein sein. Allein in den Bergen. Dort holt er sich Kraft bei den Ahnen.«

»Aber Chano ...«

»Ich muß gehen, hab' noch eine Verabredung«, flüsterte Chano heiser, »hasta luego.«

Mit einer schnellen Drehung verschwand er in der Menge. Es war zwecklos, ihm zu folgen. Außerdem würde bestimmt kein weiteres Wort aus ihm herauszubringen sein. Frank Richter schüttelte den Kopf. Irgend etwas stimmte hier nicht, da war er sich absolut sicher.

Mercedes tauchte wieder auf. Sie packte ihn bei den Händen und zog ihn in das Gewühle der Tänzer hinein. »Nicht mehr denken«, rief sie, »und mach bitte nicht so ein Gesicht. Laß uns die Fiesta genießen! Kennst du den Spruch aus Amerika: Today is the first day of the rest of my life?«

Sie hatte ja recht, verdammt noch mal, sie hatte ja recht. Und die Samba fraß sich in alle Sinne ...

Susanne Brinkmann war wild entschlossen, alles, was sie sich auf der Insel aufgebaut hatte, aufzugeben und das nächste

Flugzeug nach Deutschland zu nehmen. Am besten nach Frankfurt, wo Verwandte von ihr wohnten, bei denen sie fürs erste unterschlüpfen konnte. Natürlich war das eine Kurzschlußreaktion. Aber im Moment schien ihr alles besser als diese Ehehölle mit Jürgen. Bloß weg ...

Sie stürmte ins Reisebüro, wo die Mädels eben schließen wollten, und schob der schwarzen Marie einen Geldschein zu. »Gibt es noch einen Platz in der nächsten Maschine nach Deutschland? Machen Sie schnell, es ist dringend.« Nervös trommelten ihre lackierten Fingernägel auf dem Tresen.

Das Mädchen steckte hastig das Geld ein und schaltete den Computer wieder an. Über den Bildschirm gebeugt, studierte sie mit zusammengekniffenen Augen die aufflackernden Daten. »Tut mir leid, alles ausgebucht.«

»Und morgen oder übermorgen?«

»Auch. Die ganze nächste Woche über ist kein einziger Platz mehr frei.«

Susanne Brinkmanns Aufregung nahm zu. »Verdammt, das darf doch nicht wahr sein!« rief sie unbeherrscht.

»Vielleicht gibt noch jemand in letzter Minute sein Ticket zurück«, versuchte das Mädchen sie zu beruhigen. »Soll ich Sie auf die Warteliste setzen?«

»Ja, nein ...«, stammelte Susanne. »Ich muß so schnell wie möglich hier weg, begreifen Sie das?«

»Ich will alles probieren, aber versprechen kann ich beim besten Willen nichts«, sagte Marie. »Es ist komisch, daß alles ausgebucht ist, sonst sind meistens noch ein paar Plätze frei. Aber wie es aussieht, haben wir heute wenig Chancen.«

Wenig Chancen, hämmerte es in Susanne Brinkmanns Kopf. Ihre aufgestaute Wut schlug allmählich in Panik um. Wie in einer Falle kam sie sich plötzlich vor. Gefangen im Paradies, welcher Zynismus!

»Die Fähre!« rief sie. »Dann nehme ich eben ein Schiffsticket nach Teneriffa oder Gran Canaria, ganz gleich. Von dort aus versuche ich dann, mit dem Flugzeug weiterzukommen.«

»Das geht im Moment leider nicht«, hörte sie wie durch Watte die Stimme des Mädchens. »Die Fähren streiken seit heute.«

»Gibt es denn so was?« schrie Susanne Brinkmann. »Ich werde noch verrückt, wenn das so weitergeht!«

»Wir müssen jetzt schließen«, mischte sich eine Kollegin von Marie ein. »Wenn Sie gleich Montag früh wiederkommen, versuchen wir weiter, etwas für Sie zu finden.«

Susanne Brinkmanns Gedanken wirbelten unkontrolliert durcheinander. Am liebsten wäre sie jetzt ins Auto gesprungen und einfach losgerast. Aber das war völlig sinnlos, man kam auf der Insel nicht weit. »Scheiße, Scheiße, Scheiße!« brüllte sie und fühlte sich dicht vor einem hysterischen Anfall. Die ganze Welt schien sich gegen sie verschworen zu haben. Es gab kein Entkommen. Die Vorstellung, bis Montag warten zu müssen, war unerträglich. Und wie, wenn sie nun überhaupt nicht mehr wegkam? Wenig Chancen, hatte Marie gesagt. Sie hätte das Mädchen mit bloßen Händen erwürgen können. Wutschnaubend stürmte sie raus auf die Straße ...

Sonntagmorgen. Jan und Britta hatten im Auto geschlafen. Nach der langen, durchtanzten Nacht und reichlichem Weingenuß hatten sie sich nicht mehr in der Lage gefühlt, durch die Schlucht der Todesängste zu fahren, außerdem wollten sie die Morgenstimmung nach dem ersten Festtag filmisch und fotografisch einfangen. So wurden sie von der aufgehenden Sonne geweckt.

Jan rieb sich die eingeschlafenen Beine. Die Knochen waren steif, alle Muskeln schmerzten ihn, sein Kopf brummte, und die Zunge fühlte sich pelzig an. Auch Britta hatte einen Kater. Dieser harzige Wein, der so süffig schmeckte, hatte es in sich. Sie brauchten dringend starken Kaffee. Heute, so schworen sie sich, würden sie abstinent leben.

Die Berge lagen noch in Dunkelheit, schwarz gähnte der Barranco, und der Friedhof mit seiner blendendweiß gekalkten Mauer leuchtete als unwirklicher Fleck auf dem Felshang. Eine einzelne Alpendohle hockte auf einem Stein in der Straßenbiegung vor Tijarafe. Sie beobachtete mißtrauisch, wie Jan und Britta sich näherten, legte den Kopf schief und hob dann träge ab. Mit matten, schleppenden Flügelschlägen flog sie auf und ließ sich jenseits der Straße in die Luftströmung des Barrancos fallen.

Tijarafe lag wie versteinert im Schlaf. Müll auf den Straßen, ein paar bunte Papierfetzen flatterten im Wind. Die Überreste der Fiesta lehnten an den Wänden und Eingängen der Häuser, hastig zusammengestapelte Holzkisten, Fässer, Stühle, Teile von Holzbuden. Alles würde später nach der Messe wieder gebraucht werden.

Sie stiegen die schmale Gasse zum Kirchplatz hoch. Vor den Durchgängen am Lattenzaun stand noch immer der Küchentisch, an dem abends die Eintrittskarten verkauft wurden. Sie schlenderten quer über den Platz, schritten die Tribüne ab, wo in Decken eingehüllt die Musikinstrumente standen. Niemand bewachte sie, das war in Tijarafe nicht nötig. Man war unter sich, die Gäste und die Fremden würden erst nachmittags kommen.

Der mächtige Baum hinter der Tribüne rauschte im Wind. Obwohl seine Zweige sich ständig bewegten, behielt er seine Form, eine riesige, rundgeschnittene Kugel, die bis zum Kirchdach und etwas weiter noch bis zur halben Höhe des Glockenturmes ragte.

Die Getränkebuden standen mit heruntergelassenen Markisen da, plumpe, träumende Wesen, und davor türmten sich Plastikkästen mit leeren Flaschen. Jan ging bis zur Mauer, beugte sich vor und warf einen Blick auf den Ort. Rostbraun und gelblich waren die Ziegel der Dächer, und die weißen Schornsteine, die wie winzige Modelle von Häusern wirkten, waren an manchen Stellen vom Ruß geschwärzt.

Eine Katze strich einen Dachfirst entlang. Sie war grau

getigert und trug den Schwanz selbstbewußt aufrecht. Ein Fensterladen klappte im Wind, vielleicht hatte ihn auch jemand geöffnet, um Luft und Licht ins Zimmer zu lassen.

Britta fotografierte, was das Zeug hielt. Solche Motive liebte sie, und auch Jan konnte sich dem Zauber des verlassenen Platzes nicht entziehen. Er drehte ein paar betont ruhige Schwenks. Ein guter Kontrast zu dem wogenden Hexenkessel von gestern nacht.

»Jetzt brauche ich aber dringend ein gutes Frühstück«, sagte er, »laß uns unten im Dorf mal nachsehen, ob schon irgendwas offen ist.«

Sie überquerten wieder den Platz und stiegen die abschüssige Gasse zur Hauptstraße hinab. Als sie um die Ecke bogen, sahen sie einen alten Mann zielstrebig die Bar »Lucha« ansteuern. Er klinkte die Tür auf und verschwand im Innern. Sie folgten ihm und waren erstaunt, am Tresen bereits mehrere alte Leute anzutreffen. Der Junge hinter der Theke hatte tatsächlich schon die Kaffeemaschine angeworfen. Zischend entwich Dampf aus dem Metallkessel.

Jan und Britta wurden neugierig angestarrt, aber durch keine Fragen belästigt, auf die sie mangels Spanischkenntnissen ohnehin nicht hätten antworten können. Sie setzten sich an einen Tisch in der Ecke der Bar. Außer dem Brodeln der Kaffeemaschine war es still, niemand der Anwesenden sprach. Der Junge hinter dem Tresen füllte die Tassen und schob sie den Männern zu. Dann bückte er sich, hob einen Bastkorb mit Hefestückchen auf und stellte sie zwischen die dampfenden Tassen. Nach einer endlosen Weile kam er zu seinen neuen Gästen an den Tisch geschlendert und fragte etwas Unverständliches. Jan bestellte Kaffee und etwas zu essen, wobei er sich malerischer Gesten bediente. Sie bekamen Brot, Ziegenkäse und grüne, mit Mandelkernen gefüllte Oliven dazu.

»Mann, bin ich kaputt«, stöhnte Jan. »Hoffentlich wird es heute nicht allzu heiß, das halte ich einfach nicht mehr aus.«

Britta antwortete nichts. Sie beobachtete schläfrig die alten

Männer am Tresen. Jetzt wurde aus einem Faß Rotwein in Gläser gezapft und über die Theke geschoben. Die Männer tranken schweigend. Einer von ihnen hustete, stand auf, humpelte zur Tür und spuckte auf die Straße. Als er zurückkam, streifte sein Blick flüchtig die beiden Fremden. Einen Moment lang glaubte Britta, den Alten schon einmal gesehen zu haben, aber das mochte Einbildung sein. Einer, der an der Theke lehnte, richtete eine Frage in ihre Richtung. Alle hoben den Kopf, um festzustellen, wie Britta und Jan darauf reagierten. Als sie keine Antwort gaben, blickten die Männer wieder weg, und zwei von ihnen begannen ein halblaut gebrummtes Gespräch. Der Junge hinter dem Tresen griff ins Regal, wo ein uraltes Radio stand, und stellte einen Sender ein. Es rauschte und krachte, endlich erschallte eine schrille, quäkende Musik, die zwischendurch immer wieder von einer aufgeregt wirkenden Stimme unterbrochen wurde.

»Heute abend, der Vulkanteufel«, sagte Jan, »ich bin schon mächtig gespannt drauf.«

»Ich nicht«, antwortete Britta, »ich hab' so ein blödes Gefühl, hoffentlich passiert nicht noch was Schlimmes.«

Jan lachte sie aus. Sie war eben ein Angsthase, ein richtiges Sensibelchen. »Ich freue mich, daß Frank und Mercedes bald auftauchen«, sagte er. »Sind nett, die beiden, findest du nicht?«

Britta nickte matt. Sie mußte unbedingt noch einen Kaffee bestellen und ein paar von den Hefestückchen probieren.

Als sie von der Theke zurückkam, sagte sie: »Versprich mir, daß wir bald wieder in See stechen, wenn die Sache hier vorbei ist, tust du das, Jan?«

»Klar«, sagte Jan, »meinst du, ich habe Barbados und die Karibik vergessen? Nur noch diesen Film, dann wenden wir der Insel den Rücken zu. Abgemacht!«

Britta nahm sich vor, sich zusammenzureißen. Schließlich wollte sie ihrem Freund den Spaß nicht verderben. Wer weiß, ob nachher nicht doch alles wunderschön wurde. Die Samba-

Gruppe war schließlich gut. Doch dieses blöde Gefühl eines nahenden Unheils wollte partout nicht weichen.

Kostümierte Mädchen mit Bändern im Haar und winzigen, kecken Sonnenhütchen tanzten in einer Art Polonaise vorbei. In Schlangenlinien bahnte sich der Zug einen Weg durch die Menge. Andere, die außerhalb standen, faßten sich an den Händen und hakten sich ein, auch Jungen, vor allem solche, die in auffallende Hirtentrachten gekleidet waren. In den engen Gassen von Tijarafe brodelte es. Es waren noch mehr Menschen als gestern unterwegs.

Die Band auf der Bühne intonierte einen Rock-'n'-Roll-Verschnitt. Das heizte den jungen Leuten fürchterlich ein. Kurz danach verfielen die Musiker zur Abwechslung in spanische Klänge.

»Gute Fiesta!« rief Fernando A. Gaspar, der ein Mädchen mit deutlich negroiden Gesichtszügen im Arm hielt und mit seiner Schönen soeben vorbeitanzte. »Aber am Abend wird es noch besser. Gegen Mitternacht befinden sich alle in Trance!«

Er hatte sich vorgenommen, von nun an mitzumachen und sich einfach vom Gewühl treiben zu lassen. Bisher war noch keiner von diesen blöden Separatisten aufgetaucht. Wenn sie was von ihm wollten, würden sie ihn schon finden. Möglicherweise handelte es sich ja sowieso bloß um eine Ente. Außerdem spielte die Band inzwischen wieder Samba, und zwar mit einem so intensiven Grundsound, daß niemand die Füße ruhig halten konnte. Es war eine Therapie, die einzig richtige Therapie gegen dieses Wetter und die mysteriösen Geschehnisse auf dieser Insel.

Frank hielt nach bekannten Gesichtern Ausschau, vor allem nach Chano. Er hatte über die Begegnung mit ihm und sein sonderbares Verhalten noch lange nachdenken müssen. Aber der Krauskopf mit dem listigen Indianergesicht blieb verschwunden. Statt dessen tauchte wieder mal Don Vincente auf und hielt von der Bühne aus eine kurze Rede. Die beiden Guardia-Civilisten vom gestrigen Interview erkannte er wieder, sie grüßten sogar freundlich. Zum heutigen Höhepunkt der Fiesta waren außer ihnen noch zahlreiche Uniformierte im Einsatz. Don Vincente lobte sie von der Bühne herab mit markigen Worten. Er war bester Laune, strahlte und verteilte Schmeicheleinheiten nach allen Seiten.

Mercedes hing in Franks Arm und begrüßte eine Menge Bekannte. Daß sie so selbstverständlich als seine Freundin auftrat, erfüllte ihn mit Stolz. Eigentlich besaß er nun alles, was er wollte, er hätte glücklich sein müssen. Wenn nur diese schlecht zu unterdrückende innere Unruhe nicht gewesen wäre. Immerzu mußte er an den Diablo denken. Was hatte Chano gesagt: Er muß allein sein, allein in den Bergen. Dort holt er sich Kraft von den Ahnen. Ob der Teufel draußen im Barranco herumschlich, in der Caldera de Taburiente? Was würde sich in dieser Nacht ereignen?

In Victor Depauws Labor spielten die Apparaturen verrückt. Die Nadel des Seismographen schlug völlig unkontrolliert aus. Dabei war die Erde doch ruhig, nichts bewegte sich. Eine halbe Stunde dauerte der Spuk, eine bange Phase für Victor Depauw, der hilflos auf die unregelmäßigen Zacken der Schreibwalze blickte, auf der ein seltsames Muster entstand. Dann trat plötzlich Ruhe ein. Es war, als habe sich die Insel wie ein schlummerndes Tier gereckt und sei wieder in tiefen Schlaf gefallen.

Depauw überprüfte in fieberhafter Hast seine Geräte, die nun wieder, als ob nichts gewesen wäre, gleichmütig summten. Die Zeichnungen auf der Walze boten wieder das gewohnte Bild. Aber die heftigen Ausschläge eben, das war doch nicht normal!

Victor Depauw dachte intensiv nach und rang sich schließlich zu einem Entschluß durch, den er in den vergangenen Monaten noch heftig abgelehnt hätte. Er rief die Erdbebenzentrale auf dem Roque de los Muchachos an. Nach längerem Läuten meldete sich eine Stimme und versprach, zu Señor Navarro-Mederos durchzustellen. Victor Depauw wartete. Er legte sich die Worte zurecht, die es gleich auszusprechen galt. Doch die Leitung blieb tot.

Wütend warf Depauw den Hörer auf die Gabel. Er wählte gleich noch mal die Nummer an, und nach nervenaufreibendem Warten ertönte am anderen Ende dieselbe Stimme, die eben behauptet hatte, ihn zu verbinden. Señor Navarro-Mederos sei im Moment nicht zu sprechen, hieß es diesmal, er solle es, wenn es tatsächlich so wichtig sei, nachher noch einmal versuchen.

»Und ob es wichtig ist!« schrie Depauw in die Sprechmuschel. »Der Seismograph hat über 30 Minuten lang heftige Ausschläge registriert! Sie müssen das doch selber gemerkt haben: Ein Erdbeben kündigt sich an, vielleicht ein Vulkanausbruch!«

Schweigen am anderen Ende der Leitung.

»Sind Sie noch da?« brüllte Depauw. »Menschenskind, das ist kein schlechter Scherz, und ein Irrtum ist ausgeschlossen! Da bahnt sich etwas an, eine Katastrophe womöglich ... Sie können das nicht einfach ignorieren, es muß etwas getan werden!«

Erneutes kurzes Schweigen. Dann antwortete die Stimme, diesmal spürbar verunsichert: »Gut, ich melde es weiter, ich gebe Bescheid. Wir rufen Sie wieder zurück. Wie war noch Ihr Name?«

»Depauw, Victor Depauw! Meine Telefonnummer ist ...«

Es klickte in der Leitung, dann ertönte das Freizeichen.

»Merde!« schrie Monsieur Depauw. »Diese verfluchten Idioten!« Er war so erregt, daß er mit heftigen Schritten planlos im Zimmer herumlief. Was sollte er bloß machen! Er war verzweifelt.

Die Menge auf dem Kirchplatz schrie nun begeistert auf, als erste Feuerwerkskörper am Abendhimmel, explodierende Sterne und Funkenblumen das Nahen der Zwerge ankündigten. In den Gassen unten entstand Gedränge. Die Leute, die einen Platz auf Hausdächern oder Mauern ergattert hatten und schon etwas mehr sehen konnten, johlten, pfiffen und brüllten.

»Der König, die Königin kommen!«

Immer mehr Menschen strömten auf den bereits überfüllten Platz. Die Menge wogte wie ein Kornfeld, durch das der Wind seine Wellenscheitel zog. Die Band aus Venezuela spielte noch immer Samba, diesmal ein Lied, das die Einheimischen besonders gut kannten und das sie zum Mitsingen animierte. Zwischendurch schmetternde Tuschs. Die Fiesta-Königin, ein junges, schwarzhaariges Mädchen in spanischer Tracht, warf Kußhändchen in die Menge.

»Laß uns in der Nähe der Mauer bleiben«, sagte Mercedes, »wenn erst die Feuerwerkskörper fliegen, ist man hier am sichersten. Da kann man sich wenigstens ducken.«

Unterhalb der Mauer brauste vielstimmiges Getöse auf. Die Leute drängten sich zur Brüstung und wiesen in eine enge Gasse hinab. Kam dort der Teufel?

Nein, aber eine seltsame Prozession näherte sich, bog um die Ecke und erreichte den Festplatz. Die Leute gaben den Weg frei und bildeten eine Gasse. Riesige Puppen waren es, wie Henning Schneider sie beschrieben hatte, ein König und eine Königin, mindestens vier Meter hoch, wenn nicht noch größer. Ernste, weiße Gesichter ragten aus den kostbaren Kragen und Gewändern heraus. Würdevoll und feierlich wirkte das Königspaar. Was im krassen Gegensatz dazu stand, war die Tatsache, daß die Riesenfiguren sich jetzt an den Händen faßten und inmitten des Volkes anfingen, Samba zu tanzen.

Nun strömten auch die Zwerge herbei, halb so große Figuren mit überproportionierten Schwellköpfen. Verzerrte Fratzen, mit heraushängenden Zungen, schielend und mit eingefrorenen Grimassen. Dieser ganze Tollhaufen stolperte, purzelte, wieselte um den König und Königin herum, als wollte er den Tanz des edlen Paares ins Lächerliche verzerren.

»Verrückt, was?« rief Mercedes in Franks Ohr. »Die Zwerge beschützen das Königspaar. Sie tanzen drum herum, damit kein Unheil die gekrönten Häupter erreicht.«

»Und der Vulkanteufel?« fragte Frank Richter zurück.

»Der läßt sich Zeit, er taucht völlig überraschend auf, niemand weiß im voraus den Zeitpunkt.«

»Halt mir ein bißchen die Leute vom Leib«, rief Jan Nellen zu Britta. »Sonst werden die Bilder verwackelt. Mensch, ist das eine phantastische Szenerie!«

Britta mühte sich ab, so gut es ging, aber das Gedränge hatte sich mittlerweile dermaßen gesteigert, daß sie aufpassen mußte, nicht selber umgerissen zu werden. Die Menschen waren außer Rand und Band. Das Getobe steckte alle an. Es war schlimmer als im Karneval. Die Band spielte immer noch Samba. Nur hatten sie jetzt die Verstärker noch ein bißchen mehr aufgedreht, um das Gebrüll in den Gassen und auf der Plaza zu übertönen.

Britta fühlte sich ausgeliefert, von Tollheit umzingelt. Sicher sahen diese Riesenpuppen und Masken prächtig aus. Aber sie empfand die Euphorie und das rücksichtslose Gedränge der Leute allmählich als unerträglich. Gut, daß sie wenigstens in der Nähe von Frank und Mercedes waren. Sie mußten unbedingt zusammenbleiben.

»Film, was das Zeug hält!« schrie sie Jan zu.

»Mach' ich doch«, brüllte der zurück, »was meinst du, was ich tue?«

Schweißnaß vom Tanzen war Fernando A. Gaspar. Er hielt noch immer die Schöne im Arm, von der er nicht mal den Namen kannte. Ein entzückendes Ding, ein Geschenk des Himmels auf dieser Fiesta. Er nahm sich vor, die ganze Nacht lang mit ihr zu tanzen. Sie war geschmeidig und wild, konnte von der Samba nicht genug bekommen. Und wenn sie ein paar Schritte von ihm wegtanzte, bemühte er sich, sie einzuholen. Ihr Körper, ihr Lächeln machten ihn verrückt.

Plötzlich wurde er unsanft von der Seite her angerempelt. Er geriet ins Stolpern. Als er sich wieder gefangen hatte und umblickte, sah er, daß er mit einem der Zwerge zusammengestoßen war. Der Schwellkopf aus bemaltem Pappmaché zeigte eine gräßlich verzerrte Visage mit heraushängender Zunge.

»Perdón!« rief Fernando A. Gaspar. Der Zwerg aber, dessen Arme und übriger Körper bis auf die Beine unter dem voluminösen Pappkopf versteckt waren, taumelte sinnlos grinsend um ihn herum. Wo war sein schönes Mädchen geblieben?

Plötzlich hörte er eine Stimme aus der Maske: »Tanz weiter, hombre, tu so, als sei nichts geschehen. Ich habe dir etwas mitzuteilen.«

»MENCEY?« fragte der Reporter verdattert.

»Ja, der Mencey tanzt heute nacht«, kam dumpf aus der Pappe die Antwort zurück.

»Um was geht es? Los, rede schon!«

»Es wird eine Überraschung geben, wenn der Diablo kommt, eine Sensation, ein Ereignis.«

»Das weiß ich doch selbst, hombre!« rief Fernando A. Gaspar wütend. »Also, was soll das, um was geht es?«

»Es geht um Leben und Tod«, antwortete der Zwerg, und der Reporter mußte sich vorbeugen, um die Stimme überhaupt zu verstehen. »Um Leben und Tod, wenn der Mencey tanzt!«

»Und das ist alles, was du mir mitzuteilen hast?«

»Es reicht«, raunte der Zwerg, »es reicht für uns alle!«

»Also ich begreife nicht...« sagte Fernando A. Gaspar. Bevor er noch den Rest des Zwergengemurmels hören konnte, wurde er von ekstatisch Tanzenden weggerissen. Der Zwergenkopf aber tauchte in der Menge unter. »Tonto«, schimpfte Gaspar, »so ein dämlicher Idiot!«

Sein Mädchen war weg. Er drängte sich durch die tanzende Menge und hielt verzweifelt nach ihr Ausschau. Aber sie war nirgends mehr zu entdecken.

Unvermittelt verstummte die Musik.

»Es dauert nicht mehr lange«, sagte der Mann auf der Tribüne mit verhaltener Stimme, »dann kommt er. Er schleicht sich schon an, er kommt immer näher, er ist bald in Tijarafe. Ihr wißt alle, wen ich meine...« Er riß beide Arme hoch und brüllte ins Mikrofon: »El Diablo!«

Die Menge schrie frenetisch auf, manche klatschten, andere blickten unruhig um sich.

»Wir wissen nicht, welchen Weg er diesmal nimmt«, sagte der Mann am Mikro, »kann sein, daß er aus den Bergen kommt, kann sein, er klettert durch den Barranco. Niemand weiß, welchen Weg er nimmt und von wo aus er zum Platz kommt. Vielleicht von links...«

Viele Köpfe fuhren herum und blickten zu den Durchlässen im Bretterzaun.

»... vielleicht kommt er aber auch von rechts durch den Eingang. Oder über die Tribüne, aus dem Baum...«

Die Leute starrten irritiert in die angegebenen Richtungen, und tatsächlich fuhr gerade in diesem Augenblick ein starker Windstoß durch die Krone des großen runden Baumes neben der Kirche. Es sah aus, als säße dort jemand im Geäst und würde mit Riesenfäusten die dichten, laubbedeckten Zweige rütteln.

»... oder er kommt die Mauer herauf. Wie gesagt, niemand weiß, von wo er diesmal naht. Lassen wir uns überraschen. Es dauert nicht mehr lange. Und bis dahin: Musik!«

Der Mann trat vom Mikrofon zurück, und sofort setzte wieder Samba ein. Die jungen Leute drängten ungestüm auf die Tanzfläche, die viel zu klein und jetzt schon überfüllt war.

Der Himmel über Tijarafe war wolkenlos. Prall und rund stand der Mond über den Bergen, eine fahlweiße Scheibe, in der man mit etwas Phantasie das lächelnde Gesicht eines pausbäckigen Jünglings erkennen konnte.

»Jetzt wird es brenzlig. Im wahrsten Sinne des Wortes«, sagte Mercedes. »Wer weiß, was diesmal alles schiefgeht. Ein paar Brände und Verletzte gibt es bestimmt.«

Britta zitterte. Trotz der Hitze wurde ihr plötzlich kalt. »Wenn es zu schlimm wird, verschwinden wir in Richtung Auto«, sagte sie zu Jan.

Der nahm sie tröstend in den Arm und küßte sie. »Keine Angst«, flüsterte er, »den Auftritt des Teufels filme ich noch. Hast du eine leere Kassette?«

Britta reichte sie ihm. Wenn das nur gutgeht, dachte sie und versuchte krampfhaft, ihre Nervosität zu unterdrücken.

Plötzlich schrien ein paar Dutzend Leute gleichzeitig auf. Links, wo die Getränkebuden waren, entstand lebhafte Bewegung. Im Nu bildete sich dort, obwohl doch alles überfüllt war, ein leerer Fleck auf dem Platz. Kinder rissen sich los, Menschen begannen zu laufen und prallten mit anderen zusammen. Und durch die so entstandene Gasse kam der Teufel heran.

Alles hielt den Atem an, denn die Erscheinung war wirklich fürchterlich: eine schwarze, vier Meter hohe Gestalt mit riesigem, viereckigen Kopf und gewaltigen Hörnern. Ein

Dreizack stakte ihm vom Leib ab, sein Fellkostüm stank nach Hölle und Schwefel. Das Schrecklichste an der Erscheinung aber waren die grünen, glühenden Augen. Starr blickten sie in die Menge, als wählten sie ein Opfer aus.

Der Teufel stand regungslos und ließ den Schrecken, den er verbreitete, auf die Menschen wirken. Dann fuhr er mit einem Satz herum und sprang tanzend in die Mitte des Platzes.

Zugleich krachte und zischte es, unaufhörlich explodierten Feuerwerkskörper an seinem Leib. Ein brennendes Feuerrad wirbelte um ihn herum. Heulende Raketen und Kanonenschläge warf er in die Menge, die aufkreischend auseinanderstob, zurückwich, in Panik geriet. Der Diablo aber kannte kein Erbarmen. Lautlos, Feuer und stinkenden Dampf um sich verbreitend, setzte er ihnen nach, zwang die Leute, sich zu Hunderten an den Bretterzaun zu pressen oder sogar darüber hinweg zu flüchten. Aber er zog sich stets wieder zurück, es war erst das Vorspiel.

In Spiralen tanzte er über den Platz und fegte den näheren Umkreis um sich herum leer. Und wenn er sich wieder überraschend in eine neue Richtung bewegte, schien er sich einen Spaß daraus zu machen, nackte Angst unter den Menschen zu verbreiten. Viele warfen sich einfach auf die Erde, zogen sich die Jacken über den Kopf oder versuchten, zumindest mit den Armen ihre Haare zu schützen. Es knallte ohrenbetäubend. Eine Frau schrie gellend auf. Ihr Kleid brannte, auch ihr Haar. Mehrere Männer warfen sie zu Boden und erstickten die Flammen.

Zu all dem spielte die Band unermüdlich Samba, eine perverse, heimtückische, aufstachelnde Samba, die zum Weitertanzen animierte. Besonders ein paar junge Männer, die ihren Mut beweisen wollten, tanzten den Teufel aufreizend an.

»Diablo, Diablo!« riefen sie und machten anzügliche Gesten, um auf sich aufmerksam zu machen. Und der Teufel blieb stehen, drehte bedächtig den Kopf, starrte kaltblütig mit seinen grünen Augen und schleuderte brennende Raketen, Kracher und sich aufbäumende Feuerschlangen unter sie.

Da stoben die Vorwitzigen auseinander, um sich gleich danach wieder zusammenzurotten. Die einzigen, die sich dichter, wenn auch nur von hinten, an den Vulkanteufel heranwagten, waren ein paar Helfer, Leute mit geschwärzten Gesichtern, die blitzschnell herbeisprangen, neue Feuerwerkskörper am Kostüm entzündeten und danach in der Menge untertauchten.

Von Rauch und Pulverdampf war der Platz erfüllt. Die Hysterie mancher Leute, die in panischer Angst losrannten, steckte andere an. Es war ein Hexenkessel, hier herrschte kein klarer Verstand mehr, nur noch überschwappende Emotion, Hektik, Verwirrung. Erneut heulte jemand auf, ein Mann, der Verbrennungen im Gesicht und an den Armen erlitten hatte. Doch die Musik übertönte ihn, diese verfluchte, schrille Musik.

Er muß brennen, dachte Frank Richter, der Teufel muß brennen. Es ist die einzige Chance für uns! Immer wieder dachte er diese Worte. Der Gedanke hatte sich in seinem Gehirn festgesetzt und ließ für nichts anderes mehr Platz. Unaufhörlich murmelte er diese Worte vor sich hin.

Er wurde von Menschen mitgerissen, stolperte, fiel hin. Seine Kleidung war schmutzig geworden, aber das war jetzt das geringste Problem. Er stand auf, drehte sich um und sah dem Diablo direkt in die schrecklichen grünen Augen. Diesen Moment lang stand er wie gelähmt. Er sah, daß der Vulkanteufel erneut ausholte, um Feuer zu werfen, aber er war unfähig, sich von der Stelle zu rühren. Er wußte nicht mehr, wo Mercedes war, wo Britta und Jan. In diesem Augenblick lebte er allein auf der Welt, und diese Erkenntnis war schrecklich.

Plötzlich explodierten die Hörner des Teufels. Zwei heulende, funkensprühende Raketen jagten dem Mond entgegen und zerbarsten ohrenbetäubend am Himmel. Zugleich schoß eine Stichflamme aus dem Kopf des Diablo.

Der Kopf, dachte Frank, jetzt explodiert ihm der Schädel... Aber nichts dergleichen geschah. Statt dessen stand die ganze Gestalt plötzlich in Flammen. Ein vielstimmiger Aufschrei entlud sich aus Hunderten von Kehlen.

Er brennt, er wird verbrennen wie damals jener andere Teufel, dachte Frank Richter, von Entsetzen gepackt. Seine Ohren waren taub, er fühlte sich benommen vom Krach und Gestank. Eine wilde Gedankenflut brach sich durch sein Bewußtsein, hämmerte in seinen Schläfen. Die Prophezeiung der Guanchen-Spirale erfüllt sich...

Das Kostüm des Vulkanteufels brannte. Lichterloh brannte es, und die Menschen wirkten von diesem Anblick wie betäubt. Er sah, daß zwei, drei schwarzgekleidete Männer auf den Vulkanteufel zurannten.

Die Turmuhr der Kirche schlug Mitternacht. Ihr Klang interessierte niemanden mehr, er ging im Tosen der Menge unter. Immer noch stand der brennende Teufel auf der Mitte des Platzes, und die Männer, die wenigen Mutigen, rissen ihre Jacken vom Leib und versuchten verzweifelt, die immer rascher sich ausbreitenden Flammen zu ersticken.

Plötzlich durchzuckte Frank Richter eine furchtbare Erkenntnis.

In dieser einen Sekunde erkannte er die ganze Wahrheit. Oder zumindest das, was er dafür hielt: Unter der Maske des Teufels steckte niemand anderes als Chano. Aber Chano war nicht der Mencey. Er wollte das Opfer nicht bringen. Nein, ganz im Gegenteil, er flehte um Rettung, er winselte um sein Leben. Dabei *mußte* er brennen. Wenn er nicht brannte, würde sich die Prophezeiung nicht erfüllen, und dann war der Untergang der Alten Welt besiegelt...

Was taten die Helfer? Warum versuchten sie, die Flammen zu ersticken, wo es doch besser gewesen wäre, sie anzufachen? Nein, der Vulkanteufel *mußte* brennen. Auch wenn es Chano war.

Dies alles wurde Frank in einer einzigen Sekunde der Hellsicht deutlich. Gleichzeitig handelte er. Er sah, daß es nur noch eine einzige Möglichkeit gab. Das Opfer, es *mußte*...

Er sprang vor und rempelte einen der Helfer nieder. Der Mann stürzte zu Boden. Zugleich packte Frank, ohne zu wissen, was er eigentlich tat, einen glimmenden Feuerwerkskörper und warf ihn auf den Diablo. Ein Donnerschlag, aus dem sich ein blendend heller Blitz entlud. Nach der Explosion stand der Teufel in einem Meer aus Flammen.

Dies alles sah Frank, und er sah auch, daß für Chano nun jede Rettung zu spät kam. Er, Frank Richter, hatte ins Schicksal eingegriffen und Chanos Tod verursacht. Er war Mörder und Heros zugleich, er war der Vollstrecker.

Er fühlte sich von derben Händen gepackt und zurückgestoßen. Die Ereignisse überstürzten sich nun. Durch Rauchschwaden hindurch sah er Mercedes und hörte Jans Stimme etwas rufen. Er merkte, daß die Samba-Musik jählings verstummt war. Über dem Platz lag eine entsetzliche Stille, die er kaum realisieren konnte, weil es in seinem Kopf immer noch dröhnte. Er wollte schreien, aber kein Laut entwich seinem Mund. Er sah eine alte Frau, dieselbe, die er damals, vor unendlichen Zeiten auf der Plaza von Tijarafe interviewt hatte, die sich einen Weg durch die Menge bahnte und ungeachtet der Flammen neben dem brennenden Teufel auf den Boden sank. Das alte, verrückte Klageweib ... Und was rief sie mit zahnlosem Mund und schriller, sich überschlagender Stimme? »Vacaguare!« rief sie und: »Der Mencey hat für uns alle getanzt, der König ist tot!« Dummes, sinnloses Zeug, das keiner verstand. Niemand außer Frank Richter. Und der wußte, daß er dem Schicksal nachgeholfen hatte.

Er spürte Mercedes neben sich, ihre Hand, hörte ihre Stimme.

»Komm weg hier«, sagte sie, »selbst wenn es Chano ist – ihm kann niemand mehr helfen!«

In derselben Sekunde hörte Frank Richter ein weiteres, noch lauteres Dröhnen, und es kam keineswegs aus seinem Kopf, sondern aus der unmittelbaren Umgebung. Zugleich schwankte die Erde unter seinen Füßen. Die Menschen schrien auf, aber noch lauter und dröhnender schrie die ganze

Insel. Sie bäumte sich auf wie ein wildes, aus Schlaf und Traum emporgejagtes Tier.

»Schnell, wir müssen zum Auto!« brüllte Jan in die sich verbreitende Panik hinein. »Es gibt nur noch einen Ausweg, das Schiff!«

Er griff Brittas Hand und rannte los. Als er sich hastig umsah, merkte er, daß ihnen Mercedes und Frank unmittelbar folgten. Entschlossen drängten sie vom Platz und hinunter auf die Gasse, wo alles durcheinanderflutete. Offenbar hatten die meisten Menschen überhaupt noch nicht begriffen, was passiert war, obwohl viele von ihnen schrien und in hektische Bewegung gerieten.

Trotz der überfüllten Straßen schafften sie es in erstaunlich kurzer Zeit, aus dem Ort zu kommen. Unterwegs hielt Jan inne, drehte sich um und wartete auf Frank und Mercedes.

»Was ist los?« keuchte Britta atemlos.

»Ein Erdbeben, ein Vulkan bricht aus... Hört ihr es nicht?« rief Jan.

In diesem Moment dröhnte es erneut von den Bergen, und für den Bruchteil von Sekunden fuhr durch die Insel ein heftiger Stoß. Der Boden schien sich zu heben, zu rütteln und danach ächzend in seine alte Lage zurückzusinken.

»Die ›Rainbow‹ ist unsere einzige Rettung«, rief Jan, »wir müssen so schnell wie möglich zum Hafen!«

»Schaffen wir das überhaupt?« fragte Britta. Ihr Gesicht war leichenblaß, ihre Lippen zitterten.

»Nur wenn die Schlucht noch passierbar ist. Nun macht schon, wo ist das Auto?«

Franks Verstand, der gerade noch am Rande des Aussetzens und Zusammenbruchs war, arbeitete nun fieberhaft und mit erstaunlicher Präzision. Wenn es noch einen Funken Hoffnung gab, dann lag jetzt alles am Auto und am Zustand der Schlucht der Todesängste. Er mußte grimmig auflachen, als ihm bewußt wurde, welche Bedeutung der Name der Schlucht plötzlich bekam.

Sie erreichten Jans und Brittas Wagen. Frank und Mercedes kletterten auf den Rücksitz. An seinen eigenen Wagen dachte Frank in diesem Augenblick nicht.

Kaum saß Britta neben ihm, fuhr Jan los. Er beschleunigte, hieb die Gänge rein und raste mit höchster Geschwindigkeit durch die Nacht. Sein Herz hämmerte. Wenn es ein Vulkanausbruch ist, betete er stumm, dann gib uns noch etwas Zeit, den Weg durch die Schlucht zu schaffen ...

Britta klammerte sich mit beiden Händen am Armaturenbrett fest. Sie starrte auf die Straße und blickte während der ganzen Fahrt nicht zur Seite. Jan steuerte den Wagen äußerst riskant mit quietschenden Reifen durch die Kurven. Er spürte keine Angst, nur eine große, fürchterliche Leere in sich, die ihm fast die Luft zum Atmen nahm. Ich muß es schaffen, befahl er sich, es ist unsere einzige Chance!

Auf dem Rücksitz klammerte sich Mercedes weinend an Frank. Der sprach beruhigend auf sie ein, obwohl ihn selbst das Entsetzen gepackt hielt. Wie konnte sie jetzt noch zu ihm halten, nachdem er zum Mörder geworden war? Warum hatte ihn keiner festgehalten, warum ließ man ihn entkommen? Hatte denn niemand seine schreckliche Tat bemerkt? Alles war so rasend schnell gegangen, wie in einem Film oder Traum.

Jetzt der Aussichtspunkt El Time. Stockdunkel. Die lange, kurvenreiche Strecke in die Schlucht hinab. Der Motor heulte, und das Geräusch war so laut, daß sie von draußen nichts mehr hörten. Dennoch lauschten sie angespannt: Würde ein erneutes Dröhnen die Stille der Nacht zerreißen? Wann kam er, der Ausbruch? Das Ende, wann?

Jan mußte scharf bremsen und ausweichen, denn auf der Fahrbahn lagen Geröllbrocken. Die beiden Erdstöße von vorhin mußten sie aus dem Hang gelöst haben. Hoffentlich wurde es weiter unten nicht noch schlimmer.

Ein drittes Donnern rollte heran, stärker als alles bisher,

ein kraftvolles, unterirdisches Grollen. Unwillkürlich zog Jan den Kopf ein. Britta fing an, hysterisch zu schreien. Jan rechnete jetzt mit allem, mit Erdrutschen, herabfallenden Bergen, Spalten und Rissen, die sich vor dem Wagen auftun würden. Doch nichts dergleichen geschah. Nur ein paar langgestreckte Gestalten hetzten quer über die Straße, eine Meute verwilderter Hunde. Endlich die letzte Kehre, die Brücke an der tiefsten Stelle des Barrancos, die Kirche Angustias. Nun lag nur noch ein kurzes Stück bis zum Hafen von Tazacorte vor ihnen.

»Was ist mit Henning und Bartneck?« rief Britta.

»Die holen wir ab«, sagte Jan. Ganz klar, er würde die Freunde nicht im Stich lassen.

In den Vulkanbergen bei Fuencaliente hob sich zitternd die Erde. Ein knirschendes Stöhnen brach durch die Nacht und ließ die Menschen aus dem Schlaf hochfahren. Die meisten rannten bei den ersten Erdstößen sofort ins Freie. Es war finster draußen, Lichtmasten waren umgestürzt und hatten die Leitung zerrissen. Nur der Mond blakte bleich hinter einem Wolkenschleier hervor. Nun sah er nicht mehr aus wie das Gesicht eines lachenden Jünglings, eher wie ein grinsender Totenschädel.

Die Menschen blickten erschrocken zu den Vulkanen und bekreuzigten sich. Aber nicht die Mondberge, nicht allein der Martin und der San Antonio regten sich – die ganze Kette der Cumbre vom Nambroque abwärts bis zum Meer schien in Bewegung geraten zu sein. Das Rumoren im Innern der Berge wurde immer stärker, das Zittern der Erdkruste nahm rapide an Heftigkeit zu.

Viele stellten das Radio und den Fernseher an. Doch wegen des Stromausfalls blieben die Geräte stumm, die Bildschirme dunkel. Da brach auch bei den Mutigsten Panik aus. Manche stürzten zu ihren Autos. Doch wohin sollten sie fahren? Nach

Norden über die beiden einzigen Straßen direkt ins Zentrum des Bebens hinein? Die Glocke der Kirche von Fuencaliente läutete Sturm. Dieser helle, klagende Klang in der Nacht trieb noch mehr Menschen in Verzweiflung.

»Der Guayote kommt, der Kojote aus dem Vulkan!« riefen ein paar ältere Leute und fingen an, alle Heiligen der Insel um Hilfe anzuflehen. Niemand, nicht einmal die ältesten von ihnen hatten jemals in ihrem Leben ein solches Beben der Insel erlebt. Es ließ Schlimmes befürchten...

Marita fuhr entsetzt aus dem Bett hoch. »Hast du das eben gehört?« fragte sie, nach ihrem Mann tastend.

Hannes war wach. »Ja, es klang wie ein herankommendes Gewitter.«

»Ein Gewitter – um diese Jahreszeit? Glaubst du das wirklich?«

»Was soll es sonst sein?« fragte Hannes zurück. Der Tonfall seiner Stimme klang wenig überzeugend.

Marita saß kerzengerade im Bett und lauschte mit angehaltenem Atem in die Nacht hinaus. Ihre Haut war schweißnaß, ihr Herz klopfte wild. Da kam es wieder heran, dieses unheimliche unterirdische Grollen, das sich anhörte, als würden sich die Berge im Schlaf räkeln, als bräche ein Riß ihr Inneres auf.

»Spürst du es auch? Die Erde bebt«, flüsterte Marita angstvoll. Sie wagte nicht weiterzudenken, nicht an den möglichen Ausbruch eines Vulkans... nein, an alles, nur nicht daran.

»Laß uns nach draußen gehen«, schlug Hannes vor.

Hastig streiften sie sich etwas über. Ohne das Licht anzuschalten, tappten sie durch das dunkle Haus. Draußen schimmerte die Scheibe des Mondes in einem verhangenen Himmel. Die Nacht war warm, nicht viel anders als sonst. Nur daß unten im Dorf wie besessen die Hunde kläfften.

Sie standen dicht beieinander, Hannes legte schützend seinen Arm um ihre Schultern. Wie klein und zierlich sie wirkte, wie zerbrechlich in dieser Nacht... Er wollte etwas zu ihrer Beruhigung sagen, doch ihm fielen partout keine passenden

Worte ein. Nein, in einem solchen Moment mochte er einfach nicht lügen. Er spürte ja selbst, daß die Erde unter seinen Füßen bebte, stärker noch als zuvor.

»Was bedeutet das?« fragte Marita mit leiser, tonloser Stimme. »Das Ende?«

»Ich weiß es nicht«, antwortete er hilflos. »Ich weiß nur, daß es keinen Zweck hat, davor wegzulaufen. Vielleicht ... vielleicht wird es auch gar nicht so schlimm und geht bald vorüber ...«

Es klang hoffnungslos. Marita merkte, daß er selber nicht an seine Behauptung glaubte.

Im nächsten Moment rüttelte sie ein weiterer, noch heftigerer Erdstoß durch. Wimmernd fiel sie in seine Arme, klammerte sich an seine Brust. Sinnlose Worte stammelnd, streichelte er immer wieder über ihr Haar.

»Hab keine Angst«, flüsterte er.

Aber sie hatte Angst, ganz erbärmliche, scheußliche Angst sogar. Wie konnte sie dieses entsetzliche Gefühl, das in ihr aufstieg, unterdrücken?

Im Schutz der Dunkelheit schlich jemand bei El Paso durchs Gestrüpp. Geschickt wich er den stachligen Armen der Kakteen aus, als hätte er Nachtaugen wie eine Katze. Mit der linken Hand schützte er die beiden Flaschen in seiner Jackentasche. Die Schirmmütze tief ins Gesicht gezogen, tastete er sich geduckt voran. Er fühlte sich wie damals im Krieg in den Bergen des südlichen Marokko.

Langsam kam der Legionär dem Anwesen näher, der Residenz von J. S. Er zog sich an der Mauer hoch und überkletterte sie geschickter, als es einem Mann seines Alters zuzutrauen war. Alles Übungssache, er hatte nie aufgehört, für den Ernstfall zu üben, ständig hatte er in den Schluchten trainiert. Als er sich jenseits der Mauer hinabfallen ließ, drehte er seinen Körper so, daß die Flaschen in der Jackentasche geschützt blieben. Nur noch durch den Garten zum Haus. Vor dem Hund brauchte er sich nicht mehr in acht zu nehmen, den hatte er vor längerer Zeit schon ausgeschaltet. Mit vergiftetem Fleisch, und nachher in den Swimmingpool gestoßen.

Der Legionär kicherte vor Jagdfieber. Ja, auf ihn und seine Einsätze konnte man sich verlassen! Er hatte beinahe die Rückseite des Hauses erreicht, als ein gewaltiger Donner die Nacht zerriß. So klang kein Gewitter, das erkannte er sofort. So donnerten eher Geschützsalven aus schwerem Kaliber. Merkwürdig nur, daß das Grollen unterirdisch heranrollte und nun auch die Erde schwankte. Gleichmütig zuckte er die Achseln. Weiter jetzt, befahl er sich.

Er erreichte den hinteren Eingang, holte eine der Flaschen aus seiner Jacke und entzündete mit dem Sturmfeuerzeug die herauslappende Lunte. Dann trat er mit dem Stiefel die Glastür ein und schleuderte den Brandsatz ins Innere des Hauses. Es knallte dumpf, kurz danach loderten Flammen auf. Geduckt hastete er weiter um das Haus herum. Alles mußte blitzschnell gehen. Zack, durch die Tür oder ein Fenster, dann nichts wie weg. Rollkommando wie aus dem Bilderbuch. Ehe er noch recht zur Besinnung kam, war der zweite Brandsatz ins Haus geschleudert.

Nun rannte er los, zurück zur Mauer. Er verfing sich an irgendeinem blöden Draht im Garten, schlug hin und riß sich die Hand und den Ärmel seiner Jacke auf. Blut, so ein Mist. Bevor er noch an der Mauer war, explodierte es knallend in seinem Rücken. Eine Feuersäule stieg auf, Flammen erhellten die Nacht, während der Legionär über die Mauer kletterte. Draußen blieb er schwer atmend liegen.

Erneut rollte Donner heran, die Erde schwankte. Er sah hoch und erblickte über dem Feuerschein des brennenden Bungalows ein zweites, weitaus größeres Licht am Himmel, dort, wo die dunklen Vulkanberge der Cumbre lagen.

Natürlich war seine Tat sinnlos, so sinnlos wie damals, als er seinen Vater erschlug. Vor allem jetzt, da sowieso alles in

Flammen stand, die ganze Insel und bald die ganze Welt. Aber er hatte seinen Auftrag ausgeführt, kurz vor dem Ende noch hatte er es geschafft. Er lachte und freute sich wie ein kleines Kind. Was nachher kam, war ihm völlig egal.

Henning Schneider und Dr. Bartneck kamen ihnen am Eingang zur Pension entgegen. Beide wirkten völlig verstört.

»Was hat das zu bedeuten?« rief Bartneck. »Eben ist eine Erdbebenwarnung durchs Radio gekommen. Zum Glück haben wir hier einen Weltempfänger, die hiesigen Sender sind ja alle tot. Die Nachrichten sind unklar, sie widersprechen sich dauernd. Auch von einem unmittelbar bevorstehenden Vulkanausbruch ist die Rede ...« Er konnte es noch immer nicht fassen, daß sich Victor Depauws Vorhersage, daß sich die Prophezeiung der Guanchen-Spirale auf so entsetzliche Weise zu erfüllen schien. Damit hatte niemand, selbst er nicht, gerechnet.

»Los, in den Wagen, wir müssen zum Schiff«, schrie Jan mit sich überschlagender Stimme.

»Ich verstehe nicht ... aber wir können auch meinen nehmen«, stammelte Henning Schneider. Seine Augen waren unnatürlich weit aufgerissen wie bei jemandem, der das Unbegreifbare mit Blicken zu bannen versucht. Bereits nach dem ersten heftigen Erdstoß waren er und Bartneck aus dem Haus gelaufen, wo sie noch bis vor kurzem grübelnd und diskutierend gesessen und gelauscht hatten, ob jenseits des Time etwas von der Fiesta in Tijarafe zu hören war. Bei günstigem Wind war das möglich, aber in dieser Nacht stand der Wind still, war die Dunkelheit von einem unheimlichen Schweigen beherrscht. Auch das »Playamont« und die anderen Lokale hatten wegen der Fiesta geschlossen. Es war still gewesen am Hafen, eigentlich viel zu still. Bis der große Donner, die Erdstöße und die Durchsagen im Radio kamen.

»Steigen Sie ein«, brüllte Jan, »wir dürfen keine Zeit mehr verlieren, es geht um Sekunden!«

Die beiden quetschten sich in das viel zu enge Auto, und Jan brauste los, bevor Henning Schneider noch die Tür schließen konnte. Mit Vollgas am Strand entlang zur Mole, dann Stop mit quietschenden Reifen und raus. Jan sprang als erster ins Schlauchboot, um den Motor startklar zu machen. Die anderen folgten. Als letzter Bartneck, der einen Moment lang noch schwankend auf der Kaimauer stand und zur schwarzen Felswand des El Time hinüberstarrte.

»Los doch, machen Sie schon, Mann!« schrie Jan.

Bartneck überwand sich endlich und kletterte mit versteinerter Miene wie ein Schlafwandler ins Boot. Britta machte die Leine los. Alle sprachen hastig durcheinander.

»Die Warnung kam eben erst durch den Rundfunk...«, rief Bartneck. »Das Militär muß eingreifen... Bomben in den Krater werfen, die Bevölkerung evakuieren... Wahnsinn, das alles!« Er wußte selbst, daß es dafür wahrscheinlich schon zu spät war.

Es dauerte nervenaufreibend lange, bis sie die »Rainbow« erreichten und an Bord gelangten. Jan übernahm sofort das Kommando. Er wußte, was zu tun war, ebenso Britta, die bereits die Winde drehte, um den Anker einzuholen. Schon lief der starke Motor an. Hier in der Hafenbucht Segel zu setzen war bei der Flaute sinnlos. Aber weiter draußen, in der Drift des Kanarenstromes, mochte es wohl gehen.

Trotz der Windstille war das Meer aufgewühlt. Jan steuerte mit höchster Geschwindigkeit aus der Bucht ins freie Fahrwasser hinaus. »Kurs Karibik!« schrie er, als ob das die anderen nicht schon längst gewußt hätten.

Am Heck klammerten sich Frank und Mercedes an die Reling. Als sie zurück zur dunklen Kontur der Küste blickten, glaubten sie, die Landmasse zittern zu sehen. Dann brach mit ohrenbetäubendem Donnergebrüll im Süden der Insel eine Feuersäule hervor, stieg in den Himmel, verwandelte mit einem Schlag die finstere Nacht in hellichten Tag. Mercedes'

Finger krampften sich in Franks Arm fest. Er hielt den Schmerz aus. Es war das Geringste, was es jetzt zu ertragen galt. Was mußte Mercedes erst fühlen, die in diesen Minuten die Heimat verlor?

Die alte Welt der Kanaren ging unter, wie es die Prophezeiung der Guanchen vorausgesagt hatte. Vielleicht mehr noch, vielleicht versank das gesamte alte Europa bald schon in einer schrecklichen Eiszeit. So mußte es kommen, so hatte es das Schicksal bestimmt. Er aber, Frank Richter, hatte alles falsch verstanden. Er hatte geglaubt, durch sein Handeln persönlich in den großen Ablauf eingreifen zu können. Er hatte den Feuerwerkskörper geworfen, damit der Tanz des Vulkanteufels auch tatsächlich zu einem Opfergang würde. Ein verhängnisvoller Irrtum, ein völlig sinnloses Opfer... Was hatte es schließlich bewirkt? Das Ende der großen Spirale war erreicht, der letzte Tag, die letzte Markierung des Guanchen-Kalenders. Anmaßend und lächerlich zugleich anzunehmen, ein Mensch von heute mit dem Denken und Fühlen von heute könne der Kraft der uralten Mythen etwas entgegensetzen. Es gab keine Zeitmaschine, heute war heute, und heute verging die Insel in Feuer, Schmerzen und Rauch... Und er, Frank Richter, fühlte sich schuldig an Chanos Tod. Davon konnte ihn niemand lossprechen, keine Macht der Welt, mit diesem Bewußtsein mußte er nun leben – vorausgesetzt, sie würden überhaupt dem Inferno entkommen und irgendwo im Westen eine fremde Küste erreichen. Strandgut waren sie allesamt, entwurzelte Wesen, die letzten Überlebenden einer gigantischen Katastrophe, und ihr Schiff mit dem so symbolhaft versöhnlichen Namen eine moderne Arche Noah.

Frank klammerte sich noch immer an die Reling. Er konnte den Blick von der Insel nicht lösen. Da blendete ihn eine Serie neuer, noch heftigerer Explosionen. Weiße Feuerblitze, kaltes Feuer, das nichts von der ungeheuren Hitze in seinem Inneren verriet, nichts vom qualvollen Untergang der Alten Welt. Danach glaubte er, taub und für immer blind geworden zu sein.

»Adiós, La Palma«, flüsterte Mercedes mit tränenerstickter Stimme.

Henning Schneiders Denken war leer, das von Bartneck zuckte in wilder Verzweiflung. Britta und Jan aber setzten die Segel. Das Schiff, von der Strömung erfaßt, schwankte nun heftig, und schlingernd nahm die »Rainbow« Kurs auf die Neue Welt. Der Rest ist Geschichte . . .

Epilog

Bekanntlich strandete die »Rainbow« unter dramatischen Umständen bei Bridgetown, Barbados. Dr. Bartneck, ein ebenso berühmter wie umstrittener Felsbildforscher, fühlte sich nach seiner Rettung nicht mehr in der Lage, wissenschaftlich zu arbeiten. Als selbsternannter »Überbringer der großen Spirale« und »Hüter des heiligen Kalenders« gründete er die Feuersekte FLAME, die in der Folge mit der Mazdaznan-Bewegung, dem Neo-Sufismus, der Loge »Tempel zum Licht«, den Bahai-, Inuit- und afrokaribischen Kulten sowie Resten der ehemaligen christlichen Kirchen zur heutigen Weltreligion SOL verschmolz. Henning Schneider befand sich längere Zeit in psychotherapeutischer Behandlung, bevor er als Rockmusiker mit seinem Song »Victor«, in dem er mit rätselhaften Andeutungen auf versunkene Eßkulturen des voreiszeitlichen Europa anspielte, internationalen Ruhm erlangte. Er starb an einer Überdosis Aufputschmittel in Houston, Texas. Soweit sich ermitteln ließ, übernahm Frank Richter, nahezu erblindet, das kleine Archiv der Bibliothek von Montego Bay, Jamaika, die damals von seiner Frau Mercedes Alvarez gegründet wurde. Die vier Kinder von Jan und Britta Nellen bauen noch immer Schiffe auf einer Werft an der Moskito-Küste von Nicaragua. Ihre Eltern sollen auf einer

Farm ganz in der Nähe gelebt haben. So viel konnte ich bei meinen Recherchen herausfinden. Die meisten der übrigen Namen, Fakten und Daten sind schwer überprüfbar und möglicherweise rein spekulativer Art.

Juan Halef de Piedra
Redaktion »new focus«
Habana
Union der karibischen Staaten